DARREN BRYTE

SURSIS

IGB EDITION

Photographie de l'auteur : Darren Bryte.
Illustration de couverture : Luca Defendini.
ISBN : 978-2-491770-15-0

SURSIS

DU MEME AUTEUR

Angry. Terra Nova, 2017.
Angry Renouveau. City Éditions, 2019.

À ma mère (1934 - 2021)

« En ces temps-là, la vieillesse était une dignité ;
aujourd'hui, elle est une charge[1]. »

François-René de Chateaubriand

1. Mémoires d'outre tombe. Penaud frères. 1849.

1

Confusion

Tôt dans la matinée, Pedro Rojas s'était réveillé avec une certitude absolue : celle de devoir aller rendre visite à sa sœur Adelita, à San José. Il n'avait pas été aussi sûr de quelque chose depuis belle lurette. Voilà dix ans qu'il ne l'avait pas vue. Ou peut-être quinze. Il était grand temps d'y remédier. En fait, Pedro ne voyait plus grand monde depuis quelque temps. Dolorès, sa fille, n'avait jamais rien fait pour améliorer les choses. Elle ne lui laissait plus aucun volant de liberté et le traitait comme un gosse depuis qu'il était malade. Il n'y a pas si longtemps, elle sautait encore sur ses genoux en riant à gorge déployée et en criant « *otra vez papa ! Otra vez, por favor*[1] ! ». À croire que le temps était passé plus vite qu'il ne l'aurait voulu.

Il n'était plus tout à fait certain de savoir combien d'années le séparaient de sa petite sœur. Comment s'en souvenir ? Il avait huit frères et sœurs et le benjamin venait tout juste de naître lorsqu'il était venu s'installer chez les Gringos. À l'époque, pénétrer sur le territoire américain n'était pas aussi compliqué que maintenant. Ça n'avait pas été facile pour autant mais, jadis, il y avait du travail pour qui savait retrousser ses manches et il n'avait jamais manqué de courage. De toute façon, quand on n'a pas le choix, le courage, on le trouve (ou on sombre).

---

1. Encore une fois, Papa ! Encore une fois, s'il te plaît !

Toujours est-il qu'Adelita ne devait plus être toute jeune, sachant que lui-même frôlait les quatre-vingts printemps. Ou peut-être quatre-vingt-deux. Qu'importe.

Il avait extirpé sa petite valise en simili cuir bordeaux du haut du placard sur lequel elle dormait depuis des lustres et avait chassé la poussière qui s'y était installée. Il détestait la poussière. Elle le rendait dingue, au point de la traquer, quatre ou cinq fois par jour. Du moins, c'est ce qu'il pensait. Mais Dolorès lui reprochait sans cesse de ne plus entretenir son intérieur. Évidemment, lorsqu'il lui prenait de vérifier, la poussière était revenue, comme pour le narguer et le discréditer aux yeux de sa fille.

Dans la valise, il avait fourré deux pantalons et autant de pull-overs, sans savoir le temps qu'il resterait chez sa sœur, puis l'avait refermée, avec un soin tout particulier.

Il aurait bien voulu manger un petit morceau avant de partir car le trajet en autobus allait être long depuis San Francisco. Mais son réfrigérateur était désespérément vide, comme son placard à provisions. Il avait pourtant l'impression d'avoir fait quelques courses la veille, ou l'avant-veille. À moins qu'elles ne remontent à la semaine passée.

Pendant un instant, il s'était demandé comment il allait payer le voyage car Dolorès ne lui avait pas laissé d'argent et il n'avait pour seul trésor qu'un vieux billet de dix dollars soigneusement plié et rangé dans son portefeuille ; le premier billet de sa première paye, qu'il conservait comme un témoin de son histoire dans ce pays. Hors de question de le dépenser. D'ailleurs, il se demandait où pouvait bien se trouver sa carte d'identité. Il était persuadé de l'avoir rangée dans son portefeuille. Il ne pouvait pas partir sans papiers, même si San José n'était qu'à quatre-vingts kilomètres d'ici.

Mais ces questions avaient cédé le pas devant deux priorités qui lui avaient fait oublier tout le reste : fermer le gaz et couper l'électricité. Des priorités obsessionnelles qui lui interdisaient de quitter son domicile sans les avoir satisfaites. Quitte à vérifier, à plusieurs reprises, que tel était bien le cas. Il entendait encore Dolorès lui interdire de couper le jus. Mais il ne se souvenait que de l'interdiction, pas de la raison qui la sous-tendait. Devant le placard, il hésita en voyant une demi-feuille de papier scotchée sur le compteur et sur laquelle était écrit en lettres capitales « Ne pas couper l'électricité — *No cortar la electricidad* ». Elle lui traduisait tout, comme s'il n'était pas capable de comprendre l'anglais après avoir vécu dans ce pays plus de cinquante ans. Il n'avait aucune leçon à recevoir en la matière. Son anglais était plus que satisfaisant.

Au diable ce qu'elle pouvait penser. Il ne sortirait pas de chez lui sans avoir pris la précaution de couper le courant. Ce dont il ne se souvenait pas, c'est que le réfrigérateur et, surtout, le petit congélateur qui le surplombait allaient s'arrêter.

Il s'en était fallu de peu pour qu'il sorte de son appartement pieds nus. La précipitation, sans doute, et l'excitation provoquée par la certitude de devoir s'en aller. À la hâte, il était retourné dans sa chambre et avait enfilé la première paire de chaussettes qui lui était tombée sous la main avant de chausser des souliers qu'il n'avait même pas pris le temps de regarder. Ce petit contretemps lui fit prendre conscience qu'il serait même sorti sans avoir pris ses clés. Où avait-il mis ces foutues clés ? Depuis quelque temps déjà, elles se jouaient de lui et disparaissaient des journées entières.

Devait-il appeler Dolorès pour la prévenir qu'il avait décidé de partir et qu'il ne pourrait pas aller chercher James à la sortie de l'école aujourd'hui ? James… N'existait-il pas suffisamment de prénoms hispaniques ? Mais non ! Il avait fallu qu'elle en fasse un vrai petit américain. Il avait l'impression de ne pas l'avoir vu depuis longtemps. Il adorait son petit-fils. Pedro ne savait plus dans quel ordre faire les choses. Prioriser lui donnait de plus en plus de mal. Et pour cause, chaque nouvelle tâche envisagée lui faisait oublier la précédente.

Il resta un petit moment devant la fenêtre à se demander l'heure qu'il pouvait être. Le soleil déclinait déjà. La journée avait filé sans qu'il s'en soit rendu compte. Il valait mieux lever le camp avant qu'il ne disparaisse complètement. Il n'aimait pas sortir tout seul la nuit. Sa vue n'était plus ce qu'elle était et il confondait souvent les rues.

Il attrapa la valise qui était restée dans l'entrée, sortit sur le palier et claqua la porte derrière lui. Sans avoir pris ses clés. Mais il n'y pensait plus, préoccupé à l'idée de s'en être allé sans ses appareils dentaires. Il les oubliait la plupart du temps. Ils lui faisaient mal de toute façon, et n'avaient pas été « mis à jour » des dents qu'il avait perdues depuis qu'ils avaient été confectionnés. Le dentiste coûtait trop cher.

Adelita serait surprise de le voir débarquer ainsi, après tant d'années. Il lui devait tout. Sans elle, il n'aurait pas pu élever Dolorès qui, à coup sûr, aurait été confiée aux services sociaux de l'État.

– 2 –

Lorsque ses jambes commencèrent à s'ankyloser, Pedro s'arrêta un instant et, la tête baissée, ferma les yeux le temps de reprendre son souffle. Lorsqu'il les rouvrit, il eut une vue plongeante sur les baskets qu'il avait chaussées avant de partir. Une vieille paire de baskets, d'un bleu horriblement criard. Entre son pouce et son index, il pinça le bas de son pantalon et le releva de quelques centimètres pour découvrir que les chaussettes jaunes qu'il avait enfilées étaient plus affreuses encore. Il avait l'air ridicule. Mais ce qui l'inquiétait par-dessus tout, c'était de ne pas savoir pourquoi il se trouvait devant le San Francisco General Hospital — ou pourquoi il s'y trouvait avec une valise à la main — et de ne pas se souvenir d'avoir fait le trajet depuis chez lui. La force de l'habitude. Il faisait ce trajet depuis tellement d'années qu'il finissait par ne plus le voir. Il devait être l'heure pour lui de rembaucher. Sinon, pourquoi serait-il venu sur son lieu de travail ?

Devant l'entrée de service destinée aux salariés de sa catégorie, Pedro trouva porte close. Il fallait badger pour pénétrer dans les lieux. Il sortit sa carte de transport de la poche de son pantalon et s'évertua à la coller sur le lecteur de badges. Dans un sens d'abord, puis, constatant que la porte ne se déverrouillait pas, dans l'autre, sans que cela ne fonctionne mieux. Il sentait que ses nerfs commençaient à le titiller. Cette foutue porte qui ne voulait pas s'ouvrir allait le mettre en retard et il n'aimait pas ça. Ce n'était pas elle qui l'empêcherait de pointer à l'heure ! S'il ne pouvait pas rentrer par là, il rentrerait par l'entrée principale.

Pedro connaissait si bien les lieux que, sans la moindre hésitation, il se rendit à l'étage où il devait entamer son labeur. Pourtant, quelque chose clochait encore et ses méninges tournaient à plein régime pour remettre un peu d'ordre dans la confusion qui commençait à l'envahir.

Son matériel !

Il lui manquait son matériel !

Mais il ne savait plus où le trouver.

Le mieux était de demander à l'accueil des infirmières.

— Bonsoir Pedro ! Mais, qu'est-ce que vous faites là ? Vous savez que Dolorès ne travaille pas ce soir…

Pedro fut rassuré de constater que son interlocutrice le connaissait. Elle l'avait appelé par son prénom. Il se souvenait également d'elle, sans toutefois la situer avec précision. Il devait l'avoir croisée dans l'hôpital. Après tout, ils y travaillaient tous les deux.

— Vous savez où est-ce que je peux trouver mon matériel de travail ?

L'infirmière le dévisagea puis lui sourit.

— Vous savez quoi, Pedro ? Je vais appeler Dolorès. Elle pourra vous aider.

— Oui mais… mon matériel, où est-ce qu'il est ? Je dois commencer à vingt heures et je ne veux pas être en retard.

— Dolorès vous dira où il est, hein, et en attendant, venez donc vous asseoir un petit moment dans l'espace d'attente.

Pedro obtempéra et se tint tranquille pendant plus d'une heure. Son regard se perdit dans le flot ininterrompu de patients, d'infirmières et de médecins qui arpentaient les lieux. Il en oublia l'objet de sa venue et, même, ce qu'il faisait là, à attendre seul au milieu de tous ces gens. Il fallait qu'il rentre chez lui. Cette idée agita ses mains qui, de manière frénétique, se mirent à chercher les clés de son appartement. Où les avait-il fourrées ? Ne pas les trouver, dans aucune de ses poches, fit grimper son anxiété. Décidé à partir avec ou sans elles, il se leva et abandonna sa petite valise bordeaux derrière lui. Il déambula dans les couloirs du service, à la recherche de cette sortie qu'il ne trouvait pas. Un mal de tête naissant ralentit ses pas et l'odeur qui régnait en ces lieux — cette odeur d'hôpital, reconnaissable entre toutes — commençait à l'étourdir. Les années passées à baigner en son sein, plusieurs heures par jour, l'y avaient habitué. Mais, maintenant qu'il ne travaillait plus ici, l'effet de l'habitude s'était dissipé. S'il ne travaillait plus ici, qu'était-il venu y faire, alors ? Cette odeur lui rappelait l'époque où, pour la première fois, il avait dû mettre les pieds dans ce temple de la santé lorsque Carmen, sa défunte épouse, y avait été admise. Il n'avait jamais réussi à dissocier ce souvenir olfactif de cette triste époque de sa vie.

Le mal, qui se fit d'un coup plus intense, obligea Pedro à stopper net devant l'une des chambres, dont la porte était restée à demi ouverte, et emporta avec lui les quelques repères qu'il avait retrouvés. Son cerveau ne lui renvoyait plus aucune information cohérente qui lui permette de se réimplanter dans l'espace et dans le temps. La douleur prenait possession de toute sa tête. La douleur, et le bip que restituait un moniteur cardiaque dans la chambre devant laquelle il s'était arrêté. Son esprit s'arrima à la régularité du son, pour focaliser sur autre chose que les battements qui assaillaient ses tempes, en espérant que ces derniers disparaissent derrière ceux de l'appareil. Puis, les bips devinrent irréguliers, provoquant une asynchronie entre ce que Pedro entendait et ce qu'il endurait. La confusion brouilla ses pensées un peu plus encore et la douleur augmenta en intensité. Lorsque les bips se transformèrent en un signal ininterrompu, les battements convergèrent en un seul assaut, massif, explosif, comme si son crâne avait été la cible d'un missile qui l'aurait perforé. La douleur, insupportable, lui altéra la vue et faillit lui faire perdre connaissance. Il s'appuya contre le mur pour ne pas s'effondrer.

Moins d'une seconde plus tard, les battements avaient cessé, presque instantanément, le laissant dans un état second dont il n'émergea qu'après de longues minutes. Il ouvrit les yeux et reprit pleinement conscience avec le sentiment étrange et entêtant qu'il n'aurait pas dû se trouver là, debout, à l'extérieur de la chambre devant laquelle il était.

Plus étrange encore était la sensation qu'il aurait dû se trouver à l'intérieur, assis sur le fauteuil roulant qu'il avait entr'aperçu dans la pièce. Comment avait-il pu abandonner ce fauteuil ? Il n'avait plus aucun souvenir de ces derniers jours. La seule image qui lui venait à l'esprit était celle de son épouse.

À l'intérieur de la chambre, une femme élégamment vêtue, qu'il ne voyait que de dos, fit taire le moniteur. De toute évidence, le signal constant qu'il avait émis avant d'être éteint ne pouvait signifier qu'une chose : la personne étendue sur le lit venait de mourir. Pourquoi diable cette femme avait-elle pris l'initiative d'interrompre la machine ? En s'approchant, il l'entendit marmonner quelques mots à l'attention du défunt.

Ses yeux se posèrent alors sur le visage du cadavre, pâle comme un linge, les yeux vitreux de la vie qui venait de les quitter. Ses traits, creusés à l'extrême, et ses lèvres pincées exhalaient encore douleur et colère, comme si la mort ne les avait pas totalement fait disparaître. Pedro ne parvenait pas à se détacher de ce visage qui exerçait sur lui une attraction singulière. À force de l'observer, il lui devint étrangement familier.

Et puis il y avait cette chambre et les perspectives nouvelles à travers lesquelles il la découvrait. Les choses lui paraissaient irréelles.

Pourquoi pensait-il à Dolorès ? Et à James ?

Qu'est-ce que ces prénoms sans visage venaient faire au milieu de tout ça ?

Pourquoi fallait-il, à tout prix, qu'il retourne sur Mission District ? Jusque-là, il n'avait jamais redouté la tombée du jour. Ce soir, pourtant, quelque chose le poussait à en être effrayé. Et ces clés qui s'imposaient à lui comme un tourment obsessionnel…

À grand effort de concentration, il chassa ces pensées parasites qui n'avaient aucun sens et focalisa sur les seules images qui s'inscrivaient sur sa rétine. Cette chambre, cet homme… Il ne pouvait pas y croire.

La femme n'avait pas remarqué sa présence, trop absorbée par le corps sans vie qui gisait sur le lit. À cet instant, elle ne l'intéressait plus. Il s'en occuperait plus tard. Ce qui lui importait, c'était de savoir comment cela avait pu se produire. Chaque détail de ces dernières années ; toutes ces choses qu'il n'avait pas pu régler alors que la maladie l'avait enseveli. Mais, de toute évidence, elle n'avait pas eu raison de lui. En tout cas, pas complètement. D'une manière ou d'une autre, le destin avait voulu qu'il redevienne celui qu'il avait été. La seule chose qu'il ignorait, c'était le temps dont il bénéficierait. Et, ce temps, il ne le gâcherait pas. Mais il devait se taire. Personne ne devait savoir. Personne ne pourrait comprendre, de toute façon. Lui-même avait encore du mal.

La femme se retourna lorsqu'elle entendit bouger le fauteuil roulant dans lequel Pedro venait de se poser. Elle reconnaissait chacun de ses petits grincements comme autant d'informations qui lui avaient permis de savoir où et dans quelle position se trouvait son défunt mari lorsqu'il vivait encore à leur domicile, avant qu'elle ne le fasse admettre en maison de retraite. Elle regarda cet inconnu s'y asseoir et s'en relever, à plusieurs reprises. Qu'est-ce que ce vieil homme faisait là ? Elle n'eut pas le temps de lui poser la question qu'une infirmière déboula dans la chambre.

— Pedro, qu'est-ce que vous faites ici ?... Madame, je suis désolée de cette intrusion. Ce monsieur…

Sans finir sa phrase, l'infirmière jeta un coup d'œil inquiet vers le moniteur cardiaque.

— C'est vous qui l'avez éteint, Madame ?

— Oui ma chère. Le son qu'il émettait il y a encore une minute me faisait mal aux oreilles.

— Mais… Il ne faut pas.

— Il n'y a plus grand-chose à faire pour mon mari. Il est mort. J'allais vous prévenir lorsque j'ai vu cet homme dans son fauteuil. Que fait-il ici ?

L'infirmière ne savait plus où donner de la tête, perturbée par ces deux événements qui se superposaient. Son instinct professionnel lui commanda, en premier lieu, de venir contrôler les constantes de celui dont elle n'avait pas encore constaté le décès. Elle ralluma le moniteur et vérifia ses pupilles. Pas de doute possible, il était bel et bien mort.

— Je suis désolée, Madame. Votre mari s'est éteint.

— Ça, je le sais. Je viens de vous le dire. Mais vous ne m'avez pas dit qui est cet homme.

— Pardon… C'est… comment dire… un patient. Il ne devrait pas être dans cette chambre. Je vais le sortir de là et vous laisser vous recueillir comme il se doit.

— Ne le brusquez pas. Il ne m'a pas vraiment importunée. Il s'est juste emparé du fauteuil roulant…

— Je vais prévenir un médecin pour qu'il déclare le décès… et vous débarrasser de ce monsieur.

La femme s'avança vers Pedro avec le sourire.

— Si vous le souhaitez, vous pouvez garder ce fauteuil. Mon mari n'en aura plus besoin, dit-elle avec beaucoup de douceur.

Pedro abandonna le fauteuil et leva un œil chargé sur celle qui venait de s'adresser à lui. Son regard véhiculait quelque chose de sombre. La femme perdit son sourire.

L'infirmière fut intriguée par l'intensité de cet échange visuel. Elle aurait juré qu'ils se connaissaient. En rappelant à l'ordre l'intrus, elle brisa le lourd silence qui s'était installé dans la chambre et mit un terme au malaise qui semblait s'emparer de la femme.

— Bon, Pedro ! Maintenant vous sortez d'ici. Dolorès ne va pas tarder et je ne voudrais pas lui dire que vous avez importuné cette dame.

Voilà que Dolorès revenait sur le devant de la scène. Il ne fallait pas qu'il l'ignore, pensa-t-il en se rasseyant dans le fauteuil.

— Sooooor… Pedro s'interrompit avant de finir sa phrase. Il approcha la main de son menton et la fit glisser le long de son cou avant de reprendre, le sourire au coin des lèvres. Sortez-moi de là, alors ! finit-il d'un ton pourtant glacial.

L'infirmière interrogea la femme du regard, comme pour lui demander l'autorisation de sortir avec le fauteuil. Cette dernière opina du chef, sans un mot. Et Pedro se mit à rire aux éclats, comprenant ce qui venait de se produire.

2

Un passé qui chahute

Dolorès observait ses fesses dans le miroir. Elles étaient joliment moulées dans un jean coupe slim et ne manquaient jamais d'attirer les regards (suspects, le plus souvent). Elle aurait aimé qu'un homme s'y attarde. Certes, les prétendants ne manquaient pas, mais les aventures d'un soir ne l'intéressaient guère. Et elle n'avait pas envie de toutes les tester pour faire le tri et tenter de débusquer les candidats qui se seraient peut-être inscrits dans la durée. Résultat : depuis que Miles avait quitté la Californie, six mois plus tôt, les parties de jambes en l'air s'étaient faites rares, pour ne pas dire inexistantes. Miles, c'était l'éternel ami avec lequel elle avait tout partagé, jusqu'à son lit, après qu'elle se fut séparée de Tom, ce tocard de bonhomme qui lui avait servi de mari pendant douze longues années. C'était également le rempart derrière lequel elle s'était abritée lorsque tout lui avait explosé à la figure, à l'aube de ses trente-cinq ans : son divorce tout d'abord, houleux au possible, puis la maladie de Pedro, son père, de loin la situation la plus difficile à gérer. Quant à son boulot d'infirmière, il était devenu, depuis lors, ingérable pour la mère célibataire et la garde-malade en laquelle elle s'était transformée. Si Miles n'avait pas été là, elle n'aurait jamais tenu le coup. Il était cet homme dont toutes les femmes rêvent. Beau, gentil, prévenant, intelligent et doué comme pas un dans un lit, ce qui ne gâche rien. Un fantasme sur pieds… sauf que le mariage et lui, c'était comme la lune et le soleil. Quand l'un se lève, l'autre se couche. D'une certaine manière, elle avait béni sa tendance à fuir l'engagement car il n'aurait pas pu la seconder comme il l'avait fait pendant si longtemps si une rombière avait réussi à lui passer la bague au doigt. Mais toutes les bonnes choses ont une fin.

Pour remercier Miles de ses bons et loyaux services, le cabinet d'avocats dans lequel il exerçait depuis qu'il était sorti de Hastings lui avait offert la direction du département « Propriété Intellectuelle » de son bureau de New York. Une promotion qui valait son pesant d'or et que, bien sûr, il n'avait pas refusée. Pendant un temps, elle avait espéré qu'il décline. Peut-être pas pour elle (après tout, ils n'étaient qu'amis, même si le sexe n'était pas étranger à leur relation depuis qu'elle s'était séparée de Tom) mais pour sa famille, qu'il adorait et qui n'avait jamais quitté San Francisco. Encore que, s'il était resté pour elle, elle ne s'en serait pas plainte.

La vérité, c'est qu'ils n'avaient jamais abordé cet aspect de leur relation qui les faisait davantage ressembler à un couple qu'à de vieux amis. Pour elle, les choses étaient simples : ils ne faisaient pas et ne feraient jamais partie du même milieu ; conclusion personnelle et dirimante qui l'avait éloignée de toute tentative pour faire évoluer leur amitié. Pourtant, Miles ne lui avait jamais rien fait ressentir de tel, pas une fois en vingt-deux ans, et n'avait pas hésité à l'accueillir dans le giron familial peu de temps après avoir fait sa connaissance. Ses parents avaient été irréprochables à son égard. Il faut dire, rien à part ses origines modestes n'aurait pu lui être reproché car elle savait se tenir et entretenir une conversation. Elle avait été élevée dans le respect des bonnes manières. Comme quoi, l'argent n'est pas forcément au cœur d'une bonne éducation. Son goût prononcé pour la lecture l'avait mise à l'abri des trop grands écarts culturels. Elle avait néanmoins senti que, pendant longtemps, ils s'étaient contentés de la tolérer, terrorisés à l'idée qu'elle dérobe le cœur de leur fils alors qu'ils espéraient « autre chose » pour l'individu supérieur qu'ils voyaient en lui (comme en eux, d'ailleurs). Mais les années étaient passées sans que leur crainte ne trouve matière à s'exprimer et, probablement rassurés, leur attitude avait gagné en sincérité. Un tracas en chassant un autre, ce fut le célibat de leur fils qui, par la suite, les avait inquiétés. Avec les années, ils avaient fini par accepter l'idée que tous les hommes ne souhaitent pas nécessairement fonder une famille et rentrer dans le moule. L'idée n'était pas faite pour plaire à la mère de Miles, tant s'en faut. Derrière les apparences, elle ne s'y faisait pas. À tel point qu'un jour, alors que père et fils s'étaient éloignés, elle avait lancé à Dolorès : « *C'est peut-être toi qu'il aurait dû épouser, finalement* ». Elle ne s'était probablement pas rendu compte de la portée de ces quelques mots. Le « peut-être » et le « finalement » qui avaient ponctué la phrase n'étaient jamais sortis de la tête de Dolorès. Ils voulaient tout dire.

Curieusement, son père non plus ne s'était pas félicité de constater qu'elle s'était rapprochée d'un gars comme Miles. Dès le début, il y avait vu quelque chose de plus fort qu'une simple amitié. Et tout comme ses homologues, il avait craint que cette relation n'éloigne sa fille de ce qui était fait pour elle. Il n'avait rien contre Miles, bien au contraire, mais, pour lui, une telle relation ne pouvait pas s'inscrire dans la durée, encore moins si elle se transformait en histoire d'amour. Non, il fallait qu'elle fréquente des garçons de sa condition, de sa couleur et, si possible, de sa religion. Les autres combinaisons sont des « *nids à emmerdes* » disait-il à qui voulait l'entendre. Alors, malgré leur proximité, Dolorès n'avait jamais voulu (osé ?) franchir cette limite qui sépare les amis des individus cherchant à construire une relation amoureuse. Pas même lorsqu'ils étaient devenus amants. Cette limite, Miles ne l'avait pas franchie non plus, sans qu'elle sache vraiment pourquoi. Pourtant, ils s'étaient connus en 1996, à l'aube de leurs dix-huit ans, âge où ce genre de considération n'intéresse que les parents.

À l'époque, rien dans leur situation respective ne les prédestinait à se rencontrer. Ils ne fréquentaient ni les mêmes lieux, ni les mêmes gens. Et encore moins le même lycée. Seulement voilà, il avait fallu que Miles se blesse à l'épaule lors d'une virée à vélo et qu'il ait l'absence d'esprit d'aller consulter à l'hôpital (public) le plus proche du lieu de sa chute plutôt que de se rendre dans les cliniques privées que fréquentaient ses parents. Il s'était ainsi retrouvé au San Francisco General Hospital, perdu devant l'entrée de cet immense complexe. Ce jour-là, le hasard avait voulu que Dolorès y attende son père. Il y travaillait depuis des années, comme homme d'entretien. Elle n'avait pas hésité à s'adresser à Miles qui ne semblait pas savoir où aller.

Pendant un instant, elle s'était amusée de voir ce grand dadais incapable de trouver à qui s'adresser. Mais il était beau, parlait bien, et irradiait un je-ne-sais-quoi d'immensément sympathique, ce qui lui avait fait vite oublier cette impression d'immaturité. Elle, elle était déjà sûre d'elle, savait l'effet que son physique provoquait sur les garçons de son âge (et même plus vieux) et connaissait l'endroit comme sa poche, ce qui lui avait donné l'avantage.

Dolorès avait guidé Miles jusqu'au service approprié en demandant aux infirmières de service, qu'elle connaissait toutes, de s'occuper de son « ami ». Puis elle avait attendu quelques minutes avec lui, histoire de papoter et de faire durer cette rencontre, plaisante et inattendue. Lorsqu'elle s'était décidée, non sans mal, à prendre congé, il l'avait retenue en saisissant sa main. Elle se souvenait encore, comme si c'était hier, de l'invitation qu'il lui avait lancée.

— Merci de m'avoir aidé dans ce labyrinthe. Sans toi, je crois que je serais encore devant l'entrée à me demander ce que je dois faire. J'organise une petite soirée dans deux semaines, pour mes dix-huit ans. Ça te dirait de venir ? Ça me ferait plaisir…

Dolorès avait été prise de court, à mille lieues d'imaginer que le simple fait de l'avoir aidé puisse déboucher, si vite, sur une invitation.

— Quel genre de soirée ? avait été la seule réponse à lui venir en tête, consciente de la maladresse probable de sa question.

— Euh… bah une soirée normale, quoi. Avec des copains du bahut et de la bouffe. Pas d'alcool et pas de drogue, si c'est à ça que tu penses. Y'a rien à craindre. Mais te sens pas obligée. C'est juste que j'aimerais te remercier.

— Tu vis où ?

— Presidio Heights. 3452 Jackson Street. Tu connais ?

— Bien sûr que je connais !

Certes, elle connaissait. Mais de nom seulement. Ce quartier n'était pas vraiment de ceux qu'elle fréquentait. Et l'idée de se rendre à une soirée chez un gars probablement riche comme Crésus (il fallait bien ça pour vivre dans un coin pareil) l'avait instantanément mise mal à l'aise. Mais l'envie de le revoir avait été plus forte que son appréhension. Évidemment, elle n'avait rien montré de son hésitation et de ses causes. Elle avait juste sorti un carnet et un stylo de son sac et les avait tendus à Miles.

— Note-moi ton numéro de téléphone, la date et l'adresse. Je vois si je peux et je te préviens. Moi aussi, ça me ferait plaisir… avait-elle ajouté avec le sourire, pour tempérer son injonction.

Lorsque Miles les lui avait rendus, le regard de Dolorès s'était figé sur le numéro de téléphone. Il s'agissait d'un numéro de portable. Quel jeune de dix-huit ans pouvait déjà avoir un portable à part un jeune plein aux as ?

— À bientôt Dolorès, lui avait-il répondu, agrémentant son joli sourire d'un clin d'œil.

Elle n'avait vu aucune certitude, aucune prétention, dans ce clin d'œil. Juste une envie, qu'elle avait estimée sincère et à laquelle elle avait déjà envie de répondre. Mais elle avait toujours su faire attendre les garçons.

En cette soirée de novembre, Dolorès s'était faite jolie. Très jolie même. Elle avait lâché sa magnifique chevelure brune, longue et ondulée (sa fierté) qu'elle portait habituellement attachée. Elle s'était sobrement maquillée. L'eye-liner soulignait la profondeur de ses grands yeux marron. Sa peau, naturellement hâlée par ses origines, n'avait besoin d'aucun artifice. Une pointe de rouge transformait ses lèvres charnues en une zone de convoitise sur laquelle n'importe qui aurait aimé déposer un baiser. Quant à son corps, aux courbes on ne peut plus avantageuses qui lui faisaient côtoyer le mètre soixante-quinze, elle l'avait glissé dans une robe fourreau noire, surmontée d'un châle marron. Apprêtée de la sorte, elle n'avait plus rien d'une fille de dix-huit ans. Elle avait tout d'une femme, attirante, sensuelle, sans verser dans le mauvais goût. C'était ce qu'il lui avait fallu pour se sentir à la hauteur du lieu où elle allait se rendre (et surtout des gens qu'elle allait y croiser). Parce qu'elle avait beau être sûre d'elle, à cet âge-là, l'assurance est un vernis fragile qui peut vite craqueler sous le poids de la différence, notamment sociale.

S'agissant d'une soirée d'anniversaire, elle s'était même fendue d'un petit cadeau : l'intégrale de La Ligne Verte de Stephen King, fraîchement publiée en un seul et même volume. Elle ne connaissait rien des goûts de Miles en matière littéraire, ni même s'il aimait lire (elle ne connaissait rien à quelque propos que ce soit sur ce garçon avec lequel elle était restée à peine trente minutes, de toute façon). Mais un livre, ça en impose tout de suite ! Et elle n'aurait eu aucun mal à en parler tellement elle l'avait aimé. Celui-là, et tous ceux qu'elle avait lus par ailleurs. La lecture avait toujours été sa botte secrète pour effacer les différences.

Lorsque l'adorable Josh — meilleur ami de Miles, jovial, joufflu et ventripotent — lui avait ouvert la porte, elle avait bien cru que la mâchoire du gentleman se décrocherait. Bafouillant, il lui avait demandé si elle était bien Dolorès. « Elle-même » lui avait-elle répondu en acceptant le bras qu'il lui avait maladroitement tendu pour l'escorter. Ils avaient traversé une grande entrée avant d'arriver dans une pièce où la musique battait son plein, lui, rouge d'émotion, elle, superbe. Tous les regards avaient convergé vers eux. Mais elle n'avait eu d'yeux (discrets) que pour la maison, qui en imposait. L'appartement dans lequel elle vivait à l'époque avec son père tenait tout entier dans ce qui n'était manifestement *que* le salon. Les pièces étaient immenses, la décoration raffinée. Miles l'avait tirée de sa discrète contemplation et s'était félicité de sa venue. Il l'avait prise par la main et l'avait présentée à la plupart des vingt autres invités. Tous l'avaient saluée sans vraiment chercher à savoir qui elle était, ni d'où elle venait ; ce qui l'avait soulagée, car elle n'aurait pas aimé avoir eu à s'appesantir sur ses origines, le quartier où elle vivait ou le lycée dans lequel elle étudiait. Tous, à part un seul : Josh, qui n'avait pas réussi à camoufler l'effet bœuf qu'elle produisait sur lui. Il n'avait pas été le seul à la reluquer, mais, sur le moment, elle ne s'en était pas rendu compte. Plus tard, Miles lui avait avoué qu'elle n'était pas passée inaperçue. Seul Josh avait osé se montrer curieux. Trop, à son goût. Lorsque les questions du meilleur ami s'étaient faites exagérément précises, elle avait usé de son charme et, en lui adressant un sourire ravageur, avait demandé s'il n'était pas en train de la draguer. Si Miles n'avait pas explosé de rire en le voyant se défaire, Josh se serait probablement écroulé.

Miles et elle s'étaient ensuite éloignés du brouhaha et avaient passé un long moment à discuter de leurs goûts, de leurs envies, des bouquins qu'ils avaient lus. Pas une fois il ne l'avait questionnée sur ce qu'elle préférait taire avant de connaître à qui elle avait affaire. Cette singularité l'avait surprise au point de vouloir tester l'indifférence réelle de son nouvel ami au contexte socioculturel dans lequel elle évoluait. Elle avait attendu que la conversation s'y prête pour lui dire que son père n'était rien de plus qu'un homme d'entretien et que s'ils avaient eu la chance de se croiser devant l'hôpital, c'était parce qu'elle attendait qu'il finisse son service. « Ça passe ou ça casse » avait-elle pensé sitôt sa phrase prononcée. La réponse de Miles l'avait sidérée.

« Mes parents ne sont rien de plus que des avocats. Une chance que ton père travaille dans cet hôpital, sinon, on ne se serait jamais rencontrés ». Ce jour-là, Dolorès avait compris que Miles était différent. Il n'avait rien à voir avec la plupart des garçons de son âge. Et elle aurait aimé qu'il attrape ses lèvres et qu'il l'embrasse goulûment. Mais rien n'était venu. Les quinze années suivantes avaient étrangement ressemblé à cette première soirée.

D'une certaine manière, ils faisaient, chacun, partie de la famille de l'autre. Pendant un temps, leurs études respectives avaient espacé leurs entrevues. Mais pas une semaine n'était passée sans qu'ils se soient appelés. Rien n'avait entaché la régularité avec laquelle ils se donnaient des nouvelles ou se rencontraient, pas même les petits amis que Dolorès avait collectionnés pendant ses études d'infirmière. Miles, quant à lui, était resté discret (pour ne pas dire secret) sur ses histoires de cœur qui n'avaient jamais duré bien longtemps. Faute de mieux et sans grande conviction, elle avait mis ça sur le compte de ses prestigieuses études de droit, qui l'accaparaient à plein temps.

La situation s'était compliquée lorsque Tom avait déboulé dans la vie de Dolorès. Lui aussi, elle l'avait rencontré au San Francisco General Hospital. Tom, c'était un irrésistible appel au sexe, un mâle dans toute sa splendeur. C'était surtout le gars qui l'avait faite grimper aux rideaux comme jamais. Si seulement elle avait ouvert les yeux, si seulement elle avait cherché à en savoir un peu plus sur lui, elle ne l'aurait pas épousé. Mais il y a des moments dans la vie où les choses se font plus floues et où votre acuité est en berne. Le garçon en avait profité et s'était engouffré dans la faille. Au début, elle n'avait rien eu à lui reprocher, si ce n'était un manque d'intérêt flagrant pour tout ce qui ne tournait pas autour du sport, de la bière et des copains. Malheureusement pour elle, Dolorès n'avait pas remarqué que, parmi les copains, il y avait aussi les copines. Miles avait été l'autre sujet de discorde. Tom n'en n'avait jamais été jaloux mais il avait considéré que ce « précieux et lui n'avaient rien à partager ». Et puis, Miles était *encore* étudiant là ou Dolorès et Tom s'étaient déjà mis à travailler. Il n'en avait pas fallu davantage (en apparence) pour que leur amitié en prenne un coup et qu'une distance s'installe. En vérité, elle avait attendu que Miles défende leur relation, qu'il s'impose, qu'il lui donne son avis sur le garçon qui s'enracinait dans sa vie. En un mot comme en cent, elle aurait voulu qu'il fasse valoir son point de vue. Qu'il existe autrement que pour acquiescer ou comprendre et qu'il le crie ! Mais, comme lors de la première soirée qu'ils avaient passée ensemble, plusieurs années plus tôt, rien n'était venu, Miles s'étant abstenu de tout commentaire, de toute ingérence. Elle en avait souffert, assimilant cela à une forme quelconque de manque d'intérêt.

Une carte à Noël et une carte le jour de son anniversaire. Telles étaient les seules choses qui allaient survivre cinq ans après qu'ils se soient rencontrés, et ce, en dépit de la très belle relation qu'ils avaient nouée. Pendant les cinq ans qui avaient suivi, Miles n'avait jamais failli à les lui envoyer, quand bien même elle n'avait jamais répondu aux précédentes. Souvent, elle s'était demandé pourquoi il continuait à lui écrire et pourquoi elle s'obstinait à garder le silence. Aucune réponse qui tienne la route n'était venue satisfaire ces deux interrogations. Mais, au fond d'elle-même, ces cartes la ravissaient à chaque fois. Miles n'avait jamais été comme les autres et il ne le serait probablement jamais.

Ces cinq années l'avaient vue se marier avec Tom puis

donner naissance à James, de loin le plus beau cadeau que la vie lui avait donné. Dolorès n'avait jamais vraiment su si le temps et l'intérêt (peut-être disproportionnés) qu'elle avait consacrés aux jeunes années de son fils avaient été la cause de ses premiers déboires conjugaux. En toute objectivité, il était clair qu'elle avait délaissé son mari au profit de sa progéniture. Mais Tom n'avait jamais rien dit. Il s'était borné à se murer dans le silence, voire l'indifférence, et à s'éloigner d'elle, en rentrant chaque soir un peu plus tard, et pas parce que son emploi de contremaître le retenait au-delà des heures ouvrées. Elle avait préféré imaginer qu'il écumait les bars de la ville en compagnie de ses compères plutôt que se demander pourquoi ses vêtements embaumaient le parfum (féminin). Elle avait préféré voir, dans le rouge de ses yeux, une conséquence de la fatigue plutôt que de détecter les premiers signes d'une surconsommation d'alcool. Vivre en aveugle présente certains avantages… jusqu'au jour où vient le mur.

– 2 –

Un soir, alors qu'elle avait invité son père à dîner en ayant pris le soin de requérir de Tom qu'il fasse l'effort de rentrer pour dix-neuf heures trente, celui-ci ne s'était pointé que deux heures plus tard, et complètement éméché, de surcroît. Les choses auraient pu en rester là. Mais Tom s'était montré particulièrement irrespectueux à son égard et, ça, son père ne le supportait de personne, pas même du père de son petit-fils. Une altercation entre les deux hommes s'était ensuivie et Pedro avait fini au sol.

Le lendemain, redevenu sobre, Tom s'était confondu en excuses. Mais le mal était fait. Et, dans la tête de Dolorès, il était pour ainsi dire irréparable. S'en prendre à quelqu'un qu'elle aimait avait été la limite à ne pas franchir. Pourtant, elle n'avait pas mis fin à son mariage, considérant que James avait besoin d'un père, même imparfait (elle n'avait pas voulu verser dans l'introspection pour savoir si cela avait été la seule raison). De ce côté-là, Tom ne s'en sortait pas trop mal, même si les moments qu'il consacrait à son fils étaient très insuffisants.

Cette altercation fut l'étincelle qui avait mis le feu à son envie de recontacter Miles. Une envie qui lui trottait dans la tête depuis plusieurs mois mais à laquelle elle n'avait jamais répondu par peur de devoir lui avouer que sa vie ne lui convenait pas. Quand on a perdu de vue quelqu'un depuis longtemps, on hésite à le revoir alors que rien ne va. À moins de faire semblant. Et, faire semblant, c'était déjà ce qu'elle faisait avec Tom. Elle n'avait pas eu envie que cette attitude contamine ses éventuelles retrouvailles avec Miles. Mais le besoin de renouer avec un passé qui lui avait offert bien davantage que son présent s'était avéré plus fort que ses hésitations. Elle avait donc attendu de recevoir sa traditionnelle carte d'anniversaire pour décrocher son téléphone. Remercier son expéditeur pour cette charmante attention avait été le plus simple des prétextes à invoquer (simple, mais ridicule, car elle ne l'avait jamais remercié les années précédentes).

Miles avait accueilli son coup de fil comme s'ils s'étaient parlé la veille. Plusieurs années s'étaient pourtant écoulées depuis que Dolorès s'était évaporée. Pas un reproche, pas une remarque n'avait fusé. Elle avait failli écourter la conversation tant cette attitude la déroutait, et ce, depuis toujours. Mais discuter calmement de pures banalités lui avait fait du bien. Il avait quand même fallu que ce soit à elle de proposer une rencontre, sans quoi, ils ne se seraient sûrement pas revus. Pendant un instant, elle s'était demandé s'il ne lui faisait pas poliment la tête. Il aurait pu, et à juste titre. Mais, en y repensant, il n'avait jamais agi autrement. À bientôt vingt-neuf ans, Miles ne semblait pas avoir changé. Elle proposait, il suivait. Évidemment, il avait accepté de la revoir.

Ils s'étaient donné rendez-vous à l'appartement que Miles occupait depuis qu'il travaillait. Un appartement cossu sur Nob Hill, à l'angle de Pacific Avenue et de Jones Street. Son intérieur lui ressemblait : propre, bien rangé et meublé avec goût. « Voilà ce qui cloche chez Miles », avait-elle pensé en s'asseyant dans un canapé qui aurait englouti trois mois de son salaire d'infirmière si elle avait dû se le payer : Miles frôlait une sorte de perfection passive. Dans ses mots, dans ses attitudes. Ni rugosité ni pulsion auxquelles se raccrocher et qui lui aurait donné de la profondeur. Il était lisse et n'offrait aucune prise, comme si rien ne devait l'engager, comme un étranger de passage dans votre vie, qui ne veut pas déranger (ou laisser de traces). Pour une raison étrange, elle n'avait jamais aussi bien formulé ses impressions sur son ami que ce jour-là. Il faut dire, elle avait mûri, elle aussi, et le regard qu'elle posait sur les choses avait gagné en subtilité. Mais l'époque ne se prêtait pas à ce genre de considérations. Tom avait suffisamment de rugosité pour deux.

Miles s'était étoffé. Il s'était fait homme, même si l'adorable adolescent avait survécu dans son regard. Le mélange avait son charme. Il l'avait accueillie en la serrant dans ses bras. « Tu m'as manqué » aurait-elle aimé entendre. Mais il s'était contenté de le penser suffisamment fort pour que le seul langage du corps l'exprime. Puis ils avaient embrayé sur les mêmes banalités que celles qu'ils avaient échangées lors de leur conversation téléphonique… avant qu'elle ne lui balance tout. L'existence de son fils, l'attitude de son mari, la dérive de son mariage… Il l'avait écoutée, lui avait pris la main et lui avait proposé son aide. Mais que pouvait-il faire ? Ce problème lui était étranger et elle seule devait s'en dépatouiller.

Puis ils s'étaient revus, une fois par mois pendant un an, aux heures où elle pouvait se libérer compte tenu de sa profession et de ses gardes. À travers Miles, Dolorès avait retrouvé une forme timide d'équilibre. Elle n'avait rien dit à Tom de ses retrouvailles avec son ami. Il avait néanmoins fini par le découvrir. Elle s'était attendue à une scène de ménage mais il n'avait même pas fait cas de ce qui n'était pour lui qu'un détail sans importance. Il y avait belle lurette qu'il ne s'intéressait plus à ce qui se passait chez lui, mis à part les quelques signes d'intérêt qu'il témoignait de temps à autre à son jeune fils.

Il est rare qu'une tendance alcoolique et un comportement adultérin s'améliorent d'eux-mêmes si aucun travail de fond n'est entrepris par celui qui en est le sujet. Tom n'avait pas échappé à la règle et avait sombré, entraînant avec lui ce qui restait de son mariage. Jusqu'à ce que Dolorès quitte la maison et demande le divorce, à l'aube de ses trente-trois ans. Ce jour-là, elle avait abandonné une loque incapable de réagir, se croyant par là même à l'abri de toutes représailles. Mais certains individus ont la peau dure et une capacité de résilience qu'on ne soupçonne pas. Elle allait s'en rendre compte quelque temps plus tard.

Libérée de son fardeau, elle avait recommencé à vivre.

Miles, qui depuis leurs retrouvailles, n'avait occupé que les coulisses de sa vie (et sans s'en plaindre), était revenu sur le devant de la scène. Et, avec lui, ses parents, ravis de la revoir après tant d'années. Les copines étaient également ressorties du bois. Dolorès s'accordait quelques soirées festives entre filles.

Mieux se sentir augmente la libido… et les besoins de la satisfaire. Quoi de mieux, pour cela, qu'un trentenaire célibataire (Dieu seul savait pourquoi il l'était encore) en qui on a toute confiance et qui plus est beau garçon. Un soir, alors que Miles l'avait invitée à dîner au Venticello, un restaurant italien romantique et haut de gamme situé à quelques minutes à pied de chez lui, Dolorès avait décidé de le raccompagner, histoire de prendre un dernier verre et, cette fois, de ne repartir que bien plus tard dans la nuit.

Sitôt sur le canapé, elle l'avait enfourché sans lui laisser le temps de comprendre ce qui lui arrivait et avait collé ses lèvres aux siennes afin d'obtenir ce qu'elle aurait dû prendre bien des années plus tôt. Si elle avait dû attendre qu'il se lance ou qu'il ose, ils auraient tous deux atteint l'âge de la retraite avant de s'envoyer en l'air (et encore). Alors que, comme à chaque fois avec lui, elle s'était imaginée contrôler la situation, pour la première fois elle l'avait vu prendre les choses en main après qu'elle lui eut ôté sa chemise. À cet instant, elle était devenue son objet de plaisir et il en avait joui comme s'il avait voulu rattraper le temps perdu. À croire que dans l'intimité de ces moments, Miles n'était plus le même. Et cet autre Miles lui plaisait sacrément, même s'il n'apparaissait qu'une fois la lumière éteinte. Il lui avait fait l'amour au son des meilleurs titres de Simply Red, dont il avait lancé l'album rétrospectif en arrivant dans l'appartement. Pour la première fois depuis longtemps, elle s'était sentie revivre.

« Quel étrange garçon » avait-elle pensé en récupérant ses vêtements aux quatre coins de la chambre, au beau milieu de la nuit.

— T'imagines pas qu'on forme un petit couple, hein ! Je veux juste profiter de toi quand j'en ai envie, lui avait-elle lancé en s'apprêtant à sortir de la chambre, le laissant tout sourire dans son lit.

— Sex friends ? C'est ça ?

— C'est un peu ça beau gosse.

— Ça me va. Tu ne veux pas rester jusqu'à demain matin ?

— J'aimerais bien mais il y a James.

— Ton père est avec lui, non ?

— Oui, mais c'est pas ça. C'est juste que je veux être là, le matin, quand il se réveille. Tu comprends ?

— Évidemment. Tu es une bonne maman. Rappelle-moi quand tu veux.

— Non. Toi rappelle-moi ! Ça me fera plaisir.

— Ça marche Dol.

Avant de le quitter, elle l'avait regardé un petit moment, l'esprit perdu dans les quelques quinze années qui s'étaient écoulées depuis leur première rencontre.

— Tu te souviens la première fois, à l'hôpital ?

— Comme si c'était hier. Tu étais magnifique. Tu l'es toujours. Je crois que Josh ne s'en est toujours pas remis, avait-il répondu en riant.

— Oh Josh… j'adorais ce garçon. Il était tellement gentil. Merde… ça me rajeunit pas de repenser à lui. T'as des nouvelles ?

— Carrément. Il s'est installé dans le Montana ! Tu y crois ?

— C'est pas vrai ? Qu'est-ce qu'il fout là-bas ?

— L'appel de la nature… et de l'amour. Il a rencontré une fille originaire de Great Falls, un trou paumé, et il a repris l'auberge des parents de Madame. Ça a l'air vraiment chouette.

— Ça par exemple !

— Ça te dirait qu'on aille le voir un jour ? Il me supplie chaque semaine de venir lui rappeler à quoi ressemble San Francisco.

— Miles Turner qui me propose un week-end… Il se passe un truc, là !

— Tout arrive…

— Pourquoi on a attendu si longtemps, Miles ?

Dolorès avait eu conscience que le moment était mal choisi pour poser une telle question. Mais avoir déjà un pied en dehors de la chambre lui aurait permis de disparaître en un claquement de doigts si la réponse lui avait déplu.

— Le moment n'était peut-être pas venu…

— Sûrement…

— Dormez-bien Madame Dolorès Rojas. Salue ton père pour moi, ok ?

— Promis, Monsieur Turner. Tu sais… ça lui fait plaisir de savoir qu'on se revoit. Il y a dix ans, il ne croyait pas beaucoup à notre amitié.

— Pareil pour mes parents. Eux se désespèrent encore de me voir célibataire. Ma mère aurait aimé pouponner. Viens les voir, dimanche, ils seront ravis. Tu pourras discuter avec ma mère. Moi, je dois parler boulot avec mon père…

– 3 –

Dans le taxi qui l'avait ramenée sur Mission District, elle avait regretté d'avoir déjà circonscrit sa relation future avec son nouvel amant. Mais qu'aurait-elle pu espérer construire avec un garçon dont les chaussures et les costumes engloutissaient une bonne part de son salaire annuel (sans parler du canapé et du reste) ? C'était mieux ainsi. Que du sexe et d'autres bons moments, débarrassés du quotidien qui tue et de toutes les difficultés résultant de la rencontre de deux univers qui, au mieux s'ignorent, au pire se méprisent.

Pour ne pas entraver le sentiment de liberté que sa fille venait de retrouver, Pedro s'était investi, plus encore que par le passé, dans la vie de James. Il allait le chercher à l'école, le faisait dîner et le couchait lorsque Dolorès assurait des gardes le soir ou décidait de sortir. Elle devait une fière chandelle à son père, sans lequel elle n'aurait pas pu jouir de son nouveau célibat. Miles aussi avait eu sa petite place dans la vie de James. De temps à autre, ils s'étaient baladés, entre garçons, et l'avocat n'avait jamais rechigné à s'asseoir à table avec le garçonnet pour l'aider à faire ses premiers devoirs. Pendant une année, ce schéma avait contenté tout le monde. Jusqu'à ce que les choses déraillent.

Tom, qui s'était fait plus que discret en s'abstenant d'intervenir dans la vie de Dolorès autrement qu'en rendant visite à son fils quand le cœur lui en disait, s'était enfin décidé à répondre à la demande de divorce qu'elle lui avait adressée.

Derrière ce bon sens soudain, s'était caché, en réalité, un besoin d'argent assez pressant auquel il avait voulu répondre en formulant des demandes financières totalement irréalistes compte tenu des capacités de son ancienne compagne. Peut-être avait-il espéré que Pedro mettrait la main au porte-monnaie pour aider sa fille alors même que rien ne justifiait de telles demandes, sinon le fait qu'elle ait abandonné le domicile conjugal. Il avait même osé demander la garde de son fils, pensant ainsi récupérer la pension alimentaire qui viendrait avec le gamin. Mais il n'avait sûrement pas imaginé que Miles rentrerait en scène par l'intermédiaire de l'un de ses confrères et ami spécialisé en droit de la famille qui avait adressé une fin de non-recevoir circonstanciée à l'avocat bon marché que Tom avait engagé. Conscient des lacunes dont souffrait son dossier et du fait qu'il n'obtiendrait pas gain de cause, Tom avait alors changé de braquet. Pour le pire. Il avait abandonné les voies légales pour mieux pourrir la vie de Dolorès, s'en prenant à sa voiture, dont il avait crevé les pneus, à son courrier, qu'il avait subtilisé ; changeant à sa guise le calendrier prédéfini pour voir son fils ; l'appelant à toute heure du jour et de la nuit, sur son lieu de travail comme à la maison, avant d'aussitôt raccrocher. Dolorès avait vécu un enfer sans pouvoir prouver quoi que ce soit et son moral s'était effondré. Puis, tout d'un coup, ces « douceurs » avaient cessé. Tom avait accepté de signer les papiers du divorce en ne formulant qu'une seule requête, celle d'être dispensé de toute pension alimentaire compte tenu de sa situation difficile. Évidemment, elle avait sauté sur l'occasion, intriguée toutefois par ce revirement inattendu. Elle n'avait jamais su qu'en arrière-plan, Miles avait négocié la fin des hostilités en offrant à Tom une coquette somme d'argent avec laquelle il s'était évaporé sitôt le divorce prononcé.

La vie aurait pu reprendre son cours si un autre souci, plus grave, n'était pas venu inquiéter Dolorès : la santé de son père. Quelques signes caractéristiques de désorientation avaient commencé à poindre dans son comportement. Pedro détestait les médecins mais il avait accepté de se soumettre à une batterie de tests parce qu'il connaissait celui qui les lui avait fait passer pour l'avoir rencontré lorsqu'il travaillait encore à l'hôpital. Lorsque le diagnostic était tombé, Dolorès avait encaissé un uppercut. Un début d'Alzheimer. *Mejor morir que vivir con esta mierda*[1] *!* s'était emporté Pedro. Le médecin avait usé de toute la diplomatie du monde pour lui faire comprendre que la maladie n'en était qu'à ses débuts et qu'elle mettrait probablement des années avant de l'handicaper.

Malgré quelques oublis, certes de plus en plus fréquents, Pedro avait continué de vivre comme avant et était resté dans son petit appartement. Ses automatismes de vie étaient tellement ancrés en lui, et depuis si longtemps, qu'ils avaient construit une sorte d'exosquelette mental dans lequel il s'était fondu. Il avait continué à aller chercher James à l'école, à le ramener à la maison et à retrouver son domicile une fois sa fille de retour du travail. Une routine qui lui avait permis de se maintenir, tout comme elle avait permis à Dolorès de garder un œil non invasif sur les activités de son père. Elle avait juste pris la main sur son courrier, sa paperasse et ses factures, qu'il ne parvenait plus à gérer seul sans s'y perdre (et s'énerver).

La maladie d'Alzheimer n'allant qu'en s'aggravant, il avait dû abandonner l'idée de prendre soin de James, oubliant plus qu'à son tour l'heure à laquelle son petit-fils terminait et même, parfois, le jour de la semaine. Avec intelligence, Dolorès l'avait relevé de cette tâche en insistant sur le fait que James était assez grand pour rentrer et s'occuper de lui tout seul. Par chance, le gamin avait atteint l'âge de l'autonomie.

La vie de Pedro s'était alors limitée à quelques balades journalières dans le quartier, périmètre dans lequel il parvenait encore à se repérer, et à venir rendre visite à sa fille, chaque soir, oubliant au passage ceux auxquels elle assurait

1. Mieux vaut mourir que vivre avec cette merde !

des gardes. Ces soirs-là, James le raccompagnait jusque chez lui et restait un petit moment avec son grand-père (*abuelo*, comme il l'appelait depuis tout petit) à regarder la télé ou à discuter. Dolorès n'avait jamais eu autant de flair que le jour où elle avait décidé d'emménager à huit cents mètres de chez son père. Pourtant, lorsqu'elle avait quitté Tom, l'idée lui était venue de passer le Golden Gate et de s'installer un peu plus au nord. Mais le trajet jusqu'à l'hôpital l'avait effrayée. Quitte à rester sur Mission District, elle avait choisi l'appartement le plus proche de celui de son père. La chance de son côté, elle avait réussi à dégoter un appartement sous « Rent Control », dans un vieil édifice construit bien avant 1979. Ce type de logement était le seul qui lui avait permis (ainsi qu'à son père) de se maintenir au cœur même de San Francisco.

Si aucun incident majeur n'était venu érailler ce semblant d'organisation, la situation n'était pas simple pour autant. Dolorès ne s'était plus jamais éloignée de San Francisco ou, en tout cas, pas plus d'une demi-journée. Elle aurait pu, puisque Pedro passait de toute façon la journée seul. Mais la peur qu'il s'égare si elle le sortait de sa routine l'en avait dissuadée. La pire des situations aurait été pour elle de devoir le récupérer au poste ou encore à l'hôpital, après avoir été trouvé, errant, dans les rues de la ville. Rien que d'y penser lui faisait froid dans le dos. Pourtant, elle savait qu'un jour ou l'autre il ne serait plus capable de vivre seul. Elle savait surtout que ni ses moyens ni ceux de Pedro, même additionnés, ne lui permettraient de placer son père dans une institution qui ressemble à autre chose qu'un mouroir. À moins de le prendre chez elle, solution à laquelle elle ne voulait pas non plus se résigner sauf à tirer un trait définitif sur sa vie qui, déjà, n'était pas bien folichonne. « On verra bien… » pensait-elle toujours. Quand un problème est insoluble, quel que soit le sens dans lequel vous le prenez, autant ne pas s'en inquiéter avant qu'il frappe à votre porte.

Miles non plus ne s'était jamais éloigné de Dolorès. Il était devenu sa bouffée d'oxygène, la personne qui lui avait permis de faire un break, d'oublier le merdier dans lequel cette foutue maladie l'avait fourrée. Non pas tant parce qu'il l'avait sortie dans les endroits les plus sympas de la ville, mais parce qu'elle avait pu lui parler, de ses craintes et de l'avenir, et parce qu'elle avait pu compter sur lui, en toutes circonstances. Alors, bon an mal an, entre Miles et ses quelques copines, sa vie avait réussi à sobrement la contenter. Jusqu'à ce que son chevalier servant se fasse la malle à New York.

Elle avait accusé le coup, pensant peut-être que les choses auraient ainsi duré pendant des siècles. Au début, elle n'avait pas compris sa décision et lui en avait presque voulu. Mais quelles perspectives lui avait-elle proposées ? Aucune, si ce n'avait été de rester près d'elle, à une distance, toutefois, qui jamais ne les avait fait ressembler à autre chose que de bons vieux copains (le sexe en prime). D'un autre côté, il n'avait pas cherché à casser le plafond de verre sous lequel elle l'avait cantonné la première fois qu'ils avaient couché ensemble.

Voilà donc la situation dans laquelle Miles l'avait quittée, vingt ans après avoir fait connaissance et alors qu'un vent froid soufflait encore sur sa vie de mère-célibataire-infirmière-sans-le-rond-avec-un-père-malade-sur-les-bras. Évidemment, ils s'appelaient, presque quotidiennement (bien que Miles ait tardé à la recontacter), mais ce n'était plus pareil. Il fallait qu'elle se l'avoue : il lui manquait, et pas seulement pour les nuits orgasmiques qu'il lui avait fait passer deux fois par semaine. Elle s'en voulait de ne jamais lui avoir dit qu'il représentait bien plus qu'un ami avec lequel on couche. Elle s'en voulait surtout de ne jamais avoir réussi à dépasser ce vieux clivage de l'origine sociale. Quand on naît de parents mexicains venus s'installer aux États-Unis, quand on ne représente rien de plus qu'une simple infirmière, ce clivage vous colle à la peau, même si vous êtes dotée du plus beau cul du monde. On a du mal à imaginer, même après tout ce temps, qu'un gars de Presidio Heights puisse s'intéresser à une fille de Mission District au point de faire tomber les murs invisibles qui existent entre ces deux quartiers. Étrange relation que la leur, où aucun des deux n'avait fait un pas de plus vers l'autre, comme s'ils s'étaient ratés, vingt ans plus tôt, et que la porte s'était refermée sur ce qu'ils auraient pu *vraiment* construire.

Dieu merci, elle avait James, son soleil. L'adorable petit gamin qu'elle baladait encore dans Mission Bay Park la veille avait bien grandi et allait sur ses dix-sept ans. Toujours présent, il l'aidait comme il pouvait et ne lui causait aucun des désagréments que certains adolescents font subir à leurs parents. Il semblait être passé à travers la fameuse crise qui peut les rendre désagréables. Cerise sur le gâteau, il était bon élève, bien que ces derniers mois, ses résultats se soient tassés. L'enfermement de Logan, son meilleur ami, n'était probablement pas étranger à la situation. Mais elle y avait également associé le départ de Miles car les deux garçons s'entendaient à merveille et, peut-être sans le dire, son fils ressentait-il quelque peine à avoir perdu cet homme qui, finalement, lui avait presque servi de père de substitution. Parfois, Dolorès s'endormait avec l'immense regret de ne pas pouvoir lui offrir davantage, comme des vacances, ou ces dernières baskets qui coûtaient un bras. En son temps,

Miles l'avait sacrément gâté, même si Dolorès feignait de s'y opposer. Mais la joie qu'elle lisait alors dans les yeux de James avait le pouvoir de tout effacer.

Vingt ans de souvenirs qui lui donnèrent envie de pleurer. Mais toujours ces mêmes fesses, dans le miroir, qui lui rendirent le sourire. Elle avait peut-être quarante-et-un ans, mais elle les portait bien.

3

Mauvaise surprise

— **Une valeur sûre,** chérie, je te l'ai toujours dit. Mais qu'est-ce que tu fous à part te reluquer les fesses ? lui balança Debby, sa meilleure amie, qui était descendue s'enquérir de ce qui pouvait bien retenir Dolorès aux toilettes.

— Je réfléchissais…

— Tu crois que c'est le lieu ? répondit Debby en admirant la silhouette de son amie dans le miroir.

— Si je pouvais être foutue comme toi, y'a pas un mec que je me serais pas tapé sur la côte ouest.

D'un point de vue physique, Debby était effectivement loin d'équivaloir Dolorès. Mais son assurance à toute épreuve et sa gouaille, qui jamais ne franchissait les limites de l'indécence, lui ouvraient un grand nombre de portes — entendre, par là, les portes qui conduisaient tout droit aux tanières des mâles qu'elle convoitait. Elle se moquait bien de savoir s'ils étaient célibataires ou mariés, pauvres ou riches, pourvu qu'ils lui plaisent et qu'ils n'attendent rien de plus. Car Debby ne voulait pas s'engager. À croire que Dolorès ne fréquentait que des célibataires endurcis.

Elles étaient toutes deux remontées dans la salle du Smuggler's Cove, le pub dans lequel elles se donnaient toujours rendez-vous. Situé dans le quartier de Fillemore, il n'était pas très loin de Mission District, ce qui donnait à Dolorès la possibilité de rentrer assez vite, si besoin était. Elles avaient regagné *leurs* chaises, près du bar ; place que Debby affectionnait tout particulièrement, celle-ci lui donnant une vue d'ensemble sur les lieux et, surtout, sur les garçons qui entraient ou sortaient du pub. Elle avait un œil de lynx pour repérer ceux qui ne venaient pas seulement pour boire un verre. Il était rare qu'elle reparte seule. Mais, aujourd'hui, elle semblait davantage intéressée par Dolorès.

— Il te manque, pas vrai ?

— Qui ça ?

— Allez, Dol, tu sais bien de qui je parle.

— Miles ?

— Non ! Trump, bien sûr. Évidemment l'avocat !

— Qu'est-ce qui te fait dire ça ?

— Tu mates les mecs. Avant, ça ne t'arrivait jamais.

— Peut-être un peu, oui…

— C'est sa queue qui te manque ou lui ? Ou les deux peut-être ?

— Debby… surveille ton langage s'il te plaît… répondit Dolorès en la bousculant amicalement de l'épaule.

— Bah, faut dire, il est plutôt beau gosse. Je comprends pourquoi tu nous l'as planqué. J'aurais pas dit non à mieux le connaître. Mais t'avais peur de la concurrence, hein ? Une belle nana comme moi…

— C'est pas ça…

— C'est quoi alors ? T'as honte de ta vieille copine Debby ?

— Arrête de raconter des conneries. Ça n'a rien à voir. C'est juste que Miles et moi, ça toujours été spécial, tu le sais.

— T'as déconné, Dol. T'aurais dû l'enchaîner au chauffage de ton salon. Un gars pareil, on le laisse pas filer. T'as des news ? Tu le revois quand ?

— Oui, on s'est appelés hier. Mais tu connais le gus ! Tout va bien dans le meilleur des mondes.

— T'as pas envie d'aller le voir ? Si un mec me proposait d'aller passer des vacances à Manhattan, je saute dans l'avion, ma fille !

— Et je te laisse mon père, c'est ça ? T'es trop gentille de me le proposer.

— Bah, tu sais, si t'as envie de te sauver quelques jours, je le garde chez moi.

— Tu sais pas dans quoi tu t'embarquerais.

— Il va comment, sinon ?

— Ça va. Stationnaire. Le toubib m'avait dit que la maladie évoluait par paliers. J'ai pas envie d'imaginer le prochain…

— Alors profites-en pour faire un saut à New York. Sérieux, Dol, James et moi on se débrouille pour ton père.

— J'ai pas d'argent à dépenser. Et puis, ça te surprend si je te dis qu'il ne me l'a pas proposé ? Ah, évidemment, si je lui dis que je viens, il me dira « super ». Mais avant que ça vienne de lui…

— Ouais, bon… Mais y'a pire comme défaut, crois-moi !

— Et toi ? Toujours pas de mec durable ?

Debby sourit.

— Moi, les mecs, ils me sautent et se barrent. Je ne suis pas le genre avec qui on reste.

— Arrête, Deb. T'es la fille la moins compliquée que je connaisse. Mais les mecs, tu leur fais peur. Sans compter que tu ne fais rien non plus pour les retenir, hein ?

— Et mon petit James, il va comment ? Ça fait un bail qu'on n'a pas dîné tous ensemble… répondit Debby en changeant de sujet, pour ne pas avoir à s'appesantir sur une question dont elles avaient maintes fois parlé.

Derrière son attitude, Debby cachait bon nombre de complexes insoupçonnés qu'elle étouffait sous des airs de maîtresse femme dévoreuse d'hommes. Ils découlaient d'un physique qu'elle aurait voulu différent et qui, à ses yeux, ne valait pas grand-chose même si, en toute objectivité, il était dans la norme. Ils découlaient surtout d'une enfance douloureuse, vécue sous la houlette d'un père tyrannique. Mais derrière l'épaisse carapace, brillait une femme généreuse, sensible et sentimentale qui savait faire preuve d'une rare empathie. Il suffisait de l'observer avec les malades envers lesquels elle avait toujours une parole gentille et à qui elle savait arracher le sourire, même lorsque les circonstances ne s'y prêtaient pas. Et pour cause, puisque beaucoup de ceux dont elle s'occupait étaient en soins palliatifs. Elle aimait répondre, à ceux qui l'en félicitaient, qu'elle était l'un des derniers visages que ces malades verraient, alors autant qu'il soit souriant. Et puis, comme ça, ils lui réservaient une petite place au chaud, là-haut, quand son heure à elle serait venue.

Dolorès avait su détecter ses qualités dès leur première conversation. Elles avaient commencé à travailler au San Francisco General Hospital la même année et étaient très vite devenues amies. Aujourd'hui, elles savaient probablement tout l'une de l'autre. Debby s'était également liée d'amitié avec Pedro lorsqu'il travaillait encore à l'hôpital car, pour elle, homme d'entretien ou chirurgien, c'était la même chose.

— Il parle moins en ce moment.

— T'as du bol d'avoir un fils comme lui. C'est un amour ! Il est peut-être amoureux. À dix-sept ans, les gars ont les hormones en ébullition.

— Pas qu'à cet âge-là, Deb, si j'en juge au quinqua qui te

mate depuis tout à l'heure. Il est pas mal, en plus.

— Nan ? Où ça ?

— Si je te le dis, tu promets de ne pas le dévisager ?

— Vas-y ! Balance ! Je resterai digne comme une princesse.

— Au balcon, là-haut. Deuxième table après la rambarde.

Le téléphone de Dolorès vibra dans sa poche au moment où, bien entendu, Debby tourna la tête d'un coup pour repérer sa future proie.

— Merde ! C'est Alice.

— Ta chef ? Mais qu'est-ce qu'elle te veut la vieille bique ? T'es plus en service, quoi !

— Probablement que je travaille ce week-end. Elle a trois filles malades et c'est le bordel dans le service.

— Envoie la chier. Ce week-end, on a dit qu'on faisait la bringue.

— Du calme, je vais d'abord voir ce qu'elle veut, hein. Et puis, je lui dois quand même quelques petits services. Elle a toujours été sympa sur mon emploi du temps quand j'en ai eu besoin.

— Sainte-Dol ! Comme tu veux, chérie.

Dolorès décrocha tout en se dirigeant vers la sortie, pour ne pas être importunée par le bruit ambiant.

— Alice ? Il y a un souci à l'hôpital ?

— Bonsoir, Dolorès. Ça se pourrait… Ton père est ici, avec nous.

— Comment ça avec vous ?

Un flot d'adrénaline se répandit dans les veines de Dolorès.

— Il est là depuis un petit moment et il a l'air très désorienté. Enfin… plus que d'habitude. Les filles de garde ont failli contacter les services sociaux. Mais je leur ai dit que je le connaissais et que j'allais t'appeler. Est-ce que tu veux que je le fasse admettre ?

— Non. J'arrive tout de suite. J'aviserai sur place.

— Très bien. Je t'attends.

— Merci de m'avoir appelée si vite.

Dolorès resta immobile pendant un instant, le téléphone sur l'oreille, tentant de maîtriser l'inquiétude qui venait de la saisir et de contrôler le flot de questions qui se bousculaient dans son esprit. Lorsque les battements de son cœur reprirent un rythme normal, elle appela James.

— Oui 'man ?

— Tu as vu ton grand-père ce soir ?

— Non. Mais je l'ai appelé pour savoir si tout allait bien. Pourquoi ? Qu'est-ce qui se passe ?

— Il t'a semblé comment ?

— Bah… Normal, je dirais.

— À quelle heure tu lui as parlé ?

— J'sais pas. 16 heures, par là. Mais pourquoi ?

— Parce que l'hôpital vient de m'appeler pour me dire qu'il était là-bas.

— Putain, merde ! Et il va bien ?

— Putain, oui, comme tu dis ! Ma boss ne m'a pas dit qu'il allait mal mais qu'il était paumé. Ça veut dire qu'il est sorti après t'avoir parlé et qu'il s'est perdu.

— Tu y vas ? Tu veux que je t'y rejoigne ?

— Reste tranquille. Y aller à deux ne changera rien. Je vais le ramener à la maison et le faire dormir dans ma chambre. Prépare juste le canapé pour moi s'il te plaît.

— Ok ! Tu m'appelles si tu as besoin.

— Merci, trésor.

— À tout à l'heure man.

— James ?

— Oui ?

— Ça va toi ? La journée a été bonne ?

— Comme les autres. Ça va, t'inquiète !

Dolorès rentra dans le pub et alla retrouver Debby qui, déjà, s'était installée à la table de son nouveau jouet.

— Faut que tu m'emmènes à l'hôpital. Tout de suite.

— Qu'est-ce qui se passe ?

— Mon père y est. Je t'explique en route. Je crois qu'on vient d'atteindre un nouveau palier.

— Chéri, ça sera pas pour ce soir ! lança Debby à sa proie qui regardait les deux femmes sans comprendre de quoi elles parlaient mais qui semblait déjà regretter que l'une d'elles s'en aille.

4

La fin des apparences

« La vieillesse est un naufrage ». Jamais cette phrase ne lui avait autant parlé que ce soir. La première fois que Dolorès l'avait entendue, c'était dans la bouche de Miles, qui citait un certain Chateaubriand, célèbre auteur français qui avait marqué la littérature romantique de son pays.

En rentrant dans la chambre où Alice avait isolé son père, elle avait mesuré toute la portée de ces quelques mots, aggravée lorsque la maladie s'en mêle. Sorti de l'environnement dans lequel Pedro vivait habituellement — environnement donnant une impression faussée sur ses facultés réelles à s'inscrire dans la réalité qui était la sienne — il semblait complètement perdu. Comme un petit vieux à qui on aurait tout retiré.

Cette maladie était une vraie saloperie. Pire, peut-être, que toutes les autres en ce sens qu'elle vous dépossède de ce que vous êtes et vous prive de ce que vous étiez. Elle emprisonne votre âme et ne laisse vivre que votre ombre, dans un corps courbé par le poids des ans, avec lequel vous devez lutter sans but et sans issue. Par chance, elle n'avait pas transformé le caractère de Pedro. À l'inverse, elle l'avait plutôt assoupli. En aparté, le médecin avait dit à Dolorès qu'il fallait s'en réjouir car il connaissait de nombreux cas dans lesquels les malades s'en prenaient à leurs proches, le fait d'être perdus et souvent contraints les rendant anormalement agressifs alors qu'ils ne l'étaient pas nécessairement avant.

Agressif ou non, elle n'arrivait pas à se réjouir de quoi que ce soit en voyant son père ainsi. Les sentiments qui la traversaient étaient curieux et contradictoires. En bonne logique, elle aurait dû éprouver de la peine. Mais la peur et la colère primaient. La peur, parce qu'elle savait que l'aggravation de la maladie allait encore changer sa propre vie. Ces dernières années, la stabiliser lui avait demandé beaucoup d'efforts et elle aurait souhaité que rien ne bouge, ou à la marge, et que sa vie se fige un petit moment, comme sur une photo. Les changements, elle les voyait désormais comme des glissements de terrain prêts à l'ensevelir. Elle avait peur de ne plus pouvoir faire face, tant d'un point de vue moral que matériel alors, pourtant, qu'elle s'en était toujours sortie. Mais le travail qu'elle avait dû entreprendre sur elle-même pour ne pas se laisser décourager par un couple en berne puis un divorce difficile, la maladie de son père et, dernièrement, le départ de Miles, l'avaient fatiguée (façon édulcorée de parler d'un moral en déroute). Telle était la raison probable pour laquelle elle n'avait pas voulu voir que, chaque jour depuis des mois, la maladie laissait courir ses tentacules sur les facultés et la mémoire de Pedro. Parfois, fermer les yeux, faire semblant de croire que les choses n'empirent pas, soulage. Alors, ce nouveau palier arrivait bien trop tôt. La colère, quant à elle, avait infiltré son cœur de manière plus sournoise. Inconsciemment, elle en voulait à Pedro de faire trembler sa vie, une nouvelle fois, de la mettre face à quelque chose qu'elle ne pouvait ni maîtriser ni empêcher. Elle n'acceptait pas non plus l'idée que son père perde la raison, petit à petit, et vivait la situation comme une injustice. Il en avait trop bavé pour finir comme une loque. Il ne méritait pas ça.

Et pour cause, la vie de Pedro n'avait pas été un long fleuve tranquille. « Pas pire que les autres immigrés mexicains » répétait-il toujours lorsque, plus jeune, Dolorès l'interrogeait sur les premières années de sa vie en Amérique. Comme la plupart des étrangers sans formation et sans argent qui avaient immigré aux États-Unis dans les années 50, il avait collectionné les petits boulots plus ou moins bien rémunérés. Mais sa volonté et son sérieux avaient toujours été appréciés. Aussi, lorsqu'il avait rencontré Carmen, la mère de Dolorès, il s'était sédentarisé et n'avait connu, depuis lors, que cinq employeurs en l'espace de cinquante ans. Quatre dans le bâtiment, tant que sa solide carcasse le lui avait permis, un dans l'entretien lorsqu'il était devenu trop vieux pour se balader sur les toits ou charger ses épaules comme il le faisait auparavant. Et il avait travaillé, comme ça, jusqu'à soixante-dix ans passés. Certes, ses postes n'avaient rien eu de prestigieux, loin de là, mais il avait été heureux de travailler et avait toujours accompli ses tâches avec rigueur. Il affirmait haut et fort qu'il fallait être né les pieds dans la merde et n'avoir aucune perspective pour comprendre qu'on peut être heureux de travailler. *Juste* travailler. Le raisonnement tenait la route, même s'il était un peu simpliste.

La vérité, c'est que bien d'autres soucis que le travail avaient obscurci sa vie. À commencer par la santé fragile de Carmen. Si fragile, qu'elle avait dû attendre d'avoir trente ans pour concevoir son premier enfant, un âge canonique pour avoir un premier bébé lorsqu'on est mexicain et qu'on vit dans les années 60. Mais les médecins l'avaient prévenue : si elle enfantait avant que son corps le lui permette, elle ne mènerait pas la grossesse jusqu'à son terme. Ils avaient donc attendu qu'elle aille mieux, ce qui avait fini par se produire, des années plus tard. Pourtant, cela n'avait pas suffi et elle avait perdu son bébé à quelque quatre mois de grossesse. Si la santé de Carmen s'était améliorée, ils auraient pu encaisser. Au Mexique, il en avait vu d'autres et les décès pré ou postnatals étaient monnaie courante. Mais elle s'était dégradée. Jusqu'à ce que, de nouveau, plusieurs années après, Carmen remonte la pente. À quarante ans, elle ne s'était jamais mieux sentie. Toutefois, elle avait abandonné l'idée d'avoir un enfant à un âge où, dans son pays, les femmes étaient presque grands-mères. Pour autant, il ne suffit pas d'oublier les choses pour qu'elles n'arrivent pas. A quarante-et-un ans, elle s'était retrouvée enceinte, une seconde fois. Pedro venait de fêter ses quarante-quatre ans mais il avait laissé exploser sa joie comme seul un adolescent l'aurait fait. C'était compter sans le malheur qui, quand il vous tient, ne vous lâche plus. Malgré une grossesse sans encombre qui n'avait pas pu laisser présager un tel drame, Carmen était morte en couches. Seule la petite fille avait survécu. Malgré la colère et la peine, immenses, qui l'avaient dévasté lorsque l'obstétricien était venu lui annoncer la triste nouvelle, Pedro avait pris la petite dans ses bras et, avec une infinie douceur, lui avait caressé la joue en se jurant qu'il veillerait sur elle jusqu'à son dernier souffle. Ce jour-là, son cœur avait saigné comme jamais auparavant. Mais il était père d'une magnifique et adorable petite fille qu'il appela Dolorès, comme la maman de Carmen. Au début, il avait voulu lui donner le nom de sa défunte épouse, mais quelque superstition l'en avait empêché. À ce prénom était attaché trop de chagrin. Il ne voulait pas qu'il façonne le destin de l'ange qui venait de rentrer dans sa vie.

Élever un enfant quand on est veuf, employé du bâtiment, mexicain et sans fortune, relève de l'utopie. Si son employeur de l'époque était un chic type qui comprenait la situation dans laquelle Pedro se trouvait, il n'avait pas pu, pour autant, lui proposer des heures de bureau. Deux solutions (et pas une de plus) s'étaient présentées à lui : changer d'emploi — mais pour faire quoi ? — ou confier Dolorès à sa sœur qui s'était installée à San José quelques années après que lui-même eut posé ses valises à San Francisco. Ce fut la mort dans l'âme qu'il avait dû se résoudre à opter pour la seconde. Pendant deux très longues années, tous les week -end, il avait fait le trajet en car jusqu'à San José pour voir Dolorès. Jusqu'à ce que sa sœur et sa famille s'installent finalement à San Francisco. Il avait accueilli ce déménagement comme une bénédiction. Les choses allaient pouvoir rentrer dans l'ordre. Ils s'étaient tous installés à proximité les uns des autres, de sorte que Dolorès avait ensuite grandi avec son père, sa tante, son oncle par alliance et ses cousins. Elle aurait aimé qu'il refasse sa vie. Mais de cela, point n'avait été question.

Comme un petit vieux à qui on aurait tout retiré, sauf le fauteuil roulant sur lequel il s'asseyait pour se relever aussitôt, avant de s'y rasseoir et de se lever de nouveau, comme s'il s'agissait d'un jeu. Pedro semblait fasciné, au point de ne pas avoir remarqué que sa fille était entrée dans la chambre. Cet intérêt soudain pour un engin dont il n'avait pas besoin interpella Dolorès. Avait-il complètement perdu la raison ? Elle l'observait depuis quelques minutes déjà lorsque Alice la rejoignit.

— Pourquoi tu l'as installé sur un fauteuil roulant ? Le protocole, même pour lui ?

— Tu n'y es pas du tout ma grande. C'est lui qui s'y est assis et il n'a jamais voulu en décaniller.

— Quoi ?

— Et attends, le meilleur reste à venir : ce fauteuil appartenait à un gars qui est mort ce soir… et dans la chambre où ton père est rentré alors que sa femme lui fermait à peine les yeux.

— C'est une blague ?

— J'aimerais…

— Mais qu'est-ce qu'il foutait dans cette chambre ?

— Ben, à mon avis, il en a eu marre du hall d'attente où les filles lui avaient demandé de s'asseoir le temps de te joindre et il s'est baladé dans le service… jusqu'à ce que quelque chose l'attire dans la chambre.

— Qu'est-ce qui lui est passé par la tête, bon sang !

— Mis à part le fait qu'il est arrivé ici en prétendant devoir prendre son service à 20 heures ? J'en sais rien… A mon avis, il a fait un petit voyage quelques années en arrière.

— Manière élégante de dire que ça tourne plus très rond.

— C'est pas tant ça qui m'a gênée, Dolorès. C'est plutôt qu'il a focalisé sur un fauteuil qui n'était pas à lui. Je ne savais pas trop comment gérer le truc avec la pauvre femme qui le regardait sans bouger.

— Merde… Qu'est-ce qu'elle a dit ?

— Rien. Elle a été plutôt sympa, compte tenu des circonstances. Quand j'ai voulu sortir ton père de la chambre, elle m'a juste dit que ce n'était pas très important, que le fauteuil ne servirait plus beaucoup à celui à qui il avait appartenu.

— C'est tout ?

— Elle s'est avancée vers ton père et lui a dit qu'il pouvait le garder, si ça lui faisait plaisir.

— Et après ?

— Après, rien. Il a accepté de sortir… avec le fauteuil.

— Tu crois qu'elle est encore là ?

— Oui, toujours dans la chambre de son défunt mari. Elle attend sa famille, je crois.

— Je vais aller m'excuser auprès d'elle après avoir parlé à mon père.

— Bonne idée. Mais à mon avis, ça ne l'a pas beaucoup perturbée… Elle avait d'autres chats à fouetter, si je peux dire.

— Oui, bah quand même.

— Comme tu veux. Juste un truc : ton père la connaît peut-être.

— Pourquoi ?

— Je sais pas. Mais quand elle s'est avancée vers lui, il s'est relevé du fauteuil et lui a lancé un drôle de regard.

— Drôle comment ?

— Bah pas de ceux que tu lances à quelqu'un que tu ne connais pas.

— Tu sais, entre les gens qu'il connaît et qu'il a oubliés et ceux qu'il ne connaît pas en pensant les connaître…

— T'as pas tort. Bon, je te laisse avec lui mais ne traînez pas trop longtemps. Je ne peux pas immobiliser la chambre éternellement.

— Merci. Je te revaudrai ça.

— Je saurai te le rappeler, répondit Alice en ponctuant sa phrase d'un clin d'œil avant de quitter la chambre.

Dolorès entra dans la chambre et se dirigea vers son père sans trop savoir par quel bout prendre le problème.

— *Holà papa. Pero que haces aqui ? Que te ha pasado*[1] *?*

— Je peux m'asseoir et me lever de ce truc, répondit Pedro sans se soucier de ce qui lui avait été dit. Mais le mot « papa » se logea néanmoins dans un coin de son esprit.

— Oui, évidemment…puisque tu n'en as pas besoin. Qu'est-ce qu'il a de spécial ce fauteuil ?

Pedro posa son regard sur Dolorès comme si sa question

1. Salut papa…Mais qu'est-ce que tu fais ici ? Qu'est-ce qui t'est arrivé ?

frôlait l'insolence. Il l'observa quelques secondes. Ses yeux avaient perdu leur expression habituelle. Elle avait entendu dire que la maladie pouvait se lire dans le regard de ceux qui en étaient atteints. Une sorte de regard vide, tourné vers l'intérieur, à la recherche de ces souvenirs qu'ils ne trouvent plus, de ces notions qu'ils ont perdues. Mais ce qu'elle venait de voir était très différent et elle ne pouvait pas le qualifier. D'un autre côté, comment l'aurait-elle pu, puisqu'à part son père, elle ne connaissait personne souffrant d'Alzheimer. Les curieuses mimiques qui avaient animé son visage, juste après, comme si ses traits avaient été accrochés à des fils invisibles qu'un marionnettiste aurait tirés un peu dans tous les sens, l'avaient davantage interpellée. Elle avait l'impression qu'en arrière-plan, le cerveau de son père moulinait pour remettre en place tout ce qui s'y baladait.

Pedro, lui, sentait que le mal de tête le reprenait. Il aurait juré que quelques secondes seulement s'étaient écoulées depuis que celui-ci l'avait quitté. En jetant un œil autour de lui, il se rendit compte de l'endroit où il se trouvait sans savoir comment ni pourquoi il y était arrivé. Mais la présence de Dolorès le rassurait et faisait taire ces angoisses qui le hantaient de plus en plus souvent.

— Alors ? Qu'est-ce que tu fais là ?

— *La verdad, es que no se*[1]....

— Alice m'a dit que tu as débarqué à l'hôpital en attendant de prendre ton service.

— Ah…

— Mais tu te souviens que ça fait plus de dix ans que tu ne travailles plus ?

— Évidemment que je sais. Tu crois que je suis bête à ce point ?

— Eh bah alors ?

— Bah alors, rien ! Qu'est-ce que tu veux que je te dise ?

1. La vérité, c'est que je ne sais pas…

À ces quelques mots, qui témoignaient assez fidèlement du caractère de Pedro lorsqu'il était pris en défaut, Dolorès jugea qu'il était revenu à lui.

— Bon, on va y aller. Ce soir, tu dormiras à la maison, histoire que je puisse avoir un œil sur toi.

— Non non non. Je rentre chez moi. Tu n'as pas besoin que je t'emmerde chez toi.

— S'il te plaît ! Ne complique pas la situation et rentre avec moi. Debby nous attend en bas et James a tout préparé pour que tu viennes. Je suis sûre qu'un café avec ton petit-fils te remettra d'aplomb. Et puis, demain, on avise. Je ne suis de service qu'en début d'après-midi.

— Bon, ben on y va alors… répondit Pedro, résigné.

— J'ai juste un truc à faire avant. Je peux te laisser tout seul ici pendant une minute ?

— *Claro ! Que te imaginas ? Que me voy a ir*[1] *?*

— Rien ne me paraît si évident, figure-toi ! Assieds-toi dans ce fauteuil que tu sembles tant aimer, en attendant.

— J'ai pas besoin de ce fauteuil. Tu me prends pour un invalide ou quoi ?

— Hein ? Mais y'a une minute… Bon laisse tomber, c'est pas grave. J'en ai pas pour longtemps.

Dolorès déposa un baiser sur la joue de son père

— *Te quiero, papa. No te muevas, vale*[2] *?*

— *No te preocupes hija mia, que aqui me quedo*[3].

Dolorès s'enquit auprès de ses collègues du numéro de chambre dans laquelle son père s'était égaré. Elle tenait à s'excuser auprès de la femme qu'il avait importunée, malgré lui.

Celle-ci se tenait debout, devant le lit dans lequel son mari reposait. Elle l'observait, le visage inexpressif, comme si, en réalité, elle était ailleurs. Dolorès hésita un moment avant

1. Évidemment ! Qu'est-ce que tu imagines ? Que je vais me sauver ?
2. Je t'aime papa. Ne bouge pas, ok ?
3. Ne t'inquiète pas, ma fille. Je ne bouge pas d'ici.

de s'adresser à elle.

— Bonsoir Madame... Puis-je me permettre de vous dire un mot ?

La femme leva les yeux sur Dolorès.

— Je vous en prie. Vous venez pour le certificat de décès ?

— Non, pas du tout. Je vous présente d'ailleurs toutes mes condoléances. J'imagine à quel point ce moment doit être pénible.

— Vous savez... la mort est parfois un soulagement. Que puis-je faire pour vous, dans ce cas ?

— Je m'appelle Dolorès Rojas, je suis la fille du monsieur qui a osé s'introduire dans cette chambre, tout à l'heure, alors que... Enfin, je souhaiterais juste m'excuser pour le comportement de mon père.

— Oh, ma chère, ne vous faites pas de souci pour si peu. J'ai déjà dit à l'infirmière que ça n'avait aucune importance. Votre père semblait très intéressé par le fauteuil de mon défunt mari. Je lui ai proposé de repartir avec, si le cœur lui en disait.

— Vous avez dû trouver son attitude très étrange.

— J'imagine que votre père n'a plus toute sa tête, si je peux me permettre ce constat.

— Vous pouvez et vous avez raison. Il est atteint de la maladie d'Alzheimer et je crois que son attitude de ce soir est un premier signe d'aggravation. Ça n'était jamais arrivé auparavant et je suis désolée que ce soit tombé sur vous à un très mauvais moment.

La femme s'avança vers Dolorès, l'air navré.

— Je compatis, ma chère. C'est une maladie terrible, pour ceux qui en sont atteints et pour leurs familles.

— Je ne vous dirai pas le contraire. Mais, ce soir, vous

avez vécu pire.

— Il a beaucoup de chance d'avoir une fille qui veille sur lui. Il est tellement important de pouvoir compter sur quelqu'un quand on vieillit. Ce n'est pas un cadeau offert à tout le monde.

— Vous avez sûrement raison. Je ne sais pas combien de temps encore je pourrai en prendre soin.

— Malheureusement, il arrive un moment où cette maladie, comme d'autres, oblige les familles à prendre certaines dispositions.

— Ça non plus ce n'est pas donné à tout le monde.

— Je comprends…

Le regard de la femme se perdit dans son petit sac à main. Elle en sortit deux cartes de visite et, après un instant d'hésitation, les tendit à Dolorès.

— Pardonnez-moi cette initiative, probablement intrusive, mais peut-être que les coordonnées de l'établissement dans lequel mon défunt époux avait été admis pourraient vous servir un jour. Les tarifs y sont… comment dirais-je ? Raisonnables. Je vous laisse également ma carte de visite, si vous souhaitez en discuter, ou si vous avez simplement envie de prendre un café avec une vieille dame comme moi.

Dolorès tendit la main avec circonspection, surprise par la proposition alors qu'elles ne discutaient que depuis quelques minutes. C'était peut-être le signe qu'elle attendait pour enfin se renseigner ; chose qu'elle aurait dû faire depuis longtemps si elle n'avait pas voulu ignorer le véritable état de son père.

— Merci, c'est gentil.

— Rhodam Senior est un établissement qui ne paye pas de mine. Mais les résidents y sont bien traités.

Dolorès ressentait de la douceur en cette femme ; douceur contenue par son éducation, irréprochable à s'en tenir au langage, à la tenue vestimentaire et aux manières qui la démarquaient. Ceci étant, et malgré ce que cette femme venait d'endurer, elle n'avait pas réussi à capter de chagrin dans son regard. Elle faisait sûrement partie de ces milieux où il est de mauvais goût de se laisser aller à sa peine. Dolorès n'y avait vu que lassitude, outre ce petit quelque chose qu'elle avait remarqué au moment où elle était entrée dans la chambre, lorsque la femme se tenait encore à côté de son défunt mari.

Elle allait prendre congé lorsque les propos d'Alice lui revinrent en tête, comme si elle ne devait pas oublier de lever le doute.

— Est-ce que vous vous connaissez ?

— Votre père et moi ?

— Oui.

— Pas le moins du monde. Pourquoi cela ?

— Simple curiosité. Le monde est si petit…

— Mais, ma chère, si tel avait été le cas, je vous l'aurais dit, ne croyez-vous pas ?

— Évidemment.

La femme devina, en cette prétendue curiosité, un prétexte grossier pour dissimuler la véritable raison de la question. Avait-elle quelque chose à voir avec l'étrange et profond malaise qu'elle avait ressenti lorsque, un peu plus tôt, elle s'était adressée à Pedro ? Son regard lui avait fait peur. Une peur qu'elle connaissait bien, pour l'avoir vécue dans sa chair et dans son âme pendant trop d'années. Mais, en faire état à sa jeune interlocutrice aurait relevé de la divagation. Et puis, quelle relation pouvait-il y avoir entre cet homme et ce qui la sclérosait depuis si longtemps ?

– 2 –

— Debby, ma chérie… je crois que je suis au bout du rouleau ! lança Pedro lorsque l'amie de sa fille le prit dans ses bras pour l'embrasser.

— Mais naaaan Pedro. Vous êtes solide comme un roc et vous êtes toujours l'homme que j'aurais épousé si vous aviez été plus jeune… ou si moi j'avais été plus vieille. Mais si on se mariait, on ferait jaser, pas vrai ?

— Qu'est-ce que tu ferais avec un bonhomme comme moi, ma pauvre ! Je ne suis plus bon à rien à part emmerder ma fille.

— Dites pas ça. Vous êtes le meilleur papa du monde. Si le mien avait été comme vous, je ferais pareil que Dol. Je m'occuperais de vous. D'ailleurs, c'est pas dit qu'un jour je vous invite pas à la maison histoire que Dol puisse se prendre un petit week-end. Qu'est-ce que vous en pensez ?

— Que ça ferait jaser ! répondit Pedro, qui savait encore faire preuve d'humour.

— Bon ben, en attendant, je vous ramène dans mon carrosse.

— Chez moi ?

— Chez Dol, tiens ! On va pas vous laisser tout seul. Je suis sûr que James a tout préparé. Vous allez pas le décevoir quand même ?

— *Vamos, entonces*[1] !

Malgré la situation, Dolorès observait son père et son amie avec le sourire. Ils s'étaient toujours bien entendus. Depuis leur toute première rencontre, Pedro appréciait la sincérité et la spontanéité de Debby, qu'il considérait comme un membre de la famille. Il savait que sa fille pouvait compter sur elle.

Dans la voiture qui les ramenait sur Mission District, Pe-

1. On y va alors !

dro s'endormit. Dolorès saisit l'occasion pour s'épancher auprès de son amie, ce qu'elle faisait assez rarement. Mais, ce soir, la pression était trop forte pour être contenue.

— Je suis dans la merde, Deb. Qu'est-ce que je vais faire ?

— Attends de voir. Si ça se trouve, c'est qu'un incident isolé. Demain, il ira peut-être mieux.

— Tu y crois ?

— Franchement ?

— Oui.

— Eh ben écoute, curieusement, en dehors de ce qui s'est passé ce soir, je le trouve plus alerte que d'habitude. Je sais pas comment te dire… J'ai l'impression que ça tourne plus vite dans son ciboulot. T'as vu comment il m'a parlé ? Ça faisait combien de temps qu'il n'avait pas plaisanté avec moi ?

Trop focalisée sur la gravité potentielle de la situation, Dolorès n'avait pas remarqué ce « détail ». Mais Debby avait raison. Les idées, le flux verbal, et même la véhémence relative du ton avaient gagné quelques points. Mais qu'est-ce que ça changeait ?

— Tôt ou tard, il va sombrer, de toute façon. Et dans son état, le tôt n'est pas si éloigné du tard.

— Chérie, pense à demain avant de penser à la semaine prochaine. À chaque jour suffit son lot d'emmerdes, hein !

— Tu ne me laisseras pas tomber ?

— Redis ça et je t'en colle une. Debby, quand on l'a comme amie, c'est pour la vie. Qu'est-ce que t'es conne, quand même !

— Tu sais que je t'aime, toi !

— T'as intérêt, ouais ! Bon, vu que t'as flingué ma soirée et la baise qui allait avec, tu vas m'offrir un verre chez toi.

— Ça marche, ma grande.
— T'as quelque chose à siffler au moins ?
— Ce que tu as épargné la dernière fois…

– 3 –

Réveiller Pedro et le faire grimper dans l'appartement ne furent pas choses aisées. La fatigue semblait s'être abattue sur lui comme une enclume. Il ne pipa mot jusqu'à ce que Dolorès éteigne la lumière et referme la porte de la chambre où il passerait la nuit. Il n'avait même pas eu la force de se déshabiller, ni elle celle de le pousser à le faire ou de l'y aider. En vérité, elle y avait trouvé son compte car elle éprouvait encore beaucoup de pudeur à le dévêtir.

Elle revint dans le salon, chargée d'une bouteille de scotch à moitié vide (l'autre moitié ayant été déjà consommée par la même invitée), de deux verres et d'un paquet de cigarettes à peine entamé. Il s'agissait du paquet qu'elle avait conservé après avoir arrêté de fumer, un an plus tôt. Miles y avait vu une forme de tentation, toujours à portée de main, et lui avait conseillé de le jeter. Mais elle n'avait pas voulu s'en défaire et le voyait, au contraire, comme la soupape de sécurité qui lui permettrait de tenir sa résolution dans le temps. D'une certaine manière, son raisonnement tenait la route. Les engagements perpétuels et irréversibles sont mentalement plus difficiles à tenir que ceux envers lesquels on s'autorise un défaut. Dans cette perspective, mieux vaut savoir qu'on a tout ce qu'il faut pour replonger mais ne pas le faire, l'esprit tranquille, plutôt que de savoir qu'on n'a rien et s'en inquiéter. À part qu'aujourd'hui, elle en avait *besoin* et qu'elle aurait mieux fait d'envoyer le paquet tout droit dans la poubelle lorsque sa volonté n'avait pas à affronter les tourments qu'elle rencontrait maintenant.

Sur le canapé, Debby discutait avec James qui n'avait pas sa tête des meilleurs jours. Dolorès mit ça sur le compte de l'inquiétude probable qu'il nourrissait pour son grand-père, auquel il était très attaché. Elle n'avait pas la force, ce soir, d'en parler avec lui, d'autant qu'il en avait peut-être déjà touché un mot à Debby. Inutile d'en rajouter. Lorsque James vit sa mère revenir, il lui sourit timidement, se leva et prit congé, précisant qu'il commençait tôt, le lendemain.

— Ça va, chéri ? lui demanda-t-elle en le rattrapant au vol, avant qu'il ne disparaisse dans sa chambre.

— Ça va, t'inquiète pas.

— Des nouvelles de Logan ?

— Oui. On s'est appelés au début de la semaine.

— Tu sais quand est-ce qu'il sort de là-bas ?

— Pas vraiment, mais ça ne devrait plus être long.

— Okay. J'ai très envie de le revoir. Repose-toi bien.

Dolorès le regarda s'éloigner, l'air triste.

— Jette-nous en deux ! dit Debby en voyant arriver la bouteille de scotch.

— Je crois que ça ne me fera pas de mal ce soir. Tu causais de quoi avec James ? demanda Dolorès en s'affalant dans un fauteuil, lasse.

— De rien de spécial. Je lui demandais si ça allait.

— Et ?

— Je sais pas. Il m'a répondu que ça pouvait aller mais je ne suis pas convaincue. Tu crois que ça le travaille ce qui se passe avec ton père ?

— Peut-être. On n'en a pas parlé.

— Il a dix-sept piges. Il n'est pas débile et il doit bien savoir où ça va se terminer.

— T'as raison. Mais il s'est… comment dire…éteint depuis un petit moment déjà. Ça ne date pas de ce soir.

— Je te le dis : les hormones ! Il a besoin de coucher ce

môme-là !

— T'es infernale ! dit Dolorès en levant les yeux au ciel sans pouvoir retenir un sourire. Pas touche aux mineurs, hein !

— Nan mais ? T'es pas bien ! Moi, je ne m'intéresse qu'aux hommes qui ont déjà du poil aux pattes ! D'ailleurs, en parlant de ça, tu vas l'appeler ?

— Qui ?

— Dol, merde ! Le pape ! Tu sais très bien de qui je veux parler.

— Miles ?

— Ouiii !

— Pour lui dire quoi ? Que l'état de mon père s'aggrave ? C'est pas un scoop. Et qu'est-ce que tu veux qu'il fasse ?

— On n'appelle pas forcément son mec pour qu'il fasse quelque chose. Tu pourrais juste en causer avec lui.

— Ce n'est pas mon mec.

— Ahhh tu fais chier ! Appelle-le comme tu veux. Pour moi, quand tu couches avec un mec plus de dix fois, il devient forcément ton mec… quelque part.

— Si tu veux ! Mais il a autre chose à faire et il est à quatre mille cinq cents bornes d'ici.

— Tu vas l'appeler ou pas ?

— On verra.

Debby savait mettre les pieds dans le plat mais elle savait aussi abandonner une discussion lorsque son interlocuteur n'avait pas envie de la poursuivre. Et, pour le coup, elle sentait bien que l'idée d'appeler Miles ne faisait pas partie des priorités immédiates de Dolorès, même si elle restait persuadée qu'il pourrait, comme à chaque fois, la rassurer et la guider vers la meilleure solution. Ce gars était un crack. Dolorès aurait dû lui passer la bague au doigt et la fixer avec de la glu extra-forte. Elle changea donc de sujet pour s'engouffrer dans ceux qu'elle savait amuser son amie : ses histoires de cœur (ou, plutôt, de fesses car de cœur il n'y avait que rarement et pour peu de temps).

Les deux femmes échangèrent mille banalités et arrosèrent leurs échanges de tout le scotch qu'il restait encore dans la bouteille. Dolorès s'abandonna à quelques cigarettes en se jurant que, le lendemain, elle n'y toucherait plus. Ce moment de répit, noyé dans l'alcool (peu lui suffisait pour décrocher) et la fumée, lui fit grand bien. Elle savait que, le jour suivant, ses soucis seraient les premiers à monter sur scène mais cette petite échappée lui permettrait de tenir jusque-là.

L'esprit très embrumé par l'effet du breuvage doré, Debby sauta au plafond lorsqu'il lui prit de regarder l'heure.

— Merde ! Trois heures du mat ! C'est pas que je m'ennuie, ma chérie, mais je commence dans quatre heures. Je vais rentrer prendre une douche et dix cafés avant d'aller au turbin.

— Au point ou t'en es, tu veux rester ici ?

— Non, t'inquiète pas. On s'appelle demain si je te croise pas à l'hosto. Tu me diras comment va Pedro. Ok ?

— Ça marche ! répondit Dolorès en prenant Debby dans ses bras. Tu es un cadeau de la vie, toi ! Tu le sais ?

— C'est ce qu'ils me disent tous. Mais y'a que toi qui le penses.

Debby partie, Dolorès s'allongea sur le canapé sans demander son reste. Elle sentait que les effets de l'alcool commençaient à se dissiper et que des idées sombres l'attendaient au sortir de cet état vaporeux. Elle n'aurait plus la force d'y faire face aujourd'hui. Il était préférable qu'elle s'endorme le plus rapidement possible. Peut-être que Deb avait raison et que l'incident de ce soir resterait isolé encore quelque temps. Mais, à terme, elle savait que de tels incidents se multiplieraient. Avant de sombrer, Dolorès fut rattrapée par ses habitudes, qui la poussaient à anticiper l'avenir. Puisque sa matinée était libre, elle se rendrait dans cette maison de retraite « abordable » dont la femme de l'hôpital lui avait donné les coordonnées. Juste pour prendre quelques renseignements… se mentit-elle pour réussir à éloigner l'idée que son père y finirait peut-être plus vite que prévu ; idée qui à coup sûr lui aurait ôté toute envie de dormir.

– 4 –

Debby savait qu'elle se mêlait de ce qui ne la regardait pas et qu'elle risquait une bonne soufflante de la part de Dolorès si celle-ci apprenait, après coup, ce qu'elle s'apprêtait à faire. Mais elle le faisait pour son amie. Dix tonalités de retours retentirent dans son oreille avant qu'il ne décroche.

— Allô… répondit une voix fatiguée à l'autre bout du fil.

— Miles ?

— Oui…

— C'est Deb. Ça va ?

— Deb ? Mais... il est six heures du matin ici. Trois heures pour toi. Qu'est-ce qui t'arrive ?

— Écoute, c'est à propos de Dol. Son père a perdu les pédales ce soir et il s'est paumé à l'hôpital. Je te fais pas un dessin…

— Euh… Ok. Et qu'est-ce que je peux faire ?

— Vous êtes pas croyables, quand même ! Bah je sais pas, ça lui ferait peut-être du bien que vous en parliez tous les deux.

— Oui, bien sûr. Excuse-moi, tu me prends au saut du lit, là. Écoute, je vais l'appeler un peu plus tard, dans la journée.

— Oui, fais donc ça. Mais, Miles, tu lui dis pas que c'est moi qui te l'ai dit sinon, elle me pend. Tu l'appelles juste histoire d'avoir des news, quoi. Et on s'est jamais parlé, ok ?

— Pas de souci. De toute façon, je comptais l'appeler.

— Super. Merci, Miles.

— Elle prend les choses comment ?

— Tu la connais ! Y'a rien qui transpire vraiment. Mais je crois qu'elle en a gros sur la patate et qu'elle s'inquiète. Moi, je suis là. Mais toi, c'est pas pareil. Toi, t'es… Enfin, tu vois ce que je veux dire, quoi !

— Je crois voir, oui. Merci de m'avoir prévenu, Deb. Je te tiens au courant.

— Ça marche mon beau. Prends soin de toi.

5

Dans la tourmente

James ne trouvait pas le sommeil. Il les avait entendues parler, depuis le moment où il avait regagné sa chambre jusqu'au moment où Debby avait refermé la porte derrière elle. Sa mère et son amie n'étaient pas à l'origine de son insomnie, pas plus que ne l'était l'état de son grand-père. Ce qui le perturbait était, à ses yeux, bien plus grave. Un problème insurmontable. Il avait beau se dire qu'il n'était pas le premier à vivre ce genre de situations, qu'elles étaient passagères, que les lycées étaient remplis de filles et de garçons à qui il arrivait la même chose, rien n'y faisait. Sa vie avait basculé et il ne savait plus comment reprendre le contrôle. Son moral en avait méchamment pâti, de même que sa capacité de concentration et son envie d'étudier. Sa peur des autres s'était échappée de la petite boîte dans laquelle il avait réussi à la confiner, sachant déjà que peu lui suffisait pour en faire sauter le couvercle. Aujourd'hui, elle se baladait en toute liberté dans la moindre de ses pensées. Jusqu'à maintenant, il avait réussi à le cacher à sa mère. Mais celle-ci était bien trop proche de lui pour ne pas se rendre compte, tôt ou tard, qu'il était en train de sombrer. Et puis, il n'avait plus envie de lui mentir, de prétendre que tout allait pour le mieux dans le meilleur des mondes, de jeter ce qu'elle lui préparait pour déjeuner parce qu'il n'avait plus d'appétit, de se réfugier dans sa chambre, chaque soir, pour ne pas qu'elle puisse lire dans ses yeux ce qui le rongeait. Cette situation était en train de le couper de tout et de lui pourrir la vie comme jamais.

Pourtant, depuis le début de l'année, il avait réussi à rester dans l'ombre, à se tenir à l'écart de ce qui pouvait l'exposer au regard de ses camarades. Raser les murs, il connaissait. Mais il avait fallu qu'il s'intéresse à Amber et qu'elle lui témoigne un peu d'intérêt en retour pour que la tranquillité dans laquelle il avait réussi à s'installer vole en éclat. Il n'est jamais bon de regarder la fille que convoitent les cadors du lycée, même de loin, surtout lorsque ceux-ci ont une fâcheuse tendance à vouloir éradiquer la concurrence, par tous les moyens. Jamais dans son esprit il ne s'était considéré comme un rival susceptible de leur ravir leur promise éventuelle, jusqu'à ce que, bien malgré lui, Amber le leur fasse ressentir en affirmant haut et fort qu'elle le trouvait très mignon (ce qui était vrai, au demeurant, mais lui ne s'en rendait pas compte). C'est là que les vrais ennuis avaient commencé et qu'il n'avait pas su faire face. En quelques semaines, James était devenu le souffre-douleur de ses concurrents, celui dont on se moque, celui qu'on persécute, qu'on ridiculise, en toutes circonstances. Par « chance » pour lui, les réseaux sociaux ne l'avaient jamais intéressé. Ni comptes Facebook (tombé en désuétude, de toute façon, chez les moins de trente ans), Twitter, Instagram, Snap, TikTok et autres plateformes par lesquelles ses tourmenteurs auraient pu continuer leurs travaux de sape, ni comportements ou activités qui auraient pu lui valoir d'être filmé à son insu et livré en pâture à tous ces spectateurs maléfiques qui se délectent du malheur d'autrui. Son invisibilité numérique l'avait protégé de ces nouveaux vecteurs de harcèlement, que ses tourmenteurs n'auraient certainement pas négligé d'utiliser.

En vérité, la concurrence était étrangère aux motivations de ses bourreaux. Ce qui leur plaisait, avant tout, c'était d'avoir mis la main sur un timide, un faible, qui ne réagissait pas et sur lequel ils pouvaient se défouler. Il aurait dû répondre avec ses poings, leur foutre sur la gueule, quitte à se prendre une monstrueuse raclée par la suite. Mais, au moins, les limites auraient été posées. Généralement, les cadors ne reviennent pas vers ceux qui se rebiffent, même s'ils ont le dessus. Il est plus confortable de s'attaquer à ceux que la peur paralyse, à ceux que la peur ronge de l'intérieur au point de se muer, parfois, en dépression. Si son immobilisme le faisait assurément souffrir, par chance, il n'avait jamais entamé l'estime qu'il avait de lui-même. Non. Loin de là. Cet immobilisme avait trouvé un autre exutoire : la haine. Elle se nourrissait de sa passivité et se sédimentait dans les confins de sa personnalité. Il rêvait juste de trouver le détonateur qui la ferait exploser. Car il n'avait pas de doute qu'un jour, il la laisserait s'exprimer.

– 2 –

Pendant trois ans, James s'était abrité derrière Logan, son meilleur copain. Une armoire à glace avec un caractère abominable qui tapait sur tous ceux qui osaient le regarder de travers. Logan s'était pris d'affection pour lui le jour où il avait remarqué qu'il nourrissait un chat famélique non loin du collège. Ce jour-là, alors qu'ils ne s'étaient jamais parlé, Logan était venu au-devant de lui au pas de charge. James s'était décomposé en pensant qu'il faisait peut-être partie de ces barbares qui torturaient les chats… et ceux qui leur vouaient de l'affection. Mais Logan lui avait juste demandé s'il les aimait, avec autant de douceur dans le ton qu'un militaire vous enjoignant de quitter une zone classée « Secret-Défense ». James n'avait pas su quoi répondre par peur de déclencher on ne sait quelle réaction épidermique de la part de son interlocuteur. Il avait néanmoins choisi la vérité en opinant du chef.

— Ce soir, en sortant, tu me raccompagnes ! lui avait dit Logan avec tout autant de délicatesse, avant d'éloigner son impressionnante carcasse, sans un mot de plus.

James n'avait pas osé décliner l'invitation qui relevait davantage de l'injonction, même s'il avait eu envie de tout sauf de passer un moment avec cette machine de guerre. Le soir venu, les deux garçons s'étaient rendus chez Logan. Il habitait un petit appartement en rez-de-chaussée, dans le quartier de Tenderloin. James s'était demandé pourquoi Logan allait à l'école si loin de chez lui, avant d'apprendre, plus tard, qu'il s'était déjà fait exclure de tous les établissements qu'il avait fréquentés et que Mission High School était sa dernière chance. Excellents niveaux académique et sportif avaient été les seules raisons qui avaient poussé l'établissement à accepter un élève comme lui.

Une fois dans sa chambre, Logan avait invité James à s'asseoir sur sa chaise de bureau avant, enfin, de s'adresser à lui avec des phrases qui comptaient un peu plus de cinq mots.

— Je vais aller chercher quelque chose là-dedans qui va te plaire, mon gars ! avait dit la montagne en pointant du doigt le placard de la chambre dont les portes étaient entrebâillées.

James l'avait regardé sans pouvoir cacher sa perplexité,

ce qui avait arraché un sourire à Logan qui s'était levé puis dirigé vers le placard. Il en avait sorti un carton qu'il avait ramené sur le bureau. À l'intérieur, un chat de quelques mois seulement avait relevé la tête en sentant que sa maison venait d'être déplacée à la lumière du jour.

— Putaiiiin… qu'est-ce qu'il est mignon !

— Je t'avais dit que ça te plairait. C'est une fille. Mon père me dit que c'est une « écaille de tortue ».

— Une quoi ?

— La couleur de son pelage. Quand il est noir et moucheté d'orange, on appelle ça « écaille de tortue ».

— Ah, je savais pas. Tu l'as trouvée où ?

— Dans la rue. Elle était pas en forme. Je pouvais pas la laisser.

— Tes parents ont accepté ?

— Ouais, à condition que je m'en occupe et que j'arrête mes conneries.

— Quelles conneries ?

— Que je me calme… avec les autres, quoi !

— T'as trop de chance. Moi, ma mère, elle ne veut pas. Elle me dit qu'elle n'a pas le temps de s'occuper d'un animal et qu'elle a assez à faire avec mon grand-père.

— Pourquoi ?

— Parce qu'il est malade. Alzheimer.

— Oh merde, la tuile !

— Tu l'as dit, vieux !

Les deux adolescents étaient restés un moment à cajoler la petite boule de poils qui s'était mise à ronronner comme une forge. James avait observé son camarade du coin de l'œil. Avec son chat, ce n'était plus le même garçon. Il était plein de délicatesse et ses yeux témoignaient d'une tendresse insoupçonnable en temps ordinaire. À cet instant,

James avait compris que Logan ne l'avait pas invité chez lui pour lui présenter son animal de compagnie. Il l'avait invité pour s'en faire un ami, car derrière la terreur infréquentable de l'école se cachait un garçon très seul et sûrement très sensible. À le voir ainsi, James avait instantanément changé d'avis sur le bonhomme. Quelque part, dans tout ce qui les opposait, ils se ressemblaient. Alors, il s'en ferait un ami aussi. Et tel était bien ce que Logan avait eu en tête. Sur le chemin du retour et pendant toute la soirée, cette idée avait collé un ineffaçable sourire sur les lèvres de James. Même Dolorès avait remarqué son air enjoué lorsqu'il était rentré à la maison. Il lui avait raconté sa fin d'après-midi et elle s'était réjouie de voir son fils si content.

– 3 –

Par la suite, James et Logan étaient devenus inséparables et avaient développé une relation quasi fraternelle. La présence de James à ses côtés avait calmé le tempérament volcanique de Logan. Quant aux résultats scolaires du premier, ils avaient tutoyé des sommets depuis que le second lui avait appris comment bien étudier. Rester dans le sillage de Logan avait aussi garanti une immunité absolue à James. Personne n'aurait osé déclencher la colère de la montagne en s'en prenant à son meilleur copain. Pendant trois ans, à raison d'une fois par semaine, ils avaient dîné une fois chez l'un, une fois chez l'autre, sans compter le temps passé à étudier, à faire du sport et à se balader en ville.

Les parents de Logan s'étaient félicités de cette relation qui avait transformé leur fils. Il n'était pas devenu un agneau pour autant et mieux valait ne pas lui chercher querelle mais, dans l'ensemble, il était revenu dans la norme. Orange (le chat) et James étaient les deux meilleures choses qui lui étaient arrivées depuis qu'il avait changé d'établissement. Au-delà de leur relation, ils s'étaient parfaitement intégrés dans leurs familles respectives. Dolorès appréciait Logan pour son franc-parler, son honnêteté, son caractère entier et incorruptible. Elle se retrouvait un peu en lui, l'impulsivité mise à part, vingt ans plus tôt. Quant à James, il était devenu le chouchou de June, la mère de son ami, au point que, lorsqu'ils dînaient ensemble, Logan ne pouvait pas en placer une. Mais il les écoutait parler de tout et de rien, l'air heureux, en caressant Orange qui ne manquait jamais de venir s'installer sur ses genoux.

En fin de seconde, pour les récompenser de leurs excellents résultats, le père de Logan avait cassé sa tirelire et les avait emmenés passer quelques jours à Yosemite. Le souvenir le plus heureux de James, celui qui resterait gravé dans sa mémoire pour longtemps. Il avait découvert un tout autre Logan, émerveillé, apaisé et épanoui comme jamais, au plus près de cette nature magnifique. À l'évidence, son ami était fait pour vivre au milieu de ces grands espaces, loin de la cité et de sa dense population qui, malgré les progrès notables qu'il avait faits en termes de comportement, lui tapaient encore sur le système. Logan n'avait pas cessé de répéter que, plus tard, il achèterait un ranch et y vivrait avec tous les animaux de la Terre. « Y'aura même une place pour toi, dans la grange » avait-il plaisanté.

Sans savoir pourquoi, James ne s'était jamais senti aussi proche de Logan qu'au cours de cette petite virée et il avait senti leur amitié se graver dans le marbre. Il aimait son ami comme un frère et rien ne l'éloignerait de lui. Malgré cela, James n'avait jamais osé lui demander le pourquoi de son tempérament, tout en pensant que quelque chose avait dû le provoquer. Il lui avait suffi de voir comment Logan se comportait dans l'intimité pour comprendre que son agressivité n'était pas un trait de caractère inné. Mais il avait toujours considéré qu'il valait mieux ne pas savoir, que leur relation n'avait pas à s'embarrasser de ce qui avait fait le passé de Logan, sans se rendre compte que ce passé viendrait, peut-être un jour, perturber leur présent.

Un soir de septembre, alors que Logan était encore sous la douche, James s'était installé dans la cuisine avec June pendant qu'elle préparait leur dîner hebdomadaire. Ce jour-là, la curiosité avait été plus forte que le silence.

— June… est-ce que… est-ce que je peux vous poser une question ?

— Évidemment mon grand ! Je ne te garantis pas d'avoir la réponse, mais vas-y.

— Qu'est-ce qui est arrivé à Logan avant qu'on se connaisse ? Je veux dire, pourquoi…

Le couteau que June avait dans les mains s'était arrêté de trancher les patates qui allaient leur servir de repas. Elle avait baissé la tête et son regard s'était perdu dans les épluchures qui s'étalaient devant elle. Elle était restée ainsi, pendant presque une minute, avant de soupirer, comme pour se donner le courage de répondre, comme pour trouver les mots :

— James…

— Je ne voulais pas vous mettre mal à l'aise, June, oubliez ce que je viens de dire.

— Tu es son premier véritable ami depuis qu'il est adolescent et…

Elle avait hésité, avant de reprendre.

— …Tu es une bénédiction pour nous. Mais je n'ai pas

vraiment d'explication à te fournir parce que nous ne savons pas nous-mêmes ce qui s'est passé. Logan n'a pas toujours été comme il était lorsque vous vous êtes rencontrés. C'était un petit garçon merveilleux. Plein de vie et d'amour pour tous ceux qui l'entouraient. Et puis…

— Et puis ? avait insisté James, mordu par ce début prometteur.

— Il y a quelques années, mes parents ont quitté la banlieue de New York pour aller s'installer à la campagne. Beaucoup émigrent en Floride pour leurs vieux jours mais eux ont préféré cette petite ville du Vermont dont on dit, partout dans cet état, que Dieu lui-même l'a bénie. Sa réputation et sa notoriété se sont répandues comme une traînée de poudre sur la côte Est. C'est un endroit qui, en l'espace de trente ans, est devenu l'endroit le plus sûr et le plus agréable à vivre de la région alors qu'avant, il était gangrené par le mal. Lorsque mes parents ont posé leurs valises là-bas, ils ont invité Logan à venir y passer tout un été. Je n'ai jamais vu mon fils aussi heureux que lorsque nous lui avons appris qu'il allait passer deux mois à se balader dans la nature avec ses grands-parents. Au début, tout allait très bien. Il m'appelait pratiquement tous les jours pour me raconter ce qu'il faisait de ses journées. Puis les appels se sont espacés. Je ne m'en suis pas inquiétée… au début, on appelle souvent, jusqu'à ce que la nouveauté disparaisse et qu'un coup de fil journalier ne se justifie plus. À la fin du mois de juillet, ce sont mes parents qui nous ont appelés… Oh Seigneur, je me souviens de cet appel comme si c'était hier…

— June, vraiment, si vous n'avez pas envie d'en parler…

— Si, si. Au contraire. Mes parents m'ont expliqué que le comportement de Logan avait changé, qu'il s'était renfermé et qu'il avait développé une sorte d'obsession pour leur balade dans la forêt, non loin de chez eux. Au point qu'un matin, il s'est levé aux aurores et y est allé tout seul. A onze ans, tu imagines ? Mon père l'a réprimandé… C'est là que les choses ont dégénéré. Logan s'est mis dans une colère noire et a voulu le frapper. Comme il n'a pas eu le dessus, il est monté dans sa chambre et a tout cassé…

— Ben merde alors…

— J'ai d'abord pensé qu'il s'était passé quelque chose que mon père n'avait pas voulu m'avouer. D'un autre côté, je ne voyais pas ce qui aurait pu provoquer une telle colère. Ils se sont toujours entendus à merveille et mes parents sont des gens très doux qui adorent leur petit-fils. On a décidé de laisser passer quelques jours. Mais les choses ne se sont pas améliorées. Logan n'avait qu'une seule idée en tête : passer le plus de temps possible dans cette forêt. Mon père a essayé de l'en empêcher, mais il s'est déchaîné une nouvelle fois. Lorsque j'ai été le chercher - parce que mes parents ne savaient plus quoi faire - je n'ai pas reconnu mon fils et j'ai dû le menacer pour lui faire entendre raison. De retour ici, il n'est plus jamais redevenu celui que j'avais laissé s'envoler pour de merveilleuses vacances. Il s'est coupé du monde et est devenu aussi agressif que sa corpulence pouvait le lui permettre. Aucune école ne l'a gardé plus d'une année et je ne compte plus les convocations auxquelles on a été obligés de répondre pour bagarre, indiscipline et asociabilité. Par chance, aucun parent n'a jamais porté plainte. Mais il a amoché quelques-uns de ses camarades de classe.

— Ben heureusement que c'est pas tombé sur moi. Il m'aurait déchiqueté. Est-ce que vous avez vu un psy ?

— C'est la première chose qu'on a faite. Et on n'en a pas vu qu'un seul. Mais ça n'a servi à rien. Ils ont été incapables de comprendre pourquoi il avait changé. Les deux seules choses qu'ils nous ont dites, c'est que ce n'était pas normal mais qu'il avait un niveau intellectuel très supérieur à la moyenne, d'où ses résultats en classe. Tu parles d'un diagnostic ! Au fil des mois, il s'est calmé mais gare à qui lui cherchait des poux dans la tête. Jusqu'à ce que tu apparaisses et que vous deveniez amis… Tu comprends, mon grand, pourquoi je dis que tu es une bénédiction pour lui et pour nous ?

— C'est bizarre quand même. Il s'est bien passé quelque chose pour qu'il change en même pas deux mois ?

— Tu veux mon avis ?

— Ouais, carrément.

— C'est lié à ce bled, dans le Vermont. J'en suis certaine !

— Mais ? Comment ça lié à ce bled ?

Logan avait rejoint James et June avant que ceux-ci n'aient pu terminer leur conversation. Ils n'en avaient jamais reparlé. Au fond, James se moquait bien de l'origine du mal pourvu que son ami ne redevienne pas celui qu'il avait été.

Rien n'avait changé jusqu'au Spring Break de l'année suivante. Peu de temps avant cette coupure très attendue, June avait signifié à Logan qu'il l'accompagnerait rendre visite à l'une de ses tantes, à Los Angeles, dont c'était l'anniversaire. Cette perspective l'avait rendu particulièrement bougon car, lui, aurait préféré rester avec James et profiter de ces vacances comme il l'entendait. Mais on lui avait promis qu'il pourrait mettre Orange dans ses bagages, ce qui avait fait passer la pilule, même s'il aurait aimé y ajouter son ami. James ne s'était jamais autant ennuyé que pendant ces deux semaines. Le pire avait été de ne recevoir aucune nouvelle de Logan malgré les textos qu'il lui avait envoyés. Il avait trouvé cela étrange mais n'en avait tiré aucune conclusion. Ne pas le voir le jour de la rentrée, en revanche, l'avait beaucoup plus inquiété. Il avait cherché à le joindre une bonne vingtaine de fois et lui avait laissé autant de messages sans que Logan ne le rappelle. À peu près certain qu'il s'était passé quelque chose, James s'était rendu au domicile de son ami sitôt les cours terminés.

June l'avait accueilli le visage défait. Il n'avait pas franchi la porte d'entrée qu'elle s'était mise à pleurer en lui tenant la main. Il l'avait alors écoutée lui raconter que, la veille de leur départ pour Los Angeles, Orange était sortie se balader dans la cage d'escalier de leur immeuble. Curieuse de nature, elle avait gravi les escaliers et s'était faufilée dans l'appartement du premier étage, dont la porte était restée entrebâillée. Logan lui avait emboîté le pas pour la récupérer mais l'occupant des lieux, un ivrogne notoire, ne lui en avait pas laissé le temps. Il avait attrapé le chat par la peau du cou et, après avoir ouvert sa porte en grand, l'avait jeté de toutes ses forces contre la rambarde de l'escalier. L'animal s'était effondré net, la nuque brisée. En voyant son maître, quelques marches plus bas, l'ivrogne avait claqué la porte de son taudis en vociférant « qu'il emmerdait les chats et leurs putains de propriétaires qui n'avaient qu'à les claquemurer chez eux ». Logan s'était prostré devant Orange, osant à peine regarder le corps sans vie de la petite boule de poils qu'il chérissait plus que tout.

Il avait senti le sang abandonner son cerveau et la peau de son visage se geler. Des gouttes de sueur froide avaient perlé sur son front. Ses mains avaient commencé à trembler. Puis la fureur était montée en lui, se répandant comme un venin dans ses pensées, de plus en plus confuses. Cette incontrôlable fureur qu'il connaissait si bien ; cette fureur qui avait pris possession de lui dans le Vermont et face à laquelle il ne pouvait pas se contrôler. Ce jour-là, elle avait atteint une intensité inégalée, comme si - alors qu'elle s'était pratiquement tue depuis des mois - elle n'avait fait que recharger ses batteries pour mieux exploser et, cette fois, lui donner l'envie de tuer. Logan était redescendu et, sans un mot à l'attention de ses parents, s'était dirigé vers sa chambre pour y récupérer une batte de baseball. Puis il était remonté au premier et avait lancé sa carcasse de titan contre la porte de son voisin, qui avait volé en éclats, le laissant faire irruption dans la pièce où le meurtrier de son chat était avachi, une canette de bière à la main. La batte de baseball s'était d'abord écrasée contre la télé qui avait implosé sous l'effet du choc.

Elle avait continué sa course destructrice sur les avant-bras de l'ivrogne, puis sur ses cuisses et ses tibias. Si le père de Logan, alerté quelques secondes plus tôt par le comportement inhabituel de son fils, n'était pas monté à la hâte pour le stopper dans son entreprise, la batte se serait abattue sur le crâne de l'homme que l'adolescent avait décidé de réduire en bouillie. Inquiétés par le bruit et les cris de la victime, les voisins des étages supérieurs étaient sortis sur leur palier. L'un d'entre eux avait fini par appeler la police.

Ne pouvant plus s'en prendre à l'ivrogne depuis que son père lui faisait barrage, Logan s'était déchaîné sur le mobilier à sa portée, jusqu'à ce qu'il ne reste plus rien à détruire dans la pièce. Il avait alors lâché la batte, était sorti de l'appartement et avait récupéré le corps d'Orange avec une délicatesse inversement proportionnelle à la rage qui l'avait habité. Puis, il s'était mis à pleurer comme il ne l'avait jamais fait de sa vie, le cœur en miettes devant la boule de poils qu'il ne reverrait plus jamais bouger.

La police avait emmené Logan au poste. De la comparution immédiate dont il avait fait l'objet, peu de temps après, la sanction était tombée : il séjournerait dans une maison de correction le temps nécessaire à sa réhabilitation.

James avait écouté June sans dire un mot. À vrai dire, il en aurait été incapable. En prenant conscience de la gravité de la situation, en comprenant qu'il ne reverrait pas son ami de sitôt, ses jambes s'étaient faites molles et les larmes lui étaient montées aux yeux. Malgré l'uppercut qu'il venait d'encaisser, il n'avait pas flanché devant la mère de Logan. Mais, une fois seul, dans la rue, son estomac lui était remonté dans la gorge et il avait vomi le peu qu'il avait ingurgité au déjeuner. Il lui avait fallu plusieurs heures pour reprendre ses esprits et retrouver quelques couleurs. Peu lui importait la merde dans laquelle Logan s'était fourré, les choses étaient claires : il ne laisserait pas tomber son ami. Il ne pourrait pas l'appeler car les mobiles étaient interdits et les appels filaires réservés, dans un premier temps, aux seuls parents. Mais il lui écrirait et attendrait patiemment qu'il sorte du trou dans lequel on l'avait confiné. Car il le connaissait, son pote, c'était un putain de bonhomme, un roc. Il s'en sortirait et, à son retour, ils en rigoleraient ensemble.

– 4 –

Les semaines étaient passées sans que James ne faillisse à ses résolutions. Deux lettres par semaine et deux réponses en retour. Puis il avait enfin pu l'appeler. Il avait eu raison de croire en Logan. Ses geôliers étaient confiants sur sa capacité à se maîtriser. D'ailleurs, il avait mûri en un rien de temps, le ton et le débit des mots n'étaient plus les mêmes. « Je n'ai que ça à foutre, ici. Réfléchir et attendre que ça se passe. Et toi, ça va ? ». James n'avait jamais osé lui avouer que, depuis son départ, depuis que les cadors le savaient seul, ça n'allait pas. La peur lui donnait l'envie de fuir, de changer de lycée. Mais il était suffisamment intelligent pour savoir que, le problème, il le trimballerait avec lui, où qu'il aille. Des cadors, il y en avait partout et ils savaient détecter ceux qu'ils pouvaient harceler. La solution eut été d'en parler, perspective qu'il avait pourtant abandonnée. Passer pour une balance avait des conséquences qu'il ne voulait pas affronter. De toute façon, ses bourreaux ne dépassaient pas certaines limites, ce qui les mettait à l'abri des vraies sanctions. Ce n'était pas une admonestation paternelle de la part de la direction de l'établissement qui les effraierait. Alors James se taisait. Et ça l'étouffait. Pour supporter, il se réfugiait dans l'illusion macabre qu'il allait au-devant d'eux, sortait une arme à feu et les descendait, sans autre forme de procès. C'était de loin la solution qu'il préférait. La petite dose d'adrénaline que lui procuraient ces pensées ne restait jamais assez longtemps dans ses veines pour que, le lendemain, il trouve au moins le courage de leur faire face.

Le SMS reçu un peu plus tôt dans la soirée (il se demandait encore comment ils avaient réussi à dégoter son numéro de portable) n'avait rien arrangé à l'affaire : « Alors petit pédé ? Tu vas oser revenir en classe demain ? Il nous reste des yaourts, tu sais ! ». Ces quelques mots le renvoyèrent tout droit à l'incident qui avait gâché un fois de plus sa journée. Alors que, sans grand appétit, il déjeunait un peu à l'écart, Amber l'avait rejoint pour papoter, se réjouissant de pouvoir enfin s'asseoir auprès de lui plutôt que de le croiser en coup de vent à la sortie des cours. Elle s'étonnait de le voir fuyant, pensant que ce qu'elle avait cru ressentir entre eux n'était peut-être qu'une illusion. Elle n'avait jamais été aussi explicite sur l'intérêt qu'elle lui portait. Et cette démonstration, faite de quelques mots et d'un tendre regard, l'avait rempli de joie. James avait voulu lui dire qu'il tenait à elle mais que ses sentiments lui coûtaient cher, qu'elle était à la fois son bonheur et son malheur car, dans son ombre, se cachaient ses bourreaux. Mais il s'était tu et ne lui avait offert qu'un sourire de convenance et un regard rempli de tristesse. Comment aurait-il pu lui avouer qu'il n'osait pas se dresser contre ceux qui le harcelaient, en partie parce qu'elle s'intéressait à lui, qu'il n'était encore, à dix-sept ans, qu'un petit puceau en proie à ses premiers vrais émois ? Sur ces pensées secrètes, il se souvenait avoir désiré qu'elle se lève et s'en aille, qu'elle le laisse seul face à son désarroi. Mais elle était restée, comme si elle avait compris, lui avait caressé la joue et était venue y déposer un baiser.

Un plaisir et une peur indicibles avaient emporté James. Puis elle était partie après lui avoir proposé de discuter par SMS, dans la soirée. Le plaisir de ce baiser aurait pu illuminer le reste de sa journée si les cadors n'avaient pas surgi de nulle part, l'encerclant comme un gibier que l'on va mettre à mort.

Les yeux de leur leader, celui qui en pinçait pour Amber, l'avaient fusillé. Un regard plein de haine que seul le lieu, un peu trop exposé à l'équipe des surveillants, avait pu contenir. « Tu aimes les yaourts ? » lui avait-il demandé avec un calme qui n'augurait rien de bon. Puis, d'un geste lent et prémédité, le caïd avait sorti un petit pot de son sac à dos. Il en avait ôté l'opercule avec un rictus au coin des lèvres. James avait senti le regard pervers de son bourreau scruter ses réactions. Il avait été incapable de bouger, comme à chaque fois. Ses yeux s'étaient rivés sur l'étiquette du récipient pour ne pas avoir à croiser ceux de celui qui allait anéantir le peu d'amour-propre qu'il lui restait encore.

Yoplait Original, 99% fat free
Yoplait Original, 99% fat free
Yoplait Original, 99% fat free
Yoplait Original, 99% fat free

Le yaourt avait fini sur ses cheveux !

James les avait entendus glousser, tous autant qu'ils étaient. Lui, avait eu envie de pleurer. Pour ne pas leur offrir cette victoire, qui les aurait comblés, il s'était mordu la langue jusqu'au sang. Une violence cérébrale dont il était de plus en plus coutumier avait envahi ses pensées. Il aurait voulu leur fracasser le crâne à coups de marteau. La noirceur de ses idées avait froncé ses yeux et ses pupilles s'étaient dilatées, comme celles d'un félin prêt à bondir sur sa proie pour l'égorger. Ce regard n'avait pas échappé au caïd qui, pendant un instant, avait perdu de son assurance. Mais la peur, sa vieille copine, avait noyé la petite flamme qui venait de s'allumer en lui. Il maudissait ses barrières inconscientes qui l'empêchaient d'exprimer sa rage comme il aurait voulu le faire.

Pourtant, il savait que peu lui suffirait pour qu'elle explose. Les cadors s'en étaient allés comme ils étaient venus, le laissant dégoulinant de yaourt, à la vue de tous.

Malgré son angoisse, James avait fini par trouver le sommeil, épuisé à force de cogiter. En s'endormant, il se rappela qu'il n'avait même pas répondu aux SMS d'Amber. Il fallait que les choses changent. Il ne pouvait plus vivre de la sorte. Il lui fallait trouver le courage, où qu'il se cache, pour neutraliser ses bourreaux. Une bonne fois pour toutes.

6

Entre illusion et réalité

Aux premières lueurs du jour, Pedro se réveilla l'esprit confus. Quelques instants lui furent nécessaires pour comprendre qu'il n'était pas chez lui mais sur un lit et dans une pièce qu'il ne reconnaissait pas. Au-delà des murs qui l'entouraient, quelqu'un chantonnait un air familier. Après quelques instants passés à l'écouter, il reconnut la voix de Dolorès, sa fille. Peut-être qu'il pourrait lui demander, à elle, où il se trouvait. La chanson s'arrêta.

Pedro observa la porte qui isolait la chambre du reste de l'appartement. Elle n'avait pas été complètement fermée, comme s'il avait fallu qu'il puisse voir la lumière qu'elle laissait entrer et qui venait mourir sur les cadres photos fixés contre cette petite partie du mur qui échappait à l'obscurité. Il ne distinguait pas ce que représentaient ces clichés mais, à cet instant, pour une raison étrange, sa mémoire lui en restituait un parfait souvenir, comme s'il avait passé sa vie à les observer. Le premier, tout en haut, immortalisait James sur le vélo qu'il lui avait offert pour son douzième anniversaire. Le gamin souriait de toutes ses dents, fier comme Artaban. Sur les deux plus petits, situés juste en dessous, James posait, tantôt en compagnie de sa mère, tantôt en compagnie de Logan, son meilleur ami, avec, toujours, ce même sourire. Sur le quatrième, encore en dessous, James partageait la vedette avec ce garçon que Dolorès fréquentait depuis plusieurs années, ce Miles, qu'il n'avait pas vu depuis si longtemps. Les deux garçons étaient attablés dans la cuisine, chacun une part de gâteau dans la main. La bouche pleine l'empêchait cette fois de sourire, mais une joie indicible se lisait dans son regard. Tous ces visages rayonnaient de bonheur. Un bonheur presque palpable, comme une lumière, en lui-même.

Puis, une ombre vint s'y abattre.

Au début, Pedro mit cela sur le compte de sa vue qui, depuis un moment déjà, commençait à décliner. Un début de cataracte lui avait dit l'ophtalmologue. En réalité, sa vue n'était pas en cause et ce n'est que lorsque cette ombre prit forme qu'il s'en rendit compte. Une forme humaine. Quelqu'un devait se tenir dans l'encadrement de la porte et faisait obstacle à la lumière qui venait de l'extérieur. Pedro tourna les yeux, persuadé qu'il verrait Dolorès. Mais il n'y avait pas âme qui vive dans cette chambre. Il aurait pourtant juré que quelqu'un était venu se dresser entre la lumière et ce qu'elle éclairait. Cette impression, diffuse, le mit mal à l'aise, sans raison qu'il puisse comprendre. La sensation tenace qu'il n'était pas seul l'envahit. Ses yeux cherchèrent tout autour de lui puis revinrent se poser sur le mur. L'ombre n'avait pas bougé. Il ne voyait plus à travers elle que les dents et les yeux des sujets qui peuplaient les clichés. L'ombre se fit plus dense, comme si le fait de lui porter quelque attention lui permettait d'exister chaque seconde davantage. Elle se mit à couler, pareille à une huile épaisse qui se serait infiltrée entre le papier photo et le verre des cadres qui le protégeait, emportant avec elle la blancheur de ces sourires et ne laissant plus subsister que des yeux sans expression, privés des visages qui les faisaient vivre. Des yeux sans histoire à raconter ni bonheur à exprimer, perdus dans le noir qui ne demandait qu'à les avaler à leur tour. Tout ça devait se passer dans sa tête. Mais tout ça semblait si réel.

La chansonnette qu'il avait entendue quelques minutes plus tôt reprit son rythme lancinant. Dolorès n'était pas loin et le son de sa voix se rapprochait. Pedro en fut soulagé aux larmes. Elle était son unique point d'ancrage, le seul dont il se souvienne. Le reste était si flou. Il n'avait qu'une envie : qu'elle rentre et qu'elle lui parle. Qu'elle le sorte de la demi-nuit dans laquelle il avait l'impression d'errer.

Le cœur de Pedro se mit à battre plus vite lorsqu'il vit la porte s'entrouvrir davantage. Mais il eut à peine le temps d'apercevoir la silhouette élancée de sa fille que la porte se referma violemment, le laissant seul dans la chambre, avec pour seul repère l'aube naissante qui répandait ses premiers rayons de lumière derrière les rideaux de la fenêtre. Le bruit de la porte claquée l'instant d'avant résonna dans sa tête. Son volume augmentait au rythme où il se sentait chuter. Il vit la fenêtre s'éloigner au-dessus de lui, jusqu'à ce qu'elle ne devienne plus qu'un petit point lumineux dans les ténèbres qui l'engloutissaient.

Tout s'arrêta lorsque cette étoile disparut, l'abandonnant au noir complet. L'angoisse le saisit à la gorge, comme toutes ces fois où, d'un coup d'un seul, il ne savait plus où il se trouvait, perdu au milieu d'un univers qui, pourtant, lui semblait familier. Cet entre-deux qui vous dit vaguement quelque chose mais que vous êtes infoutu de situer. Il ne connaissait pas pire que cet état. Il le rongeait de l'intérieur et rien ne pouvait calmer l'anxiété qu'il provoquait, à part Dolorès qui finissait toujours par surgir de nulle part. Entendre sa voix était son seul salut mais il ne savait jamais dans quel délai elle viendrait le tirer de ce néant. Parfois, il avait l'impression d'attendre des jours entiers avant qu'elle ne se manifeste. Mais, aujourd'hui, Pedro avait le sentiment qu'elle ne viendrait pas et il n'avait plus rien à quoi se raccrocher pour se réimplanter dans cette réalité qui lui faisait défaut. Rien, à part sa respiration, qui lui permettait de savoir qu'il était encore en vie.

– 2 –

Après un long moment, qu'il fut incapable de quantifier avec précision, son ouïe s'aventura au-delà des sons que lui renvoyait son propre corps. Il n'était pas seul. Outre la sensation diffuse que quelqu'un se tenait tout près de lui, il entendait cette présence respirer. Il sentait presque la caresse de ce souffle sur la peau de son visage. Puis, son odorat détecta un effluve connu mais lointain dans sa mémoire chancelante. Il y avait tellement longtemps qu'il n'avait pas senti cette odeur. Elle lui rappelait l'odeur de l'amour, l'odeur d'un corps qu'il avait serré contre le sien.

Et comme une fusée de détresse qui déchire un ciel sombre, un souvenir émergea du fin fond de son passé. Carmen. Il ne pouvait pas se tromper. Il s'agissait de Carmen, son épouse adorée. Pourquoi était-elle partie pendant si longtemps ?

— Carmen, c'est toi ?

L'obscurité se dissipa et laissa place au réduit dans lequel ils avaient emménagé ensemble, quelques mois après s'être rencontrés. Pedro se souvenait de cet endroit comme s'il ne l'avait jamais quitté. La pièce était en tout point conforme à l'image qu'il en avait gardée. Elle leur servait à la fois de séjour et de chambre. Ils avaient récupéré une table et quatre chaises de jardin en fer forgé, qu'ils avaient disposées dans un coin de la pièce. Avec un lit, une armoire et un vieux fauteuil placé face à la fenêtre, il y avait là toute leur fortune. Mais cela suffisait à leur bonheur. Jamais ils n'avaient été plus heureux que dans leur petit chez eux. Chaque soir, Carmen s'installait dans le fauteuil et attendait qu'il rentre du travail. Un vieux fauteuil en cuir, craquelé par le temps, dont le dossier était si haut qu'il ne pouvait voir que quelques mèches de ses cheveux. Il se souvenait encore franchir le seuil de la porte, passer devant l'espace minuscule qui leur servait de cuisine, attraper la bouteille de bière qu'elle avait décapsulée pour lui et la rejoindre. En hiver, il observait son reflet dans la vitre qui lui faisait face.

Et il la voyait sourire au rythme où il se rapprochait d'elle. Aux beaux jours, lorsqu'elle laissait la fenêtre ouverte et que plus aucun reflet ne permettait à Pedro de l'apercevoir avant d'arriver à sa hauteur, elle se faisait belle et sublimait son visage d'une pointe de maquillage, sachant que la surprise serait entière. Il lui caressait l'épaule, puis se penchait sur elle et l'embrassait dans le cou. Il la trouvait si belle. Sa peau était si douce que jamais il n'aurait voulu que ses lèvres s'en détachent. La main de Carmen remontait alors le long de sa joue et ils restaient ainsi une minute, comme si ces quelques instants avaient le don d'effacer leur journée de labeur. Comme s'ils revenaient à l'essentiel de leur existence. Carmen poursuivait ce petit rituel en se levant et en invitant son mari à prendre sa place. Pour finir, elle s'asseyait sur ses genoux et se lovait contre lui. Ensemble, sans un mot, ils écoutaient le bruit de la ville, parfois en se laissant gagner, l'un et l'autre, par le sommeil.

Les yeux de Pedro étaient encore rivés sur la bouteille de bière qui l'attendait lorsque la voix de Carmen répondit à sa question.

— *Claro que soy yo, mi amor*[1] ! Je t'attendais.

Il dirigea son regard vers le fameux fauteuil, seul endroit où elle pouvait se trouver. Ce meuble était indissociable de Carmen, raison pour laquelle il l'avait gardé toutes ces années. Rien ne pourrait jamais effacer l'empreinte éternelle qu'elle y avait laissée.

Sa mémoire l'invita à scruter, dans la fenêtre fermée, le reflet de son épouse. Mais ses yeux vieillissants lui jouaient des tours. Il ne reconnaissait pas sa bien-aimée. L'étrangère qui avait pris sa place ne souriait pas. Son visage était fermé et ses yeux ne semblaient trahir que colère. Il se savait connaître cette femme sans pour autant la situer dans ses souvenirs mourants. Une réminiscence sans contexte, jaillissant de nulle part.

— Tu es content de toi ? dit-elle d'un ton glacial avant que Pedro n'atteigne le fauteuil.

Il ne savait pas si elle s'adressait à lui car il ne comprenait pas le sens de ces mots. Mais, par fenêtre interposée, il sentit les yeux métalliques de la femme transpercer les siens. Lorsque ses mains se posèrent sur le dossier du fauteuil, elle se retourna et le regarda intensément. Son expression s'était défait de la colère qu'il y avait détectée l'instant d'avant. Il n'y voyait maintenant que peine mêlée d'effroi.

— Ne *le* regarde pas. Si tu *le* regardes, *il* ne te laissera pas partir. Assieds-toi à ma place et prends-moi dans tes bras, comme avant… Reste près de ce fauteuil.

Pedro ne comprenait toujours pas les propos de cette femme mais elle les prononçait avec la voix de Carmen. Comment pouvait-elle avoir exactement la même voix que

1. Bien sûr que c'est moi, mon amour !

Carmen ?

— N'écoute pas cette chienne ! Elle aura ta peau, comme elle a eu la mienne, s'entendit-il penser.

— Tais-toi ! Tais-toi ! Tais-toi ! poursuivit la femme en sanglotant. Mon Dieu, délivre ce pauvre homme du mal…

Pedro se mit à rire.

— Le mal coulera dans ses veines le temps que je vous fasse payer.

— Pauvre fou !

Pedro se savait pris au piège dans les filets d'un dialogue en marge de sa volonté. Il voulait y échapper alors que sa tête commençait à le faire souffrir. Il recula d'un pas, puis de deux, et la lumière déclina en intensité alors qu'il s'éloignait du fauteuil. Bientôt, l'appartement disparut et l'obscurité se fit totale. De nouveau, il n'entendit plus que le son de sa respiration avec, toujours, cette sensation tenace de ne pas être seul.

D'ordinaire, la confusion intermittente qui le privait de ses capacités cognitives expliquait la plupart de ses errements et, surtout, son incapacité à faire le tri entre ce qui n'était que divagations et ce qui était réel. Mais à cet instant, alors que rien ne semblait normal, il se sentait étrangement lucide. Et cette lucidité lui faisait comprendre que quelque chose d'étranger à son mal voulait l'emprisonner dans ses souvenirs anciens. Quelque chose qui se serait superposé à sa conscience malade et qui profiterait des vides qu'elle occasionnait sans lui laisser le loisir de les réinvestir. À moins que tout cela ne soit que les symptômes ultimes de son affection. Les malades d'Alzheimer, comme lui, finissaient-ils captifs de leurs souvenirs en y retrouvant une mémoire qui leur faisait défaut dans le présent ?

Il pria pour que Dolorès le tire de là.

7

Le réveil du démon

James regardait son bol de cornflakes, l'air prostré. Il avait abandonné l'idée de terminer son petit-déjeuner. Chaque pétale, pourtant mâché et remâché, lui avait fait l'effet d'une petite lame de rasoir venue taillader le fond de sa gorge. Noyer les céréales dans le lait, qu'il détestait pourtant, n'avait rien changé à l'affaire. En fait, il ne pouvait rien avaler. L'angoisse lui nouait l'estomac et comprimait sa trachée. L'idée de croiser ses bourreaux lui devenait insupportable. À ce rythme-là, il finirait par fuir le lycée. Le problème, dans ce genre de situation, c'est que le cerveau n'est plus capable de raisonner. La peur s'y répand comme un poison qu'aucun antidote ne peut traiter. Les effets du malaise qu'il ressentait s'infiltraient partout et bien au-delà des frontières dans lesquelles il aurait dû raisonnablement les circonscrire. Aujourd'hui, il se rendait compte qu'ils avaient pollué toute sa vie. Rien n'y échappait. Il n'avait même pas étudié, la veille au soir, chose impensable pour le bon élève qu'il était. Ce matin, Dolorès ne s'était pas encore levée. Une chance pour lui. Il n'aurait pas à donner le change, comme il le faisait chaque jour pour cacher son mal-être. Pourtant, il était bien conscient qu'il ne pouvait pas continuer comme ça. D'une certaine manière, s'en rendre compte faisait déjà partie de la solution. Mais de la théorie à la pratique, il y avait un pas de géant qu'il ne savait pas comment franchir. Et puis, que ferait-elle s'il lui racontait ce qu'il endurait, à part en référer au directeur de l'établissement ? Il craignait alors les conséquences qu'il aurait à subir en dehors du lycée. Parce qu'il était sûr d'une chose : un avertissement (si tant est que l'administration ait suffisamment de preuves pour le donner) n'arrêterait pas ses bourreaux. Tant s'en faut.

Ces sombres pensées furent interrompues par Pedro qui fit irruption dans la cuisine. James, visiblement heureux de le voir, se leva et vint gratifier son grand-père d'une accolade sincère. Le vieil homme resta les bras ballants, ne sachant trop comment répondre à ce témoignage d'affection dont il ne semblait pas coutumier, tout du moins, aux yeux d'un étranger qui se serait tenu là, à les observer.

— *Holà abuelo*[1] *!* Comment tu te sens ce matin ?

— Ça va ! se contenta de répondre Pedro en détaillant la cuisine comme s'il ne l'avait jamais vue.

— Est-ce que tu veux un petit café ? C'est moi qui te le prépare.

— Okay.

— Assieds-toi, j'en ai pour une minute. Tu veux manger quelque chose ?

— Ça ira, merci.

Une fois le café servi, les deux hommes restèrent un moment à s'observer, assis l'un en face de l'autre, sans mot dire. James n'avait pas l'habitude de ce genre de silence tant son grand-père était bavard, avec lui en particulier. Au début, il mit ça sur le compte de ce qui s'était passé la veille. Son grand-père n'avait peut-être pas récupéré. Puis lui vint l'idée que, peut-être, il avait perçu son malaise. James

1. Salut grand-père !

n'avait jamais déployé, à l'égard de Pedro, les efforts qu'il avait faits auprès de sa mère pour camoufler ce qui lui pourrissait la vie. À quoi bon, de toute façon, puisqu'il aurait pu lui raconter ses déboires en long, en large et en travers sans que le vieux ne s'en souvienne le quart d'heure d'après. Il se demandait alors pourquoi le regard de son grand-père semblait, ce matin, plus vif que d'habitude. Un regard qu'il n'avait plus vu, chez lui, depuis belle lurette et qu'il aurait presque qualifié d'inquisiteur. Ces quelques réflexions le renvoyèrent tout droit à ses soucis.

Et si, précisément, le fait de s'épancher auprès de quelqu'un qui ne se souvient de rien était une solution ? James avait l'immense besoin d'en parler, de libérer une partie de la pression que ce poids exerçait sur lui sans conséquence à gérer du fait de ses révélations. Les larmes lui montèrent aux yeux d'un coup, comme si cette possibilité avait fissuré les murs de la forteresse qu'il avait bâtie pour emprisonner son malaise. Et de cette brèche, s'échappèrent toutes les larmes qu'il avait si longtemps retenues.

— Ça ne va pas ?

— Non.

James fut incapable d'en dire davantage pendant plusieurs minutes. Il se contenta de poser sa main sur celle de son grand-père, en quête d'un contact réconfortant qui l'aide à trouver les mots. Sa détresse évidente éveilla en Pedro une forme d'empathie qu'il n'avait pas ressentie depuis un moment.

— Raconte !

Le sillon ayant été tracé par la simple négation qu'il avait réussie à exprimer, James se livra sans retenue. Son petit-fils redevenu silencieux, Pedro laissa ostensiblement son regard parcourir l'adolescent, de la tête aux pieds. Il détailla son mètre quatre-vingt-cinq, ses larges mais frêles épaules, ses yeux bleus inquiets, ses cheveux bruns coupés court qui le faisaient ressembler à un bidasse. Puis il se leva et alla jeter un œil par la fenêtre de la cuisine. Un bon moment s'écoula avant que Pedro ne reprenne la parole, moment qui fit croire à James que son grand-père n'avait pas imprimé un traître mot des révélations qu'il venait de lui faire.

— Pourquoi tu ne te défends pas ? demanda finalement Pedro.

— Je ne sais pas…

— Ce n'est pas une réponse.

— J'ai peur, sûrement.

— Peur de quoi ?

— Je ne sais pas.

— Si tu ne sais pas de quoi tu as peur, pourquoi tu as peur alors ?

— *Abuelo*, j'en sais rien. Ça me paralyse, c'est tout. J'ai peur de me prendre une raclée, j'ai peur d'avoir mal…

— Si tu te cassais le bras, est-ce que tu aurais peur parce que tu t'es fait mal ?

— Bah… non !

— Alors tu ne devrais pas avoir peur de la douleur simplement parce qu'elle peut t'être infligée par une bagarre. La peur, c'est dans la tête.

— C'est facile à dire, ça !

— Qu'est-ce que tu ressens quand tu vois ces gars ?

— Ils me font peur.

— C'est tout ?

— Ben, je crois, oui.

— Réfléchis bien…

James repensa aux yaourts. La mémoire de leur odeur

dans ses cheveux fit rejaillir ce qui, accompagnant toujours sa fidèle amie, s'égarait systématiquement en route, incapable de trouver la voie pour exploser.

— Je les hais ! répondit enfin James sur un ton qui reflétait le sentiment qui venait de le traverser.

— La haine… Et qu'est-ce que tu ferais à ces gars si tu laissais causer ta haine plutôt que ta peur ?

— Je les tuerais !

Pedro se retourna sur James et l'observa encore un moment avant de revenir à la charge.

— Tu t'appelles comment ?

— Quoi ?

— Réponds à cette question ! renchérit Pedro d'un ton sans compromis. Comment tu t'appelles ?

— James. Mais…

— James comment ?

— James Penborn.

— Tu as quel âge ?

— Dix-sept ans. Je ne comprends pas où tu veux en venir abuelo…

Pedro revint à côté de James.

— Lève-toi !

James s'exécuta, un peu gauche face à cette injonction qui ne cadrait pas avec la situation.

— Tiens-toi droit, bon sang, et fais-moi face la tête haute, comme si rien ne devait passer derrière ta carcasse !

James se redressa et bomba le torse.

— Regarde-moi bien dans les yeux et répète les putains de mots que je vais te dire. Je m'appelle James Penborn, j'ai dix-sept ans et aucun connard sur Terre ne m'emmerdera plus jamais !

— *Abuelo*, c'est…

— REPETE ! s'énerva Pedro.

— Je m'appelle James Penborn, j'ai dix-sept ans et aucun connard sur Terre ne m'emmerdera plus jamais…

— Encore !

— Je m'appelle James Penborn, j'ai dix-sept ans et aucun connard sur Terre ne m'emmerdera plus jamais.

— Encore ! Mets-y tes couilles cette fois !

— Je m'appelle James Penborn, j'ai dix-sept ans et aucun connard sur Terre ne m'emmerdera plus jamais !

— T'es pas convaincu !

— Si.

— Non ! Recommence ! lui ordonna Pedro en lui assenant une gifle.

— Je m'appelle James Penborn, j'ai dix-sept ans et aucun connard sur Terre ne m'emmerdera plus jamais !!

— Encore ! Elles sont où tes couilles, bordel ! Une nouvelle gifle s'abattit sur l'autre joue, plus forte, cette fois.

Les yeux de James se remplirent à nouveau de larmes. Mais la colère y avait remplacé le sel.

— JE M'APPELLE JAMES PENBORN, J'AI DIX-SEPT ANS ET AUCUN CONNARD SUR TERRE NE M'EMMERDERA PLUS JAMAIS !

Alors qu'une nouvelle gifle s'apprêtait à tomber, James saisit la main de son grand-père et la stoppa net.

— ARRETE !

Un sourire carnassier fendit les lèvres de Pedro. Il attrapa son petit-fils par la nuque et plongea ses yeux dans les siens.

— Tu l'as sentie cette rage, hein, quand t'as vu ma main se dresser contre toi ? Laisse-la se loger dans ton citron. Laisse-la couler dans tes veines et offre-lui un accès vers la lumière. Si ces petites merdes te cherchent encore des noises, cogne-les à t'en faire saigner les mains ! Ne le fais pas pour te défendre. Fais-le pour leur faire mal. Nourris ta colère de leur douleur. La peur, ça n'existe que dans ta tête ! Tu as pigé ?

— Oui… Je crois.

— TU AS PIGE ?

— OUI !

— Maintenant, tu prends ton sac et tu files. Sur le chemin de l'école, tu vas te répéter mille fois cette putain de phrase jusqu'à ce qu'elle te brûle la cervelle. Et ce soir, quand tu reviendras, s'ils t'ont emmerdé, je veux t'entendre me dire que tu en as fait de la charpie.

James attrapa son sac et, avant de sortir de la cuisine, se retourna vers Pedro. Il lui sourit. Galvanisé par la petite expérience qu'il venait de vivre, il sentit un soupçon de confiance en lui-même se loger dans un coin de son esprit. Il fallait maintenant qu'il le laisse vivre et grandir sans l'ensevelir sous le doute. De manière assez évidente, il sentait que le terreau dans lequel Pedro avait planté cette graine était fait de violence et de colère, attributs qu'il nourrissait depuis un moment déjà, sans avoir le courage de leur laisser voir le jour. Mais, avec les quelques mots qu'ils avaient prononcés, son grand-père venait d'ouvrir une brèche.

Il avait aligné ses fantasmes macabres avec une réalité *possible*. À cet instant, James se sentait prêt à les laisser émerger. Il en avait même *envie*. L'excitation provoquée par cet accès d'adrénaline avait relégué au second plan une autre évidence : son grand-père ne lui avait jamais parlé de la sorte. Pas une seule fois en dix-sept ans il ne lui avait donné le conseil de s'en prendre physiquement à quelqu'un. Pas une seule fois ces phrases n'avaient été ponctuées d'autant de grossièretés.

— La peur n'existe que dans ma tête. Cogne-les pour leur faire mal, se répéta-t-il en quittant l'appartement.

– 2 –

— **J'ai l'impression** que ça va mieux qu'hier soir, dis donc ! lança Dolorès en rentrant à son tour dans la cuisine. Mais c'était quoi, ça, papa ? Tu lui as vraiment conseillé de casser la figure de ses camarades ?

La question n'était que rhétorique car elle n'avait pas perdu une miette des propos que son fils et son père avaient échangés. Elle avait décidé de les laisser poursuivre sans intervenir et sans se montrer, intriguée par la tournure qu'avait prise la conversation. Si James n'avait pas relevé le fossé qui existait entre les propos de son aïeul et le tempérament habituel de celui-ci (il pouvait être bougon mais jamais violent), elle, si. Et ces propos n'étaient pas faits pour la rassurer. Le neurologue lui avait dit que les malades d'Alzheimer pouvaient devenir violents. Son père était-il en train de céder à ce travers ? Mais il n'était pas question ici de la violence dont le médecin lui avait parlé et qu'il avait décrite comme des accès soudains d'irascibilité ou d'agressivité physique. Il s'agissait là d'une violence pensée, conçue, préméditée par une personne en pleine possession de ses moyens. Ça ne collait pas.

Un autre sujet, impensable jusqu'à ce matin, la préoccupait tout autant : l'état de son fils. Comment avait-elle pu passer à côté d'un tel mal-être ? Il expliquait à coup sûr la baisse de ses résultats, depuis quelque temps. James avait dû faire des efforts surhumains pour le lui cacher. Si, en toute objectivité, rien n'aurait pu lui mettre la puce à l'oreille puisqu'à chaque fois qu'elle le lui demandait, il répondait que tout allait très bien, elle s'en voulait quand même. Une mère devait être capable de ressentir la détresse de son fils.

— Qu'est-ce que tu voulais que je lui dise ? De tendre l'autre joue ? De rapporter le problème à la direction de l'école ? Il ne doit pas se laisser faire. Il doit les faire payer pour l'humiliation qu'ils lui font subir. C'est lui ou eux.

— Tu as pensé aux conséquences ? Tu veux qu'il se fasse virer ? Ou pire, que ces mecs l'envoient à l'hôpital ? Tu sais qu'il t'adore, et qu'il t'écoute, alors ne va pas lui foutre des idées comme ça dans la tête. D'ailleurs, elles te viennent d'où, ces idées, tout d'un coup ?

— S'il se laisse marcher dessus, il est foutu. Une seule fois, c'est déjà une fois de trop.

— Enfin, merde, quand même ! Tu t'es entendu ? Cogne-les pour leur faire mal… C'est Alzheimer qui te fait débloquer ou quoi ?

Dolorès regretta aussitôt ses paroles, sachant que Pedro ne supportait pas l'idée de se savoir diminué. Mais ces mots ne lui firent pas l'effet qu'elle redoutait.

— Puisque j'en suis là, rappelle-moi qui je suis et où je vis. C'est confus ce matin…

— T'es sérieux ?

— J'ai l'air de plaisanter ?

— Ok… dit Dolorès, dubitative. Tu t'appelles Pedro Rojas, tu as bientôt quatre-vingt-cinq ans, tu vis 1391 Natoma Street, deuxième étage. Ah, et pendant qu'on y est, jusqu'à maintenant, tu faisais tes courses chez Foodsco, sur Folsom Street. Tu penses que ça suffira pour ce matin ?

— J'imagine que tu as les clés de chez moi ?

— J'ai mon trousseau. Tu as dû oublier le tien chez toi en claquant la porte puisque je ne l'ai pas trouvé dans ton manteau.

— J'ai un téléphone ?

Dolorès ne put s'empêcher de rire.

— Tu as perdu les deux premiers que je t'avais achetés. Alors, le troisième, je l'ai repris. De toute façon, tu ne réussissais plus à t'en servir.

— Tu l'as toujours ?

— Oui.

— Alors tu vas me le rendre et me laisser ton trousseau de clés. Je vais rentrer chez moi et on se reverra plus tard. Il me faudrait quelques billets aussi…

Dolorès se figea et observa son père sans savoir quoi dire. Que s'était-il passé entre hier soir et ce matin pour que la fluidité de son verbe et la concision de ses idées aient à ce point gagné en clarté ? Sans parler du choix des mots qu'il employait. Ce qui la saisissait n'était pas tant le contenu — il ne lui récitait pas Shakespeare — mais la forme. Elle y décelait une assurance et une volonté qui avaient déserté Pedro depuis plusieurs mois. Et puis, il y avait la manière dont il se tenait. On aurait dit qu'il était mal assuré sur ses deux jambes, qu'il massait à intervalles réguliers.

— Comme d'habitude, je t'ai laissé ce dont tu as besoin pour la semaine sur ta table de chevet. Ça devrait encore y être… sauf si tu as déjà tout dépensé... ou tout perdu. Tu es sûr que ça va ? On dirait que tu as mal aux jambes.

— Ça va. Et mes jambes n'ont jamais été plus en forme.

— Tu crois vraiment que tu peux te débrouiller tout seul ? Vu ce qui t'est arrivé hier soir, je serais plus rassurée si tu restais là pendant quelques jours…

— Arrête de t'en faire, ça ira.

— Répète-moi ton adresse ?

— 1391 Natoma Street, deuxième étage.

— Eh ben !

Dolorès s'éclipsa un moment et revint avec la parka de son père, les clés et le téléphone.

— Fais-y gaffe, lui dit-elle en venant le serrer dans ses bras. On se voit ce soir. *Ten cuidado, papa*[1] !

Cette famille l'aimait décidément beaucoup, se dit Pedro en quittant l'appartement sous l'œil inquiet de sa fille.

1. Fais attention, papa !

8

Rhodam Senior

Debby avait peut-être vu juste sur ce qui s'était passé la veille au soir : un incident isolé. Elle l'avait même trouvé plus alerte, tant physiquement qu'intellectuellement. Pourtant, personne n'avait jamais entendu parler d'amélioration lorsque la maladie d'Alzheimer était en cause. Au mieux, elle évoluait peu, mais elle ne régressait pas. Or, en y repensant, Dolorès avait la sensation que, ce matin, elle avait perdu du terrain. Pedro lui avait bien dit ne plus se souvenir de qui il était ni d'où il vivait. Il n'empêche, une fois qu'elle le lui avait rappelé, il avait gravé l'information dans sa mémoire, événement qui n'était pas arrivé depuis longtemps. Elle ne comptait plus les fois où elle avait dû lui répéter cent fois les choses pour qu'il en reste un petit rien. Et, même comme ça, le souvenir se dissipait à la vitesse de l'éclair. Il n'y avait guère que les habitudes anciennes, les vieux réflexes, ancrés quelque part dans son inconscient, qui survivaient et qui lui avaient permis de se maintenir à domicile. Alors, le fait qu'il ait retenu son adresse paraissait peut-être dérisoire mais, pour elle, c'était un miracle. Elle n'allait pourtant pas s'en réjouir. Elle savait que certains malades, aux derniers stades de leur affection, connaissaient parfois une embellie de leur état juste avant de succomber. Le mécanisme était peut-être le même avec Alzheimer.

Elle n'allait ni s'en réjouir ni, cette fois, fermer les yeux. L'alerte de la veille lui avait fait comprendre qu'elle devait prendre les devants et se renseigner, au moins à titre conservatoire. Elle avait trop longtemps rechigné à faire cette démarche qui lui donnait l'impression d'enterrer son père avant l'heure. Aujourd'hui, Dolorès se sentait prête, du moins le croyait-elle. Si Pedro devait bénéficier d'un sursis, tant mieux. Dans le cas contraire, elle ne serait pas prise au dépourvu.

L'amour et l'immense respect qu'elle vouait à son père n'étaient pas les seules raisons qui avaient retardé sa décision. L'autre raison (la vraie ?) — celle qui l'éloignait également, à chaque fois qu'elle le pouvait, des soins à leur prodiguer lorsqu'elle travaillait — était sa répulsion pour les personnes trop âgées. Par trop âgées, elle entendait celles qui n'étaient plus capables de se suffire à elles-mêmes. Son aversion n'était pas seulement mentale, elle était aussi physique. Elle ne supportait pas leur odeur, leurs corps décharnés, leur incapacité relative à réagir. Elle ne voulait pas que son père devienne l'un d'eux, ni venir le voir dans un établissement qui gérerait sa fin de vie. L'y placer serait s'y plonger elle-même à chaque fois qu'elle lui rendrait visite, à chaque fois qu'elle penserait à lui. Elle s'en sentait incapable. Dolorès refusait la vérité et les conséquences qui s'ensuivent. Quelques travaux d'introspection lui auraient fait comprendre que, ce dont elle avait peur, c'était de ne plus pouvoir maîtriser les événements qui orientaient sa vie, de ne plus pouvoir les contrôler et, par construction, de ne disposer d'aucun pouvoir qui puisse les changer.

Était-ce cette peur, diffuse, aux contours incertains, qui avait également pollué sa relation avec Miles ? Elle avait toujours senti que, si elle s'était engagée dans une relation durable, une dimension de leur couple lui aurait échappé. Celle qu'elle ne maîtrisait pas du fait de leur différence sociale. Pourtant, durabilité, il y avait bien eu. Mais elle avait voulu s'immuniser contre tout le reste en conservant une liberté qui avait fait de cette relation un hybride entre amitié explicite et amour implicite. Elle avait cru pouvoir se balader à sa guise entre l'une et l'autre, donnant à ses jours le parfum de la première et à ses nuits le frisson du second. Elle aurait dû savoir que les jours sont plus longs que les nuits et que l'apparente amitié phagocyterait alors cet amour qui se cachait dans les moindres recoins de leur relation. Au fond, on ne contrôle jamais rien. Ou si peu. La vie le prouve, tôt ou tard. Le contrôle est une illusion qui travestit la fatalité en vous donnant l'impression de maîtriser ce qui la compose. Mais la somme des choses qu'on maîtrise est toujours inférieure à celle des choses qu'on ne maîtrise pas. La partie est perdue d'avance.

Se retrouver devant la maison de retraite qu'elle allait visiter le lui prouvait bien. Dolorès avait tout fait pour ignorer les signes évidents de la maladie de son père derrière l'organisation qu'elle avait mise en place pour les dominer. Mais l'évolution de son état ne dépendait pas de sa volonté. Elle n'y pouvait plus rien et devait maintenant accepter qu'en dépit de ses efforts, la situation la dominait plus qu'elle ne dominait celle-ci.

Qu'en était-il pour Miles ? Etait-il encore temps de laisser le destin décider pour elle, sans le craindre, sans chercher à l'orienter ? N'avait-il pas déjà décidé pour elle, de toute façon, en envoyant Miles à New York ?

La maison de retraite se situait à Millbrae, une agglomération au sud de San Francisco, non loin de l'aéroport international. Elle ne pouvait pas espérer que Pedro intègre un établissement doté d’une unité Alzheimer au cœur même de Frisco. Le coût en était faramineux. Il fallait s’éloigner. Rhodam Senior affichait effectivement des tarifs raisonnables (par comparaison car, en la matière, il n’y avait rien de raisonnable). En acceptant quelques gardes de plus, qu’elle additionnerait aux économies de son père et à celles qu’il ferait encore, une fois libéré de son loyer actuel, c’était jouable. Serré, mais jouable.

L’environnement ne lui plaisait pas. Il n’avait rien de ces banlieues boisées, aux pelouses tondues ras, où le « bien-vivre » à l’américaine vous saute au visage. L’édifice, assez laid, était planté au milieu d’un terrain où le béton avait tout dévoré. Le parking qui le précédait donnait la sensation d’arriver devant un shopping center bon marché. Il y avait bien deux ou trois arbres qui tentaient d’offrir une pointe d’oxygène à l’ensemble mais ils étaient probablement aussi mal en point que les résidents se cachant derrière les murs de ce mouroir. Elle n’arrivait pas à concevoir un tel lieu autrement que par ce qualificatif.

— Ce n’est pas ce qui compte, se dit Dolorès pour chasser ces images peu flatteuses qui venaient construire ses premières impressions. Ce qui compte, c’est la manière dont ils sont traités à l’intérieur.

Pour s’en convaincre (la tâche était ardue), elle se répéta ces quelques mots jusqu’à se retrouver devant les deux portes en verre qui s’ouvrirent sur son passage. Tout, dans le petit hall de la réception, était blanc, à part un bouquet de fleurs aux mille couleurs, posé sur le comptoir, et l’énorme réceptionniste qui se tenait assise derrière ce dernier et qui, elle, était noire. Tout était également d’une propreté sans faille. L’odeur de désinfectant qui baignait l’air ambiant lui rappelait celle de l’hôpital.

— Comment puis-je vous aider, ma belle ? lui dit la

femme en agrémentant ses propos d'un large sourire, aussi blanc que le reste. Si vous n'avez pas directement filé derrière cette porte, c'est que personne de votre famille ne vit encore ici ! poursuivit-elle en désignant du menton un autre sas vitré, à l'opposé de celui que Dolorès venait de franchir.

» Et puis, sinon, je me serais souvenue de vous. Je connais les familles de tous les patients.

— Non, en effet. Votre établissement m'a été recommandé et je viens me renseigner.

— Ah oui ? C'est que ça ne doit pas être si mal si on vous a conseillé notre maison. Qui était ce pensionnaire ?

— Euh… Je vous avoue que je n'ai pas retenu son nom. Il se déplaçait en fauteuil roulant, si ça peut vous aider à le situer…

Le visage de la réceptionniste s'obscurcit soudainement. Quelque chose venait de lui traverser l'esprit. Quelque chose de désagréable, de toute évidence. Mais son sourire reprit le dessus.

— Les fauteuils roulants, ce n'est pas exceptionnel ici.

— Vous avez raison. Vous pensez qu'il me serait possible de visiter la résidence sans rendez-vous ?

— Il ne devrait pas y avoir de problème, ma jolie. Je vais voir ce que je peux faire pour vous avec la responsable de jour…

La réceptionniste saisit le téléphone en gesticulant sur sa chaise. Une bonne vingtaine de secondes s'écoulèrent sans que personne ne décroche.

— Elle doit être en train de tailler la causette, quelque part ! Si vous saviez, on est tellement bavards par ici.

Finalement, quelqu'un se manifesta à l'autre bout du fil.

— Oui… Tu as failli me faire attendre… dit la femme d'un air prétendument sévère avant de s'esclaffer.

Ses quintes de rire, contagieuses, n'en finissaient pas et

secouaient sa volumineuse poitrine. Dolorès ne put s'empêcher de sourire.

— Y'a une jolie dame devant moi qui voudrait visiter notre maison. Tu crois que tu vas trouver un moment pour lui faire plaisir ? (...) Oui, Okay. Je lui fais passer le sas, elle va t'attendre derrière (...) On se voit tout à l'heure, hein.

La femme raccrocha, se leva et invita Dolorès à la suivre d'un geste de la main.

— Venez avec moi, ma belle. La responsable va venir vous chercher derrière cette porte dans une minute. Vous lui demandez tout ce que vous voulez savoir. Et puis, si vous avez encore des questions, plus tard, vous nous appelez. On est là pour ça. Okay ?

La décontraction dont cette réceptionniste faisait preuve et son air avenant tombaient comme un cadeau du ciel alors que Dolorès était arrivée plutôt anxieuse. Elle avait un je-ne-sais-quoi de réconfortant pour qui mettait les pieds ici pour la première fois, même si ce simple contact n'augurait en rien de ce qu'elle découvrirait ensuite. Dolorès rêvait d'un endroit qui ressemble davantage à une pension de famille qu'à un établissement où on assoit les patients, de longues heures durant, après les avoir torchés et nourris. Et cette femme, de par ses rondeurs, son sourire et son verbe, était l'image exacte qu'elle en attendait. Les savates qu'elle portait aux pieds ancrèrent un peu plus encore cette image dans l'esprit de Dolorès.

— Mal aux pieds ? osa-t-elle demander.

— Ahhh ! M'en parlez pas. Je crois que c'est parce que je suis un peu en surpoids. Qu'est-ce que vous en pensez ? Je suis trop grosse ? répondit la femme en arborant de nouveau cet air sévère.

Dolorès fut prise au dépourvu, ne sachant comment répondre. La femme s'esclaffa de nouveau.

— Je vous fais marcher ! Vous avez déjà vu une baleine porter des talons hauts ? lança-t-elle en s'abandonnant une nouvelle fois à un fou rire.

Lorsqu'elles approchèrent du sas, Dolorès perdit son sourire. L'idée de pénétrer dans ces lieux et de devoir affronter ce qu'elle avait toujours voulu fuir lui plomba l'estomac. La femme s'en rendit compte.

— C'est pas Beverly Hills, ma belle, mais, croyez-moi, ils sont pas trop mal, nos p'tits vieux, ici. Je vous abandonne là. Ma collègue va venir vous chercher. Et, nous, on se revoit après.

Dolorès balaya des yeux la très grande pièce dans laquelle elle venait d'entrer. Elle évita d'abord de regarder les pensionnaires, préférant porter son attention sur ce lieu de vie où ils devaient passer l'essentiel de leur journée. Sans être luxueux, il semblait confortable et n'égratignait pas la vue. La couleur des murs, beige pâle, apaisait l'esprit. Seul le revêtement de sol, une moquette marron clair pisseux, dissonait. La pièce était divisée en trois zones. A l'est, trois canapés et quelques fauteuils entouraient une télévision grand-écran. Au nord, deux autres canapés faisaient face à une baie vitrée ouverte sur une cour à peine plus joyeuse que le parking devant l'établissement (quelques buissons teintaient néanmoins de vert le béton environnant). À l'ouest, des tables rondes constituaient l'espace réservé aux repas. Dans l'ensemble, il n'y avait rien à dire. Tout était fonctionnel et bien entretenu.

Dolorès aurait aimé s'attarder sur la décoration, encore et encore, pour éviter d'avoir à poser les yeux sur ce qu'elle redoutait de regarder : les « p'tits vieux », comme les avait affectueusement désignés la réceptionniste. Midi n'avait pas encore sonné que, déjà, ils étaient presque tous avachis ou recroquevillés devant l'espace télé. À quoi bon, pensa-t-elle, puisque les images défilaient à l'écran sans que personne n'y prête vraiment attention. D'autres, beaucoup moins nombreux, somnolaient à table, le nez à quelques centimètres des restes de leur collation de milieu de matinée, faute pour leur dos fragile de pouvoir les maintenir suffisamment droits. Une infime minorité était assise face à la baie vitrée. Outre leur passivité, qu'elle pouvait comprendre, c'est le silence qui la marquait. On était loin de ces spots publicitaires qui présentaient les maisons de retraite comme de paisibles colonies où il fait bon vivre et où les vieux profitent tout sourire du temps qu'ils ont encore devant eux, en discutant, en jouant aux cartes et en attendant patiemment que leurs gentils enfants et petits-enfants leur rendent visite. Quelle foutaise ! Pourtant, en toute objectivité, il n'y avait rien ici qui puisse surprendre si l'on voulait bien se remémorer l'endroit dans lequel on se trouvait. Rien qui puisse effrayer celui qui acceptait ce que la vieillesse signifiait.

Mais, pour Dolorès, il en était tout autrement. Elle ne voyait en ces pensionnaires que le reflet de ses propres phobies, nourries par des années de pratiques hospitalières. Ils la renvoyaient sans ménagement à l'image qu'elle avait toujours eue de la fin de la vie : des personnes aux yeux hagards perdus dans d'insondables pensées, des corps abîmés par le temps qui ne se résumaient plus qu'à des amas de chairs et d'os devenus inutiles, prisonniers d'une immobilité tragique, d'où la vie s'échappe doucement et sans bruit. Pas d'échappatoire, sinon la mort.

Elle était incapable de projeter son père parmi eux. Il était encore trop vaillant (« pour le moment » lui souffla une petite voix) pour trouver sa place dans cet environnement qui, à coup sûr, le tuerait avant l'heure. Mais aurait-elle le choix si son esprit l'abandonnait avant son corps ?

Après quelques instants, certains pensionnaires remarquèrent sa présence. Elle se sentait gênée, ne sachant trop ce qu'elle évoquait chez eux. Ils ne la quittaient pas du regard. Beaucoup s'en désintéressèrent très vite. D'autres affichèrent un peu plus d'intérêt, un homme en particulier, comme si elle était venue pour lui. Il se mit à lui sourire avant de se lever et de se diriger vers elle.

— Maddie… dit-il en voulant serrer Dolorès dans ses bras avant que celle-ci n'amorce un mouvement de recul. Puis elle se ravisa et lui accorda cette accolade qui semblait si importante pour lui.

» Tu sais, je t'attends depuis ce matin. J'ai préparé ma valise. Je veux que tu me ramènes chez moi maintenant.

— Je crois que vous faites erreur, Monsieur. Je ne suis pas Maddie. Mon nom à moi, c'est Dolorès…

— Mais si, c'est toi ! Tu m'avais promis, la coupa-t-il.

— Je suis sûre que si Maddie vous a promis de venir vous chercher, elle le fera. Mais moi, je…

— Tu dois m'emmener, Maddie, s'il te plaît. Je ne suis pas chez moi ici.

L'homme s'approcha de Dolorès et lui fit signe de tendre l'oreille.

— Tu sais que je ne suis pas bien ici, murmura-t-il d'un ton plaintif. Il faut que tu m'emmènes… S'il te plaît.

— Mais pourquoi vous n'êtes pas bien ?

— Je te l'ai déjà dit cent fois. Emmène-moi, maintenant.

— Redites-le moi encore une fois.

— Tu sais bien… il m'empêche de dormir.

— Qui vous empêche de dormir ?

— Eh ben, mon voisin de chambre !

— Mais pourquoi ferait-il ça ?

— Il ne m'aime pas. Il ne m'a jamais aimé. Il veut que je devienne fou et que je parte, car je sais ce qu'il trafique.

— Allons, je suis sûre que vous vous trompez.

— Il me bat, Maddie... dit l'homme en regardant autour de lui, comme s'il fallait que personne n'entende les révélations qu'il était en train de lui faire. Il attend que les infirmières soient parties et puis il se lève et me tape.

Dolorès se recula et le regarda en fronçant les sourcils.

— Il vous tape ? Mais pourquoi ?

— Toutes les nuits. J'ai des bleus partout, dit l'homme en retroussant les manches de son pull et en baissant les yeux sur les contusions qui marquaient ses avant-bras. Il veut que je me taise parce que je sais ce qu'il fait l'après-midi.

Les interrogations de Dolorès furent interrompues par une femme qui se mit à rire.

— Elle n'est pas là pour toi, mon pauvre vieux ! Elle ne te connait même pas. Et tais-toi donc avec ta Maddie. Elle ne viendra pas. Tu clamseras ici tout seul, comme nous tous !

— Il faut que tu me sortes de là, dit l'homme en implorant Dolorès du regard. Sinon, ils vont me faire boire du savon.

— Je ne suis pas Maddie, Monsieur… Je suis désolée, vraiment. Je ne peux pas faire grand-chose pour vous.

— Pourquoi tu me fais ça ? Tu avais promis…

L'homme recula d'un pas, l'air hébété.

Puis des larmes vinrent remplir ses yeux alors que la femme derrière lui gloussa de nouveau.

— Reviens donc par là et fiche la paix à c'te brave

dame !

L'homme tourna les talons et retourna s'asseoir, non sans avoir regardé « sa » Maddie une dernière fois, l'air désespéré. Plus que leur état, plus que ces murs qui les voyaient dépérir, ce fut le désespoir de ce pauvre homme qui glaça le sang de Dolorès. Elle ne pouvait pas s'empêcher de transposer la situation à ce que seraient les visites qu'elle rendrait à son père s'il devait rejoindre ces pensionnaires.

Ne voyant pas venir la responsable qui aurait enrayé son malaise, elle prit sur elle d'emprunter seule un couloir sur sa droite. En temps ordinaire, elle aurait encore attendu. Mais il lui fallait s'éloigner de cette pièce, coûte que coûte.

Le commun des mortels n'aurait pas remarqué l'odeur, qui avait changé. Pour Dolorès, dont l'odorat était sensible, elle véhiculait maintenant celle de l'urine, que rien n'effaçait jamais complètement, pas même les effluves entêtants des produits désinfectants. Les portes qui donnaient sur le couloir, toutes à égale distance les unes des autres, lui firent comprendre qu'elle était passée côté coulisses, celui des chambres, sans être certaine de pouvoir s'aventurer dans cette partie de l'établissement sans y être accompagnée.

Elle avança en silence, sous la lumière blafarde des néons qui ôtait aux lieux toute forme de chaleur. Les chambres ressemblaient à celles d'un hôpital et étaient à peine plus accueillantes que ces dernières si l'on faisait abstraction des quelques effets personnels qui les agrémentaient. En fait, tout ici lui rappelait son univers professionnel. Elle n'aurait donc pas dû s'y sentir si mal à l'aise. Si tel était pourtant le cas, c'était parce qu'elle savait que rentrer ici signifiait ne pas en ressortir (ou alors, les pieds devants). Et ce détail transformait radicalement la perception qu'elle en avait. Si elle n'avait pas croisé âme qui vive dans les chambres devant lesquelles elle était passée, d'étranges petits bruits s'échappaient de l'une de celles qu'elle n'avait pas encore vues. De manière assez confuse, ces bruits lui rappelaient quelque chose. Quelque chose de déplaisant. Sans vraiment comprendre pourquoi, elle accéléra le pas pour aller vérifier. La scène qui s'y déroulait la laissa sans voix.

Elle ne savait comment, un vieillard tout maigre et entièrement nu avait réussi à grimper et à s'accroupir entre le rebord de la fenêtre, sur lequel il avait posé un pied, et le chauffage rivé au mur du dessous, sur lequel il avait posé l'autre. La situation aurait pu être cocasse s'il n'avait pas tout bonnement choisi cette position et cet endroit pour déféquer. Le regard de Dolorès se figea sur les excréments qui jonchaient le chauffage et qui commençaient à se répandre entre celui-ci et le mur. Le dégoût envahit instantanément son esprit. Elle avait devant les yeux ce qu'elle ne supportait pas — les matières fécales — et ce, depuis le jour où, étudiante, elle avait dû faire la toilette d'un patient qui s'était abandonné dans son lit. Ce premier souvenir, visuel et olfactif, ne l'avait jamais lâchée et avait ancré en elle une impérissable aversion, au point même d'avoir toutes les difficultés du monde pour changer les couches de James, lorsqu'il était bébé.

— C'est pas possible… laissa-t-elle échapper à haute voix.

Le vieillard remarqua sa présence. Loin d'être incommodé, un sourire édenté fendit son visage. La stupéfaction de son admiratrice l'amusait au plus haut point et déclencha chez lui des rires en saccades, de plus en plus rapprochés, qui trahissaient la folie dans laquelle il s'était depuis longtemps perdu.

C'en était trop. Il fallait qu'elle sorte de là. Elle n'était pas prête et attendrait de ne plus avoir le choix pour coller Pedro dans un endroit pareil, de ne plus pouvoir réfléchir aux désagréments que cela leur causerait, à elle et à lui. Tant pis !

Son bon sens lui hurlait pourtant de trouver la responsable de l'établissement, de discuter avec elle et d'être *raisonnable*. Si elle n'anticipait pas, elle n'aurait pas la possibilité, le jour venu et dans l'urgence, de choisir le lieu où elle le placerait (« l'abandonnerait » lui souffla cette fois la petite voix) et il y avait fort à parier qu'il pourrait se retrouver dans un endroit bien pire que celui-là. « Attends ! Attends ! Attends » s'ordonna-t-elle à voix basse. Mais les excréments, qu'elle voyait maintenant partout et dont l'odeur se répandait dans toute la pièce, la firent battre en retraite. La raison avait abandonné le terrain de jeu.

Elle parcourut le couloir en sens inverse, à grandes enjambées. Elle avait l'impression qu'il n'en finissait pas et qu'il s'allongeait au fur et à mesure de sa progression. Les rires du vieillard lui résonnaient dans les oreilles. En prenant soin de ne regarder aucun des pensionnaires, elle traversa le sas vitré et se dirigea vers le comptoir de la réception.

— Je suis désolée… Je ne vais pas donner suite aujourd'hui. Excusez-moi auprès de votre responsable, dit Dolorès en prenant à peine le temps de s'arrêter.

— Je sais, ma belle, c'est pas évident la première fois. Mais vous reviendrez… Ils reviennent tous. Plus vite qu'ils ne pensent… entendit-elle la réceptionniste lui répondre, alors qu'elle sortait déjà de l'établissement.

Dehors, Dolorès extirpa de sa poche le paquet de cigarettes largement entamé la veille au soir, ce paquet qu'elle avait attrapé au vol avant de quitter l'appartement, comme si une prémonition lui avait fait comprendre qu'elle en aurait besoin. La fumée qui se répandit dans ses poumons après avoir allumé l'un de ces petits bâtons de malheur lui permit de reprendre ses esprits. Sur le chemin du retour, son moral accusa néanmoins le coup. Elle s'en voulait de la faiblesse dont elle avait fait preuve. Pourtant, en quittant Mission District, elle s'était fermement décidée à prendre les choses en main. L'incident de la veille l'avait convaincue que les choses ne pouvaient pas rester en l'état. Elle avait déjà beaucoup tardé, comptant sur le statu quo de la maladie. Mais celle-ci avait progressé, en silence, comme les braises qui rongent le bois, sans flammes apparentes. Si elle avait voulu être honnête avec elle-même, une quantité de petits détails l'aurait déjà conduite au constat qu'elle avait dressé la veille au soir. N'avait-elle pas voulu les voir ou s'était-elle laissée berner par le carcan des habitudes dans lequel son père s'était installé ?

Pendant un instant, elle tenta de justifier sa fuite en s'abritant derrière le sursaut de lucidité dont Pedro avait été saisi dans la matinée. Le moment n'était peut-être pas encore venu. Inutile, donc, de précipiter les choses et d'envisager un placement qui pouvait encore attendre. Mais l'excuse ne tenait pas la route et elle le savait. La vraie raison était ailleurs. Elle nichait dans des réflexions complexes et paradoxales où, certes l'amour qu'elle éprouvait pour son père trouvait sa place, mais où, surtout, la détestation qu'elle avait de la vieillesse et de ce qu'elle entraîne tenait le haut du pavé. Tout était bon pour éloigner les sombres conclusions vers lesquelles la menaient ses considérations. Quitte, même, à fuir, comme aujourd'hui.

Elle ne pouvait pas se faire à l'idée que vieillir était indissociable des dégradations que le corps et l'esprit subissent. La vieillesse prive de force, d'autonomie, de fierté, parce que, dans la grande majorité des cas, on ne peut plus se lever, marcher, manger, pisser et chier sans l'aide de quelqu'un. La vieillesse prive de tout. La vieillesse prive de vie. Même la pudeur doit céder le pas devant la nécessité d'être assisté. « Assisté » … ce mot l'horripilait. Plutôt mourir jeune que finir comme ça (n'était-ce pas ce que Pedro lui avait dit lorsqu'il avait appris être atteint d'Alzheimer ?). Le constat était simple : quand on ne se suffit plus à soi-même, on ne sert plus à rien. On devient improductif, encombrant et coûteux. Il y a trois mille ans, en Sardaigne, on jetait les vieux dont on ne savait plus que faire du haut d'une falaise, après les avoir drogués. Aujourd'hui, la société ne sait toujours pas quoi en faire. Toutefois, ayant gagné en éthique, elle les laisse vivre. Mais à quel prix ! Elle les parque et les fait raquer, jusqu'au bout, à travers leurs familles (lorsqu'elles le peuvent). Finalement, depuis toujours, nous n'étions que des fourmis. Des putains de fourmis qui triment leur vie durant. Et quand elles ne peuvent plus trimer, elles crèvent, avec cet avantage incontestable que, pour ces insectes, la fin ne traîne pas en longueur.

Parfois, elle se demandait si son opinion avait été façonnée par son job, qui lui en avait fait voir de toutes les couleurs en la matière, ou si elle avait juste peur de devoir un jour affronter seule pareil délitement. Elle n'avait jamais réussi à trancher la question. À quoi bon, de toute façon. Il n'était pas question pour elle d'envisager une vie à deux dans le seul dessein de trouver un bâton de vieillesse. Et puis, avec le karma qui était le sien, c'est elle qui finirait par devenir le bâton. Il valait mieux rester célibataire. Encore qu'un homme à la maison ne lui aurait pas déplu. Mais pas pour devenir sa bonne à tout faire. Un tel oiseau rare n'existait pas ou alors, il ressemblait à… Miles. Pourquoi elle et lui n'avaient jamais réussi à dépasser le stade d'amis avec supplément sexuel ?

— Fait chier ! marmonna Dolorès en abandonnant ses pensées confuses et délirantes qui la perdaient dans les méandres de sa vie et venaient toujours la titiller lorsqu'elle manquait de sommeil. Son téléphone les fit disparaître pour de bon.

— Salut beau garçon ! Je pensais à toi, justement.

— Prudes ou perverses, les pensées ?

— Vu d'où je sors, plutôt tranquilles.

— Ça va ?

— Ça peut aller.

— Seulement ? Qu'est-ce qui te travaille ? répondit Miles en feignant de ne pas savoir. Tu sors d'où ?

— C'est mon père. Debby et moi, on l'a récupéré à l'hôpital hier soir. Il s'était paumé. J'ai comme l'impression qu'il ne va plus pouvoir vivre seul très longtemps et je suis donc allée visiter une maison de retraite. Crois-moi, il y a plus jouasse comme matinée.

— Je veux bien te croire. Il en est là, tu penses ?

— Si ce n'est pas pour aujourd'hui, ça sera pour demain. Je ne te fais pas un dessin sur l'évolution de cette saloperie de maladie…

— Il va comment depuis hier ?

— J'en sais trop rien. Ce matin, je pensais le retrouver dans le coaltar mais il était… je ne sais pas comment te dire… Mieux peut-être. Et différent. Ouais, c'est ça. Différent.

— Différent comment ?

— Je ne sais pas. Il y a un truc qui n'était pas comme d'habitude. Il m'a demandé ses clés, son téléphone, où il habitait et il s'est barré.

— Et tu l'as laissé partir ?

— Bah… oui.

— C'était prudent ça ?

Dolorès réalisait à quel point elle avait été légère.

— Je crois que je n'ai pas trop réfléchi. Il conseillait à James de péter la gueule des connards qui l'emmerdent à l'école. Et puis, ça avait l'air d'aller. Alors…

— T'as peut-être encore un peu de répit, Dol.

— Tu crois ?

— Est-ce que tu veux que je fasse un saut à Frisco ce week-end ?

— T'emmerde pas, Miles. Si tu viens, c'est pas pour te casser la tête avec ça. Inutile qu'on soit deux.

— Tu es sûre ?

— Oui (*non*). Debby est là si j'ai besoin (*mais je préférerais que ce soit toi*). Je te ferai signe si ça se complique (*n'attends pas et viens, j'ai envie que tu me serres dans tes bras*).

— Bon… Ok. Et James, il le prend comment ?

— En l'écoutant parler à mon père, je me suis rendu compte que ce n'était pas la forme non plus. J'ai l'impression qu'il se fait sacrément emmerder par ses camarades.

— Qu'est-ce que tu vas faire ?

— Je t'avoue que je n'y ai pas pensé. Ces deux trucs me sont tombés dessus en même temps.

— T'en fais pas trop ! Et surtout, si t'as besoin, appelle-moi. Je dois te laisser. Je te rappelle plus tard. Je t'embrasse.

— À plus tard beau gosse.

Ne pas s'en faire. Tu parles !

En fait, c'était la merde et elle en prenait la mesure chaque minute un peu plus, bien que Debby et Miles aient tenté de minimiser. Un mauvais pressentiment lui faisait craindre que les choses se compliquent. Rien de tangible, juste une sale impression. Et ça, elle n'aimait pas. En ne donnant pas suite à la visite amorcée un peu plus tôt, elle avait momentanément mis de côté le souci « Pedro ». Mais elle ne pouvait pas faire la même chose avec James. Il fallait qu'elle lui parle et elle le ferait sitôt de retour à la maison, après le travail.

9

Le feu aux poudres

Boosté par les quelques mots de son grand-père, James avait attendu toute la journée que ses bourreaux se manifestent. La peur qui, les jours précédents, lui tordait l'estomac, s'était tue, et suffisamment longtemps pour qu'il passe une journée plus qu'acceptable. Comment quelques paroles avaient-elles pu déclencher un tel regain de confiance ? Peut-être parce qu'il n'avait pas l'habitude de les entendre de la part de quelqu'un qui, au contraire, cherchait toujours à calmer le jeu. Peut-être aussi parce qu'elles avaient réveillé quelque chose qui sommeillait en lui depuis toujours. Ces paroles avaient été très inhabituelles dans la bouche de Pedro mais elles lui avaient fait grand bien et c'était tout ce qui comptait. Quelques signes d'appréhension s'étaient encore manifestés dans la matinée mais, après l'heure du déjeuner et en l'absence de ses tourmenteurs, ils avaient disparu. L'après-midi s'était déroulé dans un calme qu'il avait savouré et dont il avait perdu l'habitude. Il avait pu se concentrer sur ce qu'on lui enseignait et, même, pendant l'intercours, échanger quelques mots avec Amber sans craindre d'être observé. En l'espace de quelques heures, il avait retrouvé le sourire.

Il lui avait fallu attendre la fin de journée pour que les caïds réapparaissent. Un seul de leurs regards avait réussi à ternir les heures de tranquillité recouvrée et son sang avait commencé à fuir la partie supérieure de son corps, lui ôtant la teinte rosée qui colorait ses joues. Ses jambes s'étaient faites molles avant que ses tripes ne commencent à se retourner. Si les propos matinaux de son grand-père avaient perdu de leur vigueur, il ne les avait pas oubliés et les avait alors réinvoqués avec détermination, sachant qu'ils étaient son seul rempart contre ce qui le paralysait depuis trop longtemps. Il ne fallait pas que son cerveau s'en détache, sans quoi, ces petits bâtons de dynamite ne réussiraient jamais à faire sauter la chape de plomb sous laquelle il se sentait prisonnier. Il se les était ainsi répétés, presque à haute voix, alors que le petit groupe de perturbateurs avait entamé sa marche pour venir à sa rencontre.

En son for intérieur, ces mots avaient bataillé ferme pour survivre contre la peur, son amie de toujours. Mais ils portaient en eux quelque chose de nouveau pour lui : le fait de s'être libéré du secret et d'avoir trouvé une oreille attentive et sans compromis sur la loi qu'il devait appliquer en pareille circonstance. Celle du Talion. Et il était à peu près certain que s'il la mettait en pratique, cette même oreille le soutiendrait. Ces mots avaient grandi en lui, à tel point que, lorsque ses agresseurs étaient arrivés à sa hauteur, un pan entier de ses émotions sclérosantes s'était effondré, laissant place à un désir de violence dont la virulence allait au-delà de ses fantasmes. Pour l'alimenter, il se remémora les vexations qu'il avait endurées, les moqueries et les insultes à peine voilées qu'il avait encaissées. Le souvenir du yaourt, dégoulinant le long de son visage mit de nouveau le feu aux poudres. Il sentit à cet instant qu'il était trop tard pour l'éteindre. La brèche s'était ouverte et avait emporté le barrage intellectuel qui retenait ce qu'il y avait derrière. Une bombe venait d'exploser en lui. Une bombe d'une gigatonne.

— JE M'APPELLE JAMES PENBORN, J'AI DIX-SEPT ANS ET AUCUN CONNARD SUR TERRE NE M'EMMERDERA PLUS JAMAIS !

La seule chose dont il se souvint avant de bondir fut le sourire carnassier de Pedro. Son grand-père allait être fier de lui ce soir. James s'abattit sur le leader du groupe et lui décocha un coup de poing magistral en plein visage. Le garçon s'affaissa, sonné par la violence et la puissance de l'attaque. Ses acolytes, médusés, furent incapables de réagir. La surprise ne fut pas la seule à les paralyser. Ils avaient perçu dans les pupilles de l'assaillant la rage qui lui brûlait l'esprit. Et elle était telle qu'ils en avaient eu peur. Tout aurait pu s'arrêter là. James venait de se réapproprier son honneur. Tout aurait dû s'arrêter là. Mais, dans la seconde d'après, une pluie de nouveaux coups, d'une rare intensité, acheva la victime. Une seconde pendant laquelle le venin de la violence avait pris le contrôle de son hôte. Il ne pouvait plus s'arrêter. Ses poings, ses bras, ses pieds, ses jambes s'étaient libérés du carcan mental dans lequel il les avait confinés et étaient devenus les armes de sa libération.

L'un des caïds mit fin au massacre en tirant James par l'épaule. Ce dernier leva sur le modérateur des yeux qui n'avaient plus rien de normal. Par chance, ce geste interrompit le flot d'adrénaline qui coulait dans les veines de James et l'avait rendu incontrôlable. Il hurla comme un damné, littéralement hors de lui.

— Vous m'emmerdez encore une fois, je vous tue ! dit-il en repoussant violemment celui qui venait de l'interrompre dans son entreprise de démolition. Puis il ramassa son sac et disparut.

Sur le chemin de la maison, l'ouragan qui s'était emparé de lui déclina en intensité. Ses mains le faisaient encore souffrir des coups qu'il avait assénés sans retenue. Il avait du mal à faire le point sur ce qui venait de se passer et, privé de l'effet dopant insufflé par cet accès de rage, se mit à trembler comme une feuille. La peur reprenait possession de lui. Il ne savait pas d'où lui était venue la force de se dresser contre ses oppresseurs mais il ne voulait pas la laisser mourir même s'il n'était pas sûr d'en mesurer les conséquences.

Confusément, il sentait qu'avoir repris le contrôle sur la situation qui le pourrissait depuis des mois n'était pas au cœur de la sensation qui l'avait traversé. Non, il s'agissait de cette violence, toute nouvelle, qui lui avait permis de s'extirper en quelques instants seulement d'une situation dans laquelle la peur l'avait confiné pendant des mois. Une violence qui lui avait permis de *dominer*, sans sommation, sans préavis, sans discussions interminables. Pourtant, il avait été éduqué dans l'idée qu'elle n'était jamais la solution. Mais, aujourd'hui, il s'en moquait et lui rendait grâce. Il fallait qu'il la laisse grandir et qu'il lui offre un coin de son esprit où elle puisse s'épanouir et se montrer à chaque fois qu'il en aurait besoin. Car il n'était plus question qu'elle cède de nouveau la place à son amie de toujours. La peur devait s'éteindre. Il devait changer d'amie.

Non loin de chez lui, James changea d'avis. Il ne rentrerait qu'après avoir rendu visite à son grand-père. Il fallait qu'il lui raconte, sans attendre.

– 2 –

L'idée fut reléguée au second plan lorsqu'il pénétra dans le petit appartement. Depuis qu'il était malade, Pedro ne prenait plus autant soin de son intérieur qu'auparavant. Mais, là, un cyclone semblait s'être abattu dans le logement. Une quantité impressionnante de photos et de documents avaient été exhumés des tiroirs et des placards dans lesquels ils dormaient depuis des lustres et avaient été posés un peu partout. Certains jonchaient même le sol. Assis dans le canapé, Pedro scrutait ceux qu'il avait en main et n'avait pas entendu son petit-fils pénétrer les lieux, trop absorbé à glaner toutes ces informations qui lui permettraient de combler l'immense vide de la vie nouvelle dans laquelle il venait de s'installer.

— Tu cherches quelque chose ? demanda James, surpris de voir son grand-père ainsi affairé alors que, d'ordinaire, consulter le moindre document l'agaçait au plus haut point.

Pedro leva les yeux sur son petit-fils.

— J'essaie de… me souvenir.

— De quoi en particulier ?

— De tout et de rien. Viens t'asseoir, tu vas m'aider.

Le vieillard et l'adolescent passèrent en revue bon nombre de clichés, le premier en demandant inlassablement quelles étaient ces personnes qui avaient été immortalisées sur le papier glacé, le second en le renseignant grâce à toutes les informations qu'il avait accumulées auprès de celui-là même qui les lui demandait. James réussit à contenir l'étonnement que lui suscitèrent les questions de son aïeul jusqu'à ce qu'ils s'attardent sur une photo de Carmen sans que Pedro ne la reconnaisse. Rien n'aurait pu lui faire oublier son épouse. Même la maladie n'avait pas eu raison de cet impérissable souvenir. Il ne s'écoulait pas une semaine sans qu'il en parle. Pourtant, aujourd'hui, elle semblait avoir abandonné le siège de sa mémoire. Pedro ne savait plus rien de sa vie. Ni les souvenirs de son passé le plus ancien, qu'il rabâchait sans cesse, ni ceux qui lui permettaient encore de s'inscrire dans ses automatismes quotidiens. Comme si sa mémoire avait été remise à zéro. Pourtant, James aurait juré que ses facultés cognitives avaient retrouvé quelques couleurs. Il en fut convaincu lorsque son grand-père, venu à bout de la pile de photos qu'il avait décidé d'examiner, lui demanda s'il avait croisé le chemin de ceux qui le tourmentaient. La veille encore, une conversation tenue au petit matin n'aurait jamais survécu plus de deux heures. Quelque chose avait changé. Sans le moindre doute. Mais James ne s'attarda guère sur cette incohérence, trop impatient à l'idée de conter son exploit. Le simple fait d'y repenser libéra en lui un nouveau flot d'adrénaline qui le fit frissonner.

— J'ai démonté le leader ! T'y crois ? Il s'est étalé comme une merde. Je l'ai cogné à m'en exploser les mains, dit James en montrant ses phalanges encore tuméfiées. Je n'arrive pas à y croire.

— Tu as laissé la bête sortir de sa boîte, mon gars. Et maintenant qu'elle a connu la lumière, elle n'y retournera pas. Fais-en ta chose. Laisse-la grandir et apprends-lui à te servir.

— Et comment je fais ça ? demanda James, électrisé, sans vraiment mesurer tout ce qui séparait son grand-père de ce genre de paroles. Seuls deux mots éveillèrent sa curiosité : « mon gars ». Jamais il ne l'avait appelé comme ça.

— Tu dois la nourrir.

— C'est-à-dire ?

— Laisse-la dévorer tous ceux qui se mettront en travers de ta route. Ne laisse rien l'entraver.

— Tu me conseilles de bastonner tous ceux qui m'emmerdent ?

— Sers-t'en jusqu'à ce qu'elle n'ait plus besoin de s'exprimer à travers tes poings. Jusqu'à ce qu'elle se mêle à ton sang et que tous ceux qui se dresseront devant toi la lisent dans tes yeux. Juste dans tes yeux…

— Tu crois que c'est une bonne idée ? Maman m'a toujours dit que ce n'était pas la solution. Toi aussi tu me disais ça d'ailleurs…

— Oublie tout ce que j'ai pu te dire là-dessus. Tu sais combien de gens ont cette bête en eux ?

— Aucune idée.

— Tout le monde, James !

— Et alors ?

— Tu sais combien arrivent à la laisser sortir de sa boîte ? À s'en servir ?

— Non plus.

— Une minorité. Parce que la peur la musèle. Une peur qui a grandi en se nourrissant de toutes les conneries qu'on a pu te raconter sur la manière dont il fallait gérer les relations humaines. Toi, tu as su la libérer. Alors ne la renvoie pas d'où elle vient parce qu'on te raconte que ce n'est pas la solution. Ce sont des mensonges, même si c'est moi ou ta mère qui te les avons fourrés dans le crâne.

Derrière les images, dont Pedro n'était pourtant pas coutumier, James voyait très bien où son grand-père voulait en venir. Elles le renvoyèrent à Logan. Sa réputation le précédait et personne n'osait lui chercher des noises. Pas seulement parce qu'il avait une carrure de titan ou avait maintes fois fait usage de violence par le passé, mais simplement parce que tout le monde *savait* comment les choses se terminaient si on venait se frotter à lui. Il suffisait de le regarder dans les yeux pour comprendre qu'un rien pouvait mettre le feu aux poudres. James avait longtemps profité de la protection passive que lui avait assurée son ami tout en rêvant de pouvoir un jour inspirer pareil respect. Crainte aurait été un terme plus approprié. Mais, à cet instant, James ne faisait pas la différence. Pour lui, c'était du pareil au même vu le retard qu'il accusait dans la métamorphose qu'il devait entamer. S'il y avait pensé un peu plus longuement, il se serait probablement souvenu des ennuis dans lesquels cette violence avait fini par plonger Logan. Parce que c'était elle qui, en bout de course, avait pris possession de lui. Mais la perspective à court terme de jouir de ses bienfaits était trop attrayante pour s'embarrasser de conséquences à plus long terme.

— Ben, si elle est sortie de sa boîte, c'est grâce à toi *abuelo*.

— Elle sommeillait déjà en toi, mon gars. Cherche bien. Je n'ai fait qu'allumer la mèche.

Voilà que Pedro se remettait à l'appeler « mon gars ». Il avait raison. James ne comptait plus les fois où il avait voulu que ses tourmenteurs meurent de la pire des manières. Et ces manières, il les avait imaginées en détail, comme si un jour, il les mettrait à exécution. Etait-il bien normal d'avoir de telles envies ? Souhaiter que ses agresseurs disparaissent était assez naturel. Mais vouloir leur fracasser la tête à coups de marteau et fantasmer sur l'image de leurs corps étendus sur le sol dans un bain de sang ? Rien ne faisait disparaître ces envies. Pas même le calme revenu après que la tension nerveuse s'est éloignée. Elles s'étaient enracinées en lui, chaque jour un peu plus, comme la seule alternative à son profond désarroi. Mais la tension s'était-elle un jour éloignée ? Il avait l'impression, au fond, qu'elle ne l'avait jamais quitté, en tout cas depuis le départ de Logan. Jamais, jusqu'à aujourd'hui. En ce jour qu'il bénissait comme celui du chemin vers sa libération, il voyait la vie autrement. Différente de ce qu'elle avait toujours été, même lorsqu'il était sous « protectorat ».

— Assez parlé de toi ! reprit Pedro. Il faut que tu m'aides maintenant.

— Qu'est-ce que tu veux que je fasse, *abuelo* ?

— Tu saurais où sont mes papiers d'identité ?

— Bah, c'est maman qui les garde depuis que…

— Que je perds la boule ?

— Euh, oui, c'est ça, répondit James un sourire gêné au coin des lèvres.

— Et mon pognon ? J'ai du pognon quelque part ?

— Maman t'en laisse toujours un peu pour tes courses.

— J'en ai ailleurs ? À la banque ?

— Je crois, oui. Mais c'est peut-être mieux que tu voies ça avec elle. Je ne suis pas trop au courant. Mais pourquoi t'as besoin d'argent ?

— J'ai des trucs à acheter.

— Comme quoi ? demanda James, perplexe.

— T'occupe pas. T'as jamais envie de t'acheter des trucs, toi ?

— Si mais… bon, bref ! Tu demanderas à maman ce soir, lâcha James en abandonnant l'idée de comprendre ce qui passait par la tête de son grand-père. Il n'était plus à une incohérence près.

— Pourquoi ce soir ?

— Ben parce que tu viens toujours dîner avec nous. T'es sûr que ça va aujourd'hui ? On dirait que…

— Ça va. C'est juste cette foutue maladie qui me fait oublier.

En réalité, cette affection lui rendait aujourd'hui le plus grand des services. Il pouvait s'abriter derrière elle pour justifier tout ce qu'il ne savait pas à propos de lui-même.

— Tu rentres avec moi où tu viens plus tard ?

— Je viendrai plus tard. Je vais d'abord ranger le bazar

que j'ai mis ici. Note-moi l'adresse… des fois que je me perde en route, ajouta Pedro en constatant que son petit-fils le dévisageait chaque minute un peu plus.

— Ok…

— James ?

— Oui ?

— Ne laisse pas la bête retourner dans sa tanière.

— Jamais !

Si James n'avait pas déjà eu en tête d'appeler Logan pour lui raconter sa journée, il aurait noté le caractère surréaliste de la conversation qu'il avait eue avec son grand-père. Mais rien ne comptait plus que cette porte qu'il avait ouverte sur la bête qui sommeillait en lui. Elle avait le pouvoir d'effacer tout le reste, même le plus surprenant.

Pedro le regarda tourner les talons. Puis ses yeux revinrent sur la montagne d'éléments qui avaient façonné la vie du vieillard qu'il était. Une vie dont il ne savait rien. Mais en avait-il besoin ?

10

Colère froide

Dolorès n'avait pas été aussi facile à berner. Elle avait écouté James lui raconter l'échauffourée et tout ce par quoi il était passé ces derniers mois, satisfaite qu'il trouve enfin la force d'en parler. Mais, au fond, elle désapprouvait l'évènement qui l'avait libéré et n'accordait pas à celui-ci les vertus que son fils voulait bien lui donner. Il n'empêche, elle n'avait pas entendu son fils discuter de la sorte depuis des mois. Il redevenait celui qu'il avait cessé d'être lorsque Logan avait disparu, une petite pointe d'assurance en plus. Pendant tout le temps du dîner, elle avait été tiraillée entre réprobation et soulagement, n'intervenant qu'à de rares exceptions, et davantage pour obtenir des détails que pour faire valoir son opinion. Elle n'avait pas voulu écorner la confiance en lui que James venait de recouvrer. Parce que, même si Dolorès la savait fragile — la confiance en soi est un long cheminement qui ne se gagne pas en quelques coups de poing (eussent-ils été victorieux) — elle avait requinqué le moral de son fils et cela lui faisait plaisir à voir. Elle avait alors considéré qu'ils pourraient en rediscuter, plus tard, lorsque la griserie provoquée par ce qui, pour James, relevait de l'exploit, aurait perdu en intensité. Un autre évènement l'avait incitée à s'installer derrière un silence relatif : la bouteille de vin que son père avait réclamée avant de passer à table. Jamais il n'avait formulé pareille demande depuis qu'ils dînaient ensemble. Certes, l'alcool ne lui était pas étranger, mais sa consommation s'était faite plus que rare ces dernières années — pour ne pas dire inexistante. Et puis, le vin n'avait jamais été sa boisson de prédilection. Il lui préférait de loin la bière. Malgré la surprise provoquée par l'étrange envie de son père, elle avait exhumé de ses placards une bouteille millésimée que Miles lui avait offerte. D'ordinaire, elle ne l'aurait pas ouverte et, au mieux, aurait prétexté ne pas en avoir, au pire, aurait retoqué cette demande sans prendre de gants, considérant que l'alcool n'était vraiment pas indiqué compte tenu de son état. Depuis qu'elle s'occupait de tout pour lui, Dolorès avait une fâcheuse tendance à laisser parler son petit penchant autoritaire. Mais, confusément, quelque chose l'avait incitée à suivre le fil de cette envie avec, dans l'idée, que ce qu'elle trouverait à l'autre bout du fil expliquerait davantage que cette requête. Par ailleurs, elle ne le sentait pas d'humeur, ce soir, à se laisser traiter comme un gamin.

Elle avait observé Pedro se servir et se resservir alors que James se libérait dans un flot incessant de paroles. Jusqu'à ce que le premier n'ait plus rien à boire et le second plus rien à raconter. L'heure tournant, James avait rapidement pris congé, se rappelant qu'une journée de cours l'attendait le lendemain. Pedro, lui, était allé s'affaler dans le sofa. Pour agir de la sorte, l'alcool devait avoir eu raison de lui car, d'habitude, il ne traînait jamais pour regagner ses pénates. Mais l'alcool ne devait pas suffisamment l'avoir imprégné pour qu'il se dispense de demander une rallonge. Dolorès lui avait donc apporté une bouteille de scotch (celle qu'elle destinait à ses fins de soirées avec Debby), décidée à aller jusqu'au bout de la logique qui l'avait conduite à répondre à la demande inhabituelle de son père.

Maintenant qu'ils étaient seuls, elle devait tirer le fil.

— C'est bien raisonnable d'en remettre une couche, papa ?

— Qu'est-ce qu'on en a à faire d'être raisonnable ? À mon âge, ça ne va pas me raccourcir la vie !

— Oui, vu comme ça... Et d'où te vient l'envie subite de boire du vin ? Tu n'as jamais particulièrement apprécié…

— Pour changer… répondit Pedro sans la conviction qui aurait fait de sa réponse une réponse crédible aux yeux de sa fille.

— Comme avec le scotch, pas vrai ? renchérit-elle en regardant son père s'en envoyer une lampée.

— C'est ça !

— Je vois que James a suivi tes conseils de ce matin.

— Ça lui a plutôt réussi, non ?

— Sérieusement, papa… tu crois que c'est la bonne solution ?

— Tu en as une meilleure ? S'écraser ? Où est-ce que ça l'a mené jusqu'à maintenant ? Discuter ? Négocier ? Où est-ce que ça l'aurait mené ? C'est lui ou eux. Et jusqu'à maintenant, il n'a pas eu voix au chapitre. Maintenant, c'est fait.

— Tu n'as pas toujours raisonné comme ça. Il fut un temps où tu lui aurais conseillé de se tenir éloigné des embrouilles.

— Faut croire que j'ai changé mon fusil d'épaule.

— Et on peut savoir pourquoi ?

— Parce que s'il se soumet, s'il accepte d'être malmené, on le piétinera. Les hommes sont comme ça ! S'il a besoin de ses poings pour s'imposer, qu'il s'en serve. Le respect ne se gagne pas en palabres. Il se force.

Pedro se servit un nouveau verre qu'il avala cul sec.

Personne ne doit prendre de décision pour lui. C'est un adulte. Si quelqu'un décide à sa place, il en subira les conséquences. C'est la seule solution pour garder le contrôle.

Dolorès n'allait pas l'admettre ouvertement, mais elle était d'accord avec la première affirmation, même si elle ne partageait pas l'idée qu'il se faisait des moyens à mettre en œuvre pour se faire respecter. La seconde affirmation, celle que son père avait balancée après s'être rincé le gosier, semblait faire référence à quelque chose de différent, sans relation avec le sujet qui les occupait. « Personne ne doit prendre de décision pour lui ». Elle se répéta la phrase à plusieurs reprises, jusqu'à ce qu'un soupçon s'installe. Avait-il deviné qu'elle était allée se renseigner sur Rhodam Senior ? Comment aurait-il pu savoir ? Elle ne lui avait pas dit, pas plus qu'à James. Aucune fuite possible, d'où qu'elle vienne. À moins qu'il ait deviné, ce qui supposait qu'il ait gardé l'incident de la veille en mémoire et qu'il en ait tiré les conclusions qu'elle-même en avait tirées. Compte tenu de son état, c'était assez improbable. Mais pas impossible. Était-ce ce qui avait changé son attitude ? Elle voulut en avoir le cœur net. De toute façon, il fallait bien qu'elle aborde le sujet avec lui à un moment ou à un autre car, même si l'idée n'avait pas encore fait son chemin, elle ne se voyait pas le placer sans en discuter au préalable.

— Ce matin…

Elle avait pensé qu'il serait facile de le dire. Mais les mots restèrent dans le fond de sa gorge. Pedro leva sur elle un œil interrogateur.

— Ce matin ?

— … Je suis allé visiter un endroit qui s'appelle Rhodam Senior. C'est…

— Je sais ce que c'est ! rétorqua froidement Pedro, en portant sur sa fille un regard d'une dureté qu'elle avait rarement remarquée chez lui.

— Ah oui ? Et qu'est-ce que tu sais exactement ? demanda Dolorès, une pointe d'agacement dans le ton alors qu'elle n'avait encore rien dit.

— C'est un endroit où on crève ! Tu n'as aucune idée de ce qui se passe là-dedans.

— Toi non plus, il me semble. Et tu le connais comment, cet endroit ?

— Peu importe ce que je sais. Je ne mettrai pas les pieds là-bas et ce n'est pas toi qui m'y obligeras. Je fais encore ce que je veux.

L'agacement de Dolorès monta d'un cran alors qu'ils avaient à peine échangé trois mots sur le sujet. Elle avait toujours eu horreur du ton incisif et sans compromis qu'il employait lorsque quelque chose lui déplaisait. Petite fille, puis adolescente, lorsqu'il se butait sur une idée ou un principe, elle ne pouvait plus en placer une, quel que soit le degré de pertinence de ses propos. Mais son jeune âge et probablement le respect inconditionnel qu'elle vouait à son père, lui interdisaient alors d'insister (mais pas de penser qu'il se trompait et se comportait comme un vieil âne bâté). Devenue adulte, elle ne l'avait plus toléré, ce qui avait laissé éclater quelques disputes comme seuls deux Latino-Américains au sang bouillonnant ont le secret. Puis il avait vieilli et sa véhémence d'antan s'était faite plus discrète. Davantage encore depuis qu'il était malade. C'était elle qui, depuis lors, imposait sa loi. Mais celle-ci reposait presque tout entière sur l'incapacité de son père à réagir. Et elle le savait, car la personnalité du bonhomme était de celles qu'il était naguère difficile d'impressionner. La vie lui en avait fait voir de toutes les couleurs. Toujours est-il qu'elle n'avait pas relevé pareil ton depuis un moment. Elle avait perdu l'habitude d'y faire face. Comme seul rempart à ce qu'elle venait d'entendre, Dolorès laissa échapper un petit rire sarcastique, avant de reprendre ses esprits et de retrouver son verbe.

— Parce que tu crois que tu auras le choix ? Tu sais ce qui s'est passé hier soir ? Hein ? Tu t'es paumé ! Tu t'es pointé à l'hôpital en pensant que tu y travaillais encore. Tu crois que je vais pouvoir aller te récupérer à chaque fois que tu te perdras ? Parce que ne te fais pas d'idée, c'est le début d'une longue liste.

— Le choix, c'est moi qui le ferai. Et je ne t'ai rien demandé.

Les propos de Pedro, qu'elle se prit en pleine figure comme une gifle faite d'ingratitude, lui firent l'effet d'une douche froide.

— Ah bravo ! Tu ne m'as rien demandé ! Tu crois que j'ai le choix, moi ? Qu'est-ce que tu crois que font la majorité des gens qui se retrouvent dans ma situation ?

— Ils balancent leurs proches dans des mouroirs sans savoir l'enfer qu'ils vont y endurer pourvu que, eux, puissent continuer à vivre comme ils le veulent.

— Tu racontes n'importe quoi ! Beaucoup se résignent à cette solution parce qu'ils ne peuvent rien faire d'autre. Je ne te connaissais pas si ingrat !

— On a toujours le choix, balança Pedro qui commençait à blanchir d'une colère froide que rien n'expliquait vraiment.

— Si on ne peut pas faire autrement, tu iras ! voulut-elle conclure d'un ton sec en espérant qu'il abandonne, comme il le faisait depuis peu lorsqu'elle lui tenait tête.

— Je ne retournerai jamais là-bas ! T'entends bien ? Jamais ! répondit-il, un doigt accusateur pointé sur sa fille.

Dolorès lut toute la détermination du monde sur les lèvres pâles et pincées de son père. Pendant un instant, son visage crispé et livide lui fit penser qu'il avait sa dose pour aujourd'hui et qu'il était temps d'arrêter là cette conversation qui avait mal tourné. Pourtant, elle fut incapable de retenir une dernière remarque, comme une forme de représailles inconscientes (et probablement injustes) à ce qu'était devenue sa vie, en partie à cause de lui.

— Tu n'auras pas ton mot à dire. Ton état plaide contre toi !

– 2 –

À ces mots, la foudre traversa les yeux de Pedro. Si elle avait pu s'échapper de ses pupilles, elle aurait incendié tout l'appartement, et ceux qu'il y avait dedans. La main qui tenait encore le verre dans lequel il n'avait pas cessé de se resservir se crispa si fort qu'elle fit voler en éclat le récipient.

Le silence s'installa entre eux ; silence pendant lequel, les yeux écarquillés, elle regarda le sang couler des doigts de Pedro, meurtris par les bouts de verre qui lui cisaillaient la peau. Il ne semblait rien ressentir, anesthésié par la colère qui s'était répandue en lui à la vitesse de l'éclair. Elle pouvait la ressentir, comme une onde qui se serait propagée bien au-delà des frontières de son corps physique. Qu'avait-elle dit pour qu'il en arrive là ? En vérité, elle savait très bien ce qu'elle avait dit. Mais elle avait espéré que ses mots l'auraient fait taire, qu'ils auraient mis un terme à cette conversation qui, au fond, lui faisait plus de peine qu'autre chose. Elle aurait voulu qu'il acquiesce par abandon pour qu'elle-même n'ait plus à y penser. Comme un problème qu'on range dans un tiroir en pensant l'avoir réglé parce que tout le monde est d'accord sur la solution à mettre en œuvre… un jour prochain. D'une certaine manière, il s'était tu. Mais son geste, incontrôlé, était loin d'avoir exprimé un tel accord, aurait-il été tacite. Elle n'aurait pas dû se laisser entraîner sur le chemin qu'il avait emprunté. Mais l'impulsion avait bâillonné la raison. Vieille habitude familiale… Ses réflexes d'infirmière l'extirpèrent de la culpabilité qu'elle commençait à éprouver.

— Ah nom de Dieu ! Ne bouge pas.

Elle se leva d'un bond et se dirigea vers la salle de bains afin d'y prendre tout ce dont elle avait besoin pour désinfecter et panser les plaies causées par le verre cassé. Assise devant Pedro, qui n'avait pipé mot depuis l'altercation, elle le soigna avec un soin tout particulier. Les mots qu'ils venaient d'avoir l'avaient bousculée. Elle sentit les larmes lui remplir les yeux. Même si son caractère la conduisait souvent, dans la forme, à faire preuve de dureté et, parfois, d'intransigeance, elle n'aimait pas le conflit, en particulier avec ceux qu'elle aimait. Bientôt, les larmes roulèrent sur ses joues. Pas seulement des larmes résultant de cette dispute, mais aussi des larmes qui s'ancraient dans la fatigue morale qu'elle éprouvait depuis plusieurs mois.

— Je suis désolée, papa… Je ne sais pas comment gérer tout ça. Je crois que je n'y arrive pas, en vérité.

Le visage de Pedro reprit quelques couleurs et se décrispa. Sa main blessée se détendit dans celle de Dolorès. Elle ne sut trop quoi tirer de son regard lorsqu'elle leva les yeux sur lui. Il semblait surpris.

— C'est quoi, « tout ça » ? demanda-t-il, devinant qu'elle ne faisait pas référence à sa seule maladie.

— Le départ de Miles, le boulot, tes soucis de santé… et maintenant James. Ça fait trop à gérer en même temps.

— Le départ de Miles ?

— Tu te souviens qu'il est parti quand même ?

— Non.

— Laisse tomber, ce n'est pas grave, soupira-t-elle, lasse, en finissant les pansements.

— Rafraîchis-moi la mémoire.

— Eh ben Miles… il est parti à New York.

— Qui est Miles ?

— Miles est le garçon que je connais depuis toujours et que je fréquente depuis que Tom et moi avons divorcé, dit-elle sur un ton monocorde, habituée à devoir répéter cent fois tout ce qu'il ne retenait pas. Ça te revient ?

— Et ça te travaille ?

— Un peu… beaucoup !

— Tu l'aimes ?

— Je crois…

— Tu crois ?

— Oui… enfin je n'en sais rien !

— Tu lui as dit ?

— C'est compliqué, papa…

— Tu lui as dit ou pas ?

— Non.

— Alors prends ton téléphone et dis-lui.

— Ce n'est pas si simple.

— Pourquoi, il est marié ? Il fréquente quelqu'un d'autre ?

— Non, ce n'est pas ça.

— Alors, il n'y a rien de compliqué. Fous toutes les conneries qui te polluent la tête dans un sac et dis-lui.

— Ok, on verra.

— Je te le rappellerai.

— Si tu t'en souviens, conclut-elle un sourire plein de tendresse au coin des lèvres. On va tout faire pour que tu n'aies jamais besoin d'aller à Rhodam, ajouta-t-elle en portant la main blessée de son père contre sa joue.

Pedro posa son autre main sur les cheveux de sa fille. Il venait d'entendre ce qu'il aurait toujours voulu entendre. Pour la seconde fois en vingt-quatre heures, il se dit que cette famille l'aimait décidément beaucoup alors que sa mémoire ne pouvait le renseigner sur la vie qu'il avait partagée avec ses membres.

– 3 –

Le calme revenu, Pedro considéra que le moment était propice aux demandes qu'il devait formuler. Il chercha ses mots pour ne pas provoquer chez Dolorès l'étonnement qui avait saisi James un peu plus tôt dans l'après-midi. Une femme de quarante ans a des antennes plus fines qu'un gamin de dix-sept.

— Je ne me souviens pas de tout mais je crois que je vais mieux… Tu ne trouves pas ?

Dolorès s'installa dans le canapé et se servit un verre de scotch après avoir allumé une cigarette (elle s'était juré de ne pas recommencer après Rhodam…).

— Oui, c'est surprenant d'ailleurs ! Qu'est-ce qui te fait penser que ça va mieux ?

— Les choses me semblent plus claires que d'habitude.

— Faut croire que ton traitement sert finalement à quelque chose. Le toubib m'avait pourtant dit que, le Mémantine, c'était du mercurochrome sur une jambe de bois.

— J'y réponds peut-être mieux que d'autres.

— Ça se peut.

— Ça te soulagera peut-être…
— De quoi ?
— De t'occuper de moi comme tu le fais. Parce que c'est bien ce que tu fais, n'est-ce pas ?
— Oui, répondit-elle surprise par cette question, ne comprenant pas où il voulait en venir. Mais on va rester prudents, hein, parce que personne n'a jamais entendu dire que cette maladie évoluait dans le bon sens. Mais, c'est vrai que, depuis ce matin, t'as l'air plus au fait.
— Je pourrais même te raconter ma journée, depuis le moment où tu m'as rendu mon téléphone et mes clés, jusqu'à maintenant.
— Si tu te souviens déjà de ça, pas la peine d'aller plus loin pour me le prouver. D'habitude, rien ne tient plus de quinze minutes. C'est quand même bizarre !
— D'ailleurs, je n'ai perdu ni le téléphone ni les clés.
— Pour l'instant.
— Par contre, je n'ai pas trouvé l'argent dont tu m'as parlé. Ni sur la table de chevet, ni ailleurs.
— Tu l'as sûrement dépensé.
— Peut-être bien. Du coup, il m'en faut du frais. J'ai bien un compte et une carte de crédit, non ?

Dolorès tourna la tête en direction de son père, tous sourcils relevés. De l'index et du majeur, elle se caressa le menton, signe trahissant l'embarras qui la parcourait. Il avait toujours préféré se décharger de la gestion de son compte et de l'utilisation d'une carte de crédit dès lors qu'elle lui fournissait les espèces dont il avait besoin pour ses commissions hebdomadaires. Et voilà maintenant qu'il lui demandait sa carte.
— Oui… répondit-elle circonspecte.
— Eh ben, tu me donnes la carte, comme ça, tu n'as plus

à t'occuper de l'argent.

Compte tenu du différend qu'ils venaient d'avoir, opposer une fin de non-recevoir l'exposait à un retour de flammes. Pourtant, il n'y avait pas réponse plus logique compte tenu de l'état de Pedro. Mais ça restait quand même son argent et l'administration qu'elle en faisait reposait sur la confiance qu'il avait en elle, non sur une tutelle qu'elle n'avait jamais mise en place alors que tout l'aurait justifiée, et depuis un moment. Elle préféra tenter la diplomatie.

— Je ne pense pas que ça soit très prudent, papa, tu ne crois pas ? Si jamais tu perds la carte ou te la fais voler, adieu tes quelques dollars. Et puis, si tu ne te souviens pas du code, tu ne pourras pas t'en servir.

— Si je ne me souviens pas du code, je ne risque pas de vider mon compte sans m'en apercevoir.

— Et si tu te la fais voler et que quelqu'un s'en sert ? Sur internet par exemple ?

— Je ferai opposition.

— Tu ou je ?

— Je sais encore passer un coup de téléphone.

— Tu as toujours détesté t'occuper de tout ça.

— Il est peut-être temps que je fasse un effort…

— Et si tu ne te rends pas compte que tu l'as perdue ?

— Tu vérifieras en me le demandant.

À court d'arguments, Dolorès se tut. Sur l'instant, le fait de lui restituer, ou non, sa carte de crédit avait déserté ses pensées, toutes entières accaparées par la logique, la repartie et l'insistance de son père. De deux choses l'une : ou bien Dieu s'était penché sur leur cas et leur avait accordé un sursis, ou bien Pedro avait avalé une substance miraculeuse qui avait mis entre parenthèses sa maladie. Dans les deux cas, sur le plan cognitif, il avait fait un bond en arrière de plusieurs années. Si ce constat n'était pas fait pour lui déplaire, l'étonnement primait sur toute autre forme d'impression. Car, elle le sentait, quelque chose ne tournait pas rond.

— Okay… Je te la rends demain matin, parce que, là, il est temps qu'on aille se coucher.

— Ça marche. Je regagne mon réduit.

— Wowowowo… Tu vas me faire plaisir et tu vas rester dormir chez ta fille adorée. Il est trop tard pour que tu mettes un pied dehors. Ta mémoire joue le condor qui renaît de ses cendres mais prudence est mère de sûreté.

— J'imagine que ce n'est pas négociable ?

— Absolument pas ! répondit-elle avec le sourire. *Duermete en mi habitacion. Asi no te despierto manana cuando me marcho*[1].

Pedro ne répondit rien et semblait sur le point de faire sien le canapé.

Non ?

En insistant, elle se demanda s'il avait bien entendu. Puis lui vint le sentiment étrange qu'il n'avait peut-être pas *compris*, se rendant compte, rétrospectivement, que pas un mot d'espagnol n'était sorti de sa bouche depuis le début de leur conversation, et peut-être même depuis la veille. Pourtant, pas un jour ne passait sans qu'il utilise sa langue natale.

— Non quoi ?

— Tu dors dans ma chambre ?

— Pas question. Garde ton lit. Tu as besoin de te reposer.

— Tu veux de l'aide pour quelque chose ?

— Ça va aller, merci. Va te coucher, conclut-il avec le sourire.

Dolorès rejoignit sa chambre après avoir déposé une couette sur le rebord du canapé. Dans son lit, elle repensa à

1. Dors dans ma chambre. Comme ça, je ne te réveille pas demain matin en partant.

la journée qui venait de s'écouler, forte en émotions de toutes sortes. Elle s'endormit avec la seule qui n'avait pas voulu céder à la fatigue : l'amélioration subite de l'état de son père. Elle n'était pas médecin, mais ses connaissances d'infirmière l'invitaient à ne pas admettre aussi facilement qu'un tel changement puisse s'opérer en l'espace de vingt-quatre heures. Elle en discuterait le lendemain, avec le neurologue. Elle réussirait bien à le coincer entre deux patients.

11

Prisonnier

Malgré ses prières, Dolorès n'était pas venue à sa rescousse. Il avait l'impression d'être resté dans le noir une éternité. Pour le supporter, il s'était accroché à ce souvenir ressuscité de l'époque où il vivait avec Carmen, dans leur petit studio. Mais, lorsque la lumière se fit de nouveau, ce souvenir disparut presque aussitôt, écrasé par une violente colère sans cause qu'il eut pu identifier dans l'immédiat. Un temps attribué à l'absence de sa fille — elle ne pouvait pas, elle ne devait pas, l'abandonner de la sorte — cette dernière n'en était pourtant pas à l'origine. En réalité, cette colère était née au moment où il avait vu une valise au pied d'un escalier, dans ce qui ressemblait à une grande et très belle entrée dont il ne se souvenait pas un jour avoir foulé le sol. Lorsqu'il avait voulu se saisir du bagage, ses mains s'étaient machinalement orientées vers les roues du fauteuil dans lequel il était assis ; geste dont l'automaticité n'avait aucune origine connue pour lui. Que faisait-il assis dans cet engin pour handicapé ? Vouloir s'en extirper lui fit comprendre que ses jambes ne répondaient plus, raison évidente pour laquelle il y était coincé. D'une manière générale, il ne comprenait pas non plus ce qu'il faisait là.

Brutalement, sa mémoire lui rappela que, cette valise, c'était la sienne et qu'elle avait été faite dans la perspective de son départ pour Rhodam Senior, véritable source de sa colère. Puis, d'autres souvenirs, plus anciens et dont il ne soupçonnait pas l'existence, l'inondèrent sans préavis. Lorsqu'il chercha à les contextualiser, une sensation curieuse envahit Pedro : son esprit lui opposait une fin de non-recevoir, comme s'il se contentait d'en prendre connaissance dans un livre dont on lui aurait imposé la lecture. Il se souvenait, mais il ne savait ni comment, ni pourquoi, ni de quoi, impression pour le moins paradoxale.

Pourtant, cette entrée, il la connaissait, et même très bien, puisqu'il s'agissait de l'entrée de son petit immeuble, ou du moins, de l'immeuble qu'il partageait avec ses deux frères cadets.

Après l'avoir réhabilité, ils y avaient emménagé avec leurs épouses respectives, à l'aube de leur soixantaine. Ils avaient entièrement repensé les lieux, de sorte que chaque couple dispose, à titre privatif, d'un confortable appartement. Sur le plan collectif, ils avaient conservé, au rez-de-chaussée, un immense espace qu'ils avaient transformé en lieu de vie agrémenté de tout ce que l'on aurait pu trouver dans un club select pour personnes privilégiées : canapés, fauteuils, bibliothèques, billard, home cinéma, cheminée… Ce lieu avait vu le jour grâce à la fortune qu'ils avaient amassée en développant, puis en cédant à prix d'or, l'entreprise familiale de bâtiments et travaux publics, jadis créée par leur propre père. Ce qu'ils avaient surtout fait fructifier, c'étaient les innombrables contacts que leur aïeul avait noués avec les personnes qu'il fallait connaître (et remercier) au sein des administrations en charge de l'attribution des marchés publics. Au-delà de l'argent, cette maison était surtout née des liens indéfectibles que les trois frères entretenaient, tous unis dans la même approche de la famille et de son importance face à l'adversité, dans un monde — en particulier celui des affaires — où la loi de la jungle régnait. Ils avaient vécu les deux tiers de leur vie en se serrant les coudes et sans qu'aucun désaccord majeur ne les sépare. Ils vivraient le dernier tiers de la même manière, faisant face ensemble à ce que rien ne prépare vraiment : la vieillesse et son lot d'incertitudes, pour ne pas dire (le terme eut été plus approprié) désagréments. Autrement dit, un pacte à la vie à la mort, qu'ils avaient juré de ne pas rompre, les unissait depuis et pour toujours.

D'ailleurs, leur réputation dans le petit milieu qui était le leur était connue de tous ses acteurs. S'attaquer à l'un des frères, à leur business, à leurs intérêts, c'était s'attaquer à toute la famille, avec les fâcheuses conséquences qui pouvaient en résulter. Ils répliquaient en bloc et, de réputation, ils ne lésinaient pas sur les moyens à employer pour que le trouble cesse. En un mot comme en cent, il ne fallait pas leur chercher des poux car tous avaient un caractère forgé dans l'acier. Les origines (plus que) modestes de leur père, élevé à la dure dans la petite ville de Jackson, siège du comté de Breathill, dans le Kentucky, ne devaient pas y être étrangères. À ses yeux, il n'y avait qu'une règle : lui ou les autres. Pas d'entre-deux. Et il avait transmis le principe à ses trois fils.

Ce décor planté, comme un cheveu dans la soupe, sans qu'il n'y trouve de résonance, Pedro réorienta son attention sur le fauteuil dans lequel il était coincé. Il le tenait depuis l'accident vasculaire cérébral qui lui avait fait perdre une partie de sa mobilité. Autre souvenir sans contexte. Mais, contrairement aux précédents, celui-ci réveilla la mémoire d'une souffrance qui l'avait dévasté et qui s'était sédimentée dans chaque parcelle de son être. Du jour au lendemain, sa vie avait basculé du côté obscur. Naguère indépendant et d'une fierté qui confinait à l'orgueil, il avait dû s'abandonner aux soins qui lui étaient prodigués par d'autres, parmi lesquels son épouse et l'infirmière que celle-ci avait engagée. À leurs soins, mais aussi à leur volonté, ce qu'il n'avait jamais supporté. Le temps ferait son œuvre pour qu'il accepte son sort, avaient misé ses frères. Mais il n'avait jamais réussi à l'accepter et, bientôt, une colère chronique avait remplacé la souffrance physique et morale qu'il avait endurée. Le temps n'avait fait qu'aggraver les choses, donnant naissance, si ce n'est à une haine envers lui-même et les autres, à un ressentiment dévastateur. Pourtant, le point d'orgue de sa rage intérieure n'avait pas été atteint. Il le fut lorsque sa famille décida de le placer. Le pacte venait d'être rompu. Et, pour lui, il n'y avait pas pire trahison.

– 2 –

Toute sa rage était aujourd'hui concentrée sur cette valise qui symbolisait à ses yeux l'abandon. Il allait la suivre dans une maison de retraite qui le verrait probablement s'éteindre, tel un paria écarté des siens parce qu'il souffre d'un handicap. Des années auparavant, il aurait laissé ce sentiment brûlant s'exprimer avec toute la violence dont il pouvait faire preuve lorsqu'il se considérait comme victime d'une injustice. Mais, dorénavant privé de ses jambes et de sa force, il n'avait pas d'autre choix que celui de la contenir en un point de son esprit dont la gravité était supérieure à celle d'un trou noir. Ces rages sont les pires. Elles vous consument. Elles vous survivent.

Lorsqu'un bruit de pas se fit entendre depuis l'étage, il

leva un regard assassin vers le haut de l'escalier. Il allait hurler à la personne qui en descendrait qu'elle paierait cher cet affront. Dans ce monde ou dans le prochain. Ses yeux se posèrent alors sur Carmen.

— Je crois qu'il est temps d'y aller. La voiture est arrivée, dit-elle d'une voix qu'il ne reconnaissait pas mais qui, pourtant, ne lui était pas inconnue.

Pedro se sentait perdu. Il ne comprenait pas ce qu'elle venait faire dans cet environnement ni pourquoi sa voix n'était plus la même. Il ne comprenait pas pourquoi elle avait décidé de l'envoyer en enfer. À la vue de sa si belle et si douce épouse, qu'il avait aimée à en perdre la raison, sa colère perdit en intensité, supplantée par un profond désarroi. *Pourquoi, Carmen, pourquoi ?* voulut-il dire. Mais aucun son ne sortit de sa bouche. Il avait beau formuler et reformuler sa question, elle ne franchissait pas les limites de ses pensées. Il porta le bout de ses doigts sur ses lèvres pour constater qu'il avait également perdu l'usage de la parole. Prisonnier. Il était prisonnier d'un corps qui ne répondait plus qu'à la marge. La voiture se mit en mouvement après qu'elle fut chargée du fauteuil roulant et du bagage qui l'accompagneraient jusqu'à son nouveau lieu de résidence, lieu qu'il n'avait pas même eu le droit de visiter.

Le dernier coup d'œil qu'il jeta sur l'immeuble cossu dans lequel il avait vécu lui tordit l'estomac au point de lui coller une crampe. Mais la résignation ne faisait pas partie de son code génétique. D'une manière ou d'une autre, il reviendrait et il les ferait payer. Tous autant qu'ils étaient. Assise à côté de lui, son épouse n'avait pas osé affronter son regard, par peur qu'il la submerge de toute la haine qui s'en échappait. Elle hésita un long moment avant de s'adresser à lui, comme si ses paroles allaient déclencher une tempête, nécessairement silencieuse, mais meurtrière.

— On n'a plus le choix, dit-elle froidement. Si l'infirmière ne t'avait pas arrêté, nous ne serions plus là pour en parler.

L'espace d'un instant, l'idée traversa Pedro de se servir de ses mains, encore valides et larges comme des battoirs, pour lui écraser la trachée, jusqu'à ce que plus aucun souffle de vie n'anime cette femme qu'il avait aimée et qui le jetait maintenant dans une fosse, comme on se débarrasse d'un objet devenu encombrant. Il lui fallut consentir un effort presque surhumain pour contenir cette envie dans la sphère du fantasme. Mais la frontière était faite de papier.

Et il le sentait. Tenter de se souvenir de ce qu'il avait voulu faire, si l'infirmière ne l'en avait pas empêché, vint dérouter son désir macabre. Mais sa tentative s'avéra infructueuse. Le trajet jusqu'à Millbrae se termina dans un silence de mort. Lorsque Pedro aperçut le bâtiment dans lequel on allait l'enterrer, ses mains se mirent à trembler. Son orgueil lui commanda de les contrôler, de ne rien laisser transparaître. Mais il en fut incapable.

Avant même d'y pénétrer, ces lieux lui avaient déjà ôté une partie de lui-même. Le chauffeur l'aida à s'extraire de la voiture et à s'asseoir dans son fauteuil ; ce maudit fauteuil dont il ne pouvait plus se passer, comme un démon qui le suivait partout, toujours enclin à lui rappeler qu'il n'était rien de plus, dorénavant, qu'un handicapé. Ce chauffeur n'était en rien responsable de sa situation. Pourtant, il avait envie de le tuer et, au passage, faire de même avec sa femme, ses frères et leurs épouses. Il avait envie de tous les tuer.

Dans un dernier geste pour se prouver – et prouver à la Terre entière – qu'il pouvait encore faire quelque chose tout seul, il poussa sur les roues de son fauteuil, sans attendre que son épouse l'assiste, pour se diriger vers l'entrée de l'établissement. Là, une énorme femme noire à l'air jovial l'attendait. Ses formes et son sourire avaient quelque chose de rassurant. Il la détestait déjà.

12

L'improbable rémission

Dolorès avait patienté deux bonnes heures avant d'apercevoir Allan, le neurologue. Deux heures qu'elle avait mises à profit pour faire le point sur la situation et la résumer le plus rapidement et le plus justement possible, car les praticiens hospitaliers sont toujours pressés. Ce matin, rien n'avait changé dans l'attitude de Pedro. Quelque part, elle aurait presque souhaité que ce soit le cas et que son père soit redevenu celui qu'il était encore quarante-huit heures plus tôt. Une semaine auparavant, elle aurait rêvé d'une telle amélioration, mais, aujourd'hui, elle sentait que celle-ci était trop subite et cachait probablement autre chose. Son verbe était plus fluide encore que le jour précédent, même si père et fille n'avaient pas beaucoup parlé et s'étaient contentés d'échanger quelques banalités en sirotant leur premier café. Elle l'avait senti à des kilomètres de leur conversation, comme si, en arrière-plan, il avait ruminé quelque idée sombre et accaparante.

Depuis la veille au soir, elle s'était abritée derrière l'idée que ce sursaut de conscience n'était qu'une illusion ou que, s'il avait existé, il n'aurait pas duré. Mais l'idée s'était effondrée au moment où son père lui avait réclamé sa carte de crédit. Elle avait pensé que la nuit lui aurait fait oublier son improbable requête. D'ailleurs, une nuit entière n'aurait pas été nécessaire si Pedro n'avait pas changé. Un quart d'heure dans les bons jours, moins de cinq minutes dans les mauvais, aurait suffi pour qu'elle s'évanouisse. Pourtant, son souhait ne l'avait pas quitté et il l'avait très clairement reformulé avant même de mettre le nez dans sa tasse. Incapable de s'opposer à cette demande autrement qu'en s'aventurant, une fois encore, sur un terrain conflictuel, Dolorès la lui avait restituée. James, qui avait fait irruption dans la cuisine avant de quitter l'appartement, lui avait ôté la possibilité de mettre Pedro en garde sur les risques que son état faisait peser sur la carte (et sur l'argent auquel elle donnait accès). Elle avait espéré que son fils disparaîtrait assez vite pour tenter de raisonner son père. Mais Pedro avait emboîté le pas de son petit-fils lorsqu'il avait quitté les lieux.

— Ah, Allan ! C'est toi que je voulais voir. Tu as une minute pour moi ? dit-elle lorsqu'elle croisa enfin le neurologue dans un couloir.

— J'en ai même deux pour la plus belle des infirmières. Qu'est-ce que je peux faire pour toi ?

— M'expliquer l'inexplicable.

— C'est un dîner qu'il va me falloir pour quelque chose d'aussi compliqué ! répondit Allan qui n'avait jamais été insensible au charme certain de son interlocutrice.

— Dis-moi, est-ce que tu as déjà vu s'améliorer l'état d'un patient atteint d'Alzheimer ?

— Euh… C'est assez imprécis comme question. Quel type d'amélioration ? répondit Allan, perplexe.

— Eh bien, comment dirais-je ?... Elocution plus fluide ; idées plus claires ; comportement plus volontaire ; insertion adéquate dans le temps et dans l'espace ; perdurance de la volonté…Bref, un retour en force des fonctions cognitives.

— En combien de temps, ces améliorations ?

— Vingt-quatre heures.

— Ce n'est plus une amélioration, là, c'est un miracle. À qui tu fais référence ? À ton père ?

— Oui.

— C'est assez étrange, dit Allan en fronçant les sourcils. Dans le cas de ton père, je ne vois pas ce qui pourrait expliquer ça. Son dépérissement est certes lent mais chaque centimètre gagné par la maladie est, en principe, perdu pour le malade. C'est plutôt l'inverse qui se produit chez les patients comme lui : une aggravation rapide, comme si le malade avait franchi un palier.

— En principe ?

— Bah je ne veux pas être trop catégorique. C'est une maladie dont on ne connaît pas grand-chose, au fond. Tu as essayé de discuter avec lui pour sonder sa mémoire ?

— Je n'en ai pas eu l'occasion. C'est trop récent. C'est sa manière de parler qui m'a surprise en premier, pas tant la clarté de ses souvenirs. Et puis…

— Et puis ?

— Et puis il m'a sorti des trucs qui ne lui ressemblent tellement pas. Je te passe les détails…

— Ça, ça ne plaide pas en faveur d'une véritable amélioration.

— Qu'est-ce que tu veux dire ?

— Eh bien qu'une véritable amélioration l'aurait renvoyé à son état antérieur, pas à une nouvelle version de lui-même. J'ai rencontré des patients qui ont retrouvé un flux verbal digne d'un comédien mais pour ne raconter que des trucs sans queue ni tête, et avec une assurance à toute épreuve. J'en ai un, par exemple, de quatre-vingts balais, qui m'a certifié avoir déjeuné avec son père la veille et qui a été capable de me décrire ce qu'ils avaient mangé et de quoi ils avaient parlé. En dépit de son élocution, il n'allait pas mieux pour autant.

— Ce n'est pas vraiment ce que je voulais dire, Allan… Il ne m'a pas sorti d'âneries. Il m'a juste fait part d'idées qui n'étaient pas les siennes.

— Comme quoi ?

— Comme conseiller à son petit-fils de casser la figure de ses camarades lorsqu'ils l'emmerdent, alors qu'il a toujours prôné le contraire. Comme me demander de lui restituer son portable, alors qu'il ne s'en servait jamais. Comme me demander de lui rendre sa carte de crédit, alors qu'il n'a jamais voulu retirer le moindre dollar d'un ATM.

— Oui… C'est surprenant, répondit Allan sans grande conviction. Tu devrais peut-être tester sa mémoire, en parlant de choses et d'autres.

— Justement, en parlant de ça, l'idée de récupérer sa carte lui est venue hier soir. Jamais auparavant elle n'aurait franchi le cap d'une nuit de sommeil. C'est normal qu'il me l'ait redemandée ce matin ? Et avec le code en plus ?

— Je ne sais vraiment pas quoi te répondre. Il faudrait vérifier qu'il ne s'agit pas d'une idée fixe, comme en développent certains patients qui vont demander mille fois la même chose.

— Okay… Je ne suis pas beaucoup plus avancée.

— Écoute, je dois y aller, là, mais si tu veux me l'amener pour que je fasse quelques tests, n'hésite pas.

— C'est pas gagné mais je peux essayer. Merci, Allan.

— Tu me dois un dîner, belle brune ! À bientôt, conclut-il avant de la quitter et de reprendre la course de ses visites.

Dolorès le regarda s'éloigner en se demandant si, finalement, elle n'avait pas fait fausse route sur ce qu'elle devait déduire de l'attitude de Pedro. Mais les mots d'Allan ne l'avaient pas complètement convaincue. Pour elle, son père ne se fondait pas dans les exemples qu'il avait donnés. Elle suivrait toutefois son conseil en testant sa mémoire.

— Si j'étais lesbienne, je te dirais que je fantasme sur ton cul, chérie !

Une seule personne pouvait s'adresser à elle de la sorte. Un sourire illumina le visage de Dolorès à la seule perspective de se retourner sur Debby.

— Hey ma belle ! Ça va ?

— Bah, au moins, à défaut de m'appeler tu me souris. C'est déjà ça ! dit Debby la mine faussement bougonne.

— Excuse-moi… la journée a été chargée hier. Quand j'ai voulu le faire, j'étais claquée et il était déjà tard.

— Alors ? On dragouille du toubib, comme ça ? Je suis fière de toi !

— Faudrait savoir ! Un jour, tu veux que j'épouse Miles ; le lendemain, tu me vois avec le premier médecin venu !

— Le premier médecin venu ? Nan mais ? Ce gars est un appel à la luxure !

— Tu es incorrigible !

— Bon, autrement, comment va ton père ? Ça m'a turlupinée ce qui lui est arrivé avant-hier.

— Pas plus que moi. Et pas dans le sens que tu crois.

— C'est-à-dire ?

— Ben que t'avais vu juste. Il va « mieux ».

— Debby a toujours raison. C'est une bonne nouvelle en tout cas. On va se boire un verre pour fêter ça, ce soir ?

— Attends, laisse-moi t'expliquer avant. Ce mieux est un peu bizarre.

— Vas-y, raconte chérie ! Je suis tout ouïe.

Dolorès n'omit aucun détail, depuis le moment où elles s'étaient quittées, deux jours plus tôt, jusqu'à sa conversation avec Allan.

— Ca alors ! C'est dingue. Et t'as accepté de lui rendre

son téléphone et sa carte ?

— Qu'est-ce que tu voulais que je fasse d'autre ?

— Ouais, je comprends… Donc il a son téléphone, là ?

— Oui, s'il ne l'a pas déjà perdu.

— Quelque chose me dit que ce n'est pas le cas. Tu me laisses l'appeler ?

— Pourquoi faire ?

— Pour vérifier s'il a toujours l'appareil… et pour voir s'il me reconnaît.

— J'aime pas beaucoup l'idée.

— De quoi t'as peur ?

— De rien. Mais, c'est pas non plus un cobaye.

— T'inquiète, je ne vais pas me moquer de lui.

— Okay, mais appelle de mon portable alors, car je ne suis pas sûre qu'il ait enregistré ton numéro et ton nom. S'il ne reconnaît pas l'appelant, il ne décrochera peut-être pas.

— Ça marche.

Pour ne pas être dérangée, les deux femmes s'isolèrent dans la remise de l'étage.

— Mets le haut-parleur ! Je veux entendre ce qu'il va dire.

— C'est toi la patronne.

Dolorès sortit son mobile de la poche arrière de son jean et le tendit à Debby après avoir lancé l'appel. Plusieurs tonalités de retour se firent entendre avant qu'on ne décroche à l'autre bout de la ligne.

— Oui ?

— Pedro ?

— Oui ! C'est toi Dolorès ?

— Nan, c'est Debby. Je viens aux nouvelles. Ça va depuis l'autre jour ?

La question ne reçut aucune réponse. Seule la respiration de Pedro permettait de deviner qu'il était toujours en ligne.

— Pedro ? Vous m'entendez ?

À cette nouvelle question, il raccrocha. Sans autre forme de procès.

— Il a raccroché dis donc ! balança Debby, l'air surpris.

— Ça ne me surprend pas. Il a horreur du téléphone.

— Oui mais quand même ! Il s'est toujours souvenu de moi. Il aurait pu me dire un mot. C'est bizarre, nan ?

— Bof ! Ça prouve pas grand-chose, si ce n'est qu'il n'a pas perdu le téléphone. Une fois de plus, tu avais raison.

— Sûrement… répondit Debby sans grande conviction.

— Bon, je dois y aller ma belle sinon Alice va me tomber sur le paletot. Je t'appelle plus tard.

— Ouais, fais donc ça. Et n'oublie pas cette fois. Au fait, il t'a appelé Miles ?

— Oui.

— Tu lui as raconté ?

— Dans les grandes lignes.

— Et ?

— Et rien ! Je lui ai dit que ce n'était pas la peine qu'il vienne à Frisco. En tout cas, pas pour l'instant, conclut Dolorès en sortant de la remise, sachant que si elle restait une minute de plus avec son amie, celle-ci lui reprocherait de ne rien faire pour que Miles se rapproche d'elle.

— Tiens moi au jus, hein, quand même, répliqua Debby alors que Dolorès ne l'entendait déjà plus.

Debby regarda son amie disparaître derrière la porte qui se referma sur elle. Il n'y avait rien d'étrange à ce que Pedro raccroche comme il l'avait fait. Il se pouvait même que la communication ait été coupée, tout simplement. Pourtant, ces explications, des plus plausibles, ne parvenaient pas à lui ôter de la tête qu'il y avait plus que cela dans ce qui venait de se produire. Un « plus » sur lequel elle ne pouvait pas mettre de mot. Tout du moins, pour le moment.

13

Ce qui nourrit le démon

Lorsqu'il était arrivé au lycée dans la matinée, James s'était attendu à être convoqué dans le bureau du principal, persuadé que ses anciens bourreaux auraient dénoncé la raclée qu'il avait infligée à leur chef. L'établissement ne tolérait pas les bagarres en son sein et sanctionnait sévèrement ceux qui en étaient à l'origine. Il aurait été facile pour eux de prendre leur revanche sans se mouiller, en laissant faire l'administration, car il ne pouvait pas nier avoir frappé le premier, et pas de main morte. Sur le chemin, il avait alors préparé sa défense, conscient des faiblesses que celle-ci présentait puisqu'il n'avait aucune preuve de ce que ces gars lui avaient fait endurer pour justifier son accès de rage. Mais il se moquait bien des sanctions. Avoir repris le dessus valait toutes les exclusions du monde. Pourtant, aucune convocation n'était venue perturber sa matinée. Si l'incident n'avait pas fuité auprès de la direction, il n'avait pas non plus fuité auprès de ses camarades. Habituellement, ce genre d'information se répand comme une infection. Elle touche tous les élèves qui, d'une manière ou d'une autre, cherchent à se délecter de détails sordides. L'échauffourée était donc passée inaperçue. James en était presque déçu. Il aurait aimé que tout le monde sache ce qu'il avait fait.

Jusqu'en fin d'après-midi, son œil avait traîné dans

chaque recoin du lycée, à la recherche de ses caïds. Il avait envie de leur montrer que la peur était morte, qu'il ne raserait plus jamais les murs et qu'il marcherait dorénavant dans la lumière. Mais, au fond de lui, il sentait qu'un autre ressort, plus sombre, le poussait à les débusquer. Un ressort fait d'adrénaline. Celle qui avait coulé dans ses veines lorsqu'il avait frappé pour faire mal. Elle avait agi sur lui comme une drogue presque instantanée. Pire que la Met. Il les cherchait pour s'opposer de nouveau à eux, comme si cette confrontation lui permettrait enfin d'exister. Mais il n'avait pas trouvé trace de ses ex-tourmenteurs et avait fini par abandonner. Leur orgueil avait-il été blessé au point de s'absenter ? Ce soupçon le ravit.

Le sentiment étrange qu'il éprouvait à l'idée de cogner de nouveau lui fit penser à Logan. Était-ce cette même sensation qui traversait naguère son ami ? Il lui manquait et aurait aimé pouvoir en parler avec lui de vive voix. À défaut, il décida de rendre une petite visite à ses parents, avec lesquels il avait gardé contact. Il lui arrivait même d'aller dîner chez eux, sachant que June appréciait sa compagnie et avait été touchée en constatant que, malgré l'éloignement, James n'avait jamais abandonné son fils. « Chose rare à cet âge-là », disait-elle toujours.

Tenderloin n'était pas un quartier qu'il affectionnait. Il ne s'y sentait pas à l'aise. Ce n'était pas les SDF en grand nombre qui le dérangeaient mais plutôt l'état dans lequel se trouvaient certains d'entre eux lorsque la Marijuana leur faisait perdre l'esprit. L'attitude, parfois agressive, qu'ils adoptaient n'était pas faite pour rassurer un adolescent déjà sur le qui-vive. Ni le nombre de trajets qu'il avait effectués pour se rendre chez Logan, ni l'indifférence que la plupart des sans-abris témoignaient, en réalité, aux passants (sauf à leur quémander quelques pièces de monnaie), n'avaient réussi à faire taire la sensation d'insécurité presque permanente que James avait toujours éprouvée dans ce coin de la ville. En vérité, il ne fallait pas seulement rechercher dans les rues la cause de cette sensation mais aussi dans son anxiété naturelle à l'égard d'autrui.

Si son exploit de la veille avait muselé, pour un temps, cette anxiété, ce sentiment le parcourut à nouveau. Mais, contrairement à toutes les fois précédentes, il ne trouvait pas racine dans ce que lui renvoyait le quartier, sinon dans le fait de se sentir observé. Une impression suffisamment tenace pour qu'il se retourne à plusieurs reprises. Il n'était plus très loin de l'appartement de son ami. Aussi, accéléra-t-il le pas pour chasser ses doutes. Lorsqu'il traversa la rue, un cycliste le frôla à vive allure et disparut à l'angle du bloc d'immeubles en empruntant une rue perpendiculaire à celle dans laquelle il se trouvait. Le cycliste était passé si près de lui que James se demanda, pendant un instant, s'il ne s'agissait pas d'un voleur à la tire. Il glissa les mains dans ses poches de blouson pour vérifier que rien de ce qui s'y trouvait n'avait disparu ; geste plus machinal qu'autre chose car, à cette vitesse, il ne voyait pas comment quelqu'un à vélo aurait pu lui dérober quoi que ce soit tout en poursuivant sa route. En y repensant, ce n'était pas la première fois qu'il apercevait ce vélo depuis qu'il avait quitté le lycée.

June semblait plus joyeuse que d'habitude. Trop, en tout cas, pour que cette joie ne résulte que de sa visite. Elle invita James à s'attabler et lui apporta une boîte remplie de biscuits et friandises en tout genre. Puis elle s'assit en face de lui et lui prit la main.

— Ça me fait plaisir de te voir, James ! Qu'est-ce qui t'amène ? Enfin, je veux dire… aujourd'hui, en particulier.

— Bah... je pensais à vous et à Logan en sortant du lycée et j'ai eu envie de venir vous voir.

— Tu es un amour ! Comment vas-tu ? Et ta famille ?

James mourait d'envie de tout lui raconter. Mais il se ravisa, conscient que ce qu'il considérait comme un exploit libérateur était, pour elle, la malédiction qui avait envoyé son fils en maison de redressement. Il bifurqua sur l'amélioration étrange et soudaine de l'état de son grand-père. June l'écoutait mais il se rendait bien compte qu'elle avait l'esprit ailleurs et que son ineffaçable sourire baignait dans les mêmes eaux. Elle hésita un instant avant de répondre. Quelque chose lui brûlait la langue aussi.

— Je ne suis pas censée te le dire. Alors, je veux que tu me promettes de tenir ta langue. Okay ?

— Euh… Oui, si vous me le demandez, y'a pas de problème.

— C'est au sujet de Logan.

James commençait à comprendre.

— Continuez…

— J'ai eu de ses nouvelles pas plus tard que ce midi.

L'émotion gagnait visiblement June qui se tortillait sur sa chaise, faisant durer le suspense.

— Et donc ?

— Tu ne devines pas ?

— Je crois que si mais je veux vous l'entendre dire.

— Il-rentre-à-la-maison-demaiiiiiiiin ! dit-elle en lui écrasant la main de joie.

Un frisson parcourut James de la tête aux pieds. Ils se

levèrent et tombèrent dans les bras l'un de l'autre.

— Si tu n'avais pas été là, il n'aurait pas tenu le coup. Merci, James. Merci infiniment, dit-elle en lui caressant la joue. Tu es comme un frère pour lui et un fils pour nous. Enfin, tu as déjà une mère formidable, mais tu vois ce que je veux dire, ajouta-t-elle avec un sourire qui l'inonda de tendresse.

L'émotion submergea James d'un coup et ses yeux se remplirent de larmes. Puis il pleura franchement.

— Bah alors, mon grand… C'est une bonne nouvelle. Ne pleure pas !

— Je sais…

Il savait, mais il n'arrivait pas à endiguer le fleuve d'émotions qui le traversait. Son lit n'était pas seulement fait du bonheur de retrouver son ami. Il relâchait aussi la pression accumulée ces dernières semaines. Le caractère dopant, et probablement aveuglant, de sa victorieuse révolte commençait à s'émousser. La joie, la peur, le doute, l'espoir… tout se mélangeait d'un coup et il était incapable de faire le tri et de s'arrêter sur une seule de ces émotions. Quelques minutes lui furent nécessaires pour reprendre ses esprits. La joie l'emporta alors, portée par la profonde amitié qu'il vouait à Logan. Un sourire éclatant lui illumina enfin le visage et il se mit à rire. Il n'avait jamais vécu pareille transition en si peu de temps.

— Ça m'a donné faim ! dit-il en essuyant les quelques larmes qui lui mouillaient encore le visage et en plongeant la main dans la boîte de gâteaux.

June vint l'embrasser.

— Surtout, James, tu ne dis pas que je te l'ai dit. Logan m'a fait promettre de garder le silence. Il voulait te faire la surprise et débarquer chez toi. Je n'ai pas pu résister…

— Promis juré, June ! De toute façon, je vais être tellement heureux de le revoir qu'il ne pourra pas deviner que je le savais déjà. Putain, qu'est-ce que je suis content ! Pardon, je me laisse aller…

— Tu es tout pardonné. Tu veux rester dîner avec nous ce soir ?

— J'aurais aimé, June, mais je préfère rentrer maintenant, vu ce qui se passe avec mon grand-père.

— Oh, excuse-moi, je ne t'ai même pas laissé m'expliquer jusqu'au bout.

— Pas de souci, je vous raconterai la prochaine fois.

— On ira tous dîner au restaurant, pour fêter le retour de Logan. Mais, James, n'oublie pas : tu ne sais rien !

James lui adressa un clin d'œil et vint la gratifier d'une accolade avant de prendre congé.

À l'extérieur, la lumière avait décliné et ne tarderait pas à disparaître. Il hésita à prendre le bus pour rentrer sur Mission District mais il se dit qu'un peu de marche ne lui ferait pas de mal. En empruntant Van Ness Avenue vers le sud, il en aurait pour une demi-heure à peine. Avant de traverser pour rejoindre le trottoir opposé, il vérifia de part et d'autre de la chaussée qu'aucune voiture n'entraverait sa marche. Il ne vit qu'un vélo à l'arrêt, à une cinquantaine de mètres de la position qu'il occupait ; ce même vélo qui l'avait frôlé un peu plus tôt et qu'il avait déjà vu en sortant du lycée. Le hasard trouvait difficilement sa place dans les raisons qu'il tentait d'imaginer pour expliquer sa présence. Une pointe d'anxiété vint lui titiller l'estomac.

Il s'immobilisa et observa attentivement la personne qui le chevauchait, dans l'espoir de la reconnaître. Mais sa tête était surmontée d'une capuche et l'essentiel de son visage se cachait derrière des lunettes de soleil et une écharpe nouée sur la nuque qui lui barrait le nez et la bouche. À défaut de pouvoir l'identifier, il était certain qu'elle le regardait également. Confusément, sa présence inquiétait James qui ne savait pas s'il devait l'ignorer et poursuivre son chemin ou attendre que le cycliste reprenne le sien. La peur (son amie de toujours) vint lui ramollir les jambes, jusqu'à ce que le vélo se mette en mouvement et parte en sens inverse. Il se sentit stupide. L'idée qu'on n'efface pas une inquiétude sourde et sédimentée depuis des années parce qu'on a remporté une bataille commençait à poindre. Et, avec elle, celle que, peut-être, les caïds s'étaient mis à lui coller le train en attendant le moment le plus opportun pour le corriger en retour. Ne les avait-il pas vus de la journée parce qu'ils préparaient leur revanche ? Une telle perspective lui fit froid dans le dos. Il devait barrer la route de ces inquiétudes, sans quoi ses vieux démons ne tarderaient pas à refaire surface. Comme pour effacer le doute qui prenait possession de lui, il arrima vigoureusement les sangles de son sac à dos sur ses épaules et gagna le trottoir qu'il avait entrepris de rejoindre quelques minutes auparavant.

– 2 –

Mais ce geste de pure contenance ne parvint pas à suffisamment le rassurer pour qu'il se dispense de jeter un œil par-dessus son épaule après avoir parcouru une vingtaine de mètres. Le vélo était de nouveau derrière lui et roulait en sa direction à vive allure. Une décharge de (mauvaise) adrénaline se répandit aussitôt dans ses veines. Il accéléra le pas puis se mit à courir, de plus en plus vite, pour tenter d'échapper à l'engin qui se rapprochait inexorablement de lui. Sa respiration s'emballait au rythme où le son des pneus glissant sur le bitume envahissait ses oreilles, se faisant de plus en plus perceptible, comme si la gomme hurlait son désir de lui mordre les talons. Son bon sens lui commandait de s'arrêter, de se retourner et de faire face. Mais il s'en sentait incapable, bloqué dans une course qui le poussait à fuir.

Bientôt, la roue avant du vélo pénétra son champ de vision latérale. Il se colla autant qu'il put aux murs des immeubles qui jouxtaient le trottoir tout en observant les centimètres que l'engin gagnait chaque seconde sur sa position. S'il avait voulu le dépasser, il l'aurait fait beaucoup plus vite. Non, son allure indiquait qu'il était là pour lui. *Juste* pour lui. Il n'avait plus aucun doute sur la question.

Parvenu au niveau de James, le cycliste tourna la tête dans sa direction et l'observa comme on observe une proie que l'on sait prise au piège. Si une écharpe ne lui avait pas occulté la bouche, James aurait juré, à travers les plis du tissu, que le cycliste souriait. Un sourire plus carnassier qu'amical. Il aurait pu le pousser, de toutes ses forces, pour le faire chuter et se précipiter sur lui pour le rouer de coups. Mais il ne retrouvait plus en lui la force qu'il avait ressentie un jour plus tôt. À cet instant, les paroles de son grand-père lui semblaient lointaines et leur effet dopant relégué au rang de simple souvenir. La bête s'en retournait dans sa tanière. D'un autre côté, pourquoi aurait-il dû s'en prendre à cet étranger alors qu'il ne lui avait (encore) rien fait ? Si le cycliste ne l'avait finalement pas dépassé, il aurait classé cette observation parmi celles qui lui avaient trop souvent servi d'excuse pour ne pas réagir.

En voyant s'éloigner le vélo devant lui, ses tripes se dénouèrent d'un coup et une immense sensation de soulagement le parcourut. Fatigué par sa course, il s'arrêta et se pencha en avant, tête tombante, les deux mains posées sur ses genoux, tentant de reprendre son souffle. Lorsqu'il releva les yeux, le vélo était déjà loin.

« Mais putain qu'est-ce que t'es con » pensa-t-il avant que ses oreilles n'entendent quelqu'un siffler derrière lui. Il eut à peine le temps de se retourner qu'un second cycliste, armé d'un petit gourdin et fondant sur lui à pleine vitesse, lui assena un coup violent à l'estomac. James se plia en deux sous l'effet de la douleur. S'il ne pouvait plus bouger, ses yeux restèrent collés au dos de son agresseur.

Le premier vélo, qui avait fait demi-tour, croisa le second. Le gourdin changea de gardien et se retrouva entre les mains du premier cycliste qui roulait de nouveau vers lui ; de toute évidence, pour le frapper. Malgré la douleur qui lui cisaillait encore le ventre, James fit volte-face et tenta de sortir de la trajectoire de ce nouvel assaillant en se précipitant sur la chaussée. Mais il ne fut pas assez rapide et un second coup qui, cette fois, lui coupa littéralement le souffle, s'abattit sur ses reins. James chuta de tout son long et sa tête vint heurter le rebord du trottoir. Sa vue se brouilla et une irrépressible envie de vomir lui retourna les entrailles.

Trente secondes, deux minutes, dix minutes — il ne savait pas tant ses sens étaient brouillés — s'écoulèrent avant qu'une femme n'accoure et s'accroupisse devant lui, catastrophée par ce à quoi elle assistait.

— Ahhh, mon Dieu, c'est pas vrai, c'est pas vrai… disait -elle en ne sachant que faire de ses mains qui, tantôt se dirigeaient vers le visage de James sans oser le toucher, tantôt remontaient le long de ses propres joues.

» … Jeune homme, vous m'entendez ? finit-elle par lui demander en saisissant sa main.

James fut incapable de répondre autrement qu'en clignant une fois des yeux.

— Ne bougez pas, je vais appeler une ambulance. Il faut vous conduire à l'hôpital, ajouta-t-elle en saisissant déjà son portable.

James trouva la force de s'adresser à elle d'une voix fluette.

— Non, ce n'est pas la peine. Ça va aller.

— Vous rigolez ! Je ne vous laisse pas partir dans cet état. Vous devez voir un médecin.

— Il faut m'emmener au San Francisco General Hospital, alors. Ma mère travaille là-bas…

— Ne vous en faites pas, dit la femme dont les yeux ne quittaient plus maintenant la plaie sanguinolente qui déformait le front de James, là où le bitume avait cogné.

Le vent de panique qui s'était emparé d'elle un instant plus tôt, le froncement de ses sourcils et la manière qu'elle avait de pincer les lèvres en le regardant lui faisaient comprendre que la blessure ne devait pas être belle à voir, et il n'en ressentait que plus vivement la douleur, sans compter celle qui lui meurtrissait le dos et l'abdomen. Il ne voulait pas penser au liquide chaud qu'il sentait couler le long de son visage parce qu'il savait ce que c'était et il avait toujours eu une aversion pour le sang. Elle remontait au jour où il avait chuté du vélo que son grand-père lui avait offert pour son douzième anniversaire. Jusque-là, il n'avait roulé que sur de vieux clous dont les freins n'existaient que pour le décor. Mais, sur le nouveau, ils étaient aussi efficaces que les disques ventilés d'une Porsche. Et lorsque, pour la première fois, il en avait écrasé les poignées, l'engin s'était arrêté net et James avait volé par-dessus. Outre le fait d'avoir senti son visage passer dans une râpe à fromage lorsque celui-ci avait ripé le sol, tout le poids de son corps s'était abattu sur son bras gauche, entraînant non seulement une fracture du coude et du poignet mais, en plus, une magnifique abrasion de l'épiderme qu'un simple tee-shirt à manches courtes n'avait pas protégé. Son regard n'avait pas pu se détacher de cette peau en lambeaux, de sa couleur violacée et du sang qui en avait perlé jusqu'à ce qu'elle soit pansée. Depuis ce jour, le liquide rouge lui donnait des haut-le-cœur, à la limite du malaise vagal.

Si sa bienfaitrice n'avait pas maladroitement tenté de lui éponger le visage avec un mouchoir en papier qu'elle avait sorti de la poche de son manteau, il aurait pu tenir sans vaciller. Il n'aurait pas vu la couleur de ce même mouchoir virer du blanc immaculé au rouge vermillon en à peine quelques secondes.

Il n'en fallait pas davantage pour que le spectre du malaise l'envahisse de nouveau et que s'y ajoute une crampe d'estomac faisant remonter dans son œsophage les biscuits qu'il avait dévorés chez June. Avant de sombrer, il tourna la tête sur le côté, réflexe qu'il avait retenu des cours de secourisme qui lui avaient été prodigués au lycée. Il ne pensait pas devoir un jour l'appliquer à sa propre personne. Au moins, il ne mourrait pas étouffé par ses propres fluides.

– 3 –

Lorsque James rouvrit les yeux, il était allongé dans une ambulance qui, toutes sirènes dehors, le conduisait à l'hôpital. Un homme en blouse bleue se tenait penché au-dessus de lui et désinfectait la plaie de son front. Débarrassé de cette effroyable sensation qui fait tourner le monde autour de vous et en filtre la réalité à travers un voile violet, il se sentait un peu mieux, s'il acceptait de faire abstraction de la douleur qui n'avait disparu, ni de son dos, ni de sa tête.

— Sacré gnon, dis-moi ! Tu te sens comment ? lui demanda l'ambulancier en constatant que l'adolescent était revenu à lui.

— Mieux, je crois… J'ai encore mal au dos et au ventre. Vous m'emmenez où ?

— Au General. La dame qui t'a secouru nous a dit que ta mère y travaillait et que c'était là-bas qu'il fallait te conduire. C'est ça ?

— Oui, c'est ça. Je peux me redresser ? demanda James dont la position allongée l'incommodait.

— Il vaut mieux que tu restes dans cette position encore un peu.

— Pourquoi ?

— Parce que si tu as vomi et que tu as perdu connaissance, ça veut peut-être dire que tu as un trauma crânien.

— C'est le sang. J'aime pas. C'est à cause de ça que je suis tombé dans les vapes.

— Peut-être. Mais, si tu veux bien, tu me dis comment tu t'appelles, ton âge, le jour et le mois et tu me racontes ce qui t'est arrivé. Okay ?

— Okay, répondit James qui s'exécuta en ne pensant qu'à l'agression dont il avait été la victime.

Qui pouvait bien lui avoir fait ça et pourquoi ? Il invoqua tout un tas de prétextes pour se rassurer. Ce quartier était connu pour son insécurité relative. Le hasard avait voulu qu'il se trouve au mauvais endroit au mauvais moment. Mais ces prétextes n'expliquaient pas pourquoi rien ne lui avait été dérobé, ni pourquoi ses agresseurs avaient perpétré leur méfait à vélo avant de disparaître. James cherchait surtout à étouffer la seule idée pertinente qui germait dans son esprit et qu'il ne voulait pas voir grandir. Il ne voulait pas imaginer qu'il ait pu faire l'objet… d'une vengeance. Parce que si tel était le cas, elle ne pouvait venir de personne à part ses bourreaux et il était incapable d'imaginer la suite qu'il fallait lui réserver. Pourtant, cette idée s'imposa au point d'éradiquer toutes les autres. Il ne nourrissait plus aucun doute. C'était eux.

– 4 –

Quand Dolorès fut prévenue de l'arrivée de son fils au General, son sang se glaça. Elle laissa choir tout ce qu'elle était en train de faire pour courir aux urgences, quelques étages plus bas. Son interlocutrice avait bien tenté de lui expliquer que, gravité, il n'y avait pas mais la panique avait envahi sa raison au point de ne plus rien entendre.

James était allongé dans le brancard à roulettes que les ambulanciers avaient abandonné dans la file des cas ne nécessitant pas de prise en charge immédiate. Il attendait, là, qu'un interne ait le temps de l'ausculter et caressait de ses doigts le pansement qui mangeait la moitié de son front. Il n'en fallut pas davantage pour que Dolorès pousse un immense soupir de soulagement, consciente de ce que cette file signifiait. Elle se ressaisit, réajusta les quelques mèches de cheveux qui s'étaient échappées de son chignon et se dirigea vers son fils, l'air le plus détendu possible. Elle avait pour principe de ne jamais communiquer son anxiété à son fils.

— Alors comme ça, on invente n'importe quoi pour rendre visite à sa mère ? dit-elle en arrivant près de lui.

En guise de réponse, James se contenta d'un demi-sourire.

— Qu'est-ce qui nous vaut ce magnifique pansement ?
— Une vilaine plaie en plein milieu du front…
— Ça, je vois, mais causée par quoi ?
— Un trottoir.
— Sérieusement, James, qu'est-ce qui s'est passé ?
— Je me suis fait agresser.
— Au lycée ?
— Non. En sortant de chez Logan. J'étais allé dire bonjour à sa mère et deux gars à vélo m'ont frappé. Le deuxième coup m'a fait tomber, et voilà…
— Ce n'est pas le plus sûr des quartiers. Mais des gars à vélo, c'est curieux. Ils t'ont volé quelque chose ?
— Non, je ne crois pas.
— Et tu te sens comment ?
— J'ai mal au crâne.
Ils furent interrompus par l'interne qui venait ausculter James. D'un geste précis et délicat, le médecin ôta le pansement qui cachait la plaie et l'observa avec attention.
— Bon. On a une très belle plaie qui te laissera sûrement une cicatrice. Mais rien d'alarmant. C'est le seul endroit touché ?
— Le dos et le ventre, répondit James. J'ai pris deux coups de gourdin et ça me fait mal.
— Bagarre ?
— Agression.
— Tu peux te redresser ?

James tenta de satisfaire l'interne. Mais la douleur lui cisailla de nouveau le tronc, au point de l'étourdir et de lui faire perdre le peu de couleurs qu'il avait retrouvées.
— Ça me fait trop mal et ça me donne envie de vomir.
— Okay. Je crois qu'une petite radio s'impose, pour vérifier l'état de tes côtes. Et avec le coup que tu as pris sur la

tête, je serais plus rassuré si tu passais la nuit ici, en observation.

— Non, non…

— Si, si… Juste une nuit. Et si demain ça va, on se dit adieu. Ça marche ?

— J'ai le choix ? répondit James, désespéré à l'idée d'être cloîtré dans une chambre jusqu'au lendemain.

— Avec la télé, ça devrait le faire ! Bon, on conduit ce jeune homme à la radio ?

Une fois installé dans sa chambre, James s'était résigné à l'idée de devoir passer la nuit alité malgré des radios qui ne révélaient aucune fracture. Dolorès s'était attardée un bon moment à ses côtés en essayant de mieux comprendre ce qui lui était arrivé. Mais il avait été avare en détail. Lorsqu'elle lui avait dit qu'il devait signaler l'agression à la police, son fils lui avait objecté une fin de non-recevoir. Puis elle avait pris congé, à contrecœur, car un autre malade attendait sûrement son retour. Quoique, depuis deux jours, elle n'était plus sûre de rien s'agissant de Pedro.

Sa mère partie, et lorsque les couloirs de l'hôpital se firent plus silencieux, James se mit à cogiter et ses pensées reprirent leur cours là où il les avait abandonnées, dans l'ambulance. Rien n'aurait pu le faire revenir sur l'idée qu'il se faisait de l'identité plus que probable de ses agresseurs. Les incertitudes qu'il avait nourries sur les suites à réserver à cette attaque — incertitudes véhiculées par la peur qui, une fois de plus, s'était invitée au banquet — survivaient difficilement derrière la colère sourde qui le rongeait depuis son arrivée à l'hôpital. Pour une raison qu'il n'expliquait pas, les mots de son grand-père revenaient le hanter. Il n'était pas question qu'il prévienne la police. Il n'était pas question qu'il confie à d'autres le soin de punir ses assaillants. Car c'était bien ce qu'il devait faire. Il devait les punir et le faire lui-même. Restait à trouver comment. Mais rien ne l'en empêcherait. Si Dolorès avait mieux observé le visage de son fils, elle y aurait lu la détermination qui en tendait les traits. James n'avait pas voulu s'épancher auprès de sa mère, certain qu'elle aurait cherché à tempérer sa colère. Mais lui voulait la nourrir. Et il n'y avait guère que son grand-père pour l'aider dans cette entreprise. Confusément, il en vint à remercier la maladie d'avoir changé Pedro. Jamais auparavant il ne lui aurait servi sur un plateau les arguments et la volonté qui lui avaient fait défaut ces derniers mois. Une pensée sombre accompagna ses derniers instants d'éveil ; une pensée lui enjoignant de punir les bourreaux de telle sorte qu'ils n'aient plus jamais l'envie de s'en prendre à lui. L'envie… ou la possibilité.

14

Nouveau monde

Prostré dans son fauteuil roulant, devant la baie vitrée, Pedro observait avec dégoût la cour de l'établissement qui, aux beaux jours, permettait aux résidents de « prendre l'air ». Il perdait son regard sur les quelques buissons mal entretenus qui peinaient à la rendre vivable, détaillait chacune de leurs branches où s'accrochaient quelques feuilles recroquevillées et maladives, comme on s'accroche à la vie qui vous abandonne. L'état de ces feuilles était l'exacte représentation qu'il se faisait de ceux qui l'entouraient et qu'il vomissait. Des condamnés appelés à disparaître au premier coup de vent. Et sa maudite famille l'avait placé dans ce mouroir, dans une maison de retraite au rabais, alors que l'argent ne manquait pas. *Son* argent.

Il avait l'impression d'être là depuis des heures, des jours, des années alors qu'il venait à peine d'arriver. Si l'ennui le dévorait, il n'était rien par rapport à la colère qui ne l'avait pas quitté depuis qu'on l'avait arraché à l'existence qu'il menait jusqu'alors. Il se savait étranger à cette vie, à cet amer ressentiment qui envahissait la moindre de ses pensées, à tous ces souvenirs qui ne lui appartenaient pas, à moins en réalité de ne plus être capable de faire le tri entre ce qui relevait de l'illusion et ce qui correspondait à la vérité. Cette vie, ces souvenirs, il n'avait pas d'autre choix que de les laisser façonner ce qu'était devenu son quotidien, dont il se sentait simple spectateur. Parfois, il se sentait réellement effrayé par la noirceur qui baignait la plupart de ses idées. Il avait peur de découvrir à quoi elle pourrait le mener. Pour l'heure, ces idées lui commandaient de se défaire de la spirale qui le prostrait depuis son « incarcération ». La recherche d'une hypothétique amélioration de son état psychologique n'était pas au cœur de la démarche. En réalité, il ne cherchait pas à calmer la colère qui lui rongeait les sangs mais à trouver un dérivatif par lequel elle pourrait s'écouler, en attendant de s'attaquer, sans savoir comment, à la cause qui l'avait fait naître. Sans savoir, surtout, s'il parviendrait un jour à s'échapper de ce trou.

En attendant, Pedro tuait le temps en dessinant le visage de ses « codétenus » au fusain, sans comprendre comment lui était venu ce talent. Il s'était imposé à lui dès le premier jour, lorsqu'il avait défait la valise dans laquelle son épouse avait rangé un petit matériel à dessin. Lorsqu'il ne gribouillait pas, il observait avec amusement les handicaps qui affectaient la plupart des pensionnaires, comme un exutoire à sa propre condition. Il les avait disséqués, cherchant à savoir quand et comment il pourrait en jouer pour se distraire. La plupart des résidents étaient physiquement diminués, du fait de leur âge. Il n'y avait rien à en tirer. Non, sa préférence allait à ceux qui, encore valides, présentaient quelques troubles de l'esprit ou s'avéraient énigmatiques, de par leur comportement. La palme d'or revenait sans conteste à Olga Edelstein, une femme énorme souffrant de potomanie. Son besoin irrépressible de boire, contre lequel les auxiliaires de vie luttaient à tout instant, avait installé un petit jeu entre elle et eux. Dès l'instant où ils avaient les yeux ailleurs, Olga se jetait littéralement sur les carafes d'eau laissées à la disposition des pensionnaires. Elle absorbait le contenu d'un récipient en moins de temps qu'il n'en faut pour le dire, avant de passer au suivant, jusqu'à ce qu'elle soit rappelée à l'ordre. Mais elle n'abandonnait pas pour autant. Il fallait que les auxiliaires de vie viennent jusqu'à elle pour lui ôter des mains l'objet défendu ; entreprise ardue puisqu'elle tournait autour des tables et ne se laissait pas facilement contraindre. Ce faisant, elle mettait de l'eau partout et s'abandonnait à des éclats de rire dont la sonorité, entravée par l'excès de liquide qui lui encombrait la gorge, n'avait pas d'égal. Ce gloussement, inénarrable, entraînait l'hilarité de la plupart des résidents et même, parfois, celle des auxiliaires. Parce qu'en dehors de cela, Olga, outre son tempérament taquin, était une femme dotée d'un sens de l'humour sans pareil. Son corps lui-même, lorsqu'elle le mettait en mouvement pour fuir ses assaillants, prêtait à rire. Mais, lorsque trop plein d'eau il y avait, ces mouvements, somme toute difficiles pour elle compte tenu de son obésité, finissaient par la faire vomir. Et, là, les auxiliaires de vie perdaient toute envie de rire car ils se savaient devoir nettoyer, outre l'eau absorbée en excès, les restes du repas, souvent pantagruélique, qu'elle avait ingurgité quelque temps auparavant.

Par mesure de précaution (ou de rétorsion ?), ils isolaient alors Olga dans ses quartiers, en prenant le soin de verrouiller la porte de la salle de douche où elle aurait pu river sa bouche au robinet du lavabo pour poursuivre ses excès. Il n'empêche, tout le monde aimait Olga. Il faut dire, elle allait au-devant de tous les résidents, du personnel, des visiteurs (n'étaient-ils jamais encore venus), leur parlait, les gratifiait de petits compliments. Elle était probablement la femme la plus avenante de l'établissement.

Pedro ne se lassait pas de son petit jeu. Mais Olga n'était pas la seule pensionnaire digne de son intérêt malsain. Il y avait aussi Christine Pier, dont le désordre psychologique était bien plus marqué que celui d'Olga. Son trouble lui imposait, à fréquence plus ou moins espacée mais jamais prévisible, de se dévêtir où qu'elle se trouvât. Il n'était pas rare qu'elle le fasse au beau milieu du salon, lorsqu'elle n'y débarquait pas déjà dans son plus simple appareil. Et elle déambulait, ainsi, fière et droite comme un i, sans se soucier des regards (à moins qu'elle ne les cherchât), comme si elle était seule au monde. Le temps de s'en rendre compte, les auxiliaires de vie lui faisaient rapidement enfiler une robe de chambre et ramassaient les vêtements qu'elle avait éparpillés dans la pièce. Après plusieurs tentatives, ils avaient abandonné l'idée qu'elle les remette dans l'instant. Elle s'y opposait, tantôt en pleurant, tantôt en s'énervant. La crise devait passer et il pouvait s'écouler plusieurs heures avant que cela n'arrive. Ils ne la confinaient pas pour autant car, parée de son nouvel habit, Christine se posait alors sur un fauteuil avec une étrange dignité, compte tenu des circonstances, et n'en bougeait plus. Contrairement à ce qui se passait la plupart du temps lorsqu'Olga occupait le premier rôle dans ces divertissements pour le moins singuliers, les pensionnaires ne riaient pas.

Ils regardaient Christine retrouver le silence qui la caractérisait si bien, les jambes croisées, le port altier. Il ne lui manquait plus qu'un fume-cigarette aux lèvres, coincé entre son index et son majeur, pour parfaire l'image de star des années 30 qu'elle imprimait dans l'esprit de tous. Parce que, malgré son âge et sa maigreur, elle en imposait, de par sa taille, supérieure à la moyenne pour quelqu'un de sa génération, son maintien et son chignon, toujours impeccable. Elle avait dû être belle dans sa jeunesse, très belle même, et probablement s'en souvenir encore.

Pedro avait remarqué la manière, toujours discrète, qu'elle avait de regarder les hommes. Il y avait, dans son regard, une forme de lubricité qui ne pouvait pas échapper à ceux qui le soutenaient (à moins d'avoir perdu toute libido). Viser tous les hommes n'était pas exact. En réalité, seul un tout petit nombre de résidents, dont il faisait partie, étaient les sujets de ce regard. Les autres (dont les femmes) n'avaient droit qu'à des yeux témoignant d'une profonde indifférence. Pedro ne l'aurait pas juré, mais il sentait, confusément, qu'elle n'avait d'intérêt que pour les mâles Alpha.

– 2 –

Parmi ceux-ci, il y avait Brian Murray, autre figure qui ne laissait pas Pedro indifférent. Brian était ce personnage sans âge, étrange, toujours vêtu de noir, qui parlait rarement et qui passait son temps à déambuler dans l'établissement, sans faire de bruit, du matin au soir. On ne l'entendait pas arriver. On ne le voyait pas repartir. On ne savait même pas à quel moment il prenait ses repas. Mais il était là, comme une ombre dans chaque pièce. Hormis celles qu'il avait avec trois autres pensionnaires masculins sur lesquels il semblait exercer une certaine forme d'influence, les interactions avec son prochain étaient limitées. Pedro avait toutefois remarqué qu'il s'entretenait souvent avec quelques membres du personnel, dont la directrice de l'établissement. Leurs échanges, toujours en aparté et rarement audibles, avaient le goût du secret. Il brûlait de savoir ce qu'ils pouvaient bien se raconter car, de son point de vue, la manière dont ils échangeaient n'avait rien d'habituel. Autre exception : Christine. De toute évidence, il existait une communication non-verbale entre elle et Brian. Et il était celui qu'elle regardait de manière la plus suggestive. Qui avait dit que le sexe n'avait plus cours en maison de retraite ?

Depuis le premier jour, Brian et, dans une moindre mesure, ses trois acolytes et Christine manifestaient une certaine forme d'intérêt pour Pedro ; chose curieuse alors qu'ils ignoraient tous les autres. Brian se plantait devant lui et l'observait avec insistance, sans mot dire. Puis, avec ses bras, il mimait les mouvements que tout paraplégique exécute pour mouvoir son fauteuil, avant de sourire et de s'en retourner à ses affaires (Dieu seul savait à quoi il occupait ses journées). Et la scène se répétait, à intervalle régulier. D'ordinaire, Pedro se serait agacé de ce comportement et l'aurait classé parmi ceux d'une personne plus tout à fait saine d'esprit. Mais il y voyait autre chose. Depuis lors, il l'observait du coin de l'œil avec dans l'idée de savoir ce que Brian lui voulait réellement. Christine, elle, manifestait cet intérêt de manière plus voilée. Un coup d'œil, un léger sourire en coin.

Il y avait, enfin, Eliot Lee, bonhomme simplet et de moindre intérêt qui se mettait à rire en saccades et à sauter comme un cabri à chaque fois que quelqu'un lui tirait la langue. Pedro n'aurait jamais pu se rendre compte d'une telle aberration si certains résidents n'en jouaient pas à longueur de temps pour se distraire. Il s'en amusait aussi même si, au fond, il n'y avait rien de comique dans le comportement de ce pauvre bougre, que les auxiliaires de vie avaient toutes les peines à calmer (comment faisaient-ils pour ne pas devenir eux-mêmes fous dans cet univers ?).

Ces quelques personnages, en dehors des sentiers battus, étaient les seuls dignes d'intérêt aux yeux de Pedro. Ils faisaient de son « incarcération », une peine avec fenêtre sur cour. Tous les autres — la plus grande majorité — n'étaient pour lui que des morts-vivants. En réalité, ils en étaient loin, mais leur normalité n'avait pas de quoi l'intéresser. Pire, elle lui rappelait la (sa) triste réalité, celle qu'il voulait ignorer (en attendant de la changer) et que les autres clowns, malgré eux, effaçaient derrière leurs facéties, souvent involontaires et incontrôlables.

Tenaillé par l'idée de lever le voile sur ce qui poussait Brian et ses trois acolytes à s'éclipser du salon au beau milieu de l'après-midi, plusieurs fois par semaine, Pedro avait aujourd'hui décidé de les suivre. Cette perspective fut confortée par le coup d'œil que Brian lui lança au moment de quitter les lieux. Sans se tromper, Pedro avait assimilé ce regard à une invitation presqu'aussi explicite que si elle avait été faite de vive voix.

Pedro dut appuyer fort sur les roues de son fauteuil pour ne pas se laisser distancer. Dans le couloir qui desservait les chambres de l'aile Est, il les vit s'engouffrer dans l'une d'elle. Brian en ressortit aussitôt et se dirigea vers lui, un index sur les lèvres lui enjoignant de faire silence. Arrivé à sa hauteur, Brian passa derrière le fauteuil et, sans un mot, en prit le contrôle. Une quinzaine de mètres et un quart de tour plus tard, l'engin s'arrêta face la porte de la chambre dans laquelle les bonshommes s'étaient tous installés autour d'une petite table carrée. Il n'en avait vu de semblable dans aucune autre chambre. À croire qu'elle avait été installée, là, spécialement pour eux. Les gars le saluèrent d'un hochement de tête, l'air satisfait. Puis, le fauteuil bougea de nouveau, en marche arrière cette fois, pour pénétrer dans la chambre d'en face. Pedro commençait à comprendre : Brian l'avait placé là afin qu'il puisse observer ce qui allait se passer.

– 3 –

Brian rejoignit ses camarades et s'attabla avec eux après avoir sorti un jeu de cartes de l'une de ses poches.

C'était donc ça ! Ils jouaient aux cartes, probablement à chaque fois qu'il les voyait s'éclipser. Perplexe et presque déçu par tant de banalité, Pedro ne comprenait pas (encore) pourquoi il leur fallait s'isoler des autres résidents pour s'adonner à cette distraction, qui plus est dans des formes qui confinaient au complot. Ils auraient très bien pu rester dans le salon, d'autant que certains pensionnaires y jouaient eux-mêmes sans se cacher.

À en juger par le nombre de cartes distribuées à chaque joueur, les quatre larrons allaient entamer une partie de Poker. Pedro aurait reconnu ce jeu entre mille autres tant il en était friand… alors qu'il ne se souvenait pas un jour avoir posé les doigts sur une carte. Un souvenir lui vint des soirées passées à y jouer avec ses frères et l'assombrit dans l'instant. La sensation était étrange, comme à chaque fois qu'un souvenir jaillissait de ce passé dont il ignorait presque tout mais dont il commençait à dessiner les contours à raison de ces images sans contexte qui s'imposaient à lui depuis que Dolorès l'avait laissé s'enfoncer dans le noir.

À commencer par ce fauteuil et ses handicaps. Mais ce n'était pas tant ce souvenir lui-même, ni tous ceux qui l'assaillaient depuis lors, qui l'assombrissait, sinon la haine dans laquelle ils pourrissaient. Une haine qui passait outre sa confusion et qui envahissait ses pensées, aussi incohérentes soient-elles. Impuissant, il la sentait régir (ce qui restait de) sa vie. Elle ne le quittait plus, tapie dans l'ombre, cachée derrière toutes ces réminiscences d'un passé inconnu, toujours prête à les noircir de colère. Cette haine était en train de l'absorber, de l'effacer, pour ne laisser subsister qu'un étranger derrière les yeux et dans l'esprit duquel il survivait.

L'argent !

Voilà pourquoi ils ne pouvaient pas jouer devant les autres. L'établissement interdisait les jeux d'argent. Pourtant, les quatre gus n'en sortirent pas. Au lieu de ça, ils se servaient de jetons de casino. Peut-être qu'ils les échangeaient, par la suite, contre des espèces sonnantes et trébuchantes. Avaient-ils vu, en lui, un nouveau joueur susceptible d'intégrer leur petit groupe ? Pedro n'imaginait pas d'autre raison à sa présence. Si telle était bien leur intention, ils ne savaient pas à qui ils avaient à faire. L'idée d'échapper à son ennui dans les alcôves d'un tripot clandestin n'était pas faite pour lui déplaire.

« *Que le meilleur gagne !* » dit Brian à ses comparses, manifestement excités. « *Nous avons une heure avant qu'elle n'arrive* ». « *Cette fois, la victoire est pour moi... et le prix qui va avec !* » s'emporta l'un d'eux dans un rire caverneux tout droit sorti de bronches encombrées.

Pedro ne comprenait pas bien les sous-entendus de cet échange. Le temps leur était peut-être compté avant que la directrice de ce trou (qui d'autre, sinon ?) ne vienne les déloger de la chambre. Mais, confusément, il n'y croyait pas et imaginait maintenant, dans ces petites conversations en aparté que Brian entretenait avec elle et certains membres du staff, une sorte d'autorisation tacite. Comment aurait-il pu, sinon, organiser de telles réunions alors qu'à tout moment, un auxiliaire de vie pouvait surgir de nulle part. Quoi qu'il en soit, il allait observer ce petit groupe avec attention.

Alors que la partie était sur le point de s'achever, l'heure s'étant écoulée plus vite qu'il ne l'aurait imaginé, la victoire semblait être acquise au dénommé Brent, bonhomme court sur pattes et ventripotent qui accusait bien les quatre-vingts printemps. Brent exultait à l'idée d'avoir gagné. Il gesticulait comme une anguille sur sa chaise, tout en se grattant grossièrement l'entrejambe. Les trois autres se levèrent et inclinèrent le torse devant lui, en guise de compliment. « *On lève le camp* » dit Brian, l'air sérieux. Tous sortirent de la chambre à l'exception de Brent. Brian s'approcha de Pedro et lui glissa à l'oreille : « *Ne bouge pas d'ici, ce n'est pas fini* ». Les trois hommes s'éclipsèrent rapidement.

Pedro n'avait plus en face de lui que Brent qui, toujours sur sa chaise, semblait trépigner d'impatience.

– 4 –

Quelques minutes plus tard, il entendit quelqu'un s'engager dans le couloir d'un pas léger, comme seule une femme peut l'avoir. Lorsque la nouvelle venue pénétra son champ de vision, il reconnut Christine, à moitié dénudée. D'une main, elle tenait son soutien-gorge qu'elle laissait nonchalamment traîner sur le sol, pendant qu'avec l'autre, elle le salua d'un petit signe avant de rentrer dans la chambre où Brent virait au rouge. Le prix de la victoire, c'était elle. Pedro n'eut aucune difficulté à imaginer ce qui allait se produire par la suite. Il s'attendait à ce que Christine ferme la porte mais elle n'en fit rien. Bien au contraire. Elle finit de se dénuder devant les deux hommes puis s'agenouilla face à Brent qui avait déjà déboutonné son pantalon. Avant d'enrouler ses lèvres sur le sexe de Brent qui, malgré l'excitation, semblait avoir quelque difficulté à honorer son trophée, Christine lança avec une décontraction sans pareil « *Mes compliments pour votre victoire* ».

Pedro n'en croyait pas ses yeux. Le « spectacle » en lui-même n'avait rien d'extraordinaire mais, en ces lieux et compte tenu de l'âge des protagonistes, il était surréaliste. Pourtant, il n'arrivait pas à détacher ses yeux de la scène (en avait-il envie, seulement ?). Il observait les lents va-et-vient auxquels s'appliquait Christine. Elle n'était pas à son coup d'essai et Dieu seul savait combien de parties de poker elle était venue conclure. Lorsqu'elle accéléra le mouvement, des bruits de succion envahirent la chambre pendant que Brent, de concert, s'abandonnait à quelques grognements de plaisir. S'il ne pouvait pas croire à ce qui était en train de se produire, Pedro n'en sentait pas moins l'excitation lui saisir le ventre.

Mais, bien vite, il constata que son handicap lui avait ôté, outre l'usage de ses jambes et de la parole, toute forme de virilité. De mémoire, pourtant, les choses fonctionnaient encore de ce côté-là, même s'il n'avait plus connu de relations charnelles depuis des lustres. Ce corps ne lui appartenait décidément pas. Cette constatation vint nourrir (ou expliquer ?) un peu plus encore cette colère et cette haine qui ne le quittaient pas. Ce n'est qu'à cet instant qu'une évidence libératrice s'imposa à lui : mis à part leur âge et leurs handicaps, les pensionnaires d'une maison de retraite n'étaient pas si différents de ceux qui, plus jeunes et/ou en meilleur état, vivaient encore à l'extérieur. Ils y entraient, souvent malgré eux, avec leurs habitudes et leurs addictions. Le jeu et le sexe en étaient de bons témoins. Ces maisons pour vieux étaient des petits microcosmes qui ressemblaient en tout point (ou presque) à la grande foire du « dehors ». Mais, dans l'inconscient collectif — celui qui voulait que le temps efface l'individu — les vieux n'étaient plus qu'un amas d'os fragiles et de chairs en déliquescence, dépourvus d'envie ou de volonté. Alors, on les infantilisait. Pourtant, au fond d'eux, ils continuaient d'être ceux qu'ils avaient toujours été. Ils cherchaient toujours à satisfaire cette part d'eux-mêmes qui continuait à exister malgré l'enfermement. Et si Brian, ses acolytes, Christine, Olga et tous les autres étaient parvenus à exprimer la leur, lui aussi trouverait le moyen d'arriver ses fins.

Il allait donc se mettre à jouer. À jouer, à gagner et à réclamer son dû. Mais il ne se contenterait pas d'une simple fellation. Ses aspirations étaient très différentes de celles de ses codétenus. Lui ne rêvait que d'une chose : foutre un bordel sans précédent en ces lieux qu'il détestait et dans lesquels on s'était délesté de lui. Il nourrissait déjà quelques sombres idées et se servirait de ses compagnons d'infortune, qui allaient devenir ses nouveaux amis, pour les mettre en œuvre. Et si le bordel était suffisamment sévère, peut-être même qu'il parviendrait à se faire virer. Cette perspective le faisait revivre. Par maison de retraite interposée, il pourrirait la vie de son épouse et de ses frères comme eux-mêmes avaient pourri la sienne. S'ils pensaient s'être débarrassés de lui, ils se trompaient.

Les soupçons qui l'avaient traversé quelques minutes auparavant s'avérèrent fondés lorsqu'une auxiliaire de vie traversa le couloir sans même s'arrêter devant la chambre. Tout cela se déroulait avec le consentement tacite de la direction. Car rien n'aurait pu empêcher l'employée de l'établissement d'apercevoir Christine et Brian qui, encore à moitié dévêtus, n'avaient même pas pris le soin de fermer la porte en entendant quelqu'un arriver.

15

Retrouvailles en demi-teinte

Il avait voulu lui faire la surprise en l'attendant en bas de chez lui, à l'heure où James quittait normalement la maison pour aller au lycée. Logan avait été libéré un peu plus tôt dans la matinée et ses parents, qui étaient venus le récupérer en voiture, avaient accepté de faire un détour rapide sur Mission District. Ils savaient à quel point leur amitié comptait et n'avaient pas rechigné à faire plaisir à leur fils malgré le caractère tôtif de cette visite. Quinze minutes s'étaient écoulées sans que James ne se montre. Leur emploi du temps, si lointain dans l'esprit de Logan, avait peut-être changé. En temps ordinaire, il ne se serait pas permis d'aller cogner à sa porte à cette heure matinale mais, aujourd'hui, l'envie de revoir son ami était plus forte que sa bonne éducation.

— Logan ? lança Dolorès, surprise, mais dont le sourire exprimait sa joie de le revoir.

— Bonjour Dolorès… Je m'excuse, il est tôt…

— Mais ? Tu es sorti quand mon grand ? le coupa-t-elle en s'avançant vers lui et en le prenant dans ses bras.

— Il y a un peu plus d'une heure et j'ai pas pu résister ! Fallait que je vienne voir James, même cinq minutes.

— Il ne m'a même pas dit que tu sortais, bon sang ! Rentre, ne reste pas dehors !

— Il ne sait pas. C'est une surprise. Enfin, si ma mère a réussi à tenir sa langue… Il dort encore ?

— Viens t'asseoir un instant, répondit-elle en perdant son sourire. Tu veux un chocolat chaud ?

— Plutôt un café s'il vous plaît. Tout va bien Dolorès ? s'inquiéta-t-il en constatant qu'elle n'avait pas répondu à sa question.

— Écoute… Il est à l'hôpital depuis hier soir. Mais rien de grave, rassure-toi.

— Quoi ? Qu'est-ce qui lui est arrivé ?

— Il est passé saluer ta mère hier et s'est fait agresser en sortant de chez toi.

— Bah merde alors ! Et ça va ? Il a quoi ?

— Quelques contusions mais rien de sérieux. Il sort aujourd'hui.

— Vous pensez que je peux passer le voir ? Il est où ?

— Oui, tu peux. Il est chez moi. Enfin, au Memorial je veux dire. Ça lui fera plaisir et peut-être que ça lui redonnera le sourire. J'ai l'impression que ça l'a un peu affecté.

— Il vous a dit comment ça s'est passé ?

— Non, il a été plutôt avare de détails. D'ailleurs, Logan, j'aimerais te demander… Tu savais qu'il avait quelques petits soucis au lycée ?

— Non, c'est quoi cette histoire ? Quel genre de soucis ?

— Eh ben, pour ce que j'en sais, je crois qu'il se faisait enquiquiner par quelques-uns de vos camarades…

— C'est-à-dire ?

— Certains élèves se moquaient de lui et le chahutaient un peu, si j'ai bien compris. Ça le contrariait.

Dolorès prenait le soin de choisir ses mots, sachant que Logan pouvait vite s'énerver. D'autant plus si on s'en prenait à son meilleur copain. Il était clair qu'elle édulcorait largement ce que son fils avait enduré. Elle préférait éviter de mettre le feu aux poudres, sachant que le garçon était hautement explosif.

— Mais quel rapport avec son agression à côté de chez moi ? Je comprends pas…

— Pour tout te dire, il en a eu marre qu'on s'en prenne à lui et s'est rebiffé… assez violemment, je crois. Il en a mis un au tapis.

— James ? J'ai du mal à imaginer quand même. Mais je comprends toujours pas le rapport avec son agression.

— En fait… il n'y en a pas vraiment. Je voulais juste savoir s'il t'avait parlé de ses soucis.

Confusément, Dolorès venait d'établir un lien entre l'agression et ses auteurs possibles ; lien qui ne lui était pas venu à l'esprit la nuit précédente, à l'hôpital. Était-ce pour cette raison que James avait été si peu prolixe sur ce qui lui était arrivé ? Pourquoi Pedro lui avait foutu dans la tête l'idée de les cogner ?

— J'espère qu'il m'en parlera. Il aurait dû me le dire.

— Il n'a sans doute pas voulu t'inquiéter. Bon, et toi, alors ? C'est la quille ? Tu te sens comment ?

— Calmé…par la force des choses. Mais vous savez, Dolorès, il le méritait cet enfoiré qui a tué mon chat. Si c'était à refaire, je referais la même chose. Mais, ça, je ne le dis qu'à vous.

— Il vaut peut-être mieux, oui.

— Je m'étais déjà calmé avant, grâce à James. Mais, là, c'était trop, vous comprenez, dit-il visiblement ému à l'évocation de son chat.

— Ne t'inquiète pas, mon grand. Et puis, tu parles à une famille qui a le sang chaud.

— D'ailleurs, il va comment votre père ?

Dolorès leva sur l'adolescent des yeux qui cherchaient quoi lui dire tant elle était incapable d'apporter une réponse qui la satisfasse.

— Ah mon père… si tu te souviens de son état, tu vas le trouver… comment dirais-je… un peu changé.

— Ah merde, ça s'est aggravé ? répondit Logan constatant que, de nouveau, le sourire de Dolorès piquait du nez.

— C'est plutôt le contraire. Depuis quelques jours, il semble… aller mieux. En tout cas, à première vue.

— Sans blague ? Avec Alzheimer ?

Même Logan, pour le peu qu'il devait savoir sur cette maladie, était surpris. Et pour cause, personne n'avait jamais entendu dire qu'on s'en sortait.

» Mais c'est une bonne nouvelle, non ?

— J'imagine… oui. Bon, écoute, je dois y aller dans pas longtemps mais, si tes parents veulent bien, viens dîner avec nous ce soir. Ça marche ?

— Ça me ferait trop plaisir, Dolorès. Comme avant ! Je le dis à James dès que je le vois.

— C'est ça, comme avant…

Pour Dolorès, cet « avant » n'était pas celui de Logan. Lui, pensait évidemment à son séjour en maison de redressement, qui l'avait vu mûrir. Un café… alors qu'il y a quelques semaines encore, il ne jurait que par le chocolat chaud. Mais ce n'était qu'un détail. Le changement, le vrai, se cachait dans ses yeux. Elle, n'arrivait pas à détacher cet « avant » de son père et, maintenant, de son fils. Les événements qu'ils avaient vécus, presque concomitants les uns des autres, ouvraient sur un renouveau dont elle ne dessinait pas bien les contours mais qui l'inquiétait davantage qu'il ne la rassurait. Elle sentait qu'il n'y aurait pas de retour à la situation antérieure. À cette situation qu'elle jugeait, il y a trois jours encore, comme normale. Mais, après tout, où se trouve la normalité lorsque les événements ne cessent de la changer ? Les choses restent rarement les mêmes indéfiniment. Pourquoi ce genre de réflexion la renvoyait systématiquement à Miles ?

– 2 –

Logan parti, Dolorès remit un peu d'ordre dans l'appartement avant d'en claquer la porte et de prendre la direction de l'hôpital. Elle partit suffisamment tôt pour rendre visite à James avant d'embaucher. En chemin, elle appela le lycée pour les prévenir que son fils serait absent. Elle se fendit également d'un SMS à Debby avant d'appeler son père sur le portable qu'elle lui avait rendu. L'habitude aurait voulu qu'il ne réponde pas, soit parce qu'il ne savait plus se servir de l'appareil, soit parce qu'il l'avait perdu. Mais une petite voix vint lui dire que les habitudes avaient changé et que, cette fois, il décrocherait.

Un « oui » déterminé lui donna raison.

— Ça va Papa ?

— Ça n'a jamais été aussi bien. Qu'est-ce que je peux faire pour toi ?

— Ne cherche pas James, aujourd'hui, il est à l'hôpital. Il s'est fait agresser hier soir… (*parce qu'avec tes idées à la con, je suis certaine que ce n'est pas un hasard et que les gars qu'il a cognés ont voulu lui donner une leçon en retour. D'où t'est venue cette idée de merde qu'il devait se sortir de l'impasse en devenant violent ? C'est de ta faute tout ça…*) voulut crier Dolorès alors que l'idée d'une corrélation entre les deux agressions faisait chemin dans son esprit. Mais elle s'abstint, consciente qu'elle ne nourrissait peut-être que conjectures. Par ailleurs, elle ne se voyait pas démarrer une nouvelle dispute, d'autant moins que, plus les jours passaient, mieux son père semblait se porter. Le ton et les mots qu'il venait d'employer le lui prouvaient encore. Quelque chose ne tournait pas rond.

— Il va bien ?

— Rien de sérieux. Il devrait sortir aujourd'hui.

— Tu sais à quelle heure ?

— En fin de matinée, j'imagine. Pourquoi ?

— Je vais aller le chercher et le ramener chez toi.

— Tu es sûr ? Tu vas réussir à aller jusqu'à là-bas ? Tu as de l'argent pour prendre un taxi ou le bus ?

— Tu m'as rendu ma carte de crédit hier.

— J'avais oublié… J'imagine que le chemin de l'hôpital est gravé dans ta mémoire ? Tu y as passé tellement d'années…

— Si tu le dis.

— Tu t'en souviens, n'est-ce pas ?

— Vaguement. Mais j'irai.

C'était ça qui clochait !

Les capacités cognitives de Pedro avaient fait un spectaculaire bond en avant (ou en arrière, si l'on devait considérer qu'il les avait récupérées). Mais il n'avait recouvré aucun souvenir de sa vie, exclusion faite, peut-être, de ceux qui lui permettaient de se souvenir de sa fille et de son petit-fils. Et encore, parfois, Dolorès doutait, soupçonnant que cette filiation soit davantage pour lui une information qu'un véritable souvenir. En fait, c'était comme si son cerveau avait été rebooté mais qu'avec cette remise à zéro, la personnalité de son père avait changé. « *Oh, et puis on verra bien !* » finit-elle par penser pour (tenter de) se libérer de ses interrogations qui ne trouvaient aucune réponse concluante.

– 3 –

Logan s'était attendu à davantage d'enthousiasme de la part de James. June avait fini par lui avouer qu'elle avait lâché le morceau et qu'il avait fondu en larmes en apprenant que son meilleur ami allait être relâché. Pourtant, James l'avait accueilli sans même feindre la surprise et avec un sourire dont la timidité confinait au manque de plaisir. Assis, habillé et prêt à quitter la chambre dès que le médecin lui en donnerait le feu vert, James ne s'était même pas levé pour prendre Logan dans ses bras. Ce dernier ne s'en était pas formalisé car Dolorès lui avait bien précisé que l'agression l'avait affecté. Logan avait alors pensé le retrouver abattu. Mais ses yeux témoignaient d'un autre sentiment ; un sentiment qu'il connaissait bien : la colère. Et, manifestement, elle était à l'origine de cet accueil en demi-teinte. Plutôt que de tourner autour du pot, Logan en vint aux faits.

— Ta mère m'a dit, vieux ! Mais, genre, sans détail. Tu me racontes ?

James conta les événements de cette fin d'après-midi, après qu'il eut quitté le domicile de Logan. Il n'omit aucun détail, depuis le moment où il avait vu le cycliste, pour la première fois, jusqu'au moment où il avait été pris en charge dans l'ambulance. Son discours était clair, presque calibré. Les phrases s'enchaînaient les unes derrière les autres, sans hésitation, comme si l'évènement qu'elles relataient devait être circonscrit et, aux yeux des autres, classé sans suite pour cause de motif inconnu. Mais, dans l'esprit de James, il en était tout autrement. Jamais il ne fit état de ce qu'il avait enduré ces derniers mois, ni de l'idée, désormais irréfragable, qu'il se faisait sur l'identité de ses agresseurs.

— Bon, et toi ? Libre, enfin ? Tu as l'air super en forme !

Ces formulations, passe-partout, n'étaient pas de celles que James employait habituellement. Logan ne savait trop si son ami ne ressentait aucun plaisir à le revoir ou bien s'il cherchait, maladroitement, à changer de sujet.

— Okay… moi aussi ça me fait plaisir de te revoir, dégaina ironiquement Logan. Tu n'as pas autre chose à me dire, James ?

— Comme quoi ?

— Bah je sais pas. Quelque chose que n'importe qui raconte à son meilleur pote. Par exemple, que tu te fais emmerder depuis des mois au bahut… Pourquoi tu m'en as jamais parlé ?

— Ah ouais… Ça aussi ma mère te l'a dit. J'ai réglé le problème. Ça n'arrivera plus. Qu'est-ce que t'aurais fait, de toute façon, si je t'en avais parlé ?

— D'où j'étais, pas grande chose ! Mais, parler, ça aide des fois. Ça fait partie des trucs que j'ai appris ces dernières semaines. Et comment tu l'as réglé ?

— En pulvérisant la gueule de ce connard…

— Toi ? Te foutre sur la gueule avec un gars ?

— Nan… On s'est pas foutu sur la gueule. C'est moi qui l'ai démonté.

Le feu qui avait traversé le regard de James à l'évocation de ce souvenir n'avait pas échappé à Logan. Si lui aussi avait cogné plus que de raison par le passé, il n'avait jamais éprouvé de vraie satisfaction à le faire. Juste le besoin de libérer la colère qui le rongeait avec, souvent, le remords inavoué qui s'ensuivait. Pour James, le processus semblait inversé. Logan aurait juré que, remord, il n'y avait pas et qu'au contraire, cet évènement n'avait fait qu'entretenir la colère de son ami. Il avait réussi à comprendre bien des choses sur lui-même grâce au psychologue de la maison de redressement, et même à se défaire de sa fureur ou, à tout le moins, à en contrôler les effets. Pour autant, tout n'était pas réglé dans sa tête, à commencer par son origine. James, lui, semblait encore pris dans les filets de ce poison.

— Okay, mais comment t'en es arrivé là ? C'est pas ton genre, ça.

— Faut croire qu'on change…

— Ah ouais ? Juste comme ça ?

— À force d'être emmerdé, on en a plein le cul ! La peur, c'est fini ! J'ai changé d'étalon.

L'argument ne prenait pas. Aussi, James décida-t-il de préciser.

» J'en ai parlé avec mon grand-père. Il m'a dit que je devais me défendre. Nan… nan, nan, nan. En fait, il m'a dit « *Si ces petites merdes te cherchent encore des noises, cogne-les à t'en faire saigner les mains ! Ne le fais pas pour te défendre. Fais-le pour leur faire mal. Nourris ta colère de leur douleur. La peur, ça n'existe que dans ta tête !* » Et putain, ce qu'il avait raison !

— Et ça, ça a suffi ? Il a dû être convaincant ! répondit Logan l'air circonspect.

— T'as pas idée ! rétorqua James en constatant que les mots de Pedro avaient finalement jeté l'ancre loin dans son esprit.

— Ta mère m'a dit qu'il allait mieux, d'ailleurs. C'est bizarre, nan, pour un vieux à la cervelle bouffée par Alzheimer ?

— J'en sais rien et je m'en tape. J'ai juste pas envie qu'il redevienne celui qu'il était avant (*car maintenant il va nourrir la bête et, ça, j'en ai besoin*).

— Et, dis-moi… tu penses que les mecs que t'as frappés pourraient être ceux qui t'ont agressé ?

Logan venait de comprendre pourquoi Dolorès avait relié les deux incidents : parce que lui-même venait de le faire, presque aussi naturellement que si une petite flèche renvoyait le premier événement vers le second.

— Carrément pas. Ces mecs sont des tafiotes. Ils ouvrent bien grand leur gueule jusqu'à ce que tu leur casses ! mentit James avec aplomb.

Par sa question, dont le contenu ne relevait pas nécessairement de l'évidence, Logan venait de conforter James dans l'idée qu'il ne se trompait pas. Il n'y avait plus de doute possible. C'était eux. Mais il ne le dirait pas à Logan, ni à sa mère d'ailleurs, car ces derniers le dissuaderaient de toutes représailles. Et ça, il n'en était pas question. Parce qu'une autre certitude accompagnait cette corrélation qu'il avait mûrie depuis son hospitalisation : celle de vouloir leur rendre la monnaie. En revanche, il savait quelle était la seule personne à qui il l'avouerait et il avait hâte de pouvoir le faire. Ses vœux furent exaucés lorsque Pedro rentra dans la chambre. Une satisfaction évidente imprima le visage de James.

— Salut abuelo ! Tu te souviens de mon pote Logan ?

— Vaguement. Salut Logan !

— Bonjour Monsieur Rojas. Vous allez bien ?

— Logan sort tout juste de taule. Tu te souviens ?

— De taule ? répéta Pedro sans marquer de vraie surprise.

— Oui, enfin, pas vraiment. C'est plutôt de maison de redressement, corrigea Logan.

— Et qu'est-ce qui t'y a envoyé ?

— Mais si, grand-père, je te l'ai raconté vingt fois. Il a défoncé à coups de batte de baseball le mec qui a tué son chat. Et quand son père s'est interposé, il a tout détruit dans l'appartement du gars. Tu remets pas ?

Pedro détailla le titan qu'il avait devant lui avant de plonger son regard dans le sien. Un regard dur, implacable, qui exhalait une colère sédimentée, plus dense et plus inflammable que celle de son petit-fils. De mémoire, Logan n'avait jamais rien vu de pareil dans les yeux de Pedro, ni dans les yeux de personne d'ailleurs, à part peut-être ce qu'il aurait vu dans les siens, il y a quelque temps encore, s'il avait accepté de se mettre devant un miroir.

Logan se sentait scruté par le vieil homme, fouillé dans les coins les plus reculés de ses pensées. Chaque seconde qui passait le mettait un peu plus à nu et il n'aimait pas ça. Mais il n'était pas du genre à baisser le regard. Quelque chose d'inexpliqué et de malsain les reliait. Un sourire fendit les lèvres de Pedro qui finit par briser ce long silence qui commençait à étouffer le jeune homme.

— Il n'a eu que ce qu'il méritait, pas vrai Logan ?

« *Pas vrai Logan* ? ». Cette phrase résonnait comme celle de quelqu'un qui avait lu en lui. Parce qu'il avait foutrement raison, le vieux. L'assassin de son chat avait mérité cette punition. Il aurait même mérité pire. D'ailleurs, Logan ne se serait pas arrêté de lui-même si son père ne s'était pas interposé. Mais, depuis lors, on lui avait appris qu'il fallait lutter contre ce genre de pulsion, qu'il fallait les ver-ba-li-ser pour mieux les ca-na-li-ser et enfin les é-ra-di-quer. Il ne comptait plus les fois où il avait entendu ces mots. La méthode avait été efficace, jusqu'à ce que les yeux métalliques de Pedro le fassent flancher. Pour autant, il n'était pas question qu'il cède à ses vieux démons.

— En quelque sorte. Même si je n'aurais pas dû…

— Ne te fais pas prendre, la prochaine fois ! le coupa Pedro.

— Il n'y aura pas de prochaine fois !

— Bien sûr que si. La bête est dehors depuis trop longtemps. Elle est trop grande, trop forte, pour retourner dans sa boîte. Elle regarde à travers tes yeux, même si tu ne t'en rends pas compte.

— Quelle bête ? demanda Logan en regardant tour à tour Pedro et James, avec l'espoir que ce dernier l'extirpe de cette conversation dont il n'était pas sûr de comprendre le sens. James n'en fit rien et se contenta de le fixer, ramenant avec lui ce silence pesant qui confinait au malaise et dont Logan seul semblait être la proie. La situation, de plus en plus éprouvante pour lui, l'invitait à prendre congé sans attendre. Non ! En réalité, elle lui enjoignait de *fuir*. Mais pourquoi ? Ses méninges se lancèrent en quête d'une raison valable. Non pas une raison qu'il puisse formuler à l'attention de son ami, mais une raison qui puisse expliquer pourquoi il se sentait mal de manière si subite. Rien de convaincant ne lui vint en tête. En vérité, la raison ne trouvait pas racine dans la situation, ni dans le silence, ni dans quoi que ce soit d'autre. C'était ce vieil homme ! Ce vieil homme qu'il reconnaissait à peine alors qu'il l'avait vu des centaines de fois sans jamais remarquer ce qu'il avait vraiment au fond des yeux. A moins que cette sombre lueur soit nouvelle. La maladie pouvait-elle l'avoir transformé en si peu de temps ?

— Bon ! Je vous laisse en famille. On se reparle plus tard, je dois y aller ! prétexta-t-il à l'attention de ses interlocuteurs avant de tourner les talons et de s'échapper de la pièce.

Dans l'ascenseur, Logan reprit ses esprits. Que s'était-il passé dans cette chambre ? Pour sûr, James ne l'avait pas accueilli comme prévu. Le doute — insupportable — que leur amitié n'ait pas résisté à la séparation avait peut-être infiltré son esprit sans qu'il ne fût capable, avant cet instant, de verbaliser son ressenti. Mais cela n'avait pas beaucoup de sens. Il y a une semaine encore, James ne cachait pas son impatience de le retrouver. Une amitié ne s'éteint pas en si peu de temps. Dolorès voyait peut-être juste : il était plus affecté par cette agression qu'il ne voulait bien le montrer. Logan réorienta ses suppositions sur Pedro.

Sans comprendre pourquoi, l'échange visuel qu'ils avaient eu, intense et silencieux, avait réveillé chez lui un démon qu'il voulait ignorer ; un démon qui semblait avoir trouvé son alter ego. Si le vieil homme n'était pas étranger à la peur (oui, voilà, la peur, c'était le mot juste) qu'il avait ressentie, c'était plutôt ce qui transpirait de Pedro qui l'avait saisi. Et sa mémoire le propulsa des années en arrière, lorsqu'il était parti en vacances tout un été chez ses grands-parents, dans le Vermont. C'était dans la forêt, derrière leur maison, qu'il avait éprouvé cette même sensation étrange.

Comme quelque chose qui s'infiltre dans votre esprit et y instille le pire. Comme un démon qui s'installe pour ne plus vous lâcher. Et la peur qui lui avait glacé le sang, devant Pedro, n'avait d'autre source que celle de voir rejaillir le démon. De toute évidence, il ne s'en était pas débarrassé simplement parce qu'on l'avait mis à l'ombre.

Au mieux l'avait-on endormi quelque temps. Était-ce de cette bête dont le vieux avait parlé ? Comment pouvait-il la connaître ? Quel lien pouvait-il exister entre les deux situations ? Il fallait qu'il arrête de cogiter.

En cela, il fut aidé par l'ascenseur qui marqua bruyamment l'arrêt deux étages plus bas et dont les portes s'ouvrirent sur le visage de Dolorès.

— Tiens donc ! Tu n'as pas traîné pour venir voir ton pote. Ça va depuis tout à l'heure ? Contents de vous retrouver ?

— Ça va…

— Tu es sûr ? Tu n'as pas l'air dans ton assiette.

— Un peu fatigué. Je me suis levé tôt ce matin. J'ai vu votre père là-haut…

— Oui, il m'a dit qu'il passerait prendre James.

— Vous aviez raison. Il va mieux.

— Si même toi tu le remarques au bout de quelques minutes seulement…

— Vous trouvez ça normal ?

— Qu'il aille mieux ? Bah je ne sais pas quoi te répondre Logan. Ça me surprend…

— Non… pas qu'il aille mieux, dit Logan en hochant lentement la tête. Plutôt que… Laissez tomber, Dolorès ! Je trouve pas mes mots.

— Pas de souci. Bon, va te reposer un peu. Moi je vais aller voir ce que se racontent mes deux énergumènes.

— Ça marche !

— Au fait, tu viens dîner ce soir, alors ?

— Ah… Euh, ben on en n'a pas parlé.

— Parce que vous avez besoin de vous concerter pour que tu viennes dîner, maintenant ?

— Nan, nan… bien sûr. Mais je me suis dit qu'il était peut-être claqué. On verra ça un autre jour.

Dolorès regarda Logan s'éloigner. Ce qu'elle venait d'entendre et la manière dont il s'était exprimé ne correspondaient pas à l'adolescent qu'elle connaissait. Elle se demandait bien ce qu'ils avaient pu se dire pour que la perspective d'un repas ensemble soit ignorée. Naguère, il fallait se battre pour séparer les deux adolescents.

– 4 –

— C'était eux ! J'en suis sûr, abuelo !

— Qu'est-ce qui te fait dire ça ? demanda Pedro sans même s'interroger sur les personnes auxquelles se rapportait ce « eux ».

— Ils m'ont suivi depuis le lycée. C'est là-bas que j'ai vu le vélo pour la première fois.

— Qu'est-ce que tu comptes faire ?

James marqua un temps d'arrêt avant de répondre. Comme s'il devait peser les mots qu'il allait prononcer.

— Laisser sortir la bête, encore plus !

— Tu es sûr de toi ?

— Je n'ai jamais été aussi sûr de quelque chose.

— Si tu la laisses sortir de sa boîte maintenant, elle n'y retournera plus. Tu le sais, ça ?

— J'en sais rien et ça m'est égal. Mais j'ai besoin de ton aide.

— Ça va te demander du temps et de la discipline. On ne réplique pas sans réfléchir. On organise son tir.

— Combien de temps ?

— Le temps que ton impatience se taise. Si ta colère résiste au temps, tu seras prêt. C'est une colère froide qui doit te guider. Pas celle qui te brûle pour l'instant le citron.

— Tu crois que je pense à les faire payer depuis hier seulement, abuelo ? Je suis prêt depuis des mois !

— On verra.

— Okay. Mais tu m'aideras ?

— À quoi ?

— À les faire payer.

— Si je t'aide dans ton entreprise, est-ce que, toi, tu m'aideras dans la mienne sans poser de questions ?

— Euh, mais t'aider dans quoi ?

— Sans poser de questions ! Soit tu me fais confiance, soit tu ne me fais pas confiance.

— Okay !

James avait bien conscience de ne pas savoir dans quoi il s'embringuait. Mais il s'en moquait. En revanche, le verbe de Pedro commençait à l'interpeller. « Si je t'aide dans ton entreprise » … son grand-père n'avait jamais parlé de cette manière. Jusqu'à maintenant en tout cas. Ça aussi il s'en moquait. Seul ce qu'il y avait derrière le discours l'intéressait.

Dolorès les avait regardés discuter à travers le hublot de la porte. Tout avait semblé si sérieux, si lourd. Ils n'avaient pas souri, à aucun moment, et ne s'étaient pas quittés des yeux. Elle aurait donné cher pour savoir ce qu'ils s'étaient raconté. Un mauvais pressentiment la traversa alors qu'elle s'apprêtait à les rejoindre.

16

L'empire du doute

En ouvrant, sa surprise fut telle qu'elle ne sut comment réagir. Lui sauter au cou et l'embrasser, se mettre à pleurer, se mettre à rire ? Jamais elle n'aurait imaginé que Miles puisse avoir eu l'idée de débarquer sans prévenir. Et pourtant, il était bien dans l'encadrure de la porte d'entrée, trempé par la saucée qu'il venait d'essuyer. Elle le trouvait beau, les cheveux en bataille, mouillé de la tête aux pieds. Elle le trouvait beau, tout le temps, en toutes circonstances et était profondément heureuse de le revoir. Plus qu'elle n'aurait su le dire. Bon sang ce qu'elle l'aimait ! Il aurait été si simple de le lui dire. Alors pourquoi ne le faisait-elle pas ? S'abriter derrière les inquiétudes sans fondements apparents qui la rongeaient depuis un mois pour expliquer sa passivité ne tenait pas. La raison, la vraie, c'est qu'elle n'y arrivait pas, comme si un tel aveu lui aurait fait perdre quelque chose alors que, précisément, c'était en se taisant qu'elle perdait l'essentiel de ce moment inespéré. Le plus dramatique était de ne jamais être parvenue à infléchir cette retenue qui gâchait tout malgré la relation qu'ils avaient finalement nouée depuis son divorce. Qu'est-ce qui clochait dans sa caboche ?

— Tu vas me laisser dégoulinant devant la porte ou tu crois que je peux entrer ?

— Excuse-moi. Je ne m'attendais tellement pas à te voir.

Qu'est-ce que tu fais là ? finit-elle par dire, maladroite, plutôt que de l'embrasser.

— Je t'appelle, tu ne réponds pas. Je te laisse des messages, tu ne me rappelles pas. Ça fait un mois, Dol ! Un mois, tu mesures ? Tu m'as envoyé, en tout et pour tout, deux textos, et pas des plus fournis. Tu m'excuses si je m'inquiète ?

— Je suis tellement désolée, Miles. Depuis que James est sorti de l'hôpital, il y a un mois, justement, je ne vois plus le jour.

— Je ne sais pas si c'est une raison valable. Mais je vais devoir m'en contenter. Et tu ne vois plus le jour à cause de lui ? De ton père ? Merde, qu'est-ce qui se passe, Dol ?

— Rentre. Je vais te faire un café.

Miles avait démarré la conversation sur les chapeaux de roues. La connaissant comme il la connaissait, il valait mieux qu'il se calme car, dans le cas contraire, la belle aurait eu vite fait de lui claquer la porte au visage, même toute surprise qu'elle avait semblé être par sa visite impromptue.

– Sers-nous plutôt un verre de vin. Dix minutes avant l'heure du dîner, c'est plus indiqué. Et je crois t'avoir apporté quelques bouteilles de vin français qui valent la peine…

– Ça marche beau gosse ! Fais comme chez toi. Je t'apporte un verre de vin et une serviette.

« Beau gosse » ! Cette formule si pratique qu'elle utilisait à tour de bras lorsqu'elle voulait s'adresser à lui en y mettant un peu plus de cœur qu'en l'appelant par son prénom mais tellement moins explicite que le traditionnel « chéri » auquel elle aurait voulu s'abandonner s'il ne les avait pas propulsés dans une version plus officielle du couple qu'ils formaient sans le dire.

Pour ne pas souiller les lieux, Miles ôta ses chaussures et son pardessus sans quitter l'entrée. En attendant le retour de Dolorès, il laissa courir ses yeux sur les murs du petit réduit à la peinture défraîchie. On était à des années-lumière de son appartement sur Nob Hill. Mais à chaque fois qu'il mettait les pieds ici, il y sentait davantage de chaleur que n'importe où ailleurs. L'endroit respirait celle qu'il n'avait jamais pu s'ôter de l'esprit depuis ses dix-huit ans. Sur un mur, Dolorès avait disposé, dans un grand cadre sous verre, des photos de James, de Pedro, de lui et quelques-unes d'elle-même en compagnie des trois hommes qui rythmaient sa vie. Elle les avait choisies avec soin, là où elle avait considéré qu'ils affichaient, tous, leur sourire le plus vrai, comme si elle avait voulu que ces petits moments de bonheur soient la dernière chose qu'elle voie en sortant de chez elle et la première en y revenant. Les photos, c'était son truc.

Son truc, à lui, c'était elle. Il l'avait dans la peau. Les filles avec lesquelles il était sorti, lorsque Dolorès avait momentanément refermé la porte sur leur amitié, n'avaient jamais réussi à l'effacer. Il aurait tellement voulu le lui dire s'il n'avait pas toujours eu la triste sensation qu'elle emprisonnait leur relation entre des murs qu'il s'estimait incapable de traverser. Son attitude, ses gestes, ses mots le cantonnaient invariablement dans le rôle de l'ami-amant. Pas dans celui du conjoint, même hypothétique. Pourtant, il n'aurait pas dit non. Il aurait même dit oui en l'enlaçant à l'en étouffer. En quittant San Francisco pour New York, il avait joué son ultime va-tout, espérant qu'elle lui demande de rester, rêvant même qu'elle lui propose d'immigrer ensemble. Et il s'était juré que si elle n'exprimait aucune contrariété à l'annonce de son départ, il oublierait cette relation, l'éloignement le lui permettant plus facilement. « En hiver, tu vas moins te marrer qu'ici, beau gosse » furent les seuls mots qu'elle lui avait balancés. Le sourire et l'attitude légère qui accompagnèrent la phrase lui avaient griffé le cœur. Quelques semaines s'étaient écoulées avant qu'il ne cède à l'envie de la rappeler et qu'il abrite sa faiblesse derrière l'impossibilité manifeste pour Dolorès de quitter son père. Depuis lors, il avait craint que toute nouvelle tentative, positive ou négative, pour faire évoluer leur relation, ne finisse par l'éloigner de lui. Risque qu'il ne voulait pas courir quitte à museler la véritable nature de ses sentiments. Le silence qu'elle lui avait opposé depuis un mois les avait mis à l'épreuve et lui avait prouvé, une fois de plus, qu'il était sentimentalement dépendant d'elle. Si seulement il osait lui parler comme il plaidait…

— Bah ? Qu'est-ce que tu fais encore dans l'entrée ?

— Je réfléchis.

— Une entrée, ce n'est jamais le bon endroit pour ça. Viens t'installer sur le canapé. Tiens ! conclut-elle en lui tendant une serviette.

Tous deux assis, elle se fit plus chaleureuse en lui saisissant tendrement la main pour y glisser le verre de vin qu'elle avait rempli.

— Je sais que tu m'as offert beaucoup mieux mais je t'avoue que ces bouteilles ont été sifflées.

— Elles étaient faites pour ça. Laisse-moi deviner : Debby ?

— Si seulement. Par mon père, Miles.

— Je croyais qu'il n'aimait que la bière ?

— Moi aussi. Mais, manifestement, les choses ont changé.

— Et c'est ça qui te donne l'air si soucieux ?

— Ça se voit tant que ça ?

— Peut-être pas par quelqu'un qui ne te connaîtrait pas. Mais moi…

— Debby m'a servi la même chose pas plus tard qu'il y a deux jours.

— Et quelles raisons lui as-tu données ?

— Aucune. C'est le problème.

— C'est-à-dire ?

— Eh ben, depuis un mois, c'est comme si tous mes problèmes s'étaient envolés. Après avoir touché le fond, l'état de santé de mon père a connu une amélioration spectaculaire. Il n'a plus besoin de moi et je le vois à peine, si je compare avec avant. Quant à James, le gamin un peu solitaire et timide, il s'est transformé en une sorte de super star de sa classe. Il sort même avec l'une de ses camarades et a presque laissé tomber Logan, son pote de toujours. Je ne le vois plus, tellement il est occupé à droite, à gauche. J'ai de la chance s'il rentre dîner.

— Tu devrais plutôt t'en réjouir, non ?

— Je n'arrête pas de me dire qu'il y a un truc pas normal. Les gens ne changent pas aussi vite. Encore moins quand ils sont malades d'une maladie incurable. Tu ne trouves pas ça étrange, toi ?

— James a bientôt dix-huit ans. À cet âge-là, tu changes d'un jour sur l'autre. Pour ton père, c'est curieux. Mais ça va plutôt dans le bon sens, même s'il y a des chances que ce ne soit que momentané.

— Hum… Tu ne me retireras pas de la tête qu'il y a un truc qui cloche. J'ai l'impression de ne plus rien savoir de leur vie alors qu'ils ne pouvaient pas se passer de moi.

— Tu ne nous ferais pas un petit coup de déprime parce que tu es devenue moins indispensable ?

L'œil de Dolorès s'assombrit. Miles comprit que le terrain était miné et il ne tarda pas à s'en rendre compte.

— T'es bête ou quoi ? Tu crois que j'ai besoin de me sentir indispensable ? Envers un homme malade, en plus ?

— T'énerve pas... Je voulais juste dire que, parfois, quand on s'occupe beaucoup de quelqu'un, le jour où ce quelqu'un se débrouille tout seul, on a une impression de vide qui peut inquiéter ou donner un peu de vague à l'âme.

— Excuse-moi. Je ne voulais pas être désagréable. C'est juste qu'il y a quelque chose que je ne comprends pas et ça me tape sur le système. Tu te rends compte que, maintenant, c'est James qui me donne des nouvelles de mon père ? Il le voit plus que moi. C'est dément... Mais tu as peut-être raison, je me fais sûrement du mouron pour pas grand-chose.

Dolorès n'était pas convaincue par sa dernière tirade. Miles ne semblait pas comprendre ses inquiétudes. Elle n'était même pas sûre de les comprendre elle-même. Il valait mieux en rester là et profiter pleinement de sa présence aussi plaisante qu'inespérée. Et ce ton qu'il avait employé en arrivant... Elle adorait le voir abandonner ce flegme imperturbable qui le caractérisait depuis toujours.

— De toute façon, maintenant, je suis là et j'ai vraiment besoin que tu t'occupes de moi. Spécialement ce soir. Tu as beaucoup de choses à te faire pardonner.

— Ah oui ? J'en ai de la chance ce soir. Je devrais jouer au loto ! répondit-elle en s'approchant de lui de manière suggestive. Et que dois-je me faire pardonner de si grave ?

— Le fait de me laisser pratiquement sans nouvelle pendant un mois. Quant au loto, oublies ! Ce n'est que du hasard et tu as trop peu de chance. Concentre-toi sur moi. Je suis réel et tu (m') as déjà gagné.

— *Je* t'ai manqué ? Tu t'inquiètes pour *moi* ? poursuivit-elle, lascive, en lui remettant en place une mèche de cheveux encore humide.

— Ça te surprend ?

— Un peu.... J’aimerais bien te l’entendre dire plus souvent.

Leurs lèvres, trop près les unes des autres, ne résistèrent pas davantage à l’envie de fusionner. Si une clé dans la serrure ne s’était pas fait entendre, leurs corps auraient suivi le même chemin.

— Hey Miles ! Mais c’est top de te voir ! Qu’est-ce que l’avocat new yorkais fabrique dans le coin ?

James, d’ordinaire discret (voire timide), à la voix plutôt calme, venait de faire une entrée dont il n’était pas coutumier aux yeux de Miles. Le ton employé, le rythme et le volume semblaient démontrer que le jeune homme avait gagné en assurance.

— Tu sais, New York, ce n’est pas si loin au fond. Je me suis dit que j’allais venir vous faire un petit bonjour.

— Ah ouais ? On en fait des trucs par amour, pas vrai ? D’ailleurs, Miles, comme c’est pas si loin, je crois que je vais venir te voir un de ces quatre ?

— Non mais ? Tu te sens bien, James ? intervint Dolorès, ne sachant trop si elle devait réagir à la première ou à la seconde des deux affirmations de son fils. Et avec quel argent tu comptes te payer le billet d’avion ?

— On peut pas rigoler dans cette maison !

— Mais si, on peut ! Tu dînes avec nous ou tu es encore de sortie ?

— Si j’avais su que Miles était là, c’est clair que je serais resté. Mais, là, j’ai promis à Amber qu’on irait manger un bout ensemble. On ne décommande jamais un rencart avec une belle fille ! Mais peut-être que Miles sera encore ici quand je rentrerai.

— Va savoir… répondit Dolorès, à qui le sous-entendu

n'avait pas échappé.

James s'éclipsa quelques instants dans sa chambre puis en ressortit changé et recoiffé.

— Pas de bêtises, les seniors, hein ! balança-t-il d'un air léger avant de repartir par où il était arrivé.

— C'était qui, ce garçon, Dol ?

— James 2.0.

— Quel changement. C'est stupéfiant.

— Je te l'avais dit. Et tu n'as pas vu mon père. Lui, il a carrément changé de processeur.

— Je devrais partir plus souvent. Tout à l'air de mieux fonctionner quand je ne suis pas là.

— Sauf moi. Je préfère quand tu es là. Tu restes combien de temps à Frisco ?

— Un petit moment. J'ai quelques dossiers à traiter dans le coin… Et si on reprenait là où on s'est arrêtés avant d'être dérangés ?

Ils auraient pu faire l'amour dix fois avant que James ne s'en revienne. Miles s'était vite endormi. Dolorès, elle, avait décidé de savourer un peu plus encore la présence de son amant à ses côtés, trop rare depuis qu'il était parti à l'autre bout du pays. Pourtant, il ne parvenait pas à effacer cette inquiétude sourde qui ne quittait pas l'arrière-plan de ses pensées. Elle ne s'inquiétait pas en vain. Il lui fallait seulement trouver la faille dans le concentré de perfection qui avait baigné ces dernières semaines.

Dolorès n'avait pas cru si bien dire lorsqu'elle avait affirmé ne plus savoir ce qui se passait dans la vie de son fils et dans celle de son père. Si elle avait pu se loger dans leur poche et les accompagner partout où ils allaient, elle aurait compris à quel point elle avait raison de s'en faire. Elle se serait d'abord retrouvée dans la poche d'un jeune homme dont la psychologie avait (trop vite) évolué. Exit le garçon qui frôlait les murs. Il marchait désormais dans la lumière, galvanisé par l'envie d'en découdre par vengeance. Ce sentiment était devenu son squelette mental, sa pile à combustible. Il se serait sûrement estompé s'il n'avait pas été soigneusement entretenu par Pedro. La détermination de James était telle qu'elle se lisait sur son visage, se déchiffrait dans ses gestes désormais sûrs et volontaires, raisons probables pour lesquelles ses anciens bourreaux ne s'étaient plus jamais manifestés. Exit, aussi, la timidité qui l'empêchait d'aller au-devant des autres, à commencer par Amber. James lui plaisait déjà lorsqu'il vivait dans l'ombre. Elle fut conquise lorsqu'il en sortit et n'hésita pas à lui rendre son baiser lorsque, un soir après les cours, il se dirigea vers elle et l'embrassa à pleine bouche, comme s'ils se fréquentaient depuis toujours. La popularité de sa toute récente petite amie, construite sur son irréprochable plastique et son incontestable sens de l'autre, lui avait vite ouvert les portes d'un nouvel univers : celui des lycéens populaires qui occupent le haut du classement, qui voguent de fêtes en fêtes et que jamais on ne malmène. Et il s'y était installé aussi aisément que s'il en avait toujours fait partie.

Les fêtes appelant l'alcool et le sexe, ceux-ci n'avaient pas tardé à faire irruption dans sa vie. Comme un chien que l'on tient à l'attache depuis toujours et qui, une fois libéré, se met à courir dans tous les sens, James avait rattrapé le temps perdu sans faire le tri entre ce qu'il aurait dû considérer avec circonspection et le reste. Rien d'extraordinaire, en définitive, pour un jeune homme de bientôt dix-huit ans… A part, peut-être, ce grand-père qui, en coulisses, nourrissait la flamme venant illuminer (brûler ?) la toute et trop nouvelle vie de son petit-fils.

En vérité, si Dolorès avait regardé au fond de la poche, elle se serait aperçue qu'elle n'y était pas seule, qu'elle la partageait avec cette bête que Pedro y avait installée. Elle avait pris possession de James et était tout entière aux ordres du grand-père. Malheureusement, cette bête ne se contentait pas de mettre l'adolescent sur les chemins presque balisés qu'empruntent la plupart des jeunes hommes. Elle lui faisait prendre quelques traverses moins connues et davantage destinées à ne jamais laisser mourir cette envie de vengeance froide et méthodiquement organisée, dont seul l'aveugle innocent ignore le danger. Comment Dolorès aurait-elle pu deviner que Pedro avait inscrit son petit-fils dans un stand de tir où ils allaient tous deux s'entraîner plusieurs fois par semaine alors que l'un et l'autre s'étaient juré de garder le secret ? Comment aurait-elle pu savoir que Pedro finançait les loisirs dispendieux auxquels James s'adonnait avec ses nouveaux amis ? Comment aurait-elle pu imaginer que ce père, qu'elle connaissait si bien et admirait par-dessus tout, puisse, par la persuasion, instiller dans l'esprit de James une confiance qu'il savait faite de papier mâché ? Et, par ses cadeaux, le rendre dépendant ? Tout cela, sans compter les efforts discrets (mais fructueux) que Pedro déployait pour éloigner James de Logan. Car ce dernier représentait un danger : celui d'écarter les mailles du filet dans lequel James était en train de se faire piéger.

Elle ne pouvait pas — *elle ne devait pas* — savoir. Car une femme dans la quarantaine y aurait détecté autre chose qu'une attitude désintéressée. Mais quels desseins logiques aurait-elle pu en déduire ? Elle aurait en tout cas pressenti les dérives que de tels agissements étaient susceptibles d'occasionner dans l'esprit d'un jeune homme. Pire, elle aurait eu peur de ce père qui n'avait plus rien de comparable à l'homme qui l'avait élevée.

Dans l'autre poche, mis à part l'âge qui séparait les deux individus, le parallélisme aurait été saisissant. Elle se serait retrouvée à observer un vieil homme dont la psychologie n'avait pas moins évolué et de manière toute aussi rapide. Mais la psychologie faisait pâle figure parmi les changements qu'elle aurait constatés. Pedro n'allait pas mieux ; ce n'était plus le même. Il n'avait pas simplement recouvré ses capacités cognitives ; il les avait doublées. « Merci mon Dieu ! » aurait-elle crié si elle avait pu mettre de côté le caractère hautement improbable d'une telle évolution. Qui plus est, elle se serait rendu compte que Dieu était absent de ce que Pedro faisait de ses capacités ressuscitées. Outre s'occuper, avec célérité, de développer le versant obscur de James, il s'employait à menacer quelques personnes de son entourage. Oh, non pas directement, mais par lettres anonymes. Des personnes aux noms inconnus de Dolorès si elle avait pu, pour les lire, flotter au-dessus des enveloppes sur lesquelles Pedro les écrivait.

Elle n'aurait pas non plus reconnu l'écriture, trop appuyée pour être celle de son père. Elle aurait noté qu'il n'avait pas perdu le téléphone portable qu'elle lui avait rendu mais qu'il s'en était acheté un autre, avec plusieurs cartes SIM prépayées, qu'il utilisait afin de laisser des messages tout aussi menaçants aux mêmes personnes qu'il gratifiait de ses lettres anonymes. Elle l'aurait vu arpenter, des heures durant, les rues d'un quartier qu'il n'avait jamais fréquenté par le passé et observer les allées et venues de leurs habitués, à la recherche plausible de quelqu'un en particulier. Comme si, au fond, il fomentait on ne sait quel projet malsain. Mais pourquoi ? Son père lui aurait-il caché quelques problèmes anciens qui auraient refait surface avec l'amélioration subite de son état et qu'il voulait désormais résoudre ? Il n'avait jamais été très prolixe sur lui-même et, du point de vue de Dolorès, son père n'avait vécu qu'une vie de labeur, sans femme nouvelle depuis la mort de Carmen, sans véritables amis. Ses interactions sociales s'étaient longtemps limitées à celles qu'il entretenait avec Adelita et sa famille. Mais un homme peut cacher bien des choses. Ou bien alors, derrière cette amélioration subite et tout ce qui s'en était suivi, la folie l'avait définitivement gagné.

Dans cette poche-là, il n'y avait aucune bête. Juste de la colère — une grande colère — et beaucoup d'amertume qui semblaient n'avoir aucune limite. Tout ce que Dolorès ne savait pas flottait dans l'air, invisible à ses yeux. En avait-elle respiré une trop grande bouffée lorsque lui vint l'idée d'aller vérifier l'état du compte en banque de son père ? Elle avait toujours l'identifiant et le code qui lui permettaient de s'y logger (c'est elle qui les avait créés).

Elle bondit du lit comme si une mouche l'avait piquée et s'installa devant la petite table du living-room sur laquelle était installé son vieil ordinateur.

— Nom de Dieu… dit-elle à haute voix en constatant que Pedro vidait non seulement son compte bancaire mais également son compte d'épargne.

Passée la mauvaise surprise, et voulant connaître la nature des dépenses que son père avait engagées pour en arriver là, elle fit défiler la liste des débits. Les comptes se vidaient du fait, essentiellement, de retraits en liquide, opérés de manière presque invariable auprès des quelques distributeurs qui environnaient son appartement. Presque, mais pas complètement. Depuis un mois, à raison de deux fois par semaine, d'autres retraits étaient effectués auprès du seul et même distributeur ATM Wells Fargo de Diamond Street, situé dans le quartier huppé de Glen Park. « Mais qu'est-ce qu'il va foutre par là-bas ? » fut la première question à lui venir en tête, avant même de s'interroger sur les raisons qui justifiaient un tel besoin d'argent liquide.

Elle se serait penchée sur le problème si l'adresse ne lui rappelait pas quelque chose. Elle était certaine de ne jamais y avoir mis les pieds. Pourtant, le nom de cette rue ne lui était pas étranger. Sa mémoire le voyait écrit. Mais où ?

– 2 –

C'en était trop pour qu'elle continue de laisser filer les choses comme si, d'un coup, tout allait pour le mieux dans le meilleur des mondes. Elle aurait une conversation avec son père et tant pis s'il prenait la mouche. Décidée à réveiller Miles pour lui parler de sa découverte, elle fut stoppée dans son élan par le bruit d'une clé s'engageant dans la serrure de la porte d'entrée. James rentrait de plus en plus tard à chaque fois.

— Tu dors pas encore, 'man ?

— Toi non plus, il me semble. Tu es conscient d'avoir cours demain ?

— On est dimanche, demain, 'man. Et t'inquiète, je gère. Mes résultats le prouvent, non ?

— Je ne dis pas le contraire, admit-elle sans chercher la polémique, l'esprit trop encombré par le retour en force des doutes qu'elle nourrissait sur Pedro. Tellement encombré qu'elle ne comptait même plus les jours.

— Bon, je vais me coucher, alors. Bonne nuit 'man.

— James… l'arrêta-t-elle avant qu'il ne disparaisse dans sa chambre.

— Oui ?

— Tu le vois souvent, *abuelo*, depuis un mois ?

— Euh… bah à peu près aussi souvent qu'avant. Je passe le voir à chaque fois que je rentre du lycée. Pourquoi ?

— Et il est chez lui à chaque fois ?

— Presque, oui. Mais pourquoi ?

— Et il te dit à quoi il s'occupe ?

— Maman : pourquoi ?

— Ne me dis pas que tu n'as pas remarqué à quel point il a changé.

— J'ai remarqué qu'il va beaucoup mieux. Mais c'est bien, non ?

— Et ça ne te paraît pas bizarre ?

— Je ne connais pas grand-chose de sa maladie, moi. Tout ce que je sais, c'est que je suis content de le voir comme ça.

— Évidemment…

— Je peux aller dormir ?

— Une dernière chose : il te donne de l'argent ?

James marqua un temps d'arrêt.

— Oui… Pour sortir boire un coup avec les copains ou aller au ciné. Des trucs comme ça. Mais il m'a dit de ne pas t'en parler parce qu'il avait peur que tu ne sois pas ok.

— Beaucoup d'argent ?

Nouvelle hésitation.

— Non.

— Ok. Bonne nuit mon grand.

— Bonne nuit, 'man.

De manière assez confuse, Dolorès n'adhérait pas aux propos de James. Ses antennes lui faisaient détecter des réponses toutes faites. Mais quelles raisons pouvait-il avoir de lui mentir ? Elle devait faire le jour sur toutes ses suspicions avant qu'elles ne la rendent folle, car elle avait le sentiment tenace qu'elles ne disparaitraient pas de sitôt. Et un dimanche chômé lui permettrait de se mettre à l'ouvrage.

Évidemment qu'il lui donnait de l'argent. Et beaucoup. James se moquait bien de savoir pourquoi et à quel point son grand-père avait changé. Depuis sa résurrection, il lui insufflait ce qui lui avait toujours manqué. Ou, plutôt, il avait su nourrir son noir penchant, atrophié depuis des années faute d'avoir trouvé son chemin vers la lumière. Ses mots fonctionnaient comme de petits catalyseurs qui, de jour en jour, lui donnaient l'assurance dont il avait toujours manqué.

Bientôt, il serait prêt. Et tout ce dont il avait secrètement rêvé pendant si longtemps — *pendant ce temps infini passé à supporter les brimades de ses bourreaux* — pourrait enfin devenir réalité. Mais son grand-père avait raison : rien ne pouvait être envisagé sans préparation. Et il l'entraînait comme un champion. James savait qu'il y avait un prix à payer, celui de l'aide aux contours incertains que Pedro lui avait demandée en retour, alors qu'il était à l'hôpital. Prix dérisoire pour lui, même sans encore savoir de quoi il s'agissait, en comparaison de la révolution qu'il était en train d'embrasser.

Parfois, James s'étonnait de constater à quel point certains événements pouvaient faire éclore une haine insoupçonnée. Et lorsqu'elle venait frapper à votre porte, elle s'invitait avec un désir de violence qui ne vous lâchait plus. Un désir qui instillait la moindre de vos pensées, fussent-elles éloignées de ces événements. Son grand-père lui apprenait à dominer ce désir pour ne pas que ce désir le domine. Mais, parfois, il le débordait.

Amber l'avait remarqué, dans des circonstances où il n'avait pas sa place. Lorsque James lui faisait l'amour, il était fréquent qu'il la domine au-delà de ce que le sexe aurait pu requérir. Dans ces moments-là, ses gestes abandonnaient le terrain du plaisir et pénétraient celui de la douleur, qu'il infligeait consciemment et avec satisfaction. C'était le prix de ses meilleurs orgasmes et, moins elle appréciait, plus il en jouissait.

Qui, à part Logan aurait pu mieux comprendre ce désir ? Le décupler ? Pourtant, les deux garçons n'étaient pas sur la même longueur d'onde et James le regrettait amèrement. Il avait compris aux mots de Logan que son ami, aussi, avait changé. Son séjour à l'ombre l'avait privé de ce détonateur ultrasensible qui faisait tout sauter lorsqu'on le titillait. Etait-ce pour cette raison qu'il ne le voyait presque plus en dépit des relances que Logan lui adressait par textos ?

À moins que ce ne soit parce que, dorénavant, il avait sa place parmi les lycéens en vue. La vérité était ailleurs et tenait tout entière dans l'avertissement que Pedro lui avait lancé : il devait s'éloigner de tout ce qui pouvait altérer sa détermination, de toutes ces bonnes paroles qui chercheraient à le ramener sur le chemin des envies et des pensées raisonnables.

« Elles tuent la bête ! » lui martelait-il à fréquence régulière. Et les paroles de Logan étaient de celles-là. Avait-il senti que James s’aventurait sur un terrain qui lui était plus que familier ? Qu’une colère trop longtemps alimentée lui brûlait silencieusement l’esprit ?

Que son grand-père soit devenu complètement fou, qu’un esprit malin le possède ou qu’il ait miraculeusement guéri n’avait aucune importance. Il devait vivre dans ce nouvel état assez longtemps pour faire jaillir tout ce que James avait enfoui en lui. Peu importe si le volcan, lorsqu’il exploserait, emportait avec lui Amber, Logan et tous les autres. Mais il devait être prudent car il ne se sentait pas encore mûr pour se dresser contre sa mère. Elle, c’était une autre histoire. Elle était cool… jusqu’à un certain point. Aussi, lui donnerait-il le change, le temps qu’il faudrait.

17

Suspicions

Bien décidée à avoir une conversation frontale avec son père, Dolorès s'était levée aux aurores pour se rendre à son domicile, laissant toute la maisonnée dans les bras de Morphée. À l'extérieur, les rues étaient, pour ainsi dire, désertes. En temps ordinaire, elle aimait ces moments particuliers où la ville n'appartenait qu'à ses travailleurs ou ses promeneurs (moins nombreux) les plus matinaux. Mais, ce matin, elle réfléchissait à la manière d'aborder les choses avec son père et le problème lui occupait l'esprit. Elle se souvenait encore de sa réaction lorsqu'ils avaient évoqué la possibilité qu'il intègre Rhodam. Elle ne voulait pas que la discussion finisse de la même manière et, pour ça, elle devait choisir ses mots et maîtriser leur ton.

Plutôt que de sonner, elle se servit de sa clé pour entrer dans l'appartement avec dans l'idée, à peine voilée, de surprendre son père sur le fait. Le fait de quoi ? Elle n'en savait rien. Mais elle espérait (craignait ?) qu'une visite surprise lui apprendrait quelque chose. Elle se fit aussi discrète que possible en ouvrant puis en refermant la porte d'entrée et évita de poser les pieds là où elle savait que le vieux parquet grinçait. Un timide rayon de lumière s'échappait du living-room. Pedro s'était contenté de pousser la porte qui le séparait du petit vestibule sans complètement la fermer. Tapie dans l'ombre, Dolorès pourrait ainsi observer ce qui se passait de l'autre côté. Jusque-là, imaginer que son père était déjà réveillé n'avait rien d'inhabituel malgré l'heure. Il n'était pas un grand dormeur et, comme lorsqu'il travaillait, il était debout bien avant tout le monde. En s'approchant de l'encadrure de la porte, elle le vit assis dans ce vieux fauteuil en cuir craquelé qu'il trimballait avec lui depuis la nuit des temps. La routine. Elle ne comptait plus les fois où elle l'avait retrouvé au même endroit, perdu dans les souvenirs que sa mémoire voulait bien lui restituer. Ce qui était moins habituel, en revanche, c'était de le voir l'œil rivé sur son téléphone portable, comme s'il attendait que quelqu'un l'appelle. Si ses doigts ne s'étaient pas approchés de l'écran, elle se serait bruyamment manifestée puis aurait fait irruption dans la pièce afin de mettre fin à la crainte qui grandissait en elle de se voir prise en flagrant délit d'espionnage. Mais le fait qu'il s'apprête à composer un numéro la stoppa dans son élan. Qui pouvait-il appeler à cette heure-là ? La chance de son côté, elle comprit qu'elle ne tarderait pas à le savoir lorsque Pedro enclencha le haut-parleur et posa tranquillement le mobile sur le bras du fauteuil. Dix tonalités de retour résonnèrent dans la pièce avant que quelqu'un ne décroche

— Allô ? prononça une voix féminine à peine audible.

— Bonjour Eléonor.

— Bonjour… Mais… à qui ai-je l'honneur ?

— Qui je suis ? Tu ne peux pas m'avoir déjà oublié.

— Écoutez, Monsieur, je ne sais pas si c'est une plaisanterie mais il est trop tôt pour que j'en rie. Alors, soit vous me dites qui vous êtes, sois je raccroche.

— Tu pensais t'être débarrassé de moi aussi vite ?

— Bon ! Cela a assez duré. Je…

— Sheldon… Sheldon Foster ! C'est étrange de parler à

quelqu'un qu'on n'a plus entendu depuis longtemps, n'est-ce pas ? Reconnais-tu ma voix, seulement ?

— C'est de très mauvais goût, Monsieur ! dit la femme après un moment d'hésitation.

— Ce qui est de mauvais goût, c'est ce que tu m'as fait subir. En es-tu consciente ?

— Vous, vous devriez être conscient que je vais appeler la police. Cela vous ôtera l'envie d'importuner les gens.

— Si tu crois que ça va m'arrêter… J'ai bien trop hâte de te revoir, Eléonor. Et cela ne tardera pas.

La femme raccrocha tandis qu'un sourire fendit les lèvres de Pedro.

Tout avait été trop vite pour que Dolorès comprenne le sens de la conversation que son père venait d'avoir. Mais elle lui semblait surréaliste. Qui était cette Eléonor ? Et ce Sheldon Foster sous le nom duquel son père s'était présenté ? Il ne pouvait pas s'agir d'une erreur ou d'un oubli. À l'instar de l'adresse où se situait le distributeur auprès duquel Pedro faisait des retraits d'argent liquide, ce nom lui rappelait quelque chose. Sa mémoire ne parvenait pas à le situer mais il ne s'agissait pas d'une vue de l'esprit. Allait-elle puiser ce souvenir incertain dans le passé de son père ?

Dolorès n'eut pas davantage le loisir de s'interroger que son père se leva du fauteuil. Elle ne pouvait pas rester là et devait, soit rebrousser chemin, soit se manifester, sans savoir comment. Debout, Pedro se tint immobile pendant quelques secondes, tous sens en éveil. D'un coup, il tourna la tête et son regard se fixa sur la porte du living-room. Dolorès était faite ! Elle ne nourrissait aucun doute sur la question et son cœur se mit à battre la chamade ; situation impensable le mois précédent. Pourquoi était-elle effrayée à ce point ? En moins de deux secondes, elle échafauda une excuse bidon qui puisse expliquer sa présence. Mais Pedro ne bougea pas. Elle ne savait plus s'il regardait la porte ou bien s'il la regardait, *elle*. Ses yeux n'avaient pas l'expression qu'elle leur connaissait. Ils étaient froids et elle aurait juré qu'ils calculaient la distance à parcourir entre le fauteuil et la porte pour qu'en trois enjambées, son père la prenne la main dans le sac. Dolorès transpirait et ses jambes se faisaient molles. Elle devait réagir. L'immobilité de Pedro lui suggéra de faire marche arrière, d'ouvrir et de claquer la porte d'entrée comme si elle venait d'arriver. Son idée ne parvenait pas à lui ôter de l'esprit qu'il l'avait vue. Mais c'était la seule qu'elle pouvait raisonnablement mettre en œuvre.

— Papa ? Tu es debout ? C'est Dolorès.

Cette fois-ci, elle écrasa de manière ostensible les lattes de parquet qui grinçaient avant de s'engager dans le living-room où Pedro s'était réinstallé dans son fauteuil.

— Bonjour Dolorès. Qu'est-ce qui t'amène si tôt ?

— Je passais voir si tu avais besoin de quelque chose. Ça fait un moment que je ne t'ai pas vu.

— J'évite de te déranger. Tu as besoin de temps pour toi… Et James passe chaque jour.

— Dis donc, il m'a dit que tu lui donnais de l'argent. J'espère que tu fais attention.

— Évidemment. Si je ne lui donne pas de quoi s'amuser un peu maintenant, je ne le ferai jamais.

— Tu ne te ruines pas j'espère ? D'ailleurs, où en es-tu de tes finances depuis que tu as repris la main dessus ?

— Elles vont bien.

— Veux-tu que j'y jette un œil … on ne sait jamais.

— Ne t'embête pas avec ça. Je fais attention.

Il mentait. Rien de tout ça n'était vrai. Et le mensonge ne résultait pas de sa mémoire (jadis) endommagée. Pourtant, Dolorès n'arrivait pas à rentrer dans le vif du sujet, encore saisie par le mystère de la conversation que son père avait eue avec cette étrangère. Elle mourait d'envie de le cuisiner à ce propos. Mais ce serait avouer qu'elle l'avait écouté. Et puis, le ton de son salut lui résonnait toujours dans les oreilles. Il était en tout point identique à celui qui avait baigné les mots balancés à cette Eléonor. Un ton froid, comme celui qu'on utilise avec un étranger ou avec quelqu'un à qui l'on oppose une distance. Dolorès se rendait compte qu'elle n'était pas à l'aise. Avec son propre père !

En regardant Pedro dans son fauteuil, silencieux et droit comme un i, un doute s'immisçait en elle, trop absurde pour trouver quelque racine qui le rende crédible. Mais son sixième sens l'invita à en tirer le fil.

— ¿Por qué no vienes a cenar a casa ? Vente esta noche, te haré algo que te guste. ¿Qué tal pescado frito con verduras guisadas, te gustaría eso?

— Tu as sûrement raison… répondit Pedro, levant la main en signe d'acquiescement.

Mais sa réponse n'avait pas de sens. Dolorès insista.

— ¿ Siempre te ha gustado, no ?

— Pourquoi pas. Mais, pour l'heure, je vais aller faire ma promenade matinale.

— Du côté de Diamond Street, par exemple ?

Le visage de Pedro se crispa.

— Ou ailleurs. Mais pourquoi tu me parles de Diamond Street ?

— Une idée comme une autre. Mais c'est vrai que ce ne sont pas les rues qui manquent dans cette ville. Tu te souviens de mon amie Debby ? Tu m'as toujours dit que, elle, tu ne pourrais jamais l'oublier malgré ton Alzheimer.

— Debby… oui. Il lui arrive quelque chose ?

— Non, elle te passe juste le bonjour.

— Tu la salueras de ma part.

— Okay papa. Bon, si tu n'as besoin de rien, je vais te laisser à tes occupations. Et pense à ce que je t'ai dit.
— Sans faute. Bonne journée, Dolorès.

C'était à peine croyable. Il ne l'avait pas *comprise*. Dolorès en était certaine. Aussi ahurissant que cela puisse paraître, son père n'avait pas capté un traître mot de son invitation. Que restait-il d'Alzheimer pour expliquer ça, alors que cette saloperie avait plutôt tendance à vous renvoyer dans un passé où, même lointaine, votre langue maternelle était le dernier rempart à céder avant que la maladie ne vous emporte ? Le doute prenait racine. Mais il lui en fallait davantage pour qu'elle le mue en certitude.

– 2 –

Amber ne lui avait presque jamais parlé car sa réputation sentait le soufre. Elle ne pouvait pas se compromettre avec ce genre d'individu. Pourtant, à nul moment elle n'avait ressenti de méchanceté en lui. Un gars timide, sûrement, mais pas dangereux. Il fallait juste éviter de le provoquer, sans quoi, gare à la castagne. Un vrai mec, quoi ! Même lorsque toute l'école avait fini par apprendre pourquoi il avait été envoyé en centre de redressement, son impression n'avait pas évolué. Elle-même aurait déglingué toute personne qui s'en serait prise à son chien. Et puis, James fréquenterait-il un garçon depuis si longtemps si ce garçon n'avait pas quelques qualités ? Encore que, fréquenter n'était plus le mot. Logan s'était fait bien discret dans la vie de James depuis qu'ils sortaient ensemble. Ce n'était pas faute d'avoir proposé qu'il se joigne à eux. Mais James n'avait jamais donné suite. Aujourd'hui, Logan était le seul à pouvoir l'éclairer. Le seul adolescent qui connaisse suffisamment son petit ami pour l'aider à comprendre ce qui clochait chez lui. Au début, le changement radical qu'il avait opéré l'avait séduite. Sans cela, il ne l'aurait pas embrassée comme il l'avait fait et elle en serait encore à lui envoyer des textos pour lui mettre la puce à l'oreille. Mais, depuis ce jour, le comportement de James avait évolué au rythme où elle était tombée amoureuse de lui. Le garçon mignon et timide qui la regardait plein d'envie, au point d'en rougir, avait laissé place à un individu au comportement étrange, dont on ne savait trop ce qu'il pensait ou ressentait. Quoi qu'ils puissent être en train de faire, il se levait, sans crier gare, et s'en allait, se contentant de dire qu'il avait à faire, sans préciser où ni avec qui. Amber n'était pas jalouse, ni même possessive, mais cette attitude la déroutait. Et plus le temps passait, plus elle s'accentuait. Même au lit, il avait changé. Son goût pour les rapports de domination avait envahi leur sexualité. Si les choses s'étaient arrêtées là, elle aurait conclu qu'elle l'avait mal jaugé au départ. Un timide peut se montrer bien différent une fois en confiance. Non, le changement était plus profond et, surtout, plus récent. Elle avait vu James évoluer en à peine quelques semaines alors qu'elle le connaissait (ou croyait le connaître) depuis plus longtemps.

Malgré ce que beaucoup pensaient d'elle, à cause de sa plastique — c'est dingue à quel point une très jolie fille devait toujours être stupide ou méchante — Amber faisait preuve de finesse, d'un sens de la psychologie et d'une intelligence au-dessus de la moyenne. Mais tout cela ne l'avait pas aidée à comprendre.

Peut-être pas méchant, certes. Pour autant, du souvenir qu'elle en avait, Logan n'était pas facile d'accès. Aussi, espérait-elle qu'il ne la rembarre pas, surtout qu'elle allait le déranger, chez lui, un dimanche en fin de matinée. Elle avait bien essayé d'obtenir son numéro de téléphone auprès de James, prétextant vouloir l'inviter à l'occasion d'une prochaine fête, mais, à chaque fois, elle avait fait chou blanc.

Amber hésita longuement avant d'enfoncer le bouton de l'interphone. Parler de son petit ami avec le meilleur copain de celui-ci n'était peut-être pas une bonne idée. Ceci étant, si ses inquiétudes à propos de James étaient fondées, Logan ne pouvait pas être passé à côté. De là à vouloir en parler avec une inconnue…

— Oui ?

— Bonjour Madame. Excusez-moi de vous déranger un dimanche matin. Je m'appelle Amber et je suis une camarade d'école de votre fils. Me serait-il possible de lui parler ?

— Euh… oui, oui, bien sûr. Je pense qu'il est levé. Voulez-vous entrer ?

— Je suis avec mon chien et je ne veux pas vous déranger. Ça ne durera qu'une minute. Est-ce qu'il pourrait me rejoindre dehors ?

— Okay… je vais le prévenir. Ne bougez pas.

Quelques minutes s'écoulèrent avant que l'interphone ne se manifeste de nouveau. Clock', le chien, manifestait plus d'impatience que sa maîtresse et ne comprenait pas pourquoi elle s'était arrêtée.

— Oui ?

— Salut Logan ! C'est Amber, la petite…

— Je sais qui tu es. Je te rejoins dehors.

Amber ne l'avait jamais vu d'aussi près. Il était plus impressionnant encore que de loin. Une véritable armoire à glace. Surprenant qu'il n'ait jamais fait partie de l'équipe de football du lycée. Elle comprenait tout d'un coup les dégâts qu'il pouvait occasionner lorsqu'il s'énervait. Pourtant, son visage, fermé et peu souriant, ne semblait pas aussi dur qu'il voulait le montrer. Elle aurait aimé le voir sourire pour en être certaine, surtout aujourd'hui. Mais il ne semblait pas enclin à montrer ses dents autrement que pour mordre.

— Salut Amber. Qu'est-ce que tu fais là ?

— Salut Logan. Euh… je ne sais pas trop comment introduire cette conversation sans te paraître bizarre.

— Vas-y franco ! Pas la peine de tourner autour du pot. On ne s'est jamais parlé, alors j'imagine que t'es pas là pour prendre de mes nouvelles.

— Okay… au moins, c'est direct. Je suis venue pour parler de James.

— Parler de James ? Avec moi ? Je pense que tu le connais beaucoup mieux que moi. En tout cas aujourd'hui.

La nuance n'avait pas échappé à Amber.

— Eh ben, c'est précisément ça. Je crois que « *aujourd'hui* » n'a plus rien à voir avec hier. Et j'aimerais bien comprendre pourquoi.

— Il a peut-être changé parce qu'il sort avec toi. Qu'est-ce que j'en sais, moi. Je ne l'ai pas vu depuis un bail.

— Et tu crois que j'y suis pour quelque chose ?

— À toi de me le dire ! J'suis pas un gars que les filles comme toi aiment fréquenter. Alors, je sais pas, m'avoir dans les pattes parce que je suis le pote de James, c'était p't'être pas dans tes plans.

— Tu te trompes. Crois-moi ! J'ai tout fait pour que James t'invite à sortir avec nous.

— Ah ouais ? J'ai pas l'impression que t'aies été très convaincante alors.

— Bon, je crois que ce n'était pas une bonne idée de venir te voir. Excuse-moi de t'avoir dérangé.

Déçue de la tournure qu'avait prise la conversation alors qu'ils avaient à peine échangé quelques phrases, plutôt sèches de surcroit, Amber tourna les talons. Les mots de Logan avaient au moins confirmé ses doutes : lui et James, pourtant les meilleurs amis du monde, ne se voyaient plus et, à moins qu'il se soit passé quelque chose entre eux, cette rupture lui prouvait que son petit ami avait réorganisé ses priorités. Logan n'en faisait plus partie et, elle, de moins en moins. Il y avait donc autre chose. Le pire, c'était que Logan la rendait responsable de la situation, preuve qu'il ne savait pas pourquoi James avait changé. Lui restait-il une autre solution que d'aller en parler à Dolorès ? Amber y avait pensé mais elle ne pouvait pas se résoudre à une telle alternative car elle pouvait se tromper, et dans les grandes largeurs. James ne s'intéressait peut-être plus à elle, ni à Logan, tout simplement. Il ne serait pas le premier adolescent à accuser ce genre de revirement.

— Amber ? entendit-elle avant de se retourner sur le titan qui l'avait rejointe.

— Excuse-moi, j'ai pas été très accueillant. C'est que… j'ai pas l'habitude que les gens viennent au-devant de moi. Encore moins quand c'est… bref ! Qu'est-ce que tu voudrais savoir ? dit Logan en s'accroupissant et en caressant Clock' qui ne demandait pas mieux.

— Merci Logan ! C'est sympa et j'apprécie. Je vais essayer d'être claire et c'est pas gagné vu que je ne sais pas par quel bout prendre le problème.

— Par le début ! répondit Logan avec, cette fois, un sourire.

— Okay ! Ça fait un mois que je sors avec James et… et j'ai l'impression que c'est plus le gars que je connaissais. Chaque jour il change un peu plus et je me dis qu'il se passe un truc que j'ignore. Genre, des problèmes dont il ne me parlerait pas. J'aimerais l'aider, si je peux, et je me suis dit que tu étais peut-être au courant… je ne sais pas si tu vois ce que je veux dire ?

— Hum… Tu dois sacrément l'aimer pour t'inquiéter au bout d'un mois.

— Disons que je m'intéresse à lui depuis beaucoup plus longtemps…

— Je sais pas si je vais pouvoir te renseigner, Amber, parce que ça fait longtemps que je ne l'ai pas vu. Tout ce que je peux te dire, c'est que s'il a changé, c'est récent. Avant que je sorte… tu sais sûrement d'où… il avait hâte qu'on se revoie, comme avant, quoi. Mais ça s'est pas passé comme ça. Quand je suis sorti, il était à l'hôpital. Je suis allé le voir et j'ai pas retrouvé le même gars. Par la suite, j'ai cherché à ce qu'on passe un peu de temps ensemble mais il était toujours occupé. Voilà ce que je peux te dire. Je sais pas si ça va t'aider à comprendre parce que je sais même pas pourquoi on en est là.

— À l'hôpital ?

— Euh, ouais. T'étais pas au courant ?

— Non.

— Il y a été juste une soirée, jusqu'au lendemain. Peu de temps avant de sortir avec toi, justement.

— Et tu sais pourquoi ?

— Je sais ce que sa mère m'a raconté, parce que lui ne m'a pas dit grand-chose.

— Et c'était quoi ?

— Je sais pas si c'est à moi de te le dire, Amber. Tu préfères pas en parler avec lui, plutôt ?

— Mais pourquoi ? C'est un secret d'Etat ou quoi ?

— Nan, t'as raison, en fait. En sortant de chez moi, il s'est fait agresser par des gars à vélo.

— Il ne m'en a pas parlé. Et c'est tout ?

— Il me semble…

— Il te semble ?

— En fait… ça faisait des mois que des mecs du lycée lui

pourrissaient la vie. Il en a eu marre et, un jour, il les a mis au tapis. L'agression a eu lieu peu de temps après…

— Et tu penses que les agresseurs pourraient être ces mecs ? Il les aurait reconnus, non ?

— J'en sais rien. Les mecs étaient masqués. Mais, pour être franc, j'y ai pensé. Et je suis pas le seul.

— C'est à dire ? Qui d'autre ?

— Sa mère.

— Elle te l'a dit ?

— Pas directement. Tu sais qui sont ces mecs ?

— J'imagine que c'est Dylan et sa bande. Ils ont l'habitude de faire chier le monde, surtout les garçons qui s'intéressent à moi ou ceux que je regarde... Mais je n'ai jamais entendu parler de harcèlement envers James. En tout cas, depuis que je suis avec lui, ils ne se sont jamais approchés.

— T'en sais plus que moi sur ce qui se passe au lycée.

— Okay Logan, et c'est tout ce qui pourrait faire que James a changé ?

— Bah j'suis pas revenu dans le coin depuis assez longtemps pour savoir. Tout ce que je peux te dire, c'est qu'avant ça, quand il me téléphonait, c'était le James que je connaissais.

— Et… comment dire, tu penses que James pourrait vouloir se venger ? Que c'est ça qui lui mine la tête ?

— Pourquoi tu penses ça ?

— Comme ça. Je me dis que, des fois, les changements, on vous pousse à les faire.

Il n'avait fallu que quelques phrases pour qu'Amber mette le doigt sur ce qui occupait les pensées de Logan. Mais comment raconter à cette fille, dont il ne savait rien, que, pour lui, le grand-père n'était pas étranger à cette envie ? Ce grand-père dont le regard lui avait glacé les os. Ces impressions étaient encore trop fragiles pour qu'il les partage avec Amber. Et puis, il ne savait même pas s'il pouvait lui faire confiance. Par recoupement, il en vint à se demander si Amber ne le soupçonnait pas d'être à l'origine de cette sombre perspective.

— T'imagines quand même pas que je pourrais être derrière tout ça ?

— Non. Si je l'avais pensé, je ne serais pas venue te voir.

— J'espère. Parce que ce n'est pas le cas.

— Bon, Logan, merci d'avoir accepté de me parler. On te revoit bientôt au lycée ?

— Je ne sais pas. Mon année est foutue. Ça vaut peut-être pas le coup que j'y retourne avant l'année prochaine.

— Tu sais… si tu as besoin d'un coup de main pour rattraper, je peux t'aider. Tu as mon numéro de téléphone ?

— Non, je ne vois pas comment je l'aurais eu.

— Note-le et envoie-moi un SMS, comme ça j'aurai le tien, conclut-elle en détaillant posément chacun des chiffres qui le composait.

— Merci Amber, c'est cool.

Sur la pointe des pieds, Amber se hissa à la hauteur de Logan et vint déposer une bise sur sa joue en guise d'au revoir. Il la regarda s'éloigner avec Clock'. James mesurait-il la chance qu'il avait de sortir avec une fille comme ça ? Il l'avait mal jugée. Il avait peut-être mal jugé tous ses camarades, finalement.

— Quelle fille magnifique ! ne put s'empêcher de commenter June lorsque Logan regagna l'appartement.

— T'as pas pu t'empêcher de regarder par la fenêtre, hein ! Ouais, elle est jolie, tu peux le dire. C'est la petite amie de James.

— De James ? Eh ben… A ce sujet, Logan, tu veux bien me dire pourquoi vous ne vous voyez plus ?

— Qu'est-ce qui te fait dire ça ?

— Je ne suis pas aveugle. Il venait dîner au moins une fois par semaine à la maison. Et depuis que tu es sorti, je ne l'ai pas vu une seule fois.

— Si je savais 'man…

— C'est ça qui te rend triste ?

— Ouais…

— Je n'ai pas de conseil à te donner en la matière, mon grand, mais, si j'étais toi, je ne lâcherais pas l'affaire. Une amitié comme la vôtre vaut la peine qu'on se batte…

— Qu'est-ce que tu veux que je fasse ? S'il ne veut plus me voir, je ne vais pas l'attacher et le forcer…

— Ce n'est pas ce que je voulais dire. Tu pourrais peut-être essayer de savoir pourquoi ?

— Et comment je fais ça ?

— Tu fouilles… Elle te voulait quoi cette jolie Amber ?

— Fouiller, justement.

– 3 –

— **Quoi ?** Qu'est-ce que tu me racontes, Dol ? Tu débloques ?

— Qu'est-ce qui n'est pas clair dans ce que je t'ai demandé ?

— Nan mais, j'suis pas demeurée, j'ai compris. Mais pourquoi ?

Dolorès allait devoir s'expliquer et la tâche était ardue pour que Debby ne s'inquiète pas sur sa santé mentale.

— Tu me fais confiance ?

— Bien sûr ! Je voudrais juste comprendre.

— Je crois que depuis le soir où on est allé le récupérer à l'hôpital… ce n'est plus lui.

— J'comprends pas, Dol. Explique !

— Ce qu'il dit, ce qu'il fait, ce n'est pas mon père ! J'en suis sûre ! Il ne pige même plus l'espagnol. Tu réalises ? Et ça ne peut pas être Alzheimer. Personne n'a jamais entendu parler de ce genre de symptômes.

— Ok, ok, ok… Et ça serait quoi d'après toi ?

— Un trouble dissociatif de l'identité.

— Sans déconner… Et tu sors ça d'où ?

— Je te jure, tout colle ! La définition des psys dit même que ce trouble s'accompagne d'une incapacité à évoquer des souvenirs personnels et que cette incapacité est trop importante pour s'expliquer par une mauvaise mémoire.

— Et tu voudrais donc que je me pointe chez lui, que je frappe à sa porte, qu'il ouvre et que je voie s'il me reconnaît ?

— Même malade, il se souvenait de toi. Si ce n'est plus le cas, c'est qu'il y a un problème.

— Ça me paraît bien mince pour conclure à un TDI. Tu ne préfèrerais pas l'emmener consulter ?

— T'es une comique toi. L'ancien Pedro ne voulait déjà pas entendre parler des toubibs. Le nouveau, je ne me vois même pas lui demander. Et puis, ce plan, c'est tout ce qui me vient en tête pour l'instant.

— Ouais, bah j'le sens pas ton plan… mais je ne peux rien te refuser.

— Merci, Deb. Je te revaudrai ça. Je vais en parler à Miles en espérant qu'il ne me prendra pas pour une cinglée.

— Ouais, fais donc ça. T'as des news ? Il va comment ?

— Il est à Frisco… chez moi.

— J'y crois pas ! Tu ne me le dis que maintenant ? On se boit un coup un de ces soirs ?

— Va voir mon père et tu me fais un rapport devant un cocktail ! D'ailleurs, ma grande, pointe-toi chez lui assez tôt, le matin je veux dire. Sinon, tu risques de trouver porte close.

— Tôt le matin ! Nan mais je rêve.... Tu me tueras ! Tu le sais, ça ?

Miles avait accueilli les soupçons de Dolorès avec bien plus de désinvolture que Debby. Il ne l'avait exprimée qu'à travers un sourire qui avait agacé Dolorès au point de presque s'en offusquer. Que pouvait-il comprendre de ses inquiétudes, lui qui avait des parents riches et bien portants ? Elle décida de ne pas réagir, se sachant parfois susceptible, et d'accompagner son amant au déjeuner dominical que ses parents avaient organisé pour eux (surtout pour lui). D'ordinaire à l'aise et communicative, elle se tut presque tout l'après-midi, se contentant de répondre aux questions qu'on lui posait avec des répliques banales et un sourire de façade, trop accaparée par ce trouble qu'elle avait identifié comme le seul susceptible d'expliquer les changements constatés dans la personnalité de son père. Les parents de Miles s'étaient un instant émus de son silence relatif puis étaient vite revenus aux sujets qui les intéressaient. De toute évidence, elle n'en faisait pas partie. Elle n'avait que faire de leur intérêt. Mais que Miles fasse fi de ce qui la préoccupait la froissait. Qu'y avait-il de fantasque dans son diagnostic ?

Plutôt que de ruminer son mécontentement — car tel était bien ce qu'elle ferait si elle passait la nuit avec lui — elle déclina l'invitation de le suivre sur Nob Hill en fin d'après-midi. C'est à peine si elle tendit les lèvres lorsque Miles, déçu, l'embrassa.

— Je n'ai pas l'impression que tu te sois beaucoup amusée aujourd'hui…

— M'amuser ? C'est pas croyable ! Tu penses que j'ai envie de m'amuser après ce que je t'ai dit sur mon père ? Tu vis sur quelle planète, Miles ? Tout le monde n'a pas la chance de vivre dans cet univers magnifique qui est le tien !

— C'est assez injuste comme commentaire, non ?

— Ah oui ? Tu n'accordes aucun crédit à ce que je te dis depuis hier, comme si je ne racontais que de la merde. Ce n'est pas injuste, ça ?

— J'ai seulement voulu que tu passes un moment loin de tout ça et ce n'était pas en t'en reparlant que j'aurais réussi.

— Eh ben c'est raté ! J'y suis jusqu'au cou.

— Ce n'est pas le seul souci. Je me trompe ?

— Je n'en sais rien et puis, de toute façon, je n'ai plus envie d'en discuter aujourd'hui. Je rentre me coucher.

— Okay… si tu changes d'avis, tu sais où me trouver.

— Dans ton magnifique appartement de Nob Hill. Je sais. Difficile d'oublier une adresse pareille.

Miles, sincère dans sa volonté de lui faire oublier ses problèmes, ne serait-ce que quelques heures, encaissa la remarque avec tristesse mais stoïcisme.

Dolorès détestait réagir de la sorte mais il n'y avait rien qu'elle puisse faire pour contenir ses nerfs lorsque ceux-ci décidaient de se manifester. Miles ne se rendait pas compte à quel point les changements de ces dernières semaines lui minaient l'esprit. Il ne se rendait pas compte, non plus, de ce sentiment perpétuel qui la tenaillait de n'être qu'une invitée de seconde zone dans un monde qui n'était pas le sien.

À moins que le merdier dans lequel elle se sentait couler ne brouille sa perception. Pendant un instant, elle voulut faire demi-tour et s'excuser. Mais la tempête latine ne s'était pas calmée. Il était préférable qu'elle remette un peu d'ordre dans ses idées, trop confuses pour l'heure.

18

Fomenteur de troubles

Pedro n'avait fait qu'une bouchée de ces joueurs de pacotille. Ils n'avaient ni son expérience ni sa roublardise. Brian Murray lui avait donné un peu plus de mal mais il en était venu à bout. Il avait remporté 85 % des parties qu'ils avaient jouées, à l'abri de cette chambre tripot. Contrairement aux autres, il n'avait jamais demandé que le prix de ses victoires lui soit octroyé sous la forme de faveurs sexuelles ; attitude incompréhensible que la fine équipe attribuait à sa condition d'handicapé. Brian, bien plus intelligent que la moyenne, y avait flairé un dessein plus ambitieux. Pedro avait vu en lui le seul qu'il ne pourrait pas berner sur le long terme. Aussi, avait-il décidé de mieux le connaître pour mieux s'en servir, ne serait-ce que du fait de sa proximité avec la direction et les membres du personnel. Au début, la communication n'avait pas été facile. C'était une chose que d'organiser des parties de poker semi-clandestines à coups de clins d'œil, de signes de tête et de sourires entendus, c'en était une autre que d'apprendre à connaître quelqu'un sans l'usage de la parole. L'écrit s'était donc imposé comme leur seul vecteur disponible. Il avait un avantage certain : la concision. Pas de mots superflus ni de bavardages inutiles.

Avec le temps, Pedro avait fini par apprécier cet individu

dont l'étrangeté s'effaçait au rythme où ils échangeaient. Et ce qu'il avait appris de Brian faisait de ce dernier le partenaire qu'il lui fallait, comme s'il avait été envoyé par le ciel (ou par l'enfer). Le pauvre bougre avait été abandonné dans ce lieu sordide après la mort de son épouse et la profonde neurasthénie qui s'était emparée de lui par la suite. Sa famille s'était jugée incapable d'en prendre soin et avait préféré le placer, *pour son bien,* afin de lutter contre son apathie chronique dans un milieu plus *stimulant.* Contre toute attente, son séjour à Rhodam avait amélioré les choses sur un point au moins. S'il s'ennuyait toujours autant, l'envie était née de trouver tous les palliatifs possibles pour tuer son spleen. Mais il était suffisamment malin pour que ses frasques ne lui fassent pas encourir l'exclusion. Aussi, s'était-il organisé pour se distraire sans dépasser les bornes, avec l'aval tacite d'une direction dont il fallait convenir qu'elle était plutôt souple.

Lorsque Pedro l'avait rejoint en ces lieux, Brian avait atteint les limites de ce que l'établissement et ses pensionnaires pouvaient lui offrir et, pour on ne sait quelle raison, avait vu en ce nouvel arrivant un processus de réamorçage. Pedro avait dû gagner sa confiance avant que Brian ne lui avoue son prochain objectif : mettre sur pied une immense farce qui provoquerait un bazar lui permettant de se faire la malle sans que personne ne s'en rende compte. Parce que si la direction fermait les yeux sur bien des activités que la morale aurait condamnées, elle ne tolérait d'aucune manière qu'ils sortent sans y être autorisés et accompagnés. Par le passé, elle avait été assignée en justice pour défaut de surveillance par la famille d'un résident qui avait pris la poudre d'escampette. Depuis lors, elle gardait un œil acéré sur tous les vieux (quelques caméras l'y aidaient) et les surveillait comme on surveille des marmots dans une cour de maternelle. Pour Brian, braver cet interdit devait être son ultime trophée. Il n'avait pas de doute sur le fait qu'on le rattrape car son intention n'était pas de s'éloigner. Juste de s'amuser. Il savait que cela le priverait de tous les privilèges qu'il avait réussi à gagner. Pourtant, il s'en moquait, car ces faveurs ne l'amusaient plus. Il lui fallait quelque chose de plus excitant, de plus ambitieux. Peu lui importait, d'ailleurs, d'échouer. Le frisson appartenait davantage à l'imagination et à la préparation qu'à la réussite. Mais c'était sans compter sur l'inventivité malsaine de Pedro et sur la volonté que, lui, avait de s'échapper, quel que soit l'endroit où sa fuite le mènerait.

En guise de prix, Pedro avait demandé à ses partenaires de jeu et à Christine de faire quelque chose pour lui lorsqu'il le leur demanderait. Une chose qui les amuserait tous, comme jamais. Aucun n'avait rejeté sa demande tant la personnalité de leur champion, même silencieux, les intriguait.

Lorsque Brian lui apprit que le directeur de la zone géographique à laquelle appartenait Rhodam Senior, Thomas Wenhood, allait bientôt organiser la tournée annuelle des établissements californiens qu'il dirigeait, Pedro sut que le jour était arrivé. De notoriété, Wenhood était un personnage peu fréquentable, tout à la fois fantasque, exubérant, imbu de lui-même et obséquieux, qui venait davantage pour parader devant ses subalternes que pour solutionner les problèmes qu'ils rencontraient. D'ailleurs, de problèmes, il ne voulait pas en entendre parler et en attribuait systématiquement la responsabilité au personnel local. Autant dire que tout allait pour le mieux dans le meilleur des mondes à chacune de ses visites. Les tables se garnissaient de nappes blanches, de bouquets de fleurs et les pensionnaires avaient droit à un surcroît d'attention avant et pendant sa visite. On les aidait à enfiler leurs plus belles tenues et, sur un fond musical très jazzy (pour plaire à Wenhood), on les invitait même à faire quelques pas de danse.

Les familles n'étaient jamais invitées à le rencontrer. On leur notifiait même l'impossibilité de rendre visite à leurs aïeux ce jour-là, entre onze heures et quatorze heures. Wenhood ne restait jamais plus longtemps, trop pressé de quitter les lieux après avoir (exclusivement) parlé de lui et avant qu'on ne le sollicite autrement que pour déjeuner. De ses mots, « *pas question de priver ses très chers résidents et le fantastique personnel de Rhodam - qu'il était heureux et fier de servir comme les membres de sa propre famille - du peu de temps qu'il pouvait malheureusement leur consacrer dans l'année* ». Pas question, surtout, que les familles lui ravissent l'attention de tout ce petit monde et qu'elles lui posent des questions qui l'auraient embarrassé. Pour la direction de l'établissement, pas question que les familles se rendent compte que Rhodam était supervisé par un incapable, raison pour laquelle elle accueillait sans rechigner la demande de Wenhood. Tout le monde y trouvait son compte.

Brian n'avait pas transmis l'information innocemment. Il détestait Wenhood et savait, en décrivant le personnage à Pedro, que ce dernier ne serait pas indifférent à l'idée de créer, précisément le jour de sa prochaine venue, un incident qui mettrait toute la direction en émoi, au point de relâcher sa vigilance sur les vieux. Il n'aurait pas cru si bien penser lorsque Pedro lui expliqua ce qu'il avait imaginé pour ce fameux jour. A dire vrai, il en avait même perdu le sommeil tant le projet de son acolyte l'excitait. Il y voyait surtout le moyen de se distraire puis de se carapater aux yeux et à la barbe de ses geôliers, comme il en avait toujours rêvé. Le plan allait requérir la participation de tout le tripot, de Christine et, dans les premiers rôles, de celles d'Olga et d'Eliot, acteurs malgré eux.

Pedro avait remarqué qu'Olga en pinçait sévèrement pour Brian. Le jour venu, il fallait qu'il réussisse à la convaincre de rester dans sa chambre, avec lui, en prétextant se sentir fatigué. Les auxiliaires de vie n'y verraient aucun inconvénient, au contraire. Elle faisait partie des résidents qu'il valait mieux tenir à l'écart lorsque rien ne devait déraper. Bien entendu, ils condamneraient la porte de sa salle de douche. Brian ne la libèrerait qu'un peu plus tard, avec quelques instructions précises sur ce qu'elle devait faire une fois libre.

Christine, elle, devait d'abord s'occuper d'Eliot et ne plus le lâcher à compter de l'arrivée de Wenhood dans l'établissement. Puis, au signal de Pedro, elle l'abandonnerait ensuite et jouerait son propre rôle. Les autres membres du tripot, enfin, allumeraient les mèches de toutes ces petites bombes qui, si tout se passait comme Pedro l'avait imaginé, allaient mettre un sacré foutoir qui lui permettrait, ainsi qu'à Brian, de se débiner.

Brian reviendrait. Seul le jeu l'intéressait. Mais, lui, que ferait-il une fois dehors ? Il ne se posait pas la question en raison de son état mais, aussi surprenant que cela puisse lui paraître, parce qu'il commençait à s'attacher à ses vieux camarades qu'il avait trop hâtivement condamnés. Au fond, il n'était pas si différent d'eux. Ensemble, ils avaient, compte tenu de leur âge, quelque chose qui ne fonctionnait plus et étaient condamnés à faire avec en attendant que leur heure arrive. Si Rhodam n'avait pas le pouvoir de faire leur bonheur (on ne peut pas être heureux enfermé), cette taule avait au moins le mérite de les réunir sur une même ligne droite, la dernière, plutôt que de les laisser croupir dans des familles pour lesquelles ils ne représentaient qu'un fardeau, refusaient-elles de l'admettre aussi crûment. Ici, ils étaient entre eux, se comprenaient, évoluaient dans un environnement en adéquation avec leur état et qui, malgré tout, leur laissait quelque liberté. Ailleurs, ils n'étaient que des poids morts. En fait, les vieux n'avaient aucun endroit pour être heureux dans une société qui s'encombre difficilement de sujets devenus improductifs.

Plus improbable encore, la colère qui empoisonnait Pedro depuis si longtemps perdait chaque jour un peu plus de terrain. Brian, Christine, Olga et tous les autres lui avaient (presque) fait oublier sa femme, ses frères, sa maison et son argent. Ici, ses handicaps ne l'avaient pas relégué au rang d'objet embarrassant dont on ne sait trop que faire. Tous ses camarades faisaient avec, comme lui-même faisait avec les leurs. Il finissait même par se demander s'il faisait bien de fomenter une mauvaise plaisanterie qui sèmerait le désordre. Même si la direction supportait difficilement Wenhood, s'en prendre au directeur de zone entraînerait des répercussions sur elle et, à terme, sur eux, par privation des libertés dont ils jouissaient jusqu'à maintenant. Sa conscience l'interrogeait, sûrement au rythme ou sa colère perdait en intensité. D'ailleurs, ce poids diminuant, des souvenirs de Dolorès et de James venaient s'immiscer à fréquence régulière dans cet univers qui n'avait jamais été le sien. Il avait l'impression de ne pas les avoir vus depuis des siècles. En fait, depuis le moment où il avait entendu sa fille chantonner, avant que ce trou noir ne l'avale et qu'il se fonde dans la bête qui s'y tapissait. Pour la première fois depuis lors, la lumière dont il s'était éloigné brisait de nouveau les ténèbres qui l'avaient englouti. Elle était à peine perceptible, comme une étoile unique et lointaine dans un ciel ébène. Mais elle suffisait à fragmenter l'histoire sombre et empruntée dont il retraçait le cours. Chaque petit fragment lui restituait des bribes de sa propre histoire. Celle qu'il ne devait pas oublier. Pour la reconstituer, il ébauchait les portraits de ceux qui lui donnaient vie : sa fille et son petit-fils. Il sentait (il savait) pourtant qu'il ne pourrait rien changer au cours des choses qui lui étaient montrées. Mais rechercher dans l'étranger qu'il était à cette vie, la part d'humanité qui s'y était perdue, lui redonnait accès à son vrai moi.

19

Faux-semblant

« **Tôt le matin** » lui avait-elle dit ! Comme s'il était dans ses habitudes de se lever tôt les jours où elle ne travaillait pas, s'agirait-il d'un lundi… Mais il n'était pas question pour Debby d'ignorer ses engagements envers Dolorès. À huit heures tapantes, elle s'engageait ainsi dans Natoma Street, qu'elle avait décidé de rejoindre par le nord. Une vingtaine de mètres avant d'atteindre la grille en fer forgé qui interdisait l'accès du petit immeuble, elle s'arrêta net, freinée par les doutes qu'elle nourrissait sur les soupçons de son amie. Elle n'avait jamais rencontré de malades affectés par un trouble dissociatif de l'identité. Et pour cause, cette affection n'était pas des plus courantes. Pedro avait peut-être changé, ce dont elle s'était rendu compte le jour où il lui avait raccroché au nez sans mot dire, mais de là à imaginer un TDI… Se pouvait-il que Dolorès n'ait plus l'esprit très clair au sujet de son père ? Alzheimer pouvait expliquer bien des choses, parmi lesquelles les symptômes qu'elle lui avait décrits. Et c'était au cœur de cette maladie que, selon elle, il fallait chercher les causes du changement.

Debby se sentait presque ridicule d'aller tester la mémoire d'un vieillard sur des présomptions peut-être infondées. Qu'importe, elle s'était engagée à le faire, alors, elle le ferait.

Ses réflexions furent interrompues lorsque Pedro sortit de l'immeuble. Pour sûr, il était matinal et ce n'était pas aujourd'hui qu'elle le surprendrait en frappant à sa porte. La perspective de devoir revenir un autre jour n'était pas faite pour lui plaire. D'abord, parce qu'elle n'avait pas envie de se lever aux aurores une nouvelle fois, ensuite, parce que Dolorès ne manquerait pas de la tanner au quotidien pour savoir si elle s'était exécutée.

L'idée d'interpeller Pedro en pleine rue ne collait pas avec l'excuse qu'elle avait imaginée pour justifier sa visite. Dehors, elle ne pouvait plus lui dire qu'elle passait dans le coin par hasard et qu'elle avait décidé de venir le saluer. Encore que, le prétexte ne valant pas grand-chose, elle pouvait très bien le croiser au pied de son immeuble et lui servir le même baratin. Plus loin, l'excuse devenait moins crédible. Elle pouvait inventer n'importe quoi, la vérité, c'est qu'elle était mal à l'aise car elle ne lui avait jamais rendu visite par le passé et n'adhérait pas aux doutes qu'elle était censée confirmer. Et puis, de toute façon, quelles conclusions valables pourrait-elle tirer de pareille entrevue, que Pedro se souvienne d'elle ou qu'effectivement, il ne s'en souvienne pas ?

Le temps qu'elle fasse le tri dans ses idées confuses, Pedro s'était déjà engagé dans 15th Street. Prise au dépourvu, Debby lui emboîta le pas, décidée à le suivre faute de meilleure solution. Au rythme auquel il dévalait Van Ness Avenue, la promenade matinale se transformait en marathon. Il n'était manifestement pas sorti pour se balader et tout invitait à penser que son allure le menait droit vers une destination précise. Il bifurqua vers l'ouest, sur le 25ème, n'en finissant de plus de marcher, comme une machine, sans se soucier de ce qui l'entourait. Son pas alerte, décidé, impressionnait et commençait à fatiguer sa suiveuse qui se demandait jusqu'où il l'emmènerait. Il bifurqua ensuite sur Diamond Street, continuant sa course en direction du Walter Haas Playground, emprunta Diamond Heights Boulevard puis de nouveau le tronçon sud de Diamond Street. Jamais il ne s'arrêterait. Elle n'aurait pas pensé que, compte tenu de son âge, il puisse faire preuve d'autant d'énergie, que seule une quête très spéciale pouvait insuffler. Si elle n'avait pas signé pour faire le tour de la ville à pied, cette idée piqua sa curiosité et lui fit oublier sa fatigue. Ils marchèrent ainsi pendant plus de deux heures avant qu'enfin, il ralentisse le pas et redresse la tête pour regarder autour de lui, sortant de la bulle dans laquelle il s'était enfermé depuis qu'il avait quitté son secteur. Il finit par s'arrêter et s'adosser à un mur. Pendant un instant, Debby le suspecta d'épuisement (elle-même n'avait plus autant marché depuis des lustres) puis, ne le voyant pas redémarrer, de s'être perdu. Pourtant, son attitude ne collait pas avec celle de quelqu'un qui s'est égaré. Ses yeux n'étaient pas en quête d'un quelconque point de repère qui puisse le renseigner. Debby ne l'aurait pas juré mais elle était certaine que Pedro observait un petit immeuble sur le trottoir opposé.

Par chance, il ne l'avait pas repérée. Trente minutes s'écoulèrent sans qu'il ne bouge. Lasse d'attendre et curieuse de savoir ce qu'il faisait là, elle se décida à quitter sa position pour aller au-devant de lui. Tant pis s'il était surpris de la voir. D'un pas lent mais assuré, elle reprit sa marche en direction du bonhomme qui, lorsqu'il entendit les talons de Debby frapper le sol, détourna ses yeux pour les poser sur elle. « *Ça y est, il m'a vue* » pensa-t-elle. « *Va falloir que je sois sacrément convaincante, maintenant* ». Leurs regards se croisèrent suffisamment longtemps pour qu'il ait tout le loisir de la reconnaître. Tentant de ne pas le fixer comme une bête curieuse, elle pria pour qu'un souvenir le traverse et qu'il la remette. Les mètres qui la séparaient de lui et s'amenuisaient à chacun de ses pas lui firent perdre espoir. Il ne réagissait pas, signe évident qu'il ne la reconnaissait pas. « *Putain, trouve quelque chose à lui dire parce que quand tu seras passée devant lui, il sera trop tard et tu auras cavalé dans tout Frisco pour rien. Fais marcher ta cervelle, ma grande...* » pensa-t-elle lorsque, tout espoir dehors, elle l'entendit parler.

— M'dame !

Pour le commun des mortels, ce salut inespéré aurait été insuffisant pour engager une conversation. Pas pour Debby, qui saisit la balle au bond.

— Monsieur ! C'est rare les gens qui vous saluent, de nos jours.

— Les manières se perdent.

— Vous avez raison. Est-ce que je peux vous aider ? Vous semblez perdu…

— Non, j'admire les maisons de ce quartier.

— C'est clair qu'elles sont belles. Mais faut avoir les moyens. Vous vivez dans le coin ?

— Plus maintenant.

— Déménagement ?

— On peut dire ça.

— Dommage, alors. Vous y avez habité longtemps ?

— Suffisamment longtemps pour avoir envie d'y revenir.

Dolorès ne se trompait pas en affirmant que le vieux s'imaginait dans la peau d'un autre car il n'avait jamais vécu dans les environs. Ce n'était peut-être pas suffisant pour caractériser un TDI mais le propos et la certitude qui s'en dégageaient intriguèrent Debby. Maintenant, il fallait qu'elle réussisse à le faire parler. Elle aurait pu lui servir les bobards qu'elle avait imaginés en l'espace de quelques secondes si l'attention de Pedro n'avait pas tout entière été déroutée par l'immeuble qu'il observait depuis qu'il s'était arrêté. En fait, pas par l'immeuble lui-même, sinon par les deux hommes qui venaient d'en sortir. Pedro n'avait plus d'yeux que pour eux. Sa concentration semblait imperturbable. Lorsque les hommes furent sur le point de quitter son champ de vision, Pedro leur fila le train, oubliant purement et simplement sa conversation avec Debby.

Maintenant qu'il l'avait vue, elle ne pouvait pas continuer de le suivre sans être repérée. Et puis, elle en avait plein les jambes. Déçue que sa traque ne lui en ait pas appris davantage, elle releva au moins l'adresse de l'immeuble (il fallait bien qu'elle rapporte un petit quelque chose que Dolorès puisse se mettre sous la dent) : Diamond Street 2470. Qu'est-ce que cette bâtisse pouvait avoir de si particulier pour qu'un vieillard de 85 ans traverse la moitié de la ville ? Ses facultés altérées ne pouvaient pas expliquer une telle détermination.

— Mais qu'est-ce que t'es conne ! s'injuria-t-elle à haute voix en prenant conscience que l'immeuble n'avait probablement rien à voir avec l'intérêt de Pedro.

- C'est pas l'immeuble ! Ce sont les gens qui y vivent ! Quitte à être venue jusqu'ici, autant que ça serve à quelque chose.

Debby ne repartirait pas sans savoir qui vivait dans cet édifice de nantis. Avant de sonner à la seule porte dont les lieux semblaient être pourvus, elle réajusta les quelques mèches de cheveux qui lui barraient le visage et se racla la gorge ; gestes destinés à lui donner la contenance nécessaire au baratin qu'elle allait, une nouvelle fois, servir à qui voudrait bien se présenter à elle.

Une petite femme aux yeux éteints entrouvrit. Sa tenue laissait deviner qu'il s'agissait d'une employée de maison.

— Madame ? prononça-t-elle d'un ton peu engageant.

— Bonjour, j'ai rendez-vous avec Madame Cox. Pourriez -vous l'avertir de ma présence ?

— Vous devez faire erreur. Il n'y a pas de Madame Cox ici.

— Vous êtes certaine ? C'est pourtant l'adresse que l'on m'a communiquée.

— Ça fait dix ans que je travaille ici alors, oui, je suis certaine.

— C'est très ennuyeux, ça. Je ne comprends pas comment une telle erreur a pu se produire. Si je peux me permettre, quel est le nom des personnes qui vivent ici ?

La femme hésita avant de répondre.

— Pardonnez-moi, je ne voulais pas vous mettre dans l'embarras, mais mon patron ne reconnaîtra jamais que l'erreur ne vient pas de moi mais de notre service commercial. C'est la famille Foster qui vit ici.

— Ah…en effet, il doit y avoir une erreur. Je recherche une jeune femme du nom de Madame Cox. On a dû me donner une mauvaise adresse.

— Sûrement. Il n'y a aucune jeune femme ici.

— Savez-vous si Madame Cox vit dans une maison voisine ?

— Pas à ma connaissance. Autre chose ?

— Non. Merci de m'avoir renseignée et désolée de vous avoir importunée.

— Il n'y a pas de mal, conclut la petite femme en refermant la porte sans autre forme de salut.

La famille Foster, sur Diamond Street, au numéro 2470. C'était peu, mais il faudrait que Dolorès s'en contente, si ces informations avaient une quelconque importance.

Debby en avait presque oublié que Pedro s'était mis à suivre les hommes qui étaient sortis d'ici. De deux choses l'une : ou bien le vieux avait complètement perdu la boule, ou bien il cachait quelque chose que ni elle ni Dolorès n'avaient (encore) compris. Il ne lui restait plus maintenant qu'à faire rapport de tout cela à son amie et, de préférence, devant un verre, car une telle épopée méritait compensation.

— Oui ma belle ? répondit Dolorès à l'appel de Debby.

— Je me suis tapé la moitié de la ville à pied, derrière ton père. Un cocktail et je te raconte tout.

— Ah bon ? Mais, tu ne devais pas juste aller chez lui ?

— Quand je suis arrivée, il sortait. Je me suis dit que c'était l'occasion de savoir où il allait…

— Et alors ?

— C'est pas clair. On en parle ce soir au Smuggler's ?

— Plutôt chez moi si ça te gêne pas.

— Tu nous ramènes Miles ?

— Non, j'ai pas trop envie de discuter de ça devant lui.

— Pourquoi ?

— Parce qu'il ne me prend pas au sérieux et ça m'agace.

— T'es sûre d'avoir bien interprété ce qu'il t'a dit ?

— Tu ne vas pas t'y mettre, toi aussi !

— Okay, on se voit ce soir. À l'heure habituelle ?

— Ça marche.

– 2 –

Debby n'avait pas été la seule à s'adonner au jeu de piste. « Fouiller » n'était pas dans les méthodes de Logan. Il préférait les conversations franches, où qu'elles puissent le mener. Et il se devait d'en avoir une avec James car la situation n'avait que trop duré. Si son ami ne voulait plus le voir, qu'il en soit ainsi. Mais il devait en avoir le cœur net, quitte à ce que les propos de James le peinent. Ainsi avait-il décidé de venir à sa rencontre, à la sortie du lycée. Au préalable, il avait pris le soin d'envoyer un SMS à Amber pour qu'elle lui rappelle l'heure à laquelle James finissait les cours, SMS auquel elle s'était empressée de répondre.

À treize heures cinquante, Logan se posta à distance raisonnable des portes par lesquelles les élèves s'échappaient de l'établissement, histoire de ne pas s'afficher devant une école où il n'avait pas mis les pieds depuis un bon moment pour des raisons que tout le monde devait connaître. Il allait suivre James et le cueillir quelques rues plus loin, sur le chemin qui le ramènerait chez lui. James discuta quelques minutes avec ses (nouveaux) camarades, parmi lesquels Logan remarqua Amber, les salua puis s'éloigna à grandes enjambées en direction de Church Street ; direction opposée à celle qu'il aurait normalement dû emprunter pour regagner ses pénates. Ce détail, a priori sans importance, intrigua Logan. Où pouvait-il se rendre seul alors que, sauf lorsqu'ils traînaient ensemble, il rentrait toujours chez lui sitôt les cours terminés ? Certes, il n'était plus au fait de ce qui occupait dorénavant son ami. À dix-sept ans, on change d'habitudes comme on change de chemise et des mois s'étaient écoulés depuis qu'ils traînaient quotidiennement ensemble. Mais une petite voix venait l'inciter à creuser la question.

Le temps de ces interrogations, James sortit de son champ de vision. Logan quitta prudemment sa position pour tenter de le retrouver parmi le flot d'élèves qui déambulaient sur le trottoir. James rejoignit le trottoir opposé et s'assit sur les marches donnant accès aux terrains de basketball situés face au lycée. Le petit escalier se situait en retrait de la chaussée, raison pour laquelle James avait si vite disparu. Chose étrange alors que la météo ne le justifiait pas, il chaussa des lunettes de soleil et recouvrit sa tête de la capuche de son blouson. Ces incohérences venaient alimenter les suspicions naissantes de Logan sur le comportement de son ami. Attendait-il quelqu'un et pour quoi faire ?

James se tint immobile pendant une trentaine de minutes, temps qu'il avait fallu pour que le flot d'élèves se dissipe complètement. Puis, trois garçons vinrent repeupler le trottoir. Ils marchaient en discutant et en rigolant bruyamment. Quelques instants plus tard, James se leva et se dirigea dans la même direction qu'eux. À moins d'un curieux hasard, tout portait à croire qu'il les suivait. Le doute ne fut pas difficile à lever. Lorsque le groupe ralentissait, James ralentissait également. Logan ne pouvait s'empêcher d'assembler les quelques éléments dont il disposait sur les événements qui avaient affecté la vie de James. Il en aurait mis sa main à couper : James suivait les garçons auxquels il avait donné une correction parce que, quoi qu'il ait pu lui dire à l'hôpital, il les jugeait responsable de l'agression qui s'en était suivie. Et s'il les suivait, ce n'était pas innocemment. À coup sûr, il envisageait une riposte. Pire, il la préparait. Sinon, pourquoi les suivre et ne pas se contenter d'aller leur casser la figure ?

Rien ne venait sérieusement étayer les présomptions de Logan. Après tout, il se fourvoyait peut-être. Mais elles s'ancraient en lui comme une évidence contre laquelle il ne pouvait pas lutter. Une autre idée s'invitait au ballet : cette riposte, il ne la préparait pas seul. Si la perspective de se venger trottait bien dans sa tête, elle était trop éloignée du James qu'il connaissait si bien. Quelqu'un la lui avait suggérée. Une seule personne lui vint à l'esprit. Le grand-père. Il ne parvenait pas à se défaire de l'impression que celui-ci lui avait laissée à l'hôpital, aux antipodes du bonhomme qu'il connaissait.

Ses pensées l'avaient tellement absorbé qu'il n'avait plus prêté attention aux rues parcourues le temps de sa filature, au point, même, de perdre James de vue. La certitude qu'il avait été repéré le traversa d'un coup lorsqu'il entendit une voix l'appeler, derrière lui.

— Tu me suis ou quoi ? lui lança James le visage tendu.

— Moi ? Non, pourquoi ? répondit Logan mal à l'aise et convaincu que son ami n'était pas dupe.

— Ah ouais ? Tu sais qu'on te repère de loin ? T'es pas le genre à passer inaperçu, camarade !

Logan opta pour la franchise, voie la moins périlleuse, compte tenu de la situation, s'il ne voulait pas que cet embryon de conversation tourne court.

— Okay, James ! Je voulais te parler en marchant vers chez toi. Mais t'es parti en sens inverse. Alors, je t'ai suivi.

— Et tu voulais me dire quoi ?

— On se voit plus, James. Je voudrais savoir pourquoi. J'ai fait quelque chose qu'il fallait pas ?

Le visage de James se décrispa sans pour autant afficher le sourire qui le caractérisait naguère. De la tête, il lui fit signe de le suivre.

Les deux garçons marchèrent un bon moment. Logan ne tenta rien pour briser le silence qui baignait leur entrevue, imaginant que James cherchait peut-être un moyen pour lui parler de ce qui l'avait si soudainement transformé. Il ne voulait pas qu'un mot malheureux éloigne son ami des possibles révélations qu'il pourrait lui faire. James n'était pas le genre de garçon à se taire. Une fois en confiance, il s'avérait bavard. S'il se taisait, c'est qu'il ruminait quelque chose qui avait du mal à sortir malgré leur grande proximité. Il ne fallait donc pas le brusquer. En cela, Logan avait gagné en subtilité pendant son enfermement. Il fut un temps où la patience n'était pas son fort. Et le fait est qu'il ne se trompait pas. James était tiraillé entre l'envie de tout lui dire sans savoir si Logan le comprendrait (des dernières conversations qu'ils avaient eues, il en doutait car Logan avait changé, lui aussi) et l'interdiction d'en parler, telle que Pedro lui avait signifiée en lui précisant que toute parole modératrice renverrait la bête au fond de sa cage ; situation à laquelle James ne voulait pas être confronté, par peur de redevenir cet adolescent timide et faible que l'on peut harceler sans conséquence.

Malgré sa détermination sans faille, ses perspectives n'en étaient pas moins un poids difficile à porter seul ou, tout du moins, avec le seul soutien de Pedro qui restait avare en explication et qui, finalement, se contentait de le nourrir de sa propre furie, contenue et silencieuse. Son éducation et sa sensibilité naturelle luttaient pour ne pas être ensevelies sous la haine qui semblait être le seul prisme à travers lequel il envisageait le monde depuis son agression. Toutes ces questions étaient trop compliquées pour un garçon de son âge et il se noyait dedans à chaque fois qu'un éclair de lucidité venait jeter un jour différent sur le chemin qu'il avait décidé d'emprunter. Mais il suffisait de peu pour qu'elles soient vite tranchées en faveur de la sombre voie que Pedro traçait pour lui. Les brimades qu'il avait supportées avaient tellement entamé l'estime qu'il avait de lui-même que celle-ci ne lui était plus d'aucun secours pour s'extraire de la logique binaire — mais tellement efficace — que tout problème peut être réglé via un rapport de force, serait-il fait de violence. La petite flamme qui, jadis, vacillait sans cesse au moment de faire payer ses ex-tourmenteurs — peur oblige — avait trouvé le carburant qui la faisait briller quelles que soient, dorénavant, les réflexions qui auraient pu l'éteindre. Et le feu s'était répandu dans la moindre de ses idées.

Les garçons cheminèrent jusqu'à Franklin Square Park où James décida d'interrompre sa marche devant une aire de jeux dédiés aux jeunes enfants.

— Ils m'ont pourri la vie, Logan, pendant des mois ! Et ça m'a rendu malade à crever.

Le ton était calme. Pour James, ces quelques mots résumaient tout ce qu'il avait enduré et justifiaient sans besoin de le dire son désir de représailles. Il savait que Logan savait. Inutile d'en dire davantage. La brèche ayant été ouverte, Logan sentait que son ami était sur le point de se découvrir mais il savait aussi que sa réaction pèserait sur le reste de la conversation. Le moindre impair pourrait y mettre un terme prématuré. Aussi, décida-t-il d'avancer avec précaution.

— Mais tu leur as filé une correction, non ?

— Tu crois que ça a suffi ?

— Je ne sais pas. Dis-moi.

— Ces mecs qui m'ont agressé à vélo près de chez toi, tu crois que c'était qui ?

— Eux ?

— Évidemment que c'était eux !

— Et tu comptes faire quoi ?

— Si je ne les fais pas payer maintenant, ça ne s'arrêtera jamais. C'est eux ou moi.

— Pourquoi tu ne me l'as pas dit quand on s'est revus ?

— T'étais le seul à pouvoir me comprendre. Mais t'es plus le même.

— C'est pour ça que tu ne veux plus me voir ?

— Mon grand-père me dit que je dois me tenir éloigné de tout ce qui pourrait m'empêcher d'atteindre mon but.

— Qu'est-ce que ton grand-père vient faire là-dedans ?

— Il va m'aider, je vais l'aider.

— L'aider à quoi ?

— À ce qu'il me demandera de faire.

— Okay mais c'est quoi ?

— J'en sais rien et je m'en fous.

Sentant que James commençait à s'agacer de ses questions, Logan réorienta ses propos.

— Qu'est-ce que tu attends de moi ?

— Aide-moi à les faire payer.

— En faisant quoi ?

— C'est mon grand-père qui nous le dira. En échange, il faudra qu'on fasse quelque chose pour lui.

— Comme quoi ?

— Il m'a pas encore dit.

— Ah… T'as pensé aux conséquences ?

James, qui jusque-là avait ne l'avait pas regardé, plongea ses yeux dans ceux de Logan.

— Soit t'es avec nous, soit t'es contre nous.

Logan n'aimait pas ce qu'il venait d'entendre. Outre l'impossibilité d'y faire revenir un peu de raison, James ne dissociait plus sa propre volonté de celle de Pedro. Il n'aimait pas non plus la détermination froide et sans compromis qu'il lisait dans le regard de son ami. Trois options s'offraient à lui : soit il abandonnait, perspective à laquelle il ne pouvait pas se résoudre ; soit il tentait de raisonner James, entreprise qui semblait voué à l'échec ; soit il feignait de se ranger à sa cause, ce qui lui permettrait d'infiltrer le tandem pour mieux tenter d'endiguer ses sombres desseins. Le choix fut vite fait.

— Tu sais que je suis avec toi. T'es mon meilleur pote et je ne te laisserai pas tomber au milieu de ce merdier.

— Personne ne devra savoir, Logan. Et surtout pas ma mère.

— Amber non plus, pas vrai ?

— Personne, je te dis ! Je peux te faire confiance ?

— Évidemment que tu peux !

— Tu vas me dire ce qui t'est arrivé dans le Vermont.

Logan ne put cacher sa surprise car il n'avait jamais parlé de ces tristes vacances à James. Sa mère avait certainement dû le mettre dans la confidence. Et c'était un sujet sur lequel il aurait aimé ne jamais revenir. Mais la question semblait conditionner la confiance que James était prêt, à cet instant, à lui accorder.

— Ça va pas être simple de t'expliquer.

— Aujourd'hui, je peux tout piger. Alors vas-y !

— Okay… C'est dans la putain de forêt en lisière de la maison que mes grands-parents possèdent dans le Vermont que tout a commencé. Il y avait quelque chose, là-bas, qui s'est foutu dans ma tête lorsque je m'y suis promené pour la première fois. Un truc qui m'a forcé à y revenir à plusieurs reprises, même tout seul alors que je n'avais que onze ans et pas le droit de sortir tout seul.

— Quel genre de truc ?

— Je ne sais pas comment te dire. Des réactions et des envies qui n'étaient pas de moi.

— Genre, des voix ?

— Nan, c'est pas ça. Plutôt des pulsions que je n'avais jamais eues de ma vie. Des accès de violence déclenchés à chaque fois que l'on s'opposait à moi. C'est comme si quelqu'un était venu se foutre dans ma caboche et réagissait à ma place. La première fois que c'est arrivé, c'était contre mon grand-père. Il ne voulait pas que j'aille me balader seul dans cette forêt mais je l'ai fait quand même parce que je ne pensais qu'à ça. Quand je suis revenu, je me suis fait grave engueuler et, là, c'est complètement parti en vrille. J'ai tout cassé dans ma chambre pour éviter de m'en prendre à lui parce que je n'avais qu'une envie à ce moment-là... le dézinguer. Heureusement j'étais encore un gamin et pas encore bâti comme aujourd'hui. Je n'ose même pas imaginer comment ça se serait terminé si j'avais eu dix-huit ans.

— Il s'est passé quoi après ?

— Il y a eu de nouveaux incidents et ma mère a fini par venir me récupérer. Mais cette maudite forêt, même sans y être retourné, avait laissé quelque chose dans ma tête. C'est comme si son sol exhalait un mauvais truc. Comme si une bête en était sortie, que je l'avais ramenée avec moi à Frisco et qu'elle se réveillait à chaque fois qu'on me contrariait. Avec le temps, ça a fini par se calmer mais ça m'a valu pas mal d'emmerdes avec le bahut et tout le reste. C'est quand j'ai repris le dessus que je suis venu vers toi, pour que tu deviennes mon pote. Mais quand cet enculé de voisin a flingué mon chat, la bête est sortie de sa boîte d'un coup. Si mon père ne s'était pas interposé, je l'aurais tué.

Logan se mit à trembler à l'évocation de ces souvenirs ; des tremblements faits de peine mais aussi de colère, celle qu'il voulait ne plus avoir à affronter parce qu'elle le débordait, à chaque fois. Il savait que la frontière était mince entre le calme relatif qu'il avait retrouvé et cet état second dans lequel il n'était plus lui-même. Était-ce vraiment une bonne idée de se laisser embarquer dans cette vendetta ?

James n'était pas le problème. Logan le pensait piégé dans une spirale qu'il espérait temporaire. Le vrai problème, c'était Pedro. Comment avait-il flairé l'existence de cette bête allégorique avec autant de facilité ? Logan n'avait pas de doute : le démon avait vibré en lui au moment où le vieux était entré dans la chambre d'hôpital, comme si ce dernier était capable, par sa seule présence, de le réveiller. Que se passerait-il si, non content de le tirer de son sommeil forcé, il se mettait à lui parler ? Parce que Logan était certain de deux choses : le démon était encore là, même s'il avait réussi à le camisoler, et Pedro semblait bien le connaître.

Pire, il avait été capable, à l'évidence, de l'inviter dans l'esprit de James. À moins qu'il ne sommeillât déjà en lui, comme il faisait peut-être partie de tout un chacun, jusqu'à ce que des circonstances particulières le tirent de la léthargie dans laquelle le poids des valeurs et de l'éducation le contient. Au fond, qui du démon ou de la personne que nous croyons être est le véritable intrus ?

Tout cela effrayait Logan car, même s'il se pensait revenu du bon côté de lui-même, il se savait encore fragile. Mais il ne pouvait pas abandonner son pote dans l'antre de la bête. Pour James, la situation était tout autre. Le démon ne lui faisait pas peur. Au contraire. Il lui vouait allégeance parce qu'il lui avait offert une voie vers la lumière, sans comprendre que celle-ci n'était qu'un clair-obscur et que lorsqu'elle disparaîtrait, il côtoierait les ténèbres. À cet instant, il voulait que son propre démon, muselé et affamé depuis trop longtemps, rejoigne, dans l'opulence, ceux qui habitaient son grand-père et son ami. Ce qui avait infecté Logan dans le Vermont — ces pulsions dévastatrices qui vous commandent le pire — était exactement ce qu'il vivait depuis que la peur l'avait quitté. Logan et lui étaient dorénavant faits du même bois. Ils ne pouvaient aller que dans la même direction. Ils devaient y aller *ensemble*.

— Ressuscite la bête, Logan ! C'est d'elle dont on va avoir besoin. C'est elle qui fait que toi, moi et mon grand-père, on est pareils.

Logan ravala difficilement sa salive. Il allait devoir mentir à son ami, pour son bien, et marcher sur un fil, en espérant ne pas retomber du côté obscur.

— Qu'est-ce que je dois faire ?

— Je vais en parler avec mon grand-père et on te dira ! Avant, il faudra qu'on fasse quelque chose pour lui.

— Okay, j'ai compris ! conclut Logan, inquiet de la demande que pourrait formuler Pedro. Mais il ne devait pas saper la confiance que James venait de lui témoigner en s'intéressant de trop près à ce qui allait suivre.

—Dis bonjour à ta mère pour moi !

Les deux garçons s'observèrent un petit moment, James cherchant dans les yeux de Logan la certitude qu'un pacte avait été scellé ; Logan tentant désespérément de trouver ce qui pouvait avoir survécu de ce gentil garçon aux joues roses, à l'attitude gauche et au sourire angélique.

Lorsque James lui accorda une accolade à laquelle il ne s'attendait pas – preuve que tout attachement n'avait pas disparu – Logan se mit à espérer que, grâce à son aide, son ami redevienne tôt ou tard celui qu'il avait été, sans vraiment savoir à quel point il avait sombré.

Ils se quittèrent sans qu'aucun sourire ne vienne alléger la gravité et la détermination qui plombaient le visage de James. Il avait changé, jusque dans sa physionomie.

20

Pactiser avec le diable

— **Je t'avais demandé** de n'en parler à personne. Pourquoi tu lui as dit, James ?

Pedro posait la question en contenant sa colère. Il ne devait pas refroidir la seule personne susceptible de l'aider. Tout reposait sur sa capacité à entretenir l'immense ressentiment que James nourrissait à l'encontre de ses ex-tourmenteurs. Le ressort était puissant mais instable. Il pouvait vite perdre en dynamique sous l'effet d'une influence contraire, comme celle de Logan ou, pire, celle de Dolorès.

— Parce qu'il peut nous aider. C'est une machine de guerre. Et aussi parce que… c'est mon meilleur copain et je lui fais confiance.

— Tu es sûr de toi ?

— Il ne me laissera pas tomber. Je le sais maintenant.

— N'oublie pas, James, si quelqu'un essaie de te convaincre que ce que tu fais n'est pas bien, tu renverras la bête au fond de sa cage. Tu sais ce qu'il t'en a coûté de lui barrer la route, ces derniers mois. Tu sais aussi ce qu'elle t'a donné…

— Je sais, abuelo. Logan n'a même pas essayé de discuter. Il m'a dit qu'il était avec moi.

Pedro ne voyait pas d'un bon œil l'arrivée de Logan, susceptible de faire douter James. D'autant moins que son adhésion subite et inconditionnelle lui paraissait suspecte. Mais tenter d'écarter Logan semblait plus périlleux encore puisque les sentiments de James à son égard avaient finalement résisté à l'isolement dans lequel Pedro avait voulu le confiner. Il fallait maintenant faire avec, au risque, sinon, de perdre son unique soutien.

Logan était habité par cette bête que Pedro connaissait si bien. Il l'avait sentie en lui. Et lorsqu'elle infiltrait un esprit, il était difficile de l'en déloger tant elle s'associait à vos pulsions les plus sombres. Il suffisait de peu pour qu'elle reprenne le dessus. Pedro pouvait alors la mettre au service de ses ambitions. Pour cela, il allait devoir redonner au démon de Logan l'emprise qu'il exerçait sur lui lorsqu'il perdait le contrôle. Mais il devait être prudent car, si le démon de James était encore malléable, celui de Logan était plus aguerri. Il avait déjà (des)servi son hôte.

— Si tu y tiens, on l'associera à tes représailles. Il n'y a que comme ça qu'on te respectera. Tu comprends toujours, pas vrai ?

— Plus que jamais. Et aux tiennes ! Mais maintenant, abuelo, il faut que tu me dises ce que tu veux qu'on fasse pour toi et ce qu'on fera ensuite pour moi.

— En son temps. L'heure n'est pas venue.

— Non, maintenant ! Ça fait des semaines qu'on en parle, que je me prépare, comme tu me l'as demandé. Alors je veux savoir !

Devant l'injonction, Pedro n'opposa aucune résistance, considérant que le temps était venu de mettre James au parfum. À tout le moins, au parfum de ce qu'il voudrait bien lui révéler. Il savait surtout que le sursis qui lui avait été accordé ne durerait pas éternellement. Déjà, certaines pensées confuses, qui ne lui appartenaient pas, émergeaient des profondeurs de son esprit et troublaient la clarté de son raisonnement, sans parler de sa sensibilité qui augmentait chaque jour un peu plus. Il se surprenait parfois à penser à Dolorès, à vouloir partager un dîner avec elle et James alors qu'il avait eu toutes les peines du monde à la convaincre de mettre cette habitude entre parenthèses. Il y avait même des jours où une voix venait remettre en cause ses inébranlables motivations. Ces premiers ratés étaient les signes probables que le miracle qu'il vivait pourrait ne pas tarder à prendre fin. Il ne pouvait pas se permettre, pour agir, de manquer la seule fenêtre qui lui serait jamais offerte.

— Par le passé, il y a des gens qui m'ont causé un tort immense. Ils m'ont fait endurer des choses mille fois pires que tout ce que tes bourreaux t'ont fait subir. Ils m'ont ôté toute dignité, ils m'ont volé et ils se sont débarrassés de moi comme d'un vulgaire encombrant. Pendant longtemps, je n'ai rien pu faire. Mais, aujourd'hui, les choses ont changé et il est temps qu'ils payent pour le mal commis. Et c'est pour leur faire payer que j'ai besoin de toi, parce que je ne peux pas le faire tout seul.

— C'est qui, ces gens ?

— Des gens de mon âge que j'ai connus… dans une autre vie, bien avant ta naissance.

— Et tu veux leur faire quoi, au juste, abuelo ? Ca a quelque chose à voir avec mes entraînements au centre de tir ?

Pour la première fois, James s'interrogeait plus concrètement sur la nature de l'aide qu'il allait devoir apporter à son grand-père. L'évocation d'un préjudice mille fois supérieur à celui qu'il avait enduré l'incitait à croire que son intervention allait ouvrir une fenêtre sur les intentions macabres qu'il nourrissait sans les nommer. Il ne se rendait même plus compte que ces intentions n'étaient plus exclusivement dédiées à ses ex-bourreaux mais qu'elles vivaient désormais libres de tout contexte, indépendantes de la situation qui les avait fait éclore.

— Je pense à leur faire tellement peur qu'ils n'auront plus jamais l'envie de recommencer. Une peur qui les marquera jusqu'à la fin de leur misérable vie.

— C'est tout ?

À cette question, signe évident que James espérait davantage, Pedro comprenait que la bête avait envahi James au-delà de ses attentes. Il y avait peu de chance, dès lors, que Dolorès ou Logan puissent changer la donne. Lorsque le démon atteint si vite de tels sommets, c'est qu'il a verrouillé les étages inférieurs pour ne pas être entravé dans sa progression et ne jamais avoir à perdre de terrain. Et il devient impossible de lui faire rebrousser chemin à moins de démolir tout l'édifice. Ni une mère ni un ami, pétris de bons sentiments, ne sont mentalement armés pour s'engager dans une telle entreprise, serait-elle nécessaire.

James était prêt.

En guise de réponse, Pedro posa sur celui-ci un regard appuyé et baigné d'un silence regorgeant de non-dits dans lesquels l'adolescent trouva à se satisfaire. Les choses semblaient entendues.

— Peur comment ?

— Il faudra rentrer chez eux, James. On les forcera à s'asseoir sans bouger, quitte à les ligoter. Ensuite, ils écouteront ce que j'ai à leur dire. Et, crois-moi, ils seront plus que surpris de ce qu'ils entendront. Surpris et effrayés comme ils ne l'ont jamais été.

— Tu comptes leur dire quoi ?

— Qu'on ne se débarrasse pas de moi aussi facilement.
— Mais, comment tu penses rentrer là-bas ? Il n'y a pas de système d'alarme ?
— On profitera du moment où Consuela quitte la maison pour s'y introduire. Elle coupe l'alarme en sortant. On ne lui laissera pas l'occasion de la réenclencher.
— Consuela ? C'est qui ?
— La domestique. Elle finit à vingt-et-une heures.
— Comment tu la connais ? Et tu sais tout ça comment ?
— Je te l'ai dit, je les connais et je connais leur maison.
— Comment tu sais qu'ils ne chercheront pas à se défendre ?
— C'est là que tu vas m'aider, mon gars. Qu'est-ce que tu veux qu'ils fassent si tu les menaces avec une arme ? Et maintenant que tu as décidé de te faire assister par ton copain le bulldozer, ils n'oseront pas bouger. Ce sont des vieux !
— Okay, d'où le maniement des armes... Mais il y a quand même un truc : s'ils te reconnaissent, ils préviendront les flics après notre départ...
— Ça fait trop longtemps qu'ils ne m'ont pas vu. Impossible qu'ils me reconnaissent. Je te le garantis.
— Et Logan et moi ?
— Vous cacherez votre visage derrière des masques...

James observa Pedro un long moment, se répétant à mille reprises tout ce qui venait de lui être révélé. Pour la première fois depuis qu'ils avaient causé dans la cuisine, une évidence s'imposa à lui : son grand-père avait changé au-delà du possible.
— Comment tu arrives à te souvenir de tout ça alors que tu ne te souvenais de rien il y a encore quelques semaines ?
— Il y a des choses qu'on n'oublie jamais, même dans la

mort. Elles vous survivent.

Pour James, ces quelques mots constituaient davantage une énigme qu'une réponse. Mais il s'en contenta, comme toutes les fois où l'avait frôlé l'idée que l'évolution récente de son grand-père défiait les lois de sa maladie. En réalité, il s'en moquait. Sans ce changement, ils ne se seraient jamais parlé et Pedro ne l'aurait jamais incité à laisser la bête sortir de sa boîte. Il avait allumé la mèche qui avait mis le feu aux poudres. Sans son grand-père, il aurait pendant longtemps essuyé le yaourt dans ses cheveux.

— Tout ça, c'est bien. Mais qu'est-ce qu'on fera pour moi, ensuite ?

— On les punira sévèrement. Après ça, ils n'auront plus envie de s'en prendre à qui que ce soit. Fais-moi confiance.

— La punition sera sévère à quel point ?

James n'obtint aucune réponse ; juste ce même regard dans lequel il était convaincu de lire ce qu'il *voulait* y lire. L'entretien s'acheva dans un sourire réciproque — deux bêtes qui montraient les dents.

21

Sac de nœuds

— **Les Foster,** sur Diamond Street, au numéro 2470. C'est pas grand-chose, je sais ! Mais dis-moi que ça te renseigne un peu car j'y ai passé la matinée. Ton père est infatigable. J'ai jamais autant cavalé de ma vie ! lança Debby en avalant le pauvre petit verre du seul scotch dont elle verrait la couleur ce soir.

» Et, en plus, il siffle ma bouteille, ajouta-t-elle en s'affalant sur le canapé.

— L'adresse ne me dit rien. Encore que, c'est dans cette rue qu'il tire du cash au point de vider son compte. C'est plutôt le nom qui me parle. C'est celui qu'il a utilisé… pour parler de lui, lorsque je l'écoutais, planquée dans l'entrée. Je ne comprends rien, Debby. Soit c'est lui qui est devenu complètement fou, soit c'est moi, soit l'hypothèse d'un TDI tient la route. Je ne vois que ça. Tu crois que je suis dingue ?

Debby hésita avant de se prononcer, sachant que le sujet devenait plus sensible chaque jour.

— Je crois que tu cherches à expliquer ce que tu ne piges pas ma belle. En même temps, je t'avoue que je ne pige pas non plus. Ne m'engueule pas mais je pense que tu devrais peut-être chercher du côté de sa maladie, non ? Genre en l'emmenant consulter.

— Parce que tu crois qu'il va me suivre ? Surtout maintenant qu'il n'a plus besoin de moi ? Ça fait des jours que je ne le vois pas. T'imagines ? Des jours ! Comment veux-tu que je le force à consulter ?

— Peut-être que James pourrait le convaincre, ou... Miles ?

Debby n'avait pas tendu la perche sans raison. Elle voulait savoir pourquoi son amie semblait en froid avec le beau gosse.

— En fait, c'est faux. Le nom et l'adresse me disent quelque chose. Mais je suis infoutue de me rappeler quoi ni où je pourrais les avoir vus avant. Mais je suis sûre que ce n'est pas la deuxième fois que je les entends.

— D'un autre côté, c'est pas comme si ce nom n'était pas répandu. Je sais pas, un ancien patient de l'hôpital ? Quant à l'adresse, bah t'es peut-être passée dans cette rue un jour.

— Peut-être. N'empêche que tout ça n'est pas clair et je n'ai pas l'ombre d'une piste pour défaire ce sac de nœuds.

— Et sinon, l'idée que James ou Miles le convainquent d'aller en consultation ?

Dolorès afficha un sourire qui en disait long sur le crédit qu'elle accordait à la question.

— Tu n'aurais pas plutôt envie de savoir pourquoi Miles n'est pas là, par hasard ?

— Ahhhh si ! Tu me connais trop ! Évidemment que j'ai envie de savoir. Qu'est-ce qui s'est passé ? Je ne peux pas croire qu'il se soit mal conduit avec toi. Venant de lui, c'est pas possible.

— Ce n'est pas ça, Deb. C'est juste qu'il ne prend pas mes inquiétudes au sérieux. Bon, je ne peux pas lui en vouloir. Mais je lui en veux quand même ! Merde, tu me connais, je ne suis pas du genre à me faire des films. Si je m'inquiète, ce n'est pas pour rien.

— T'est sûre que c'est la seule raison ? Parce qu'il t'a toujours aidée avec ton père. Et avec James aussi.

De ses dents, Dolorès pinça sa lèvre inférieure. Son regard se perdit dans le tapis bon marché qu'elle avait sous les pieds.

— Je n'y arrive pas, Deb. Je n'arrive pas à me faire à son environnement. Quand on est tous les deux tous seuls, c'est génial, mais dès que je mets le nez dans son milieu, je ne me sens pas à ma place. Même ses parents, sans s'en rendre compte, me le font ressentir. C'est plus fort que moi.

— Et donc ? Où est-ce que tu crois que ça va t'embringuer de le tenir tout le temps à distance ? Sans compter, chérie, que tu peux être désagréable aussi, hein ! Tu veux en finir et le pousser à te larguer ? C'est ça ? Comme ça, t'auras rien à te reprocher ?

Dolorès n'aimait pas ce qu'elle venait d'entendre. Debby faisait mouche à chaque fois que, derrière son franc-parler, elle mêlait un peu de psychologie. Ses propos la renvoyaient ni plus ni moins à une vérité qu'elle n'avait jamais voulu accepter.

— Je n'en sais rien…

— T'en sais rien ? Nan, mais ? Tu ne peux pas lui en vouloir pour ça, Dol ! C'est délirant. Ce n'est pas de sa faute s'il est né dans une famille blindée. Et puis, il ne t'a jamais mis son pognon dans la figure. Franchement, je ne te comprends pas, là… Putain, le mec, il t'aime, ça crève les yeux. Il est beau, il est gentil et il est intelligent. Ça court pas les rues, bon sang ! En plus, il est généreux. Et…

Dolorès n'écoutait plus le plaidoyer de Debby en faveur

de Miles. Son esprit avait été alpagué par une observation de son amie, qu'il avait fructueusement associée au nom et à l'adresse dont elle ne trouvait pas l'origine. Elle se leva d'un coup, fila dans l'entrée et attrapa nerveusement son sac à main avant d'en renverser le contenu à même le sol. Elle s'agenouilla et chercha un moment dans le foutoir des papiers en tout genre qu'elle avait accumulés depuis des semaines pour en extraire une petite carte oubliée depuis belle lurette. « Putain, c'est ça ! » dit-elle à haute voix en se redressant. Elle revint dans le salon, triomphale, en agitant la carte devant les yeux de Debby.

— Tu avais foutrement raison en me demandant si Foster et Diamond Street n'étaient pas un nom et une adresse que j'avais entendus à l'hôpital ! Parce que c'est le cas ! Enfin, pas exactement. Ils figurent sur cette carte de visite qui m'a été donnée par quelqu'un que j'ai rencontré à l'hôpital !

— Euh… Okay et qu'est-ce que ça nous dit ? C'est qui ce quelqu'un ?

— Je ne t'en ai pas parlé le jour où on a récupéré mon père à l'hôpital parce qu'à l'époque, ça n'avait pas d'importance. Mais aujourd'hui, ça pourrait en avoir. En fait, c'est la carte d'une femme dont le mari est décédé le jour où mon père s'est paumé. Je l'ai retrouvé dans la chambre du macchabée, complètement à côté de ses pompes. La femme a compris qu'il n'avait plus toute sa tête et m'a filé sa carte après m'avoir conseillé d'aller visiter Rhodam Senior.

— Okay et alors ? Ton père a parlé à cette femme ?

— Je n'en sais rien. J'imagine qu'ils ont échangé quelques mots.

— Et elle lui aurait donné son nom et son adresse ? Mais pourquoi faire une fixette sur elle ? Pourquoi aller devant chez elle et se faire appeler par son nom de famille ?

— Pas seulement par le nom de famille. Par le prénom

aussi. Lorsqu'il lui a parlé, au téléphone, il l'a utilisé : Sheldon. Je l'entends encore le prononcer. Or, sur cette carte, il n'y a que le prénom de la femme. Comment il aurait deviné le prénom du mari ?

— Aucune idée, chérie. Elle lui a peut-être dit.

— C'est possible. Mais utiliser cette identité n'a aucun sens. Encore moins d'aller fouiner du côté de chez elle. Tu as sûrement raison, il déraille et c'est dans sa maladie que je devrais chercher les réponses.

— C'est ce que je te dis depuis le début !

— Il n'empêche, il y a un truc pas clair et ça me casse la tête.

— Qu'est-ce que tu vas faire ?

— Je crois que je vais aller parler à cette Eléonor.

— Tu déconnes ? Et pour lui dire quoi ?

— J'ai l'air de déconner ? C'est elle qui me l'a proposé de toute façon. Je lui demanderai ce qu'ils se sont dit. Si elle lui a parlé de son mari et si elle lui a révélé son identité, ça pourrait expliquer — je ne sais pas comment — qu'il se prenne pour lui.

— Eh bah bon courage pour qu'elle ne te prenne pas pour une dingue, toi aussi.

— Je n'ai rien à perdre. Mais ça ne me dira pas pourquoi il vide son compte et comment ses facultés cognitives ont été rebootées.

— Tu pourras peut-être pardonner Miles de ne pas avoir cru à un TDI…

— Tu ne lâches jamais l'affaire toi !

— Déconnes pas avec lui, c'est un mec super.

— Disparais avant que je te tape !

Debby partie, Dolorès se mit à réfléchir à sa relation avec Miles, encore et encore, comme elle le faisait depuis des années. Elle avait eu tort au sujet de l'épisode « TDI » et, pour ça, elle allait devoir s'excuser. Mais, pour le reste, elle ne trouvait aucune voie qui la satisfasse. Elle savait que ses impressions n'étaient pas tout à fait rationnelles, que rien ne venait les étayer. Soit elle acceptait son compagnon avec tout ce qui venait avec, soit elle mettait fin à cette relation qui finirait par mal tourner, s'en sachant pourtant incapable car, en dépit de tout, elle l'aimait. Le problème venait d'elle et non pas de Miles qui, comme Debby lui avait vertement fait remarquer, n'avait jamais tiré parti de sa situation ou de son argent. Au contraire.

Elle maudissait cette part de sa psychologie qui l'empêchait de dépasser ses origines modestes et la poussait à considérer qu'elle ne serait jamais complètement acceptée dans un milieu qui n'était pas le sien. Beaucoup se seraient félicités d'y accéder par l'effet d'une union. Pas elle. Obsédée par l'équilibre des forces, elle n'envisageait le succès d'une relation que dans l'égalité. Elle oubliait juste que l'égalité n'implique pas forcément la symétrie. Chacun apporte ce qui lui est propre. Peut-être qu'elle voyait en Miles un garçon trop parfait ; une perfection à laquelle elle n'avait rien à apporter. Finalement, était-elle capable d'aimer comme il se doit ? L'amour, c'est l'imbrication de deux personnes, avec leurs atouts et leurs faiblesses, pas leur juxtaposition. Personne n'avait jamais dit que c'était facile. Juste que si véritable amour il y a, on dépasse les clivages. Pourquoi avait-elle tant de mal ? Pourquoi focalisait-elle sur ce qui les différenciait plutôt que sur ce qui les rapprochait ?

Malgré l'heure, elle saisit son téléphone et composa le numéro de Miles. Elle devait s'excuser, pour son attitude des jours passés, pour toutes ces fois où elle n'avait pas su se taire, pour toutes ces choses qu'elle aurait dû lui dire et qu'elle n'avait dites. Elle devait lui dire qu'elle l'aimait, tout simplement, et que le reste n'avait aucune importance.

Dolorès ne doutait pas une seconde qu'il réponde. Il décrochait toujours, quels que soient l'heure, le jour et le lieu. L'inverse n'était pas vrai. Mais elle changerait. Debby avait raison, encore, ce garçon était une perle. Il savait aborder la vie avec la simplicité qui lui faisait défaut, même si sa situation privilégiée l'avait en cela aidé et l'aidait toujours. Dans une certaine mesure, il avait simplifié la sienne toutes les fois où elle avait bien voulu le laisser faire. N'était-ce pas ce à quoi elle aspirait, la simplicité ?

Mais, pour une fois, il ne décrocha pas !

Les prises de conscience sont souvent éphémères. Si elles jaillissent dans un ciel dégagé, les lendemains sont souvent plus clairs. Mais si elles se perdent dans les nuages, il y a fort à parier que ces lendemains restent pluvieux. Et, pour l'heure, les nuages qui assombrissaient l'horizon de Dolorès expédièrent ses intentions aux oubliettes.

James, qui n'était pas rentré une seule fois de la semaine avant 23 heures, fit son apparition alors que sa mère se débattait encore avec ses pensées confuses.

— Bonsoir 'man ! Je file me coucher, je suis KO !

— Bonsoir mon grand. Dors bien ! se contenta-t-elle de répondre, sachant qu'il était inutile de l'interroger sur sa journée. Elle ne prenait même plus le soin de préparer le dîner. Sa famille avait déserté le cocon. Miles allait-il faire la même chose ? Pour la première fois, elle l'associait à *sa* famille. Pourquoi n'avait-il pas répondu au téléphone ?

L'idée qu'il lui en voulait *vraiment* pour ses derniers mots faisait son chemin.

— Au fait…, lui dit James en revenant sur ses pas.

» J'ai vu Logan cet aprèm'.

— Ah oui ? Ça me fait plaisir, ça ! Et il va bien ?

— Ça va… Bonne nuit !

Le retour de Logan dans la vie de son fils — en espérant qu'il soit pérenne — la rassura (de quoi, elle ne savait plus trop), inconsciente de ce qui se tramait.

22

L'impensable

Lorsque l'employée de maison vint lui ouvrir, Dolorès reconnut la petite femme aux yeux éteints que Debby lui avait décrite. Il lui fallut insister pour que celle-ci accepte d'aller prévenir Eléonor Foster de sa visite, puis attendre de longues minutes sur le perron après que la porte s'est refermée sur elle le temps que le message soit transmis. La petite femme revint et l'invita à la suivre. Les lieux étaient richement décorés, de tableaux, de vases et de meubles qui valaient sûrement leur pesant d'or. Mais rien d'ostentatoire. La décoration était de très bon goût. Rien qui n'aurait surpris Miles se mit-elle à penser. Elle pénétra dans un immense salon où son hôte l'attendait, assise dans l'un des canapés qui meublaient la pièce, un livre à la main. Eléonor Foster se leva et l'accueillit comme son éducation lui commandait de le faire.

— Ma chère, quelle surprise ! Comment allez-vous ?

— Bonjour Madame Foster. Vous vous souvenez de moi ?

— Bien entendu. Vous êtes la personne que j'ai rencontrée à l'hôpital, n'est-ce pas ? Que me vaut le plaisir de votre visite ? Comment va votre père ?

— Eh bien… C'est à ce sujet que je suis venue m'entretenir avec vous, si vous me le permettez.

— J'espère qu'il ne lui est rien arrivé de fâcheux.

— Non. Je dirais même que, depuis que vous vous êtes croisés, il semblerait… comment dire… aller mieux.

— Apportez-nous du thé et quelques biscuits, s'il vous plaît, Consuela, ordonna-t-elle à la petite femme qui n'avait pas bougé. Vous prendrez bien une tasse de thé, ma chère ?

— Avec plaisir. Appelez-moi Dolorès.

— Très bien. Alors, asseyez-vous, ma chère Dolorès, faites comme chez vous. Pardonnez-moi l'accueil quelque peu distant de Consuela. Je lui donne pour directive d'être très prudente sur les gens qui nous rendent visite sans y avoir été préalablement invités. En quoi puis-je donc vous aider ?

Dolorès se racla la gorge et remit un peu d'ordre dans ses idées, ne sachant pas trop comment entamer cette conversation sans paraître ridicule.

— Vous vous souvenez certainement de l'incorrection dont mon père a fait preuve à votre égard lorsque vous vous êtes rencontrés ? Vous vous souvenez également de la maladie qui l'affecte…

— Oui, mais vous vous inquiétez encore pour ce petit incident sans importance ? Je me souviens aussi de ce qui l'a causé. Honnêtement, Dolorès, oubliez cela.

— En réalité…je suis venue pour faire appel à vos souvenirs, plus précisément ceux qui entourent les quelques instants que vous avez passés avec mon père.

— Ah oui ? répondit Eléonor Foster, intriguée. Eh bien allons-y, demandez-moi ce que vous souhaitez savoir. J'espère que mes souvenirs ne vous feront pas défaut.

— J'aurais aimé savoir si, à un moment ou à un autre, vous lui avez révélé votre nom et celui de votre défunt mari. J'irais même plus loin : lui avez-vous révélé vos prénoms ?

— Pas le moins du monde et j'en suis certaine. Nous ne nous sommes pour ainsi dire pas parlé. Je l'ai juste invité à garder le fauteuil de mon mari, dans lequel il s'était assis. Après cela, une infirmière lui a demandé de quitter la chambre.

— En êtes-vous certaine ?

— Comme je viens de vous le dire. Mais, pourquoi cette étrange question ?

L'incompréhension, mise entre parenthèses le temps de sa conversation avec Debby, reprit possession de Dolorès au rythme où les suppositions qu'elle avait formulées avec son amie s'effondraient. La question qui la taraudait à présent était de savoir si elle jouait franc jeu avec son interlocutrice. « Quitte à être venue jusqu'ici, autant en apprendre le maximum » pensa-t-elle en choisissant la vérité.

— Je ne sais pas trop comment vous dire ça. Je pense que mon père se prend… pour votre défunt mari, aussi improbable que cela puisse paraître.

— Que voulez-vous dire ?

— Eh bien qu'il se présente sous son prénom et son nom, alors que vous venez de me certifier ne pas les lui avoir dits. Je ne comprends pas…

— C'est gênant, répondit Eléonor Foster dont le visage, défait, témoignait d'une inquiétude soudaine qu'elle cherchait à camoufler.

Dolorès, qui entendait encore la conversation qu'elle avait surprise le jour où elle avait espionné Pedro, enfonça le clou.

— Aurait-il cherché à vous contacter, Madame Foster ? Bien que je ne sache pas comment il aurait trouvé vos coordonnées puisque je ne les lui ai jamais données…

Les mains chargées d'un plateau sur lequel reposait tout l'attirail attaché à un service de qualité, Consuela fit irruption dans le salon avant qu'Eléonor Foster puisse répondre ; un instant que cette dernière mit à profit pour tenter de retrouver une contenance qu'elle sentait décliner. Elle renvoya l'employée de maison d'un signe de tête et se chargea de faire le service. Du regard, elle interrogea Dolorès sur la quantité de thé qu'elle devait servir. Les mots semblaient ne plus pouvoir sortir de sa bouche. Sans attendre les instructions de son invitée, elle reposa la théière avant de se lever et fit quelques pas dans le salon. Son inquiétude patente envahissait l'air et, en l'espace d'une minute, l'atmosphère avait littéralement changé.

— J'ignore s'il s'agit de votre père mais… il y a bien quelqu'un qui me harcèle au téléphone depuis des semaines et qui se fait passer pour mon défunt mari.

– 2 –

À l'air grave qui traversait le visage d'Eléonor, Dolorès avait mis le doigt sur quelque chose qui perturbait son hôte.

— Okay… dit Dolorès, ne sachant plus comment poursuivre, convaincue que le hasard trouvait difficilement sa place ici. La situation était embarrassante mais elle ne comprenait pas pourquoi, de toute évidence, l'incident affectait son hôte à ce point. La peine qu'elle pouvait encore ressentir après le décès n'était pas à l'origine de ce qu'elle lisait sur le visage et dans les gestes d'Eléonor Foster. Tout portait à croire que les agissements douteux de Pedro lui faisaient *peur*. Aussi, allait-elle tenter de la rassurer.

— Je n'en suis pas sûre mais il se pourrait bien que ce soit lui. Je ne sais pas comment, je ne sais pas pourquoi, et j'en suis désolée. Si mes soupçons se confirment, je vais tout faire pour qu'il arrête. Je vous le promets. Cette situation m'afflige autant que vous, croyez-le bien, mais vous ne devez pas vous inquiéter. Ce n'est pas un homme dangereux même si, manifestement, il est encore plus perturbé par sa maladie que je ne le pensais. Et puis…

— Ce n'est pas ça, Dolorès… coupa Eléonor Foster, entre crainte palpable et agacement.

— Je ne me serais pas souciée de tels appels si cet inconnu ne m'avait pas dit des choses que seule ma famille peut savoir. A moins qu'il ait côtoyé mon mari — ce qui, à ma connaissance, est impossible — je ne vois pas comment votre père pourrait savoir ce qu'il m'a dit au téléphone. Et même s'ils s'étaient connus, mon mari ne se serait pas épanché sur ce qui lui était personnel, croyez-moi.

L'improbable amélioration de son état, son comportement récent et la manière dont Pedro avait obtenu les coordonnées d'Eléonor Foster relevaient déjà du mystère pour Dolorès. Le fait qu'il sache dorénavant des choses qu'il ne pouvait pas savoir alourdissait l'énigme au point de la rendre insoluble. Et ce que Dolorès s'apprêtait à entendre allait l'achever.

— Je ne me serais surtout pas fait de souci s'il ne nous avait pas menacés.

— Pardon ?

— Vous m'avez bien entendue et je ne comprends pas plus que vous, ce qu'il se passe, répondit Eléonor Foster qui blanchissait à vue d'œil.

— Mais, menacés de quoi ?

La vieille femme ne tenait pratiquement plus debout. Le malaise vagal n'était pas loin. Dolorès se leva, la saisit par la main et l'invita à se rasseoir.

— Voulez-vous que Consuela vous apporte quelque chose ?

— Ça va aller…

— Si vous essayiez de m'expliquer ce qui vous effraie autant, Madame Foster ? Peut-être qu'à nous deux, on pourrait comprendre.

Quelques minutes furent nécessaires avant que les battements de son cœur ne ralentissent. Eléonor se redressa dans le canapé et après avoir longuement expiré, comme on se libère de quelque chose qui vous étouffe, retrouva la parole.

— Il y a quelques années de cela, mon mari a été victime d'un accident cérébral massif. Il a perdu l'usage de ses jambes mais aussi de la parole. Sa vie — notre vie — a été bouleversée. C'était un homme actif, endurant, orgueilleux qui, du jour au lendemain, s'est retrouvé cloué dans un fauteuil roulant. Il n'a jamais été facile, tout le monde vous le dira, mais ses handicaps ont aggravé les choses. Il n'a jamais pu supporter qu'on s'occupe de lui comme d'un invalide et, pire, que sa propre famille soit, elle, encore bien portante. Il a nourri une rancœur et une colère qui lui ont brûlé la raison. Il est devenu ingérable…

Eléonor leva les yeux au plafond, comme pour trouver le courage de poursuivre son récit et d'évoquer un épisode difficile de sa vie sans que ses émotions ne la submergent. Elle expira une nouvelle fois.

— Je ne compte plus les aide-malades que nous avons engagés et auxquels il a mené la vie dure. Rien ni personne ne trouvait grâce à ses yeux. Il est devenu quelqu'un que je ne reconnaissais plus. Ses handicaps ont ouvert une porte sur ce qu'il y avait de plus sombre en lui, sur ces pensées noires qui vous assaillent lorsque tout espoir est perdu et que vous rejetez la faute sur le monde entier. Et, son monde, c'était nous. Enfin, je veux dire, moi-même, ses deux frères et leurs épouses avec lesquels nous partagions cette grande maison. Je n'ai jamais pu me résoudre à le placer dans une institution mieux armée que nous pour prendre soin de lui. Jusqu'à…

— Jusqu'à ?

— Jusqu'à ce qu'un jour il déclenche volontairement une fuite de gaz pour tous nous asphyxier. Oh, Seigneur, si son aide-malade n'était pas revenue sur ses pas pour récupérer quelque chose qu'elle avait oublié, je ne me tiendrais pas là, devant vous, pour en parler…

— La haine qui avait pris possession de lui, Dolorès, tout entière condensée dans ses yeux faute de pouvoir être exprimée verbalement, n'était plus de celles que l'on pouvait raisonner ou contenir. Elle l'avait consumé. Elle nous a fait comprendre que, pour notre propre salut, nous ne pouvions plus le maintenir à domicile car, tôt ou tard, nous en étions certains, il recommencerait.

— Nom de Dieu… Je suis tellement désolée pour vous. Et c'est donc là que vous l'avez placé à Rhodam Senior.

— Nous n'avons pas eu le choix et, croyez-moi, je n'ai jamais vécu pire moment.

— Mais pourquoi cet établissement bon marché alors que vous ne semblez pas à court de moyens ?

— Parce qu'il y avait urgence à le faire admettre. Nous ne pouvions pas attendre qu'une place se libère dans un établissement mieux équipé et plus proche d'ici. Mon intention était de le transférer sitôt trouvée une place disponible ailleurs.

— Pourquoi ce n'est pas arrivé ?

— Parce qu'il s'y est opposé. Lorsque je lui ai rendu visite, pour la dernière fois, il m'a fait comprendre qu'il s'était accoutumé à Rhodam. C'était étrange, Dolorès, il avait changé. Comme si mes prières quotidiennes pour qu'il retrouve la lumière avaient fissuré le bloc de haine. Je suis rentrée chez moi le cœur léger et pleine d'espoir. Mais il est mort, très peu de temps après. Contre toute attente, c'est son cœur qui a lâché. Vous savez, j'ai vu en ce changement de dernière minute et en cette mort subite, une sorte de libération pour lui. Malgré le sursis qu'il a finalement semblé trouver à Rhodam, il n'était pas homme à pouvoir vivre comme ça, même là-bas…

— Votre histoire me sidère, Madame Foster.

— Mais cette haine, que je croyais morte avec lui, s'est de nouveau manifestée, comme si elle avait survécu, à travers ces coups de fil remplis de menaces… Mes peines, mes angoisses, mes inquiétudes… le souvenir de cet accident cérébral, le fauteuil roulant, le placement à Rhodam… tout a violemment refait surface et, depuis lors, je n'en dors plus. Je comprends maintenant devoir attribuer ces coups de fil à votre père. Cela n'a aucun sens ! Dolorès, comment votre père aurait-il pu savoir tout ce que je viens de vous raconter et qu'il m'a lui-même rappelé au téléphone ?

— Il vous a menacée de quoi ?

— De nous faire payer. De partager l'enfer qui avait été le sien et dans lequel nous l'avions abandonné. De faire payer tous ceux qui lui avaient causé du tort, le temps du sursis qui lui avait été accordé…

— Vous avez prévenu la police ?

— Que vouliez-vous que je lui raconte, Dolorès ? Que je recevais des appels menaçants d'une personne morte et enterrée ? Que quelqu'un se faisait passer pour mon mari ? Elle ne m'aurait pas jugée saine d'esprit. Et puis, cette famille a été dans les affaires pendant de très nombreuses années. J'ai voulu croire que ces appels provenaient de personnes qui lui en voulaient, pour une raison ou pour une autre. Ça n'aurait pas été la première fois.

— Raison de plus pour prévenir la police, non ?

Eléonor Foster hésita avant de poursuivre.

— Cette famille a pour habitude de régler seule ses problèmes. Il y a des choses qu'elle préfère taire. Elle a toujours fonctionné comme ça. Et…

— Et ?

— Je n'ai jamais parlé de tout ça à mes beaux-frères.

— Pourquoi ?

— Parce que j'aurais été obligé de leur dire que… votre père…connaissait certaines choses que seule cette famille connait. Je n'avais pas envie de réveiller un loup qui dort.

– 3 –

Abasourdie, Dolorès resta sans voix, les idées plus confuses que jamais. Il lui fallait digérer ce qu'elle venait d'entendre. Une question incongrue força les limites du silence dans lequel sa logique aurait voulu l'enfermer.

— Qu'est-ce que votre mari aimait boire, à table ?

— Mais ? Je ne…

— S'il vous plaît.

— Il aimait le vin.

— Madame Foster, je vais tirer ça au clair et faire en sorte que mon père ne vous importune plus jamais. Vous avez ma parole, dit Dolorès en se levant, pressée de quitter cet endroit qui lui donnait maintenant le tournis.

— Merci infiniment de vous être confiée à moi.

Avant qu'elle ne s'échappe, Eléonor Foster lui saisit la main.

— Si je l'ai fait, c'est pour nous protéger, Dolorès, vous et moi. Parce que, si je ne comprends comment votre père peut se prendre pour mon mari et savoir tout ce qu'il sait, mais qu'il devient l'homme que j'ai connu avant sa mort, faites attention, très attention. Sa rage était telle que… Donnez-moi des nouvelles, je vous en conjure.

— Vous pouvez compter sur moi.

— Merci de votre visite et de votre franchise, Dolorès. Comment s'appelle votre père ?

— Pedro.

— Pedro… C'est noté. Consuela va vous raccompagner.

– 4 –

Sa parole, Dolorès n'était pas sûre de pouvoir la tenir. L'impensable avait traversé son esprit au moment où Eléonor Foster avait répondu à son ultime question. Les choses concordaient à en devenir surréalistes. Le fauteuil roulant que son père ne voulait pas lâcher à l'hôpital, sa réaction épidermique à l'évocation de Rhodam alors qu'il n'était pas censé connaître l'établissement, le vin qui avait remplacé la bière, tout ce qu'il savait sans jamais qu'on le lui ait dit et, plus que tout, ses capacités cognitives ressuscitées… Tout s'imbriquait pour l'amener à une conclusion qu'elle se refusait à tirer parce qu'aucun esprit rationnel ne peut le faire. Le vide qui, peu à peu, s'était fait dans l'esprit de son père avait-il pu laisser la place à l'âme d'un homme qui venait de mourir ? Et charrier avec lui toute la rancœur que le défunt exhalait de son vivant ?

Elle ne pouvait ni ne voulait y croire. Mais, à cette heure, c'était la seule théorie qui tenait suffisamment la route pour expliquer tout ce qui, ces dernières semaines, mettait son bon sens à l'épreuve. « Qui était réellement son père » faisait partie des questions qu'elle n'aurait jamais imaginé devoir se poser un jour. Et, avec elle, une multitude d'autres questions, toutes sans réponses, s'invitaient au banquet. À supposer que son père soit Sheldon Foster — hypothèse à laquelle Dolorès n'était pas encore prête à se ranger — où était parti Pedro ? Qu'est-ce que préparait l'étranger qui l'avait remplacé ? Son besoin d'argent était-il lié à ses plans ? L'idée qu'il puisse effectivement vouloir se venger de sa (vraie) famille lui faisait froid dans le dos. Mais ce qui la glaçait, littéralement, était la relation que cet inconnu avait nouée avec James. Depuis le jour où ils s'étaient parlé, dans la cuisine, James avait changé. Trop vite changé.

Dolorès ne pouvait pas garder tout ça pour elle. Son cerveau divaguait entre incrédulité, incompréhension et effroi. Elle devait se libérer de cette pression, insupportable, et en parler à Debby et à Miles. Il fallait surtout, pour sa santé mentale, qu'elle arrête de penser et d'échafauder le pire avant d'avoir partagé ses conclusions délirantes. Mais, lorsque l'impensable s'invite dans vos pensées, vous perdez malgré vous le contrôle sur ce qui les infiltre. Privées de logique sur laquelle les concevoir, les choses vous échappent.

23

De chaque côté du miroir

Toutes les fois où elle lui avait rendu visite, Pedro se souvenait s'être muré dans un silence accablant pour son épouse. Incapable d'exhumer les sentiments qu'il avait jadis éprouvés pour elle, il ne regardait que son cou, avec l'envie irrépressible de le serrer entre ses mains, jusqu'à ce que mort s'ensuive. Si l'infirmière qui s'occupait de lui n'avait pas fait échouer ses plans, elle l'aurait suivi *ad patres*, comme ses deux frères et leurs propres femmes.

« Quel droit auraient-ils eu de lui survivre ? » s'interrogeait-il à chaque fois. Sans lui, ils n'auraient jamais à ce point fait fructifier l'entreprise familiale qu'ils avaient vendue une fortune et son épouse ne se serait pas tirée de la condition minable dans laquelle elle croupissait avant de le rencontrer. Certes, elle avait été élevée dans les bonnes manières, mais ces salamalecs ne nourrissent personne. Son père le lui avait mille fois dit : « Dans ce monde de chacals, il n'y a que l'oseille. Le reste, c'est pour ceux qui en ont déjà ! Si quelqu'un cherche à te détrousser, fais-lui passer l'envie. Par-tous-les-moyens ». Il faisait partie de ces rares personnes qui n'avaient peur de rien, parce que la vie ne lui en avait pas laissé le choix. Naître et grandir dans le comté de Breathill, Kentucky, probablement l'un des plus pauvres des États-Unis, vous forge un homme, et pas forcément pour le meilleur. Tous les interdits sociaux, culturels et religieux qu'on cherche à vous fourrer dans le crâne et qui vous empêchent d'oser l'extrême, voire le pire, ne résistent pas à la privation, à l'absence de perspectives. Certains s'en sortent et trouvent leur place dans la société parce que la rage remplace tout le reste. Lorsqu'ils réussissent, c'est parce que l'hésitation ne fait pas partie de leur carte mentale. Les autres sombrent. Mais son paternel n'avait jamais hésité. Jamais. Et il avait réussi.

– 2 –

Toute l'éducation que Pedro se souvenait avoir reçue avait été à l'avenant et s'il y avait bien un souvenir du vieux qu'il emporterait jusque dans la tombe, c'était son regard métallique et la froideur manichéenne avec laquelle il considérait toute chose, que nul n'aurait osé défier. Il avait hérité du prisme binaire avec lequel la vie devait être embrassée. Et ses handicaps n'avaient rien changé à cela.

À chacune de ses visites, son épouse lui laissait ce sentiment amer qu'après l'avoir cloîtré dans ce lieu infâme, elle venait le défier et lui jeter à la figure sa santé et les vêtements coûteux qu'elle s'offrait avec *son* argent. Autant dire qu'il la maudissait. Pourtant, aujourd'hui, lorsqu'une auxiliaire de vie vint lui dire que sa femme l'attendait dans ses quartiers, il se surprit à ne rien ressentir d'aussi violent que les fois précédentes. Il sentait la bête perdre de sa vigueur. Elle ne trouvait pas en l'étranger qu'il était et qu'il redevenait chaque jour davantage, la noirceur de la personnalité qu'il avait infiltrée malgré lui. Parce qu'en vérité, le démon ne creuse son terrier qu'en terrain fertile ; celui qui le laisse grandir. Sa femme l'attendait assise dans le seul fauteuil qui, avec un lit et une table d'appoint, meublait la chambre. Elle souriait, l'air à la fois triste et anxieux. Il fit rouler sa charrette jusqu'à elle. D'un geste hésitant, elle posa ses mains sur les siennes. Ce geste, tendre, estompa son reflet derrière celui de Carmen et il quitta ces lieux qui l'emmuraient pour se retrouver, une nouvelle fois, dans le réduit de leur jeunesse. Ses propres souvenirs refaisaient surface, chose qui ne lui était pas arrivée depuis qu'il avait fait irruption dans cette vie faite de malheurs et de ressentiments. L'amour de Carmen inondait l'atmosphère et avait le pouvoir de museler la bête, dans quelque tête qu'elle se trouve.

Il aurait voulu lui crier de l'aider à sortir de ce corps et de cette vie qui n'étaient pas les siens. Mais tout était figé, dans le temps comme dans l'espace. Les souvenirs ne se changent pas. Moins encore lorsqu'ils ne vous appartiennent pas.

— Je peux maintenant te faire sortir d'ici. J'ai trouvé un établissement plus proche de chez nous et tu pourras y être admis dans une quinzaine de jours.

Ces quelques mots le réimplantèrent dans sa chambre, loin de Carmen. Il lisait dans les yeux de cette femme qui lui rendait visite, joie et soulagement. De toute évidence, elle l'aimait. L'homme qu'il était devenu se serait moqué de ces sentiments. D'ordinaire, sa nature profonde, son état, cet endroit dans lequel on l'avait remisé et la furie intérieure qui en découlait auraient tout obscurci. Mais pas aujourd'hui. Aujourd'hui, il lui restait un petit quelque chose de Carmen. Un petit quelque chose de lui-même, cet homme si différent de celui dans lequel il s'était fondu. Les souvenirs ne se changent pas… À moins, le temps d'un regard, d'ignorer leur existence et de réécrire l'histoire. La parole n'étant plus sienne, il se contenta de sourire et de hocher la tête pour lui signifier son refus. Il n'avait plus cœur à changer. Parce que nul endroit, aussi luxueux soit-il, ne le rendrait à la vie au sens où il l'entendait. Peut-être aussi parce que, en dépit de tout, il s'était attaché à ses compagnons d'infortune. Il était temps, par ailleurs, que Thomas Wenhood reçoive une bonne leçon. Et ce projet faisait jubiler toutes les personnalités qui cohabitaient en lui. Le démon se cache en tout un chacun. Il sait exploiter les petits tunnels de votre psychologie pour, toujours, vous inviter à le nourrir de vos projets les moins avouables.

Prise au dépourvu, sa femme tenta de le faire changer d'avis. Mais c'est elle qui changea son fusil d'épaule, consciente, d'un coup d'un seul, qu'un pan tout entier des pulsions dévastatrices de son époux s'était tu. De manière aussi soudaine qu'inespérée. Dans un long monologue, elle lui conta à quel point la maison était vide sans lui à ses côtés, que pas un jour ne passait sans que ses frères ne parlent de lui, qu'il manquait à tout le monde. Mais ces mots ne lui faisaient pas oublier que personne n'était venu lui rendre visite. Qu'ils vivaient tous sous un toit qui lui appartenait pour partie et dont on l'avait chassé. Ces pensées le crispèrent. Le démon sait se nourrir de peu pour ressusciter.

Son épouse partie et le démon encore saisi de la torpeur dans laquelle Carmen l'avait provisoirement plongé, Pedro reprit les ébauches de portrait qu'il avait faites de Dolorès et de James. Il était temps qu'il les finisse, comme si une petite voix venait lui dire que son temps était désormais compté. Mais le temps de qui ?

En fin d'après-midi, Brian vint le voir à son tour, surpris de ne pas l'avoir trouvé dans la salle commune. Plus surpris encore qu'il ait loupé leur partie de poker. Pedro sentait sa fébrilité, à quelques jours du moment tant attendu : la visite de Wenhood. En quelques mots griffonnés sur une feuille à dessin, il lui indiqua que tout était au point et que chaque participant savait ce qu'il devait faire. Un frisson parcouru Brian. Ses membres s'animèrent de petits soubresauts, comme toutes les fois où quelque chose lui faisait entrevoir la lumière qu'il cherchait au-delà des murs de Rhodam.

– 3 –

De l'autre côté du miroir, Pedro attendait de revoir Logan. James leur avait organisé l'entrevue que son grand-père avait exigée avant de pouvoir adouber le titan. Il s'en méfiait. Il n'aimait pas les participants de dernière minute, toujours susceptibles de faire capoter un plan. Il n'aimait pas, surtout, ceux sur lesquels il n'avait pas pu exercer d'emprise. Mais Logan avait des antécédents et cette prédisposition essentielle : une bête déjà bien installée, prête à souffler un vent brûlant au service de qui saurait la tirer du formol où on l'avait faite prisonnière. Parce que Pedro savait une chose : la bête ne meurt jamais. Elle est comme ces mauvaises herbes que vous vous évertuez sans cesse à couper et qui repoussent toujours. Il devait savoir à quel point et depuis quand la bête de Logan ne s'exprimait plus. En d'autres termes, il allait devoir la tester au moment où la sienne présentait quelques signes de faiblesse, rattrapée par cet autre Pedro qui ne lui offrait aucune prise. Cette constatation le terrifiait, lui qui pourtant n'avait peur de rien. Le temps pressait.

Gigantesque dans l'encadrement de la porte, Logan se présenta le visage dur et fermé. L'impression était d'autant plus saisissante que l'appartement de Natoma Street était petit et étriqué. Une telle montagne imposait le respect de par sa seule présence, plus encore lorsque, de son regard haut perché, il vous toisait. Personne n'avait envie de s'opposer à lui sans une très bonne raison. D'un mouvement de tête lent et circulaire, Logan jugea les lieux et fronça les sourcils lorsque l'odeur de renfermé vint perturber son odorat. Il n'avait mis les pieds ici qu'à de rares reprises mais jamais il n'avait trouvé pareil désordre. Et pour cause, Pedro n'avait pas remis à leur place toutes ces photos et le monticule de documents qu'il avait examinés pour pénétrer la vie de son hôte. Il ne s'était pas non plus occupé de jeter les emballages vides de plats à emporter qui jonchaient les quelques meubles usés par le temps, laissant planer des relents de friture dans l'air déjà vicié. Les lieux étaient habités par un homme qui ne s'en souciait plus. Comment James pouvait être aveugle au point de ne pas voir que *tout* avait changé ? Mais il se souvint bien vite que la colère et l'obsession peuvent rendre aveugle.

Le vieux l'attendait dans son fauteuil hors d'âge, le dos plaqué contre le dossier, la tête droite. Il exhalait quelque chose de malsain. Mais de manière moins flagrante qu'à l'hôpital. Aussi, les craintes que Logan avait nourries à l'idée de le revoir ne se manifestèrent qu'à la marge, lui permettant de prendre l'ascendant sur cette discussion à venir dans laquelle il devait, à tout prix, faire illusion. Il n'empêche, Logan n'avait pas de doute : la personne qu'il avait en face de lui n'était pas celle qu'il avait connue. Pedro, lui, ne parvenait pas à lire dans le regard froid de l'adolescent, plus hermétique au sondage qu'il ne l'avait été lors de leur dernière rencontre. Il se savait n'avoir qu'une seule chance de l'attirer dans les filets communs de leur démon respectif. Il ne pouvait pas (il ne *devait* pas) la manquer.

— James est comme un frère pour toi, pas vrai ?
— On peut dire ça.
— Et tu veux l'aider, si j'ai bien compris ?
— Comme vous, non ?
— On est une famille. On se serre les coudes.
— Il paraît.
— Tu sais ce qu'il a enduré en ton absence ?
— Oui, je sais. Mais si j'avais été là…
— Ça ne se serait pas passé comme ça.
— Non.
— Parce que, toi, tu aurais su le protéger.
— Oui.
— Mais il a dû faire sans toi.
— Je sais.
— Aujourd'hui, tu peux rattraper le temps perdu.
— C'est pour ça que je suis là.
— Tu comprends ce qui lui brûle l'esprit, aujourd'hui ?
— Mieux que personne. Renvoyer la monnaie de la pièce.
— Parce qu'il ne peut pas faire comme si rien ne s'était passé.
— On ne peut jamais. Ou, alors, il ne retrouvera pas sa liberté.
— Tu es prêt à faire quoi pour lui ?
— Ce qu'il me demandera. Je lui ai déjà dit.

Logan avait vu clair dans cet échange. Tout y était passé, en quelques phrases. Famille élargie dont il faisait partie, entraide consécutive, reproche à peine voilé dû à l'absence. Tout ce qui devait le mettre sur les rails du meilleur ami prêt à aider et à se racheter. Mais, pour une raison étrange, Logan n'avait pas lu dans les yeux du vieux ce qu'il avait entendu sortir de sa bouche. Comme si les uns et l'autre appartenaient à des pensées différentes qui se seraient exprimées en même temps. « *Protège James de lui-même* » était le seul message que ces yeux avaient délivré, tout au long de l'entretien. Logan s'était un instant demandé si, dans ce message subliminal, il n'avait pas voulu lire ce qu'il aurait préféré entendre. Mais il ne s'agissait pas d'un simple transfert. Il y avait davantage, sans qu'il puisse expliquer ce qui le conduisait à ce constat. A l'hôpital, la seule chose qui avait vibré lorsqu'il avait revu Pedro était cette sensation noire qui l'avait infiltré dans le Vermont. Aujourd'hui, quelque chose d'autre s'y était *superposé*. Quelque chose de profondément différent. Comme un signal de détresse…

Si ces impressions fonctionnaient dans un sens, elles pouvaient fonctionner dans l'autre. Il ne fallait pas que Pedro mette à jour ses véritables intentions. James, qui n'avait pas pipé mot depuis qu'ils étaient arrivés, se manifesta enfin.

— Logan est d'accord pour t'aider, aussi. Je lui ai dit ce que tu voulais faire et pourquoi.

Le temps était venu pour Pedro d'aller dénicher la bête. Et il allait choisir ses mots comme autant d'appâts auxquels elle ne pourrait résister.

— Logan… Ces gens m'ont fait plus de mal encore qu'à toi quand cet ivrogne a fracassé ton chat contre la rambarde de l'escalier… Je ressens chaque jour le mal et la colère qui t'ont traversé lorsque tu as vu ton animal brisé en deux, sachant qu'il ne viendrait plus jamais se blottir contre toi parce que cet enfoiré l'a massacré… Est-ce que ce serait suffisant pour justifier mes intentions ?

Les yeux de Logan s'incendièrent.

— C'était plus que de la colère. Je l'aurais tué !

— C'est ce que je ressens aussi. Et c'est pour ça que tu me comprends… qu'on se comprend, tous les trois ! conclut Pedro, conscient d'avoir trouvé le chemin qui menait tout droit à la bête et satisfait de constater que, loin d'avoir été plongée dans le coma, elle se tenait en embuscade.

Les mots du vieux avaient balayé les interdits que Logan s'était péniblement construits pour lutter contre ses démons. Les pulsions savent se faire discrètes lorsque rien n'entretient le feu qui les nourrit. Vous les oubliez et vous pensez qu'elles vous ont oublié. Mais, lorsqu'on vient les provoquer, vous vous rendez compte qu'elles sont toujours là, qu'elles sont inscrites dans votre ADN et que la pensée, aussi puissante soit-elle, ne les efface jamais complètement. On ne se libère pas de ses pulsions. Le mieux que l'on puisse faire, c'est se tenir à l'écart de ce qui les réveille. Logan venait d'en faire l'expérience. Pourtant, il entendait encore, au loin, ce message que les yeux de Pedro lui avaient délivré, comme un phare dans la tempête, comme une amarre qui retenait ses pensées noires et entravait sa furie.

« *Protège James de lui-même* »

24

Vents d'hiver

Dolorès leur avait donné rendez-vous au Smuggler's Cove. Elle ne voulait pas entendre sa voix rebondir contre les murs de son appartement. Parce qu'elle n'avait pas l'ombre d'un doute : elle serait la seule à parler et à affronter le regard de son amie et de son amant. Elle s'y était préparée sans savoir ce qui serait le plus difficile : les convaincre du bien-fondé de ses suspicions (devenues certitudes) ou garder son calme devant leur incrédulité. Le bruit ambiant l'aiderait à ne pas perdre l'esprit et à garder le cap dans une réalité tangible. Elle avait demandé à Miles de venir pour 20 h 45, un quart d'heure avant l'heure à laquelle elle avait invité Debby. Au téléphone, Miles lui avait réservé un accueil en demi-teinte. Poli et posé (comme toujours) mais plus froid que d'habitude, malgré l'importance qu'elle avait donnée à ce qu'elle devait leur dire. Il fallait qu'elle sache à quel point il lui en voulait et, à l'occasion, qu'elle s'excuse. Elle n'avait pas jugé le lieu propice (un prétexte) à toutes ces autres choses dont ils devaient discuter, raison pour laquelle elle ne voulait pas que leur tête-à-tête s'éternise. Encore moins compte tenu de ce qui lui brûlait les lèvres. Debby, elle, s'était réjouie de la voir et de revoir Miles, faisant fi du ton grave et loin d'imaginer qu'elle serait mise face à l'impensable.

— Salut… lança Dolorès en s'efforçant de sourire lorsque Miles se pointa à sa table.

— Salut, Dolorès.

Miles ne prononçait plus son prénom en entier depuis qu'ils étaient devenus amants. « Dol » était un entre-deux affectueux qu'il avait choisi pour lui montrer son attachement sans la bousculer dans sa vision de leur relation. Il ne lui avait jamais clairement dit mais elle l'avait compris. Comme elle comprenait aujourd'hui que ce « Dolorès » cherchait à mettre une distance entre eux. En tout cas, à cet instant. Mais il y avait davantage. Il n'avait pas cherché à l'embrasser comme il le faisait toujours, en premier. La posture était claire. Il lui en voulait et le montrait, à sa manière. Depuis toujours, Dolorès souhaitait le voir sortir de son flegme et prendre les rênes (voire, les armes), signe pour elle qu'il était capable de vibrer à leur relation autrement qu'en acquiesçant ou en pardonnant ses écarts. Elle aurait juste préféré que cela arrive un autre jour et, finalement, pour une cause qui ne concerne pas directement leur relation. Ce soir, elle était devant ce qu'elle avait longtemps souhaité. Et cela ne lui apportait rien. C'est toujours pareil. On ne voit pas le confort affectif dans lequel on vit jusqu'à ce qu'il s'étiole.

— Tu m'en veux pour l'autre jour ?

Miles s'assit et se pinça la lèvre inférieure entre le pouce et l'index. Il cherchait les mots, coincés quelque part entre son cerveau et sa bouche depuis des années.

— (*J'aimerais qu'on arrête ces conneries Dol… Ça fait trop longtemps qu'on joue au chat et à la souris. Ça ne me convient plus. Je t'aime, depuis le premier jour, mais je n'ai jamais su comment te le dire. Je n'ai jamais osé. Quand on s'est rapprochés, j'ai tellement espéré que tu laisses évoluer la relation vers ce qu'elle aurait dû être depuis le début. Mais tu as freiné des quatre fers et j'ai eu mal... Comme quand je suis parti à New York. J'ai tellement espéré que tu me retiennes... Et j'ai mal à chaque fois que tu rejettes mon milieu, mes parents, mon boulot — ne dis pas le contraire — parce qu'au final, c'est moi que tu rejettes. Tout ça, ça ne compte pas si tu n'es pas là. Parce que je t'aime. Parce qu'il n'y a que toi. Alors arrêtons ces conneries avant de nous rendre compte qu'on a 80 balais et qu'on a perdu trop de temps)*

Mais Debby ne lui laissa le temps ni de peaufiner sa tirade ni de la délivrer. Infidèle à son habitude, elle arriva en avance. Et lorsque Debby débarquait quelque part, on ne voyait (et n'entendait) plus qu'elle.

— Miiiiiiiiles ! s'exclama-t-elle en fondant dans ses bras.

— Ça me fait trop plaisir de te voir ! Parce qu'il n'y en a que pour Dol ici. Même pas tu serais venu saluer ta vieille copine, hein !

— Moi aussi je suis content de te voir. Tu as l'air en forme.

Debby avait des antennes. Il ne lui fallut qu'une seconde pour remarquer qu'elle était arrivée au milieu de quelque chose.

— Je n'interrompais pas une conversation j'espère ?

— T'inquiète, il n'avait rien à ajouter !

L'heure ne semblait pas à la plaisanterie. Dolorès avait le visage tendu et ses mots claquaient comme des coups de fouet. Debby s'assit à côté de Miles et tous deux firent silence, pendus à ce qu'elle allait leur révéler.

— Je ne sais pas par où commencer, bordel !... Ni comment vous le dire sans que vous me preniez pour une folle. Vous savez tous les deux que le comportement de mon père est étrange depuis sa petite virée à l'hôpital. Étrange au point de m'avoir fait penser à un TDI. Mais je me suis plantée. C'est pire et bien plus délirant. C'est toi qui m'as mise sur la piste, Deb, avec ce que tu m'as rapporté quand je t'ai demandé de le suivre et aussi la carte de visite que j'avais gardée dans mon sac…

— Tu as demandé à Debby de suivre ton père ?

— Tu l'aurais fait, toi, si je te l'avais demandé ? Non ! Alors, s'il te plaît, pas de commentaire ! Et puis on s'en fout. C'est pas ce qui compte. Ce qui compte, c'est que je suis allée chez Eleonor Foster et ce que j'ai appris dépasse l'entendement.

— Eleonor Foster ?

— Une femme que mon père menace parce qu'il se prend pour son mari en se présentant et en se faisant appeler comme lui.

— La menacer ?

— Eh oui mon vieux ! Si tu m'avais laissée t'en parler, la dernière fois, tu saurais où on en est ! Bref, ce qu'elle m'a appris dépasse l'entendement.

— Je ne suis pas sûr de suivre…

— Tais-toi et écoute parce que si tu m'interromps toutes les dix secondes, je n'y arriverai pas ! Mon père connaît des trucs sur la vie de cette femme et sur sa famille qu'il ne peut pas connaître.

— Des trucs comme quoi ?

— On s'en cogne ! Je ne vais pas les détailler. C'est sans importance.

— Bah si, quand même… Si tu veux qu'on comprenne.

Dolorès s'agaçait des questions de Miles et ses nerfs

commençaient à la titiller. Le ton montait avec la sécheresse de ses réponses. Lui, le faisait exprès. Le « il » et la brimade qu'il avait encaissés, lorsque Debby était arrivée, avaient coupé court son envie d'épancher ses sentiments. Le ton employé par Dolorès, depuis lors, l'avait carrément enterrée. Pour la première fois, le caractère de la belle le fatiguait et la peine qu'il ressentait jusque-là cédait la place à une franche vexation. Pour ne pas envenimer l'entretien, il se tut.

— Je reprends ! Il connaît des trucs sur cette femme et sa famille comme quelqu'un qui les aurait longtemps fréquentés, pendant des années même. Or, ce n'est pas le cas !… Que je sache. Si c'était la seule chose, j'aurais réfléchi avant de vous en parler. Mais non ! Il y en a d'autres et pas qu'un peu. 1: Mon père se trouvait à l'hôpital au moment précis où le mari d'Eléonor Foster est mort. 2 : Le lendemain, il retrouvait des capacités cognitives et une mémoire qu'il n'avait même pas avant d'être malade. 3 : Quand je suis arrivée à l'hôpital, il faisait une fixette sur un fauteuil roulant. Il s'y asseyait sans arrêt et semblait surpris de pouvoir s'en extraire. Mon père n'a jamais eu besoin d'un tel engin. Mais Sheldon Foster si ! Il y était coincé depuis un AVC. 4 : Il ne parle plus comme il le faisait. Il utilise un langage et des tournures idiomatiques qui ne sont pas les siens. 5 : Il ne parle plus jamais espagnol. Il ne le comprend même plus. 6 : Son comportement est étrange. Il agit comme quelqu'un qui ne se souvient de rien mais qui a l'esprit clair… comme si sa vie ne lui appartenait pas tout en restant pleinement aux commandes. 7 : Il a conseillé des trucs à James que jamais il n'aurait conseillés avant. Je les ai entendus ! J'étais là ! 8 : Il semblait déjà connaître Rhodam Senior au moment où je lui en ai parlé alors qu'il n'a jamais mis les pieds là-bas. Alors que le vieux Foster, lui, y a longtemps séjourné. 9 : Ses goûts ont changé. Il a curieusement les mêmes que ceux de ? Je vous laisse deviner… Sheldon Foster ! Alors, je ne vois pas trente-six hypothèses pour expliquer ce qui lui arrive…

Un silence lourd de réflexions s'installa à table. Debby se manifesta la première, encore ahurie par ce qu'elle venait d'entendre. Il fallait l'admettre, la liste des détails inexplicables était trop longue pour que l'on puisse l'abriter derrière de simples coïncidences.

— Putain de merde ! Je vois où tu veux en venir… Mais comment c'est possible ?

— Je n'en sais tellement rien. C'est à peine crédible. Mais, croyez-moi, j'ai ressassé mille fois tout ça dans ma tête avant d'arriver à cette conclusion… Chaque détail, chaque conversation, chaque comportement… J'ai essayé de trouver d'autres explications. Rien ne colle ni ne permet de tout expliquer en même temps, à part…

— Tu peux formuler ta conclusion, histoire qu'on soit tous bien certains d'être sur la même longueur d'onde, lui demanda Miles.

— Je ne sais pas comment, mais je crois qu'en clamsant, au moment où mon père n'était pas loin de lui, l'esprit de Sheldon Foster s'est logé dans le vide du cerveau de mon paternel. Je sais, je sais, je sais, c'est délirant ! Mais ça tient.

— Mais pour quoi foutre ?...

— C'est ce qui m'inquiète le plus, Deb ! Je crois qu'il veut se venger de sa femme et de ses frères.

— Pourquoi ? continua Miles.

— Parce que, selon Eléonor Foster, il n'aurait pas accepté d'être diminué après son accident vasculaire. Il aurait même gardé rancœur à l'égard du monde entier. Il n'a surtout pas supporté d'être placé dans une maison de retraite après avoir tenté de flinguer toute sa famille par le gaz.

— Nom de Dieuuuuuu… Mais qu'est-ce que tu vas faire ? Nan, parce que si t'as raison, tu sais pas de quoi il est capable. Qu'est-ce que t'en penses, Miles ?

Nouveau silence.

— Je ne sais pas trop…

— Le contraire m'aurait étonnée !

Miles leva sur Dolorès des yeux qui criaient son ras-le-bol.

— Je crois que je reprendrais point par point en essayant de trouver une explication plus rationnelle, continua-t-il en ne regardant que Debby.

— Parce que tu crois que je n'ai pas essayé ?

— Nan mais laisse-le parler, merde, c'est pas tous les jours qu'on entend un truc pareil. Même un avocat !

— …À commencer par l'absence de certitude sur le fait que Pedro connaissait ou non la famille Foster.

— Bah, Dol à l'air sûre qu'il ne la connaissait pas !

— Oui, mais elle ne connait pas chaque détail de la vie de son père. Elle a été petite et ne se souvient peut-être pas de tout. Qui dit qu'il n'a pas connu cette Eléonor bien plus jeune, après le décès de Carmen ?

— Et pour sa cervelle, qui est repartie comme en 40 ?

— Il y a peut-être une explication médicale.

— Ouais okay, c'est ce que j'ai pensé au début. Et le fait que Pedro se soit trouvé à l'hôpital au même moment que le vieux Foster quand il a tiré sa révérence ?

— Beaucoup de gens meurent en présence d'autres gens. Ça ne veut pas dire que l'esprit du défunt va aller se balader dans la tête d'autrui.

— Okaaaaay ! Mais tout le reste ? Parce que tu ne peux pas tout expliquer.

— Je n'en sais rien mais il y a peut-être une explication rationnelle.

— Au cas où vous ne l'auriez pas remarqué, je suis à votre table et votre discussion en tête-à-tête me concerne ! les interrompit Dolorès.

— Excuse-moi, mais je préfère m'adresser à Debby, car je me prends un scud à chaque fois que j'ouvre la bouche. Alors tu as peut-être réfléchi à tout ça mais rien ne dit que tes conclusions tiennent la route. Tu n'as pas encore le prix Nobel en ce qui concerne les malades d'Alzheimer. À moins que, têtue comme tu es, tu ne changes pas ta position quoi qu'on dise ? Pourquoi nous faire venir pour en parler alors ?

Les hostilités étaient lancées et elles promettaient d'être sanglantes. Miles ne s'était jamais adressé à Dolorès de cette manière (l'inverse était moins vrai). La pousser dans ses retranchements n'était pas une bonne idée et Debby le savait. Elle vit s'installer sur le visage de son amie le masque de la colère sur le point d'exploser.

— Tu me fais chier, Miles ! Tu me prends pour une débile ? Tu crois que la pauvre petite infirmière ne pige plus rien et qu'elle est trop conne pour avoir une théorie qui tienne la route ? Ahhh, évidemment, les pauvres idées d'une Mexicaine des bas quartiers de Frisco ne rentrent pas dans les cases toutes faites et remplies de bon sens d'un avocaillon de Presidio Heights, bien propre sur lui, d'où rien ne dépasse ! Tu devrais peut-être en parler à papa et à maman, ils te diraient quoi penser. Parce qu'en dehors de ton taf, de ton appart et de ton pognon de merde, t'es que dalle ! T'es personne ! Tu ne sers à rien ! Mais t'as raison, je ne vois pas pourquoi je t'ai demandé de venir et tu peux te casser si t'as rien à ajouter.

Dolorès venait de perdre le contrôle d'elle-même. Ses propos n'avaient aucun sens et exprimaient bien plus que son mécontentement à l'égard des doutes que Miles avait formulés sur sa théorie. Elle serra les dents au point d'en fissurer l'émail pour réussir à se taire. Parce qu'elle connaissait la tempête qui venait de se lever dans son esprit. Si elle ne se taisait pas maintenant, le souffle du vent ferait des dégâts irréparables. Elles étaient loin, ses résolutions de la veille.

Sous la table, la main de Debby se posa sur celle de Miles, comme pour dire « Elle ne pense pas ce qu'elle vient de dire. Elle est à cran. Ne lui en veux pas ». Il se tut. Debby chercha dans son regard ce que les saloperies qu'il venait d'entendre avaient provoqué. Derrière le self-control dont il savait faire preuve, elle lut sa peine. Elle avait mal pour lui. Il se leva, se pencha sur Debby pour la gratifier d'une bise et s'en alla, laissant traîner le bout de ses doigts sur ses épaules, le temps de s'éloigner de la table, comme pour s'excuser de prendre le large sans un mot. Comme on caresse une dernière fois quelqu'un que l'on ne reverra pas de sitôt.

À son tour, Debby se mura dans le silence, abasourdie par cette soirée, incapable de retrouver la parole. Le temps fut long avant que Dolorès ne s'extirpe du cyclone qui l'avait emportée. Lorsque son visage se décrispa, elle expira longuement et adopta cette posture que Debby connaissait trop bien. Cette posture qui forçait son orgueil à prendre le dessus, quoi qu'il arrive.

— Désolée que tu aies dû assister à ça.

— Mais qu'est-ce qui t'a pris ?

— Ce n'est pas le sujet de ce soir.

— Nan mais, tu plaisantes ? Tu parles à ton petit ami comme à une merde et tu veux me faire croire que ce n'est pas important ? C'est devenu LE sujet de ce soir. Parce que si tu ne le rappelles pas tout de suite, y'aura peut-être pas d'autres soirs avec lui.

— Tu parles… Et puis je n'ai jamais couru derrière personne. Ce n'est pas aujourd'hui que je vais commencer. On pourrait revenir à mon père ?

— Nan, on ne peut pas, Dol. T'as pété un câble ou quoi ? Tu lui as dit des trucs franchement dégueulasses et carrément injustes. Tu as eu tort, là, ma grande. Tu DOIS t'excuser. C'est ça l'urgence.

— Écoute Deb, ce que je vous ai raconté m'inquiète beaucoup plus que n'importe quoi d'autre. Et si je me ronge les sangs, c'est parce que mon père, enfin, ce Sheldon Foster… je suis sûr qu'il a vrillé la tête de James. Putain, tu devrais voir comment mon fils a changé en l'espace de quelques semaines. Ce n'est plus le même et je ne sais pas ce que cet inconnu lui a foutu dans le crâne pour qu'on en arrive là.

— Tu viens de méchamment rembarrer le mec de ta vie. Alors ça te coûtera rien de faire une parenthèse de cinq minutes, de l'appeler et de t'excuser à genoux. Parce qu'il le mérite, merde !

L'implication de Pedro dans l'évolution soudaine de James ne semblait même pas avoir effleuré Debby. Dolorès n'aimait pas. Son fils passait avant n'importe quel homme, serait-il Miles. Son amie ne pouvait pas l'ignorer.

— En fait, ce qui pourrait arriver à James t'intéresse moins que ma relation avec Miles…

— Arrête d'être conne ! C'est pas ce que j'ai dit ! Je dis seulement que, dans les dix minutes qui viennent, les choses ne vont pas changer pour lui. Ni pour ton père. Par contre, ça peut tout changer pour Miles.

Dolorès ne l'écoutait plus. Le vent s'était remis à souffler et il soulevait ce qu'il y avait de plus amer en elle.

— Les mecs… il n'y a vraiment que ça qui compte à tes yeux, pas vrai ? Tout le monde n'est pas comme toi, Deb. Mais t'as pas de gosse, tu ne peux pas comprendre. Tu sais quoi ? J'ai eu tort de vous faire venir pour vous parler de ça. J'aurais dû deviner que vous ne pouviez pas piger. On passe à autre chose… Regarde à côté de la porte d'entrée, il y a un mec qui te plaira.

Debby, ce n'était pas Miles. Pas question pour elle de se maîtriser par souci de convenance ou pour toute autre raison lorsqu'elle était vexée. Elle le faisait savoir.

— Va te faire foutre ! répondit-elle en balançant avec violence sa main contre le verre de bière que Dolorès avait commandé en les attendant. Le liquide éclaboussa le visage de cette dernière et se répandit sur ses vêtements.

– 2 –

Debby quitta la table non sans ajouter « pauvre conne » ! Elle fit demi-tour après avoir fouillé dans son sac et en avoir tiré un billet de vingt dollars qu'elle jeta au visage de Dolorès.

D'ordinaire, lorsque la tempête se calme, ceux qui en ont été saisis reviennent à la raison. On ressasse les paroles malheureuses. On cherche à les justifier ou on les regrette, voire, souvent, un peu des deux. Consciemment ou non, on met en balance les sentiments ou le respect qu'on éprouve à l'égard de ceux que l'on vient d'incendier. Et on fait la moyenne. Parce qu'au bout du compte, rien n'est tout blanc ou tout noir. On peut rarement se targuer d'avoir raison sur toute la ligne ou complètement tort. Selon les individus, le vent ne se tarit pas à la même vitesse. Tout dépend de sa force et des vents contraires. Dolorès faisait partie de ces femmes dont le vent souffle fort et longtemps.

Plusieurs heures après avoir quitté le Smuggler's Cove, elle n'avait pas fait la moyenne, en dépit des sentiments qu'elle avait pour Miles et des vérités qu'elle avait entendues de la bouche de Debby. Parce que son orgueil et la volonté de tout contrôler, y compris ce qu'elle devait ressentir, la privaient de cette voie qui mène à reconsidérer les choses de manière plus juste et plus apaisée. Dolorès faisait partie de ces femmes dont le versant sombre vivait à l'heure d'hiver. Peu importe qu'elle ait eu tort ou raison, elle enterra ce qui s'était passé au pub. Rien ne devait perturber l'équilibre qu'elle cherchait en permanence, d'autant moins que celui-ci chancelait déjà à l'idée que son père puisse… ne plus être son père. Elle devait trouver un moyen de s'en assurer sans qu'aucun doute ne persiste et, au-delà, déterminer les intentions de cet inconnu.

L'urgence était là. Et elle était absolue car James ne semblait pas y être étranger. Aucune preuve matérielle ne viendrait conforter ces désormais certitudes. Elle n'avait qu'un seul moyen : se confronter à Sheldon Foster, lui faire admettre la vérité et lever le voile sur ses plans. Pour tout le reste, le moment n'était pas venu de savoir si l'esprit de son père existait encore quelque part ou si la situation était transitoire. Elle était incapable de répondre à ces questions qui confinaient au délire.

Dans « tout le reste », il y avait aussi Miles et Debby. Pour l'heure, elle s'interdisait d'accepter qu'ils puissent la déstabiliser. Elle réussirait bien à se rabibocher avec l'un comme avec l'autre, convaincue que l'amour et l'amitié triomphent de tout (surtout l'amour). Et puis, au pire, elle pourrait (croyait-elle) les ranger parmi les dommages collatéraux.

S'interdire d'accepter qu'ils puissent déstabiliser son équilibre… Une résolution de l'esprit peut-elle faire barrage aux messages contraires qui viennent du cœur ? Certainement, lorsqu'on se refuse à l'écouter malgré ses tentatives pour exister. Mais, tôt ou tard, il se rappelle à votre bon souvenir…

25

Brut de décoffrage

Amber souffrait que James ne s'intéresse plus à elle.

— Plaie d'orgueil ou plaie du cœur ? lui avait demandé sa meilleure amie.

La question ne lui avait jamais effleuré l'esprit. Elle l'aimait le plus sincèrement du monde. La réciproque était moins évidente malgré tout ce qu'il lui disait. Pourtant, elle s'accrochait à ses mots, tellement ils se faisaient rares, et voulait y croire. Ils ne se voyaient plus. James avait toujours « quelque chose à faire », quelle que soit l'heure, quel que soit le jour. Si bien que, de couple, il ne restait que le terme. Les fois, avares en nombre, où il daignait l'honorer de sa présence ne se présentaient que lorsqu'il avait des besoins à satisfaire. Et sitôt l'affaire conclue, un nouveau prétexte l'attirait ailleurs. Elle avait bien cherché à savoir ce qui l'éloignait si souvent d'elle mais, systématiquement, elle s'était heurtée à un mur. Sa meilleure amie avait la solution.

— Largue-le ! Au mieux, ça le réveille, au pire, tu n'auras rien perdu.

La logique était imparable. À ceci près qu'elle ne voulait pas tenter l'extrême. Ses sentiments le lui interdisaient. Ses sentiments, et cette impression diffuse qu'il cachait quelque chose.

— Une autre fille, c'est évident ! lui avait encore dit sa

meilleure amie.

Mais elle n'y croyait pas. James semblait en proie à des préoccupations qui grandissaient à chacune de ses visites et qui le fermaient toujours un peu plus. Il n'était plus, ni le garçon timide dont elle était tombée amoureuse, ni celui qu'il était devenu par la suite et qui l'avait électrisée. Il n'était tout simplement plus *là* et les contrées qu'il explorait secrètement ne devaient rien avoir de réjouissant à en juger par l'expression terne de son visage. Encore que, terne n'était pas le qualificatif le plus approprié. Son visage était bloqué.

— Oui, voilà, bloqué ! avait-elle insisté auprès de son amie.

— Bloqué par quoi ?!

— Bloqué… je ne sais pas. Par une idée, je dirais. Ou par un objectif qui l'obsède.

— Eh bah si cet objectif est plus important que toi, laisse tomber ! Et puis, t'es pas psy !

Mais Amber n'était pas du genre à laisser tomber lorsqu'elle ne comprenait pas. Elle chercherait d'abord la raison, ce qui lui permettrait, au passage, de différer une prise de décision qui la ferait souffrir. En se remémorant la conversation qu'elle avait eue avec Logan et qui, à première vue, ne lui avait rien appris de particulier, elle repensa à l'agression que James avait subie et au harcèlement qu'il avait supporté auparavant. Ces événements l'avaient-ils plongé dans une sorte de dépression ? L'hypothèse était trop simple et, avec le temps, James aurait fini par cracher le morceau. Mais elle n'avait rien d'autre à se mettre sous la dent. Il y avait peut-être, dans ces événements, un détail qui lui échappait. Il ne lui en fallut pas davantage pour se décider à creuser cette piste. Le meilleur moyen était de tourner autour de Dylan et de ses copains, sans en avoir l'air. Elle savait que Dylan en pinçait pour elle et qu'il ne tarderait pas à venir lui parler si elle lui en laissait la possibilité. Elle saurait lui tirer les vers du nez. Sa psychologie était immensément supérieure à la sienne.

Ses vœux furent vite exaucés.

— Hey ! Ça va Amber ?

Le ton se voulait sûr. Dylan cachait son béguin derrière l'attitude du meneur type.

— Ça va et toi, le caïd ?

— Ça roule ! C'est rare que tu traînes toute seule, dis-moi.

— D'abord, je ne « traîne » pas. Ce sont les loosers qui « traînent ». Ensuite, je ne suis pas toujours accompagnée. Et puis, je préfère « traîner » toute seule que « traîner » mal accompagnée.

— Ah ouais ? T'es comme ça toi ? Tu ne traînes… enfin, je veux dire… t'es pas avec ton petit copain ?

— On n'est pas mariés ! On a dix-sept ans, tu te souviens ? Il a peut-être mieux à faire…

— Putain, si j'avais une gonzesse comme toi, je ne lui lâcherais pas les basques.

— Faudrait d'abord que t'apprennes à mieux parler pour que je sois ta « gonzesse ».

Amber agrémenta se réplique d'un clin d'œil et d'un sourire. Maintenant que le poisson avait mordu à l'hameçon, il n'était pas question de le secouer au point de lui arracher le palais.

— Et si je causais mieux ?

— Bah si tu parlais mieux… on serait dans un autre monde !

— Sérieux, Amber, qu'est-ce que tu fous avec un tocard pareil ? T'es trop canon pour lui. Attends… j'dis pas que t'as mauvais goût. Juste que y'a d'autres genres de meufs pour lui !

— Et d'autres mecs pour moi, c'est ça ?

— Bah, Euh… ouais, c'est ça.

— Et c'est pour ça que toi et tes potes vous l'avez fait chier pendant des mois ?

— Moi ? Mais qui t'a dit qu'on l'a fait chier ?

— Arrête Dylan… J'ai l'air d'être stupide ? Je ne voudrais pas d'un mec qui me ment dès le début…

— Okaaaaaay…. On l'a chahuté un peu, quoi ! Mais rien de mortel !

— D'ailleurs, j'ai entendu dire qu'il t'avait méchamment corrigé…

— Écoute pas ce que les gens disent… Ils racontent que de la merde. Ils savent pas. Disons qu'on s'est foutu sur la gueule. Comme des mecs !

— Mais t'as quand même fini au tapis. Y'a pas de honte, hein. Hier c'était toi, demain ce sera lui... Non ?

Dylan n'était pas sûr de savoir où elle voulait en venir. Il n'avait aucune intention de se frotter de nouveau à James. La proie s'était transformée en prédateur. Elle n'intéressait plus le (lâche) chasseur. Amber cherchait-elle à tester sa virilité ? Il pouvait bomber le torse et dégainer une réplique par laquelle il lui ferait comprendre que personne ne s'en prenait à lui sans conséquence. D'un autre côté, elle ne voulait pas d'un mec menteur. Il ne devait pas se tromper. Le choix était cornélien pour sa logique binaire.

— Non ? insista Amber.

— Je m'amuse pas non plus à me foutre sur la gueule avec quelqu'un pour me marrer. On l'a fait chier, on s'est tapés, on s'arrête là. Voilà… J'ai mieux à foutre.

— Alleeeeez… ne me dis pas qu'un mec comme toi n'a pas envie de laver son honneur. Franchement, ça me surprendrait !

— Nan ! Il cogne trop dur. J'aurais pas cru ! Et puis…

— Et puis ?

— Et puis j'ai appris que son pote le titan était sorti de cabane et qu'il traîne autour du bahut des fois.

— Qu'est-ce que Logan vient faire là-dedans ?

— Bah s'il vient filer un coup de main à son pote, j'ai franchement pas envie de me l'emplafonner. T'as vu l'engin ?

— Courageux mais pas téméraire…

— Quoi ?

— Rien, t'inquiète. C'était pourtant classe une riposte à vélo.

— Hein ?

— Pas longtemps après votre embrouille, James s'est fait agresser par des mecs masqués à vélo, dans Tenderloin.

— Nan ? Ça craint ce coin. Et tu croyais que c'était moi ?

— Je me dis que ça aurait pu.

— Eh bah non. Le masque, c'est un truc de lâche. Et puis, qu'est-ce t'en tires si on sait pas que c'est toi qui as cogné ? C'est ça qui compte au final !

— Pas faux…

— Je me goure ou t'as l'air déçue que ce soit pas moi ?

— Ça changerait quelque chose si j'étais déçue ?

— Franchement, non. Je vais pas te mentir…

— Okay…

— T'en veux à James pour quelque chose ou quoi ? J'ai l'impression que t'aimerais qu'on se tape encore ?

— Et si c'était le cas ?

— Bah, comme ça, j'ai pas envie de retourner au front si

son pote Logan est dans les parages. Maintenant, si c'est une lutte…genre pour gagner la main de la princesse, j'dis pas…

— T'inquiète, ce n'est pas comme ça qu'on gagne mon cœur, caïd ! D'ailleurs, les caïds, ce n'est pas mon truc.

— T'es sûre que t'es pas déçue alors ?

— Non, au contraire, Dylan.

— En vrai… je sais que moi et mes potes on peut vraiment être très cons des fois et qu'on pousse le bouchon un peu loin. Mais on n'est pas des tarés. L'agression de James, ça craint ! Mais c'était pas nous. De toute façon, il était équipé pour se défendre… même s'il le savait pas.

— Qu'est-ce que tu veux dire ?

— J'sais pas… quand on s'est foutu sur la gueule, y'avait un truc dans ses yeux que j'avais pas vu avant… je veux dire, quand on le faisait chier. Et ce truc, Amber… ça m'a même fait flipper…

— Toi, tu as eu peur ?

— Ouais… mais pendant une minute, hein ! Pas plus ! Je suis tendre quelque part.

— Oui, sûrement… N'hésite pas à le montrer alors, et déconne un peu moins avec les autres.

— Ça veut dire qu'on fera peut-être un truc ensemble, un jour ?

— Qui sait ? Tu as une voiture ?

— Non.

— Une moto ?

— Non plus.

— Un vélo, au moins ?

— Pas plus… Mais je peux emprunter la caisse de ma mère si c'est pour t'emmener quelque part.

— On en reparle un de ces quatre, conclut Amber, souriante à l'égard de Dylan et satisfaite d'avoir glané, sans donner l'impression de l'interroger, les informations qui lui étaient nécessaires pour se faire une opinion.

– 2 –

Dylan la regarda s'éloigner, ravi de la conversation qu'ils venaient d'avoir et de l'ouverture qu'elle laissait planer sur un possible rendez-vous avec elle. Il n'avait pas insisté sur ce détail qui l'aurait desservi aux yeux de sa belle mais il savait que ce qu'il avait vu dans le regard de James lui faisait peur bien au-delà de la minute dont il s'était vanté. Il en avait peur en toutes circonstances. En tant que petit emmerdeur toujours enclin à pourrir les autres par distraction, il percevait et reconnaissait le grain de sombre folie qui traverse l'œil de ceux à qui il ne faut plus chercher querelle. Chez James, ce jour-là, la taille du grain avoisinait celle d'une noisette, qui serait sortie de nulle part, d'un coup d'un seul. Confusément, il savait que ces gens-là étaient dangereux, parce qu'imprévisibles. Leur folie, même passagère, pouvait tout cramer sur son chemin, quand bien même s'en retournait-elle dans sa boîte après. Parfois, elle mettait du temps pour y retourner. Parfois, elle n'y retournait jamais. Il préférait se tenir éloigné de ces bombes à retardement, parce qu'en dépit de sa grande gueule, il n'avait pas les épaules pour supporter la déflagration. Riposter ou continuer à harceler James après leur altercation n'avait jamais été dans ses intentions. Parce qu'il avait vu la bombe exploser dans ses yeux.

À chacune des réponses que Dylan lui avait apportées, Amber avait scruté ses yeux, ses lèvres, ses mouvements. Elle avait analysé le ton de sa voix et le débit de ses mots, les hésitations ou les interrogations qu'ils véhiculaient. Elle ne le croyait pas mêlé à l'agression de Tenderloin. S'il avait voulu riposter, elle était certaine que, par fierté, il l'aurait fait à visage découvert. Dylan était peut-être très con mais elle ne voyait pas en lui l'intrigant prêt à se venger masqué. Il donnait plutôt dans le genre « brut de décoffrage ». Encore que, « très con » n'était plus ce qu'elle pensait de lui après cette conversation.

Elle devait parler à Logan, lui dire qu'il ne fallait pas rester sur le doute qu'ils avaient timidement partagé, si tant est qu'il ait continué de nourrir quelques suspicions dans cette direction. D'ailleurs, il ne l'avait pas rappelée. Peut-être que la situation n'avait pas évolué de son côté. Ce silence n'était pas fait pour la rassurer. Parce qu'à la fin, rien ne lui permettait de comprendre pourquoi James avait changé. Il ne pouvait pas ne pas y avoir de raison. À moins, tout simplement, qu'il ne s'intéresse plus à elle. Fallait-il qu'elle se fasse à l'idée ? Que sa meilleure amie soit ou non dans le vrai, elle ne laisserait pas traîner la situation trop longtemps, quelle qu'en soit la cause. Elle aurait de la peine en mettant un terme à cette relation mais il n'était pas question qu'elle vive de cette manière et ne serve que d'objet sexuel. Elle laissa le téléphone sonner dans le vide jusqu'à ce que le répondeur se déclenche. Ce n'était pas quelque chose dont elle voulait parler à Logan par messagerie interposée.

26

Sombres perspectives

Malgré l'heure de la collation qui approchait et qui animait toujours les pensionnaires, dont la vie était essentiellement rythmée par la prise des repas, les lieux étaient étonnamment tranquilles. La chaleur inhabituelle qui s'était abattue sur la région depuis quelques jours plongeait les résidents dans une douce léthargie. Aucun de ses acolytes n'y avait échappé, à l'exception de Brian, toujours sur le qui-vive. Pedro aimait ce calme qui lui permettait de penser sans être perturbé par les facéties d'une Olga survoltée ou par la comédie d'une Christine en pleine représentation. Cette pause lui permettait d'interrompre le cours des pensées-souvenirs qui s'imposaient à lui, tout entier tournés vers une vie à laquelle il se savait étranger. Il n'avait pas grand-chose à leur substituer, comme si le peu qu'il restait de sa propre mémoire finissait par entièrement se déliter derrière cette tranche de vie qui ne lui appartenait pas. Dolorès et James faisaient exception, tels des îlots auxquels il pouvait encore s'amarrer pour ne pas disparaître. La quiétude relative de ces derniers jours donnait à leurs traits, à leur voix et aux souvenirs qu'il en avait une netteté rarement égalée depuis qu'il avait rejoint Rhodam. Dans ce néant où il n'avait plus aucun repère, Dolorès et James lui permettaient de garder quelques traces de son existence. Ils étaient ses seules boussoles et, grâce à elles, il parvenait encore, dans la confusion, à comprendre que, tout ce qu'il vivait, ce n'était pas *lui.*

Il profita de ce moment pour avancer les portraits qu'il tirait de sa descendance. Lorsqu'ils en avaient l'occasion — parce que Pedro ne dessinait que lorsqu'il se savait seul — les auxiliaires de vie louaient son talent. Ces aptitudes au dessin étaient la seule chose qu'il appréciait dans cette vie empruntée. Parce qu'elles laissaient parler sa sensibilité, entravée par les handicaps qui affectaient ce corps dont il avait été affublé. De temps à autre, elles le laissaient sortir la tête de l'eau, remonter à la surface, comme une brèche dans les murs de la forteresse mentale où il était emprisonné.

Aujourd'hui, cette sensibilité le faisait vibrer à Brian. Le bougre était assis dans l'un des canapés du salon, l'air absent. On l'aurait cru en train d'observer les quelques buissons qui peuplaient la cour arrière de l'établissement. Mais Pedro savait que ses yeux se perdaient bien au-delà. Ils étaient *dehors*, tout simplement. *Loin d'ici.* Sûrement comme les pensées des autres pensionnaires lorsqu'ils n'étaient pas occupés par leur quotidien au sein de Rhodam. Parce qu'ils avaient beau être vieux et pour beaucoup diminués par l'âge, ils avaient été *libres* et *jeunes*. La vie est mal foutue. Elle vous diminue avec le temps. Plus le sursis qu'elle vous accorde est grand, plus elle vous prive de ce qui fait qu'elle vaut la peine d'être vécue. Quel curieux paradoxe. Lorsque, de surcroît, elle vous enferme avec pour seule consolation le souvenir de ce que vous avez été, il n'y a rien d'étonnant à ce que vous la laissiez filer, sans envie de la retenir. La vie n'est pas cœur. Elle n'est que raison. Et il faut s'en faire une bonne pour la supporter au crépuscule de l'existence. Sur ce terrain, les vrais croyants sont mieux lotis que les incrédules. Ils s'imaginent être à l'orée de la prochaine. Pedro n'avait jamais vraiment cru, en dépit de l'éducation qu'il avait reçue.

« Où es-tu ? » écrivit Pedro sur son carnet à dessins.

Brian avait compris ce que renfermait la question. Il hésita un instant avant de répondre.

— Avec ma femme… Les choses n'ont plus beaucoup de sens depuis qu'elle est partie.

— Tes enfants ? continua Pedro.

— Ah mes enfants ! Ils ont leur vie. Qu'est-ce que tu veux qu'ils fassent avec un père qui a lâché l'affaire au moment où sa moitié s'en est allée ? J'étais un poids pour eux.

— Tu te crois mieux ici ?

— Évidement, camarade ! Ici, on est tous logés à la même enseigne. On attend que ça se termine…

— Que vas-tu faire quand on aura mis le bazar ?

— Prendre l'air, libre, une dernière fois.

« Pourquoi une dernière fois ? »

— Parce qu'après, mon gars, on sera claquemurés ! Mais, d'ici là, on se sera marrés ! La gueule de Wenhood, après tout ça, ce sera mon dernier souvenir de Rhodam ! Le meilleur !

Pedro reconnaissait sa propre douleur dans celle que ressentait Brian à l'évocation de sa défunte épouse. Il comprenait mieux que quiconque les ressorts qui le poussaient à décrocher. À ceci près que, lui, n'avait pas eu le droit d'abandonner. À l'époque où Carmen était décédée, Dolorès n'était encore qu'un nouveau-né. Il se devait de vivre pour elle malgré la peine qui l'avait meurtri. Une valise de souvenirs envahit le petit intermède qui lui était offert en ce jour si calme. Mais la mémoire d'une autre épouse — celle qui s'était débarrassée de lui en l'enfermant ici — le rattrapa et l'aspira au fond du trou, là où se trouvait la bête. Son souffle était rauque et son haleine fétide. Elle avait faim de châtiment. Pedro savait qu'il repartait dans *son* univers, là où sa sensibilité n'avait plus voix au chapitre. Là où il n'existait plus que pour observer, impuissant. Avant que la brèche ne se referme de nouveau, les songes qui lui appartenaient encore vinrent mourir sur le poids que représentait, pour les descendants, l'âge avancé de leurs aïeux. N'avait-il pas entravé la liberté de sa fille ces dernières années ? N'était-il pas temps, comme l'avait fait Brian avec ses propres enfants, qu'il la libère ?

Pour une raison étrange, cette fois, la brèche ne se referma pas complètement. La bête n'aimait pas que la sensibilité de Pedro s'exprime. Elle la fragilisait. Il comprit que, dans cette faiblesse, il pouvait continuer d'exister. Et il se battrait pour qu'il en soit ainsi

27

La fin des doutes

— **Salut papa.** Est-ce que tu pourrais passer à la maison ce soir ou demain ? Je dois te parler d'un truc… lança Dolorès en essayant d'être le plus naturelle possible.

— De quoi veux-tu me parler ?

— De… James. Je ne veux pas en parler au téléphone.

S'il n'avait commis aucune erreur — le trouble de son hôte lui ayant utilement servi de rempart pour justifier tout ce qu'il ignorait de sa vie — il avait toujours su que Dolorès finirait par ressentir le changement, même chez quelqu'un comme son père. Alzheimer peut expliquer bien des choses. Mais vient un moment où la maladie ne suffit plus. Il est facile de troubler l'intelligence, jusqu'à ce que le sixième sens prenne la relève. Il vous mène là où votre raison n'ose pas aller parce que, contrairement à elle, il ne cherche pas à se raccrocher à ce qui paraît vraisemblable. Il peut aller au-delà.

La voix de Dolorès, même transformée par le téléphone, lui fit comprendre que ce jour était arrivé. Ce coup de fil était tout sauf anodin. Il ne ressemblait guère à ceux qu'elle lui passait auparavant. James était un prétexte.

Il aurait pu décliner le rendez-vous car, pour lui, ce coup de fil lançait le compte à rebours. Quelle que soit la teneur des doutes que Dolorès pouvait désormais nourrir à l'égard de son père, il ne pouvait plus attendre pour mettre ses plans à exécution. Il devait néanmoins s'assurer qu'elle ne viendrait pas les perturber. Deux ou trois semaines de plus lui auraient permis de galvaniser la bête qui s'était installée dans l'esprit de James, même s'il la jugeait prête. Les choses lui paraissaient moins claires du côté de Logan. Mais il devait faire avec.

— Demain, dans ce cas. Prépare-nous à dîner. Je t'apporterai une bouteille de vin. Tu m'en diras des nouvelles.

N'étant plus à une incohérence près, Dolorès ne releva pas et se contenta d'acquiescer avec un simple « Okay » avant de raccrocher.

Pedro appela aussitôt James.

— C'est pour demain soir à vingt heures. Ne soyez pas en retard, c'est l'heure à laquelle la domestique quitte la maison. Nous profiterons de son départ pour y rentrer. Tu sais ce que tu dois apporter, n'est-ce pas ?

— Aucune chance que j'oublie.

— Préviens Logan et pointez-vous à l'adresse que je t'ai donnée. Tu t'en souviens ?

— 2470, Diamond Street.

— Parfait.

— Après, on s'occupe de mon cas, pas vrai ?

— Comme je te l'ai promis.

— Merci, abuelo.

Pedro n'était pas certain de pouvoir tenir sa promesse. Convaincu que ce sursis ne lui était offert que pour rétablir l'ordre des choses, il n'avait pas envisagé d'après, certain que tout s'arrêterait là. Mais il s'était habitué à vivre dans ce corps qui lui avait restitué jambes et parole. Sur un autre plan, ce sursis lui faisait goûter une vie qu'il ne connaissait pas, faite d'un tout autre bois que celle qu'il avait menée.

Malgré les faux-semblants qui avaient teinté leurs échanges, il avait apprécié ces moments passés avec James et Dolorès. L'amour vrai et désintéressé qu'ils vouaient à ce vieil homme avait ouvert une fenêtre sur une partie inexplorée de sa sensibilité, forgée dans l'airain. Jamais auparavant il ne se serait soucié de tenir une promesse. Le monde dans lequel il avait grandi ne s'embarrassait pas de moralité. Et celui des affaires, dans lequel il s'était construit, encore moins. Pourtant, faire faux bond à ce jeune homme, finalement en souffrance et qui ne jurait que par lui, le dérangeait. Il devait l'admettre, la frustration pointait à l'idée de devoir quitter cette vie.

Et si ce sursis lui avait été accordé pour une autre raison ? Devait-il y voir la possibilité d'expier ses péchés avant de s'en aller pour de bon ? Parce qu'en dépit de son tempérament, il n'était pas idiot et savait faire la différence entre ce qui est bien et ce qui ne l'est pas. Il ne pouvait pas nier avoir vécu une vie faite de coups bas, de tromperies, de menaces, dans laquelle les sentiments n'avaient jamais trouvé place. Les sentiments… « *ces poisons qui vous castrent un homme et le rendent incapable de mener une guerre* », lui avait appris son géniteur. Rétrospectivement, il n'avait jamais réussi à savoir si cette conception amère de la vie lui avait été enseignée ou imposée. Ce n'est que lorsqu'il songeait à sa mère que la question se posait avec suffisamment d'acuité pour qu'il s'y attarde. Elle était partie lorsqu'il avait dix ans. Aussi, les souvenirs qu'il en conservait n'étaient pas nombreux. Mais il avait longtemps ressenti la bonté qu'elle irradiait, jusqu'à ce que l'éducation de son père — seul modèle auquel il avait pu se référer après qu'elle s'en fut allée — le rende insensible et infertile à tout amour. Et ce père, à l'époque, d'enfoncer le clou en lui assenant à fréquence régulière l'idée qu'une mère qui abandonne ses enfants donne l'exacte représentation du monde dans lequel les hommes doivent survivre.

En réalité, sa mère n'était pas partie. Littéralement parlant, elle avait été chassée du foyer familial et sommée de ne jamais réapparaître sous peine de subir le sort qu'on réservait aux femmes qui ne vouaient pas une allégeance biblique à leurs époux. Des années plus tard, lorsque, à l'aune d'une lettre que sa mère lui avait adressée peu de temps avant de passer de vie à trépas, il l'avait découvert, il était trop tard. Les dégâts occasionnés par un environnement toxique, dominé par une figure paternelle tyrannique et, au besoin, violente, lui avaient ôté la possibilité de reconsidérer et d'accepter la disparition soudaine de sa mère dans un contexte qui l'eut justifiée. Sa sensibilité et son empathie avaient été anéanties par une socialisation profondément dysfonctionnelle. La bête s'était installée en lui et avait enfoncé les griffes très loin dans son âme. Peu d'évènements, au cours de sa vie, avaient amoindri son emprise Ce sursis étaient l'un d'eux. Ou, plutôt, ceux qui l'avaient peuplé : Dolorès et James. Cette mère et cet enfant, figures emblématiques dont il avait été privé, avaient ouvert une fenêtre sur les déficiences de son existence. Ce sursis n'était-il pas là pour le guérir de ses blessures et affranchir le jeune homme qu'il avait été des griffes de la bête avec, pour espoir, que l'homme bâti sur des fondements nauséabonds et inachevés s'en aille libre d'un passé qui gâche une vie ? Ne s'était-il pas fourvoyé en nourrissant le démon qui venait de naître dans l'esprit de James et en tirant de sa léthargie celui qui sommeillait en Logan ? Ne faisait-il pas fausse route en voulant éliminer sa famille, projet qui, assurément, l'enterrerait avec son propre démon, le condamnant ainsi à une damnation éternelle ?

Le doute troublait son esprit.

Mais la bête accepte rarement que l'on chasse sur son territoire, d'autant moins lorsqu'elle l'occupe depuis longtemps.

— Ta gueule vieux sénile ! hurla-t-il dans le vide, persuadé que cette faiblesse momentanée ne pouvait venir que de « l'autre ». Cet autre qui continuait d'exister, quelque part, et qui chaque jour remontait vers la lumière. Où s'était-il réfugié, Dieu seul (ou le Diable) le savait. Mais il n'était plus très loin et ne tarderait pas à reprendre possession de son corps. Les spasmes récents et incontrôlés qui secouaient ses membres (et son esprit) le lui faisaient ressentir.

– 2 –

Dolorès n'avait pas préparé le dîner. Elle avait accueilli Pedro sans un mot, le visage impassible. Mais il avait senti que, derrière le masque, elle brûlait de savoir. Ses gestes, nerveux et saccadés, trahissaient son impatience et son malaise. Elle jeta un œil suspect sur le grand sac de transport accroché à son épaule.

Avant qu'elle n'ouvre la bouche, il l'invita à s'asseoir, le temps qu'il débouche, dans la cuisine, la bouteille de vin qu'il avait apportée. Dolorès obtempéra. Elle avala cul-sec le verre qu'il lui servit et le reposa sur la table l'instant d'après, signe évident que le moment ne se prêtait pas à la convivialité. Signe, surtout, qu'elle avait besoin d'un remontant pour entamer une conversation qu'elle n'aurait jamais imaginé avoir un jour.

— Je t'écoute, lui dit-il tranquillement.

Dolorès leva un regard froid et déterminé sur le vieil homme.

— Qui êtes-vous ? Ou, plutôt, devrais-je vous demander

si vous êtes bien Sheldon Foster ?

Pendant une seconde, elle se sentit ridicule. Un sursaut de réalisme vint lui rappeler le caractère grotesque de sa question. Mais la réaction de Pedro la conforta dans les certitudes qu'elle s'était forgées. Il humait les vapeurs d'alcool qui s'échappaient de son verre en la regardant fixement, comme pour faire durer le suspense. La surprise, voire l'incompréhension, étaient étrangers à ce regard.

— Comment tu as su ?

Ces quelques mots avachirent Dolorès dans le canapé. Même lorsqu'on est convaincu de l'impensable, on espère toujours qu'il sera contrarié, qu'un tant soit peu de raison réinvestira le terrain. Mais Pedro venait d'admettre sa duplicité.

— Vous et mon père êtes trop différents. Toutes ces incohérences depuis que vous êtes sorti de l'hôpital... Je ne les comprenais pas. Je les mettais sur le compte de la maladie. Et puis je vous ai surpris au téléphone avec Eléonor Foster, votre femme. J'ai remonté le fil et suis allée la voir. À partir de là, je n'ai plus eu de doutes. Comment est-ce arrivé ? Comment est-ce possible ?

— Si seulement je le savais, Dolorès. Après m'être éteint à l'hôpital… enfin, j'imagine que j'y suis mort, je suis revenu à la vie dans le corps de ton père. J'ai rapidement compris que quelque chose d'extraordinaire venait de se produire. Quelque chose qui me permettrait de faire ce que je n'avais pas eu le temps de faire avant de mourir, une première fois. Il fallait juste que je me glisse dans la peau de ton père, le temps de me préparer. Sa maladie m'y a aidé. Je pouvais m'abriter derrière elle pour justifier tout ce que je savais pas sur la vie de mon hôte et sur la tienne ou celle de James. Elle a retardé le moment où tu comprendrais. Parce que j'ai toujours su que tu finirais par deviner.

— Putain, je n'arrive pas à y croire…Et mon père, il est où ?

— Je suis bien incapable de te répondre. Mais il est là, quelque part. Je ressens sa présence, les dominantes de sa personnalité. Et c'est peut-être grâce aux sentiments qu'il vous porte, à toi et James, que j'ai fini par vous apprécier aussi. Quoique, je n'en aurais pas eu besoin. Vous êtes une famille comme j'aurais aimé l'avoir…

— Mais ça veut dire quoi « quelque part » ? Que vous cohabitez ? Ça va durer combien de temps ?

— Je n'en sais pas plus que toi. On ne cohabite pas. Mais je le sens remonter, petit à petit. Je suis sûr qu'il ne tardera pas à récupérer ce qui lui appartient et que moi… je m'en irai, comme j'aurais dû m'en aller ce fameux jour, à l'hôpital. Tu comprends pourquoi je ne peux pas te laisser contrarier mes plans alors que le temps m'est compté ?

— Qu'est-ce que vous préparez ?

— Allons... ça aussi tu le sais. Surtout si tu as parlé à ma femme. Je vais lui faire peur, Dolorès. À elle et à mes frères. Une peur qui les suivra jusque dans la tombe pour ce qu'ils m'ont fait…

— Vous coller en maison de retraite parce que vous avez voulu les tuer en les asphyxiant ? Sans blague ! C'est en taule que je vous aurais collé, moi.

Le regard de Pedro s'assombrit. Au pincement de ses lèvres, Dolorès comprit qu'il allait abandonner le flegme qui caractérisait ses propos depuis le début de leur conversation.

— Tu ne connais que sa version ! As-tu seulement une vague idée de ce qu'on peut vivre dans ces mouroirs ? Sais-tu ce que c'est que d'être abandonné dans ce genre d'endroit en attendant de crever ? Tu n'y es plus rien ! Un déchet dont on s'occupe parce qu'il paye ! Là-bas, la mort, tu l'invoques tous les jours. Tu attends qu'elle vienne te libérer ! Mais je suis sûr que tu le sais. Sinon, tu y aurais collé ton père depuis longtemps, pas vrai ?

Rétrospectivement, Dolorès comprenait la réaction épidermique que Pedro avait eue lorsqu'elle lui avait parlé d'un placement à Rhodam. Les mots de l'étranger la renvoyaient avec violence à ses propres interrogations.

— Vous êtes resté longtemps à Rhodam ? Parce que c'est bien là-bas que vous avez été placé, n'est-ce pas ?

— Trop longtemps ! Une journée dans ce lieu sordide, c'est une journée de trop. Si ton père récupère ce corps, ne le place jamais dans ce genre d'établissements, quel que soit son état. C'est l'antichambre de la mort. Tu le tueras ! Et c'est ce que ma femme a fait avec moi. Elle et ma famille se sont débarrassés de moi.

— Vous avez voulu les tuer, bon sang !

— Comme ils ont voulu me tuer eux-mêmes ! À petit feu ! À l'abri des regards, de la culpabilité et des sanctions auxquelles une balle dans ma tête, plus directe, les aurait exposés.

— Qu'est-ce qu'ils pouvaient faire d'autre après ce que vous aviez fait ?

— Nous étions suffisamment riches pour qu'ils paient tous les garde-malades du monde. Mais non ! Ils ont préféré garder pour eux le pognon que ça aurait coûté. Et ils m'ont collé dans l'établissement qui leur coûterait le moins cher possible.

— Ils n'ont pas eu le choix. Il fallait vous placer le plus rapidement possible.

— Ce sont des conneries que ma femme a voulu te faire gober, Dolorès. Qui crois-tu qu'ils sont derrière leurs bonnes manières ? Des rats, des chacals !

— Pourquoi vous n'avez pas voulu quitter Rhodam lorsque votre femme vous l'a proposé, alors ? Elle était si heureuse de pouvoir vous le dire et de vous voir enfin apaisé.

— Apaisé ? Je ne l'ai jamais été ! Jamais ! Il était trop tard et je l'ai chassée lorsqu'elle est venue m'offrir son obole.

— Elle m'aurait menti ?

Pedro aurait voulu cracher, encore, la haine qu'il nourrissait contre sa famille. Mais cet épisode particulier s'infiltra dans ses pensées. Sa mémoire ne lui renvoyait pas le souvenir qu'il en attendait. Pourtant, il n'existait pas un événement lié à cet endroit qu'il aurait pu oublier ou édulcorer. Il s'y voyait adopter une attitude et des gestes qui n'étaient assurément pas les siens. Poser ses mains sur celles de sa femme, lui sourire… autant d'attentions qu'il n'aurait jamais daigné lui accorder. Il convoqua d'autres souvenirs, plus anciens. Brian, Olga, Christine s'y invitèrent… tous ces déchets qu'il avait à peine considérés lors de son séjour dans ce trou et qu'il se sentait dorénavant apprécier. La dernière image qu'il exhuma de son passé à Rhodam lui fit froid dans le dos : son visage dans le miroir du cabinet de toilette n'était plus le sien mais celui de l'autre.

Se pouvait-il que l'esprit de son hôte ait investi ses souvenirs au point de les changer, comme lui-même avait investi son corps pour s'en servir ? Etait-il possible que l'étranger ait *modifié* son passé ? Et avec quelles conséquences ? Pourquoi sa femme se serait-elle souvenue de quelque chose qu'elle n'avait pas vécu avec lui ?

Confusément, il comprenait tout d'un coup qu'en silence, l'autre grignotait sa vie de l'intérieur. Qu'il la lui volait. Un voleur d'âme comme lui-même n'était qu'un voleur de corps. Que restait-il de la bête qui l'habitait si son hôte la privait de sa rage, ce combustible qui la nourrissait depuis son adolescence ? Depuis son « retour », il n'avait pas voulu le voir tant il pensait sa bête insubmersible, mais elle était en train de mourir, à petit feu. Les sentiments naissants qu'il nourrissait à l'égard de Dolorès et James n'étaient-ils pas le signe évident de son flétrissement ? Une autre évidence le glaça : la mort ne l'avait pas emporté, la première fois, parce que la bête nichée dans son inconscient avait survécu. Et lui, avec elle. Il lui devait ce sursis. Si elle mourait, il mourrait.

Si son inconscient appartenait déjà à son hôte, sa conscience ne tarderait pas à suivre le même chemin. Le fait même de s'en rendre compte accélérait le processus. Il ne tarderait pas à disparaître. Son sursis ne se comptait plus en semaines, ni même en jours. Il se comptait en heures.

— Je ne sais pas si elle t'a menti ou non. Mais cela prouve que je ne peux plus attendre.

— Pas si vite ! réagit Dolorès en se levant d'un bond. Sa tête se mit à tourner, comme lorsqu'on se relève trop vite après avoir été longtemps assis ou accroupi.

— Qu'est-ce que vous avez fait à James pour qu'il ait si vite changé ? Parce que je suis sûre que vous y êtes pour quelque chose.

— Dolorès, Dolorès, Dolorès… Ton fils est sur le point de devenir un homme. Et je lui ai expliqué de quel bois les hommes, les vrais, se chauffent. Qu'est-ce que tu crois qu'il serait devenu si je n'avais pas…

— Si vous n'aviez pas quoi ?

— Si je n'avais pas nourri la bête qui sommeille en lui ?! Cette bête qui lui permettra d'affronter ce putain de monde pourri et cruel dans lequel il va rentrer ! Elle lui ouvrira les portes qu'on lui claquera à la figure, quitte à les faire voler en éclats. Elle tiendra en respect ceux qui voudront s'opposer à lui.

— Mais de quoi vous me parlez, putain ? Vous êtes dingue !

— Dolorès, il n'existe que deux types d'individus : les loups et les moutons. C'est aussi simple que ça. Et ton fils faisait partie des loups, sans le savoir, comme Logan ! Il fallait juste lui montrer la lumière. Et c'est ce que j'ai fait ! Tous les parents du monde ne cherchent-ils pas à ce que leur progéniture se fraye un chemin ici-bas ? Ce chemin, il faut se le frayer à la hache !

— Qu'est-ce que Logan vient faire là-dedans ?

Dolorès se rassit. Les étourdissements ne faisaient qu'augmenter en intensité. Un simple petit verre de vin, même avalé à la hâte, ne lui avait jamais fait cet effet. Une expression de son anxiété, sûrement.

— James est comme Logan. Ils n'en sont pas au même stade, c'est tout. Et ils vont m'aider, tous les deux, comme j'ai promis à ton fils de l'aider à refermer le dossier qui le ronge depuis trop longtemps. Le refermer *une bonne fois pour toutes*.

L'œil de Dolorès s'obscurcit. Elle comprenait, derrière la métaphore, que Sheldon Foster encourageait James à faire une connerie. Elle n'était pas certaine des plans qu'il avait en tête. Mais, elle le *sentait*, il s'agissait d'une grosse connerie. Tout cela avait assez duré. Elle devait reprendre le contrôle de la situation et montrer à James qui était l'homme qu'il avait côtoyé ces dernières semaines. Elle devait expliquer à son fils pourquoi tout ce qu'il avait entendu de la bouche de cet étranger était vicié par son propre passé. Il fallait qu'elle colle une grande baffe à ce taré. À son âge, il ne pourrait pas s'opposer à elle. Il lui suffirait ensuite de l'immobiliser, avec n'importe quoi, une rallonge électrique, par exemple, et lui faire recracher devant James le monceau de conneries qu'il venait de débiter. De lui faire avouer qu'il n'était pas celui qu'il prétendait être. Facile. Comment son fils avait-il pu se laisser berner par cet individu qui ne ressemblait en rien à son (vrai) grand-père ? Et peut-être qu'en secouant le vieux assez fort, elle réussirait à le chasser du corps de Pedro. Des images improbables des exorcismes pratiqués dans *Conjuring* s'invitèrent dans son esprit. Et puis, elle pourrait aussi…

– 3 –

Dolorès commençait à divaguer. Ses idées perdaient en clarté à mesure que son mal de tête et ses étourdissements progressaient. Elle voulut se relever. Ses jambes ne répondaient plus. Déjà, au moment où elle s'était rassise, elle les avait senties se dérober. Elle ne devait *surtout* pas montrer à Foster qu'elle ne tenait pas debout. Elle devait garder le contrôle. *À tout prix*. Dans un effort qui lui coûta, elle serra les dents et redressa la tête.

— Parce que vous croyez que je vais vous laisser faire ?

— Tu n'auras pas le choix. Les effets du petit cocktail de somnifères que tu as avalé avec ton verre de vin ne tarderont pas à t'envoyer dans les bras de Morphée. J'en ai mis assez pour que tu te reposes jusqu'à demain.

— Sale enfoiré ! répondit-elle à la limite de l'hystérie en tentant une nouvelle fois de se relever. Sans succès. Une colère assassine déforma son visage et incendia son regard.

— Cette haine qui te traverse, je la vis depuis trop longtemps. Tu comprends ? Je ne pouvais pas te laisser contrarier mes projets alors que le temps m'est compté. Je n'avais pas d'autre solution. TU COMPRENDS ?

Dolorès le transperça du regard avant de sombrer.

— D'ici-là, j'en aurai fini avec mes affaires. Peut-être que nous nous reverrons. Peut-être pas. Toi et James êtes des gens bien. Ne changez pas.

Sheldon Foster l'allongea complètement sur le canapé et, avec méthode, lui ligota ensemble les pieds et les mains à l'aide d'une corde qu'il sortit de son sac. Deux précautions valaient mieux qu'une. Il n'était pas question qu'elle se réveille et qu'elle se précipite sur Diamond Street. Il resta quelques minutes à observer cette fille qu'il n'avait pas eue… cette vie dont il avait été privé, simple et remplie d'amour. Il lui caressa la joue, avec délicatesse.

Ses propres sensations semblaient rejoindre d'autres sensations, étrangères, comme une convergence de sentiments analogues à l'égard d'un même sujet. Le phénomène était insolite. Etait-il possible que sa personnalité fusionne avec celle de Pedro ? Que cette fusion donne naissance à un nouvel individu, fait du meilleur et du pire des deux ? Mais la bête ne se laissait pas ensevelir. Tel un chien acculé et se sachant condamnée, elle mobilisait ses dernières forces pour lutter contre son dépérissement. Et ses morsures étaient encore vives.

Sheldon Foster quitta l'appartement sans se retourner, laissant derrière lui ce que lui avait offert la parenthèse qu'il avait vécue. Les heures à venir, ses dernières, seraient consacrées à son démon. Il lui fallait dorénavant ne voir qu'à travers ses yeux.

D'un pas alerte et déterminé, son sac solidement arrimé à son épaule, il prit la direction de Diamond Street.

28

Ceux à qui l'on veut du mal

James et Logan attendaient Pedro depuis un petit moment déjà. Silencieux, ils ne quittaient pas des yeux la grande bâtisse qui se dressait devant eux. L'un comme le théâtre où allaient s'exprimer les fantasmes qu'il nourrissait depuis que la violence avait fait irruption dans sa vie ; l'autre comme le lieu où il devait tirer son ami de l'emprise du démon qu'il connaissait trop bien. En dépit de ses mots, tous prononcés à dessein, Pedro n'avait pas réussi à ressusciter le sombre versant de Logan, né il y a longtemps dans le Vermont. Le jeune homme s'en était félicité. Pour la première fois, il avait pris conscience qu'à l'aide de sa seule *raison*, il parvenait à enchaîner la bête. Toutes les fois précédentes, il avait été aidé, consciemment ou inconsciemment, par ses parents, par James, par les psychologues, ou contraint, par l'enfermement. Il s'agissait pour lui d'une victoire qui non seulement tenait la bête à l'écart de ses réactions mais lui ôtait aussi son pouvoir de nuisance. Il la sentait rétrécir comme les prunes qu'on laisse sécher au soleil. Il découvrait la force et l'immense pouvoir que recelait la pensée. Il aurait voulu qu'elle l'aide à anéantir la bête, pour de bon. Mais, au fond de lui, il sentait qu'une bête sommeillait en tout un chacun et qu'au bon moment, peu suffisait pour qu'elle se réveille. James en était l'exemple criant. Jamais il n'aurait imaginé que son ami puisse un jour céder à ses poisons. Il avait pourtant suffi que Pedro l'invoque lorsque James était le plus à même de la laisser s'amarrer en lui, au moment où ses digues mentales avaient cédé. Et elle l'avait envahi. Depuis lors, il n'était plus ce garçon jovial et aimant. La transformation, y compris physique, était saisissante. Ses lèvres et ses joues avaient perdu leurs couleurs, à en devenir cireuses, comme si son sang n'irriguait plus que l'intruse. Ses rares sourires n'exprimaient plus la joie qu'ils étaient supposés communiquer. Ses yeux trahissaient ses obsessions.

Si Logan n'avait pas été bâti comme un titan capable de sonner James d'une simple gifle, il aurait presque eu peur de ce qui se cachait derrière son regard. Et même comme ça, il n'était pas tranquille, sachant où peuvent vous conduire les idées que la bête instille dans votre tête. Il avait vainement cherché un moyen de briser l'exosquelette qu'elle avait construit autour de son ami. Rien n'y faisait. Les quelques discussions qu'ils avaient eues n'avaient pas entamé la détermination de James. Elles n'avaient même pas interrogé le bien-fondé de ses intentions. Sa carapace était plus dure que celle d'un scarabée. Lorsque le téléphone de Logan se manifesta pour la cinquième fois, James lui jeta un regard suspicieux :

— Tu réponds pas ?

— C'est ma mère, ça peut attendre. C'est pas le moment ! mentit Logan après avoir brièvement regardé l'écran de son smartphone. Loin d'être sa mère, la personne qui cherchait à le joindre n'était autre qu'Amber. Et son insistance l'inquiétait. Impossible, néanmoins, de lui répondre ou de la rappeler. James ne savait pas (et ne devait jamais savoir) qu'ils s'étaient parlé.

Toc Toc Toc : Amber se résigna à lui envoyer un sms : « *Dylan et ses potes n'ont rien à voir avec l'agression de James. Il fait fausse route. Il se goure en les croyant coupables. Dissuade-le de faire quoi que ce soit. Amber* ».

Cette révélation le fit blêmir. Tout ce que James avait échafaudé sur une fausse croyance n'avait plus lieu d'être. Tout ça ne servait à rien.

— Qu'est-ce qu'il y a ? T'as vu un macchabée ou quoi ?

— Nan, t'inquiète !

Mais, lui, s'inquiétait. Pas simplement parce qu'il ne savait pas comment mettre un terme au plan dont il faisant dorénavant partie mais surtout parce qu'il n'avait aucune confiance en Pedro. Personne n'échafaude un truc pareil pour simplement « faire peur ». Sa raison lui commandait d'assommer James, de le flanquer sur ses épaules et de déguerpir en laissant le vieux se démerder seul avec ses idées à la con. Parce qu'il ne pouvait pas laisser son pote au milieu de ce traquenard. James lui en voudrait, c'était certain. Mais il finirait par oublier et tout redeviendrait comme avant. Oui, voilà, *comme avant*.

À part que cette idée, il n'y croyait pas un instant. Parce que James n'était plus *comme avant*. Et il y avait toutes les chances du monde pour qu'il lui en veuille très longtemps et peut-être même pour toujours. Cette perspective lui faisait froid dans le dos. Tellement froid qu'elle gela, sur l'instant, toute tentative pour réorienter le cours de cette soirée alors que la silhouette du grand-père se dessinait déjà un peu plus loin dans la rue.

Arrivé à leur hauteur, sans mot dire, Pedro désigna la

maison d'un signe de tête et ils se mirent en marche en sa direction. James fouilla dans les poches de son blouson et en sortit deux paires de gants et deux masques souples repliés sur eux-mêmes.

— C'est pourquoi faire, ça ?

— À ton avis ? lui répondit James.

— On a besoin de se planquer le visage ?

— T'as envie qu'on te reconnaisse ? Tu sors du placard, t'as quand même pas envie d'y retourner ?

— Je croyais qu'on allait seulement leur faire peur… genre, en parlant ?

— Effrayer les gens, même en parlant, n'est pas franchement autorisé, Logan. Enfilez tous les deux ces gants et ces masques et vous éviterez les ennuis, ajouta Pedro.

— Et vous ? Vous n'en porterez pas ?

— Les cafards qui vivent là-dedans ne me reconnaîtront pas. Il y a trop longtemps qu'ils ne m'ont pas vu.

— Et s'ils vous reconnaissent quand même ?

— Ne te fais pas tant de souci ! Je sais trop de choses sur eux pour qu'ils se plaignent auprès de qui ce soit. Et puis, je ne vais faire que discuter…

La désinvolture de Pedro intriguait Logan. S'il prenait le soin de les « protéger », James et lui, il semblait se moquer des conséquences que cette petite virée pourrait avoir sur lui-même, comme si le fait d'être identifié n'avait aucune importance. Ou bien il s'était insuffisamment préparé (hypothèse peu probable compte tenu du bonhomme dans sa nouvelle version) ou bien Logan ignorait quelque chose. Une flopée de questions lui envahit l'esprit ; toutes celles qu'il n'avait pas osé poser à James par crainte que ce dernier doute de ses intentions et qu'il l'écarte du plan. Il était encore temps de les poser à son principal instigateur.

— Et nous, on va faire quoi cagoulés ?

— Vous allez m'assister et faire en sorte que nos hôtes ne bougent pas pendant que je leur dirai deux ou trois mots.

— Ils sont combien là-dedans ?

— Cinq, une fois que nous aurons neutralisé la domestique.

— Cinq contre trois ?

— Ce sont des vieux croulants et, à toi tout seul, tu vaux trois bonshommes avec ta carrure. Ne t'en fais donc pas ! Et puis, j'ai quelques trucs pour vous dans mon sac qui les tiendront en respect si, d'aventure, ils voulaient tenter quelque chose.

— Qu'est-ce que vous voulez dire par « neutraliser » la domestique ?

— Il va falloir la retenir, le temps pour moi de dire ce que j'ai à dire. Tu ne voudrais pas que, sitôt sortie, elle coure prévenir les flics ?

— Et c'est quoi ces trucs, dans votre sac ?

— Tu le sauras très vite. Patience !

Logan se tendit. Il n'aimait pas ne pas savoir et commençait à regretter de ne pas avoir imaginé une autre solution pour éloigner son ami de cette mascarade. Ses nerfs commençaient à le titiller. Ça non plus, il n'aimait pas. Pas du tout. Il jeta un œil vers James qui, de toute évidence, s'agaçait de ses questions alors que lui ne s'en posait aucune. James ne semblait en rien redouter ce moment. Il semblait même *l'attendre*.

Devant la maison, et après avoir vérifié qu'aucun petit curieux ne les regarderait faire, les deux garçons chaussèrent leur masque. Deux masques à l'effigie de Mickey. Logan ne put s'empêcher de penser que si le ridicule avait le pouvoir de tuer, leurs cœurs se seraient arrêtés de battre. Dans d'autres circonstances, la situation l'aurait fait sourire, voire franchement rire. Mais, là, rien ne s'y prêtait. Ses inquiétudes, qu'il camouflait comme il le pouvait, raidissaient son esprit et son corps.

Pedro, lui, avait l'œil rivé sur sa montre.

— Consuela va sortir dans cinq minutes. Elle est réglée comme un coucou suisse. Elle n'a jamais travaillé une minute de plus.

Le vieux s'agenouilla et fit glisser la fermeture éclair de son sac. Les dents métalliques se séparèrent et laissèrent apparaître deux calibres de 9mm. Il les saisit, tendit le premier à James et le second à Logan, dont les mains se mirent à trembler.

— Ne me dis pas que tu n'as jamais tenu un tel joujou, Logan ? Il n'y a rien de tel pour tenir les gens à distance. Et c'est ce que tu vas faire si les rats qui vivent ici ne sont pas sages.

— Mais, je croyais…

— Est-ce que cette arme t'aurait fait peur si tu l'avais eue entre les mains le jour où tu as puni celui qui a buté ton chat, hein ? Bien sûr que non ! Tu t'en serais servi pour lui cramer la cervelle. Je ne t'en demande pas autant. Alors prends ce pétard et dis-toi que les gens qui vivent là-dedans sont pires que ton poivrot de voisin !

Logan détestait que l'on évoque Orange. Pedro le savait et s'en servait comme d'un détonateur. Le souvenir de la petite boule de poils inerte, fracassée contre la rambarde de l'escalier, ouvrait les portes sur son versant le plus sombre, celui qui avait fait naître une amertume meurtrière qui annihilait en lui toute forme d'interdit ou de peur. Une amertume dont il ne s'était pas débarrassé et qui revenait souvent lui brouiller l'esprit. Mais, avec le temps, l'aide qu'il avait reçue et les efforts qu'il avait déployés pour se dominer, le détonateur s'était enrayé. Les colères explosives qui, jadis, l'envahissaient en un instant cédaient depuis peu leur place au désarroi. Un désarroi qui, aujourd'hui, le rendait incapable de réagir, Certes, le désarroi était une forme de victoire sur ses colères assassines et il s'en serait félicité si la situation n'exigeait pas, ici même, qu'il réagisse. Mais il en était incapable, lui, le titan redouté de tous.

Il chercha dans le regard de James une échappatoire, un doute, quelque chose qui lui aurait permis de sortir de sa torpeur et d'inverser le cours de cette soirée. En vain. Rien ne semblait venir entraver la détermination aveugle de James. Son ami tenait l'arme que lui avait tendue son grand-père comme s'il était né avec, comme si elle n'était qu'un banal outil opportunément placé sur la route de ses fantasmes. Il avait dû s'entraîner de longues heures durant pour que son esprit ne voie plus le danger qu'un tel engin représentait. Était-il *vraiment* capable de s'en servir ? Logan priait de toutes ses forces pour que tel ne soit pas le cas. Mais il n'aurait pas parié sa chemise. À ce moment précis, seul le masque que portait James, souriant et débonnaire, le rattachait encore à cet ami qu'il avait connu. Car sous le déguisement se cachait quelqu'un qu'il ne reconnaissait plus.

Finalement, James et lui avaient cheminé sur ce même sentier qui vous conduit au ou vous ramène du pire. En sens inverse, toutefois. Ils s'étaient malheureusement croisés trop tard pour qu'il puisse aider son ami à faire demi-tour. Et il savait que, lorsqu'on approche du pire, la pente devient si raide que rien ne peut plus vous retenir.

Logan n'eut pas le temps de s'interroger davantage que, déjà, Pedro s'était redressé et se tenait en embuscade devant la porte d'entrée de la maison.

— James, prends le sac. Et, maintenant, les gars, tenez-vous prêts !

Tout allait trop vite.

– 2 –

À peine Consuela avait-elle ouvert la porte que Pedro avança vers elle et la repoussa dans l'entrée en lui plaquant vigoureusement une main contre la bouche. Elle réagit à peine, plus interloquée qu'effrayée, reculant au rythme ou son assaillant faisait irruption dans la maison. Aucun cri ne vint perturber le silence relatif dans lequel l'intrusion avait été menée. Les deux garçons lui emboîtèrent le pas et James referma la porte derrière eux.

Sans émotion visible, Consuela dévisagea chacun des trois hommes, en s'attardant sur les deux Mickey qui tenaient un revolver. Elle leva les bras en signe de soumission, le regard impassible. D'un signe de tête, Pedro lui signifia de reculer et de s'asseoir sur la chaise qui meublait l'entrée. Elle s'exécuta, lentement et sans un bruit. À croire qu'elle n'en était pas à sa première agression ou qu'elle se foutait royalement de ce qui allait advenir. Car ce n'était assurément pas pour elle, pauvre petite employée de maison sans un rond, que ces hommes s'étaient déplacés. Ils venaient pour ses employeurs et elle n'avait cure de ce qui pouvait leur arriver.

— Si vous restez tranquille, tout se passera bien. On n'est pas là pour vous. Dans peu de temps, on vous libèrera et vous pourrez partir. Vous avez compris ? lui demanda Pedro.

Consuela opina du chef.

— Mais vous comprenez que, d'ici-là, je dois vous immobiliser et vous contraindre au silence ?

Elle hocha de nouveau la tête en signe d'acquiescement.

— Sors-le rouleau de ruban adhésif du sac et donne m'en un morceau ! ordonna Pedro à James.

Pedro appliqua sur la bouche de la petite bonne femme le morceau de ruban que son petit-fils lui avait tendu. Puis il lui joignit les chevilles et, s'étant saisi de l'adhésif, les scotcha à l'un des pieds de la chaise. De la même manière, il lui attacha les mains dans le dos, sans trop serrer, compte tenu du calme dont elle faisait preuve. Il n'aurait jamais soupçonné, chez elle, l'existence d'un tel sang-froid. En réalité, il n'avait jamais daigné s'intéresser à elle alors qu'elle avait été à son service pendant une bonne dizaine d'années. En l'observant un instant, Pedro détecta dans ses yeux le reflet de ces individus qui étaient habités par la haine de leurs employeurs. Une haine qui faisait écho à la sienne, nourrie par une bête semblable à celle qui occupait son âme. Il comprit qu'elle ne représenterait pas un obstacle. Pour une raison qui lui échappait, il voulut alors la rassurer.

— No te preocupes, que sólo estamos aquí por los demonios que viven aqui. Todo saldrá bien.

Ces quelques mots en espagnol le figèrent. L'entrave n'était pas seulement psychologique, elle était également physique, comme si ces mots avaient déployé des liens qui le clouaient au sol et emprisonnaient sa volonté. D'où pouvaient-ils venir alors qu'il ne connaissait rien de cette langue ? La réponse était évidente. Son hôte remontait à la surface et commençait à le priver du corps qu'il avait volé.

---

1. Ne t'inquiète pas, nous ne sommes ici que pour les démons qui vivent. Tout ira bien.

— Abuelo ? s'impatienta James qui ne comprenait pas pourquoi tout s'était arrêté. En revanche, il avait bien compris la phrase que son grand-père avait prononcée et elle n'était pas à son goût. Il n'était pas venu jusqu'ici pour que tout se passe bien. Il attendait davantage.

Pedro, toujours immobile, ne semblait pas l'avoir entendu.

— Abuelo ! On fait quoi maintenant ? insista James en lui tapotant l'épaule du canon de son révolver.

Le vieux se redressa d'un coup et grogna férocement en s'enserrant la tête entre les mains. Reprendre le contrôle lui coûta. Mais il y parvint, conscient néanmoins que le temps lui était compté.

— Ils sont où ? demanda-t-il à Consuela.

Du menton, elle désigna la porte qui conduisait au salon.

— Tous les cinq ?

Elle acquiesça.

— Ça va nous faciliter la tâche !

Pedro se saisit à son tour d'un révolver dans le sac qu'il arrima sur son épaule et fit signe aux garçons de le suivre. James lui collait le train, impatient à l'évidence de pénétrer dans le salon. Logan, en retrait, était toujours incapable de réagir, perdu dans cette succession d'événements surréalistes dont il ne maîtrisait rien. Son attention fut absorbée par le bruit qui s'échappait du sac. Un bruit de liquide qui se ballotte dans un récipient en mouvement.

— Et maintenant, que la fête commence ! s'exclama Pedro en ouvrant la porte à double-battant qui les fit entrer dans le gigantesque salon.

Un sourire, invisible derrière le masque, fendit les lèvres de James. Ce fut dans le regard de son ami que Logan perçut la folie qui s'emparait de lui lorsqu'il fut le premier à mettre en joue les occupants de la pièce.

D'aucuns auraient pu penser que la panique s'emparerait d'eux. Mais ils affichaient un calme déroutant.

— Qui êtes-vous ? Qu'est-ce que vous faites ici ? demanda l'un des frères Foster d'une voix grave et assurée, en se redressant, prêt à se lever. Il ne semblait pas effrayé, ni par l'intrusion, ni par le revolver braqué sur lui.

— Je te déconseille de bouger si tu ne veux pas finir avec une balle dans la carcasse ! lança Pedro qui, dorénavant, pointait lui aussi son arme sur la petite assemblée.

— Tu vas gentiment te rasseoir et on va causer un peu. Mais avant cela, le jeune homme que tu vois là va vous attacher, histoire que vous ne tentiez pas quelque chose qui pourrait vous coûter cher.

Sans que Pedro ne le lui demande, James s'y employa comme son grand-père avait lui-même attaché l'employée de maison. À cette exception près que, lui, n'hésita pas à serrer autant qu'il put le ruban adhésif autour des pieds et des mains qu'il privait du moindre mouvement.

— Abrégeons ce moment désagréable, nous avons tous mieux à faire. Combien voulez-vous ? Parce que c'est pour l'argent que vous êtes ici, n'est-ce pas ?

L'assurance à toute épreuve du bonhomme et de ses codétenus impressionnait Logan. Leur personnalité avait dû être forgée dans le bronze pour faire preuve d'un tel self-control. Où était-il tombé, sinon parmi des gens que les méthodes musclées n'intimidaient pas ? Tous avaient ce même regard glacé, impavide. L'une des trois femmes se démarquait néanmoins. Ses yeux fixaient Pedro comme s'il ne lui était pas étranger. Son visage exprimait quelque chose que

Logan n'aurait su qualifier mais qui s'éloignait de la froideur et de l'indifférence qu'affichaient tous les autres. Quelque chose qui se situait entre peur et tristesse. Confusément, il se mit à penser qu'elle n'était pas surprise de voir ses assaillants en ces lieux. Lorsque le regard de cette femme croisa le sien, il le sentit l'implorer de faire quelque chose ; ce dont il était foutrement incapable depuis le début de cette soirée. Logan comprit qu'elle avait repéré en lui le maillon faible. Celui dont les motivations ne sont pas celles de causer du tort. Même la manière dont il tenait son arme, peu assurée, était différente. Il ne la braquait pas avec autant de volonté et de constance que ses deux acolytes. Parfois même, le canon piquait du nez. Un suiveur malgré lui plus qu'un meneur. Pour la première fois depuis longtemps, il ne renvoyait pas à autrui l'image d'un bulldozer que rien ne peut arrêter. Était-ce son chemin vers une rémission complète ? Son démon avait-il définitivement rendu l'âme ?

— Tu as toujours pensé que tout pouvait s'acheter, pas vrai ? Je pensais comme toi, Robert. Mais, tout compte fait, il y a des choses qui ne s'achètent pas.

— Tout a un prix, répondit l'homme en fronçant les sourcils, surpris que Pedro connaisse son prénom.

— Mais si vous n'êtes pas là pour le pognon, alors qu'est-ce que vous voulez ? À notre âge, nous n'avons rien de plus à vous offrir ! Mais vous vous aventurez sur un terrain dangereux. À moins de nous éliminer, sachez que notre famille a la mémoire et le bras longs ! ajouta l'homme sans se démonter le moins du monde.

Pedro reconnut en cette posture, téméraire malgré la situation, la force qui les avait toujours animés, lui et ses deux frères. Acide, le sang paternel continuait de couler dans leurs veines.

— Mon cher Robert… vous tous ici avez bien davantage : le temps qu'il vous reste à vivre.

— Et vous croyez peut-être qu'on pourra vous le donner ?

— Non… mais vous allez comprendre la douleur qu'on ressent lorsqu'on vous le vole. Vous allez ressentir dans votre chair ce que signifie se consumer à petit feu sans échappatoire. Mais, pour vous, ce sera plus rapide que ça l'a été pour moi. Je serai magnanime.

— Je ne comprends rien à votre baratin ! Vous êtes qui bon Dieu ?

— Réfléchis, Robert. Qui pourrait vous en vouloir au point de vous séquestrer dans votre propre maison ?

— Je n'en sais foutre rien ! Des gens qui nous en veulent, il y en a plein cette ville.

— Je vais t'aider : quelqu'un qui connaît aussi bien que vous votre maison, vos habitudes, vos affaires, vos petits secrets, vos cadavres dans le placard… Quelqu'un qui partageait vos vies depuis toujours avant que vous ne vous en débarrassiez sans la moindre vergogne. Eléonor, aide-les à comprendre. Parce que, toi, tu sais…

Tous les captifs tournèrent la tête vers celle qui semblait savoir ce qu'ils ignoraient. Eléonor ne parvenait plus à camoufler son malaise. Son visage s'était défait et avait blanchi, ses mains s'étaient mises à trembler. Elle avait tout de suite reconnu en l'étranger cet homme qui avait fait irruption dans la chambre d'hôpital où était décédé son mari. Puis les mots de l'agresseur l'avaient renvoyée aux appels qu'elle avait reçus les semaines suivantes, menaçants et de toute évidence passés par un individu qui connaissait absolument tout de sa vie. Sa conversation avec Dolorès s'était immiscée dans ses souvenirs. L'impensable avait traversé son esprit comme il avait traversé celui de Dolorès : son défunt mari vivait encore à travers cet étranger. Jamais elle n'aurait tiré pareille conclusion si le cauchemar s'était contenté d'exister par appels téléphoniques interposés. Mais en regardant l'étranger se mouvoir, en écoutant ses mots et l'intonation avec laquelle il les prononçait, en laissant libre cours à la sensibilité de l'épouse qu'elle avait été pendant près de quarante ans, cette folle impression s'était muée en certitude. Et, de celle-ci, jaillissait une terreur que ses yeux ne parvenaient plus à contenir. Parce qu'elle savait de quoi son (défunt) mari était capable.

— Allons, un petit effort Eléonor ! Tu sais au fond de toi que c'est bien moi. Tu le sais depuis des semaines.

— Eléonor ? s'enquit Robert.

Les lèvres de la pauvre femme eurent toutes les peines du monde à se séparer.

— C'est Sheldon. Il est revenu.

29

Jour de fête

Le grand jour était arrivé. Celui où Thomas Wenhood allait honorer Rhodam de son illustre personne. Sa visite avait été annoncée pour midi. Comme à l'accoutumée, branle-bas de combat au sein du personnel de l'établissement pour que tout soit parfait à l'heure dite. Le petit-déjeuner avait été servi avec beaucoup d'avance puis débarrassé bien avant l'heure habituelle. Les tables devaient être impeccables pour être ornées de jolis bouquets de fleurs. Les pensionnaires avaient été invités à regagner leur chambre, afin d'y être vêtus de leurs plus belles tenues, puis réinstallés comme des marionnettes dans la pièce de vie. Pour qui connaissait l'établissement en ses jours normaux, il ressemblait aujourd'hui à un plateau de cinéma où des figurants allaient participer au tournage d'un mauvais film. Il ne manquait plus que le fond musical. La petite équipe de Pedro avait religieusement suivi les instructions des auxiliaires de vie. Mais ses membres savaient que leurs rôles seraient bien plus importants que par le passé. Ils ne devaient rien faire — et surtout pas de vagues — avant que leur metteur en scène n'en donne le signal.

L'effervescence qui agita subitement le personnel indiqua à Pedro que le carrosse de Wenhood s'était probablement engagé sur le parking de l'établissement. Brian lui avait expliqué qu'à peine la voiture du directeur de zone en vue, un arc électrique traversait les employés de Rhodam. Il fit signe à son comparse que le moment était ainsi venu.

Brian, qui n'avait pas quitté Olga de toute la matinée, lui dit vouloir retourner dans sa chambre car il se sentait fatigué et légèrement nauséeux. Comme il s'y attendait, elle proposa de l'y accompagner et de lui tenir compagnie, le temps qu'il se sente mieux. Il accepta, bien entendu. Un sourire illumina le visage d'Olga qui n'aurait jamais espéré pouvoir partager un moment en tête à tête avec celui pour qui elle avait le béguin. Ils traversèrent ensemble le salon et se dirigèrent vers le couloir qui menait aux chambres avant qu'une employée ne leur barre le chemin.

— Vous allez où comme ça ? Vous savez que tout le monde doit être là pour accueillir Monsieur Wenhood !

— Je ne me sens pas dans mon assiette. Le petit-déjeuner m'est resté sur l'estomac. Je préfère me reposer un moment et Olga s'est proposé de me raccompagner.

— C'est bien vrai ça ? demanda l'employée en le toisant comme pour juger de la pertinence de l'excuse.

— Vous préférez que je dégobille au milieu du salon lorsque le grand manitou sera là ?

L'employée se raidit à l'évocation d'une telle possibilité.

— Grand Dieu, non ! Mais pourquoi Olga doit-elle vous accompagner ? Vous tenez encore debout que je sache !

— Parce que je préfère veiller sur mon ami Brian que rester assise ici comme une potiche ! s'offusqua Olga en se tortillant de désespoir à l'idée qu'on la prive d'un moment en aparté avec l'élu de son cœur.

Sa tirade n'était pas faite pour arranger les affaires de

Brian. Il suffisait que l'employée se braque et retienne Olga dans le salon pour que tout le plan tombe à l'eau. Aussi, Brian avança-t-il les lèvres tout près de ses oreilles.

— La connaissant comme vous la connaissez, n'est-il pas préférable *pour vous* qu'elle se tienne à l'écart de Wenhood ? Vous savez comment ça peut finir avec elle si, par mégarde… elle tombe sur une carafe d'eau. Vous ne pourrez pas surveiller chaque table !

L'employée se renfrogna, preuve que l'argument avait fait mouche.

— Okay ! Je vous raccompagne tous les deux à votre chambre. Veillez à ce qu'elle ne vous quitte pas et revenez ensemble lorsque vous irez mieux. C'est bien compris ? Et ne tardez pas, ce n'est pas le bon jour pour être malade !

— Oui, bien sûr ! répondit Brian, obséquieux, vomissant intérieurement cette dévotion que tous les salariés de Rhodam avaient à l'égard du crétin qui leur servait de chef. Dévotion toute feinte, certes. Ils craignaient davantage ses mouvements d'humeur et leurs conséquences sur leurs emplois.

L'auxiliaire de vie attendit que Brian s'allonge sur le lit (ordre qu'elle lui avait donné) et qu'Olga prenne place dans un fauteuil à côté de lui. Elle n'était pas rassurée à l'idée de les laisser seuls dans la chambre alors que la direction avait toujours été claire au sujet des pensionnaires lorsque Wenhood débarquait : sauf exception, ils devaient être réunis dans le salon. Mais que pouvait-elle faire d'autre si Brian se sentait indisposé ? Il s'agissait là d'une exception et, assurément, elle prenait la bonne décision. Meilleure, en tout cas, que celle consistant à courir le risque de voir le vieil homme rendre son petit-déjeuner dans le salon. La direction ne lui pardonnerait jamais un tel incident, d'autant moins si le vieil homme venait à leur expliquer qu'il l'avait prévenue. Quant à Olga, les propos de Brian l'avaient complètement convaincue. Il était toujours moins risqué de l'éloigner. Tout compte fait, elle pouvait exfiltrer les deux pensionnaires sans conséquence pour elle.

Comme n'importe quel employé connaissant suffisamment Olga, elle veilla bien sûr à verrouiller de l'extérieur l'accès à la salle de douche de la chambre. Pourtant, cette précaution ne semblait pas la satisfaire complètement. La potomane pouvait toujours sortir et aller greffer ses lèvres au robinet d'une autre salle de douche. Le doute agita ses doigts qui firent tinter le trousseau de clés qu'elle avait encore dans les mains. L'idée lumineuse lui vint d'enfermer les deux pensionnaires dans la chambre. Elle la pensa si fort que Brian devina ses intentions. Si celles-ci étaient suivies d'effet, là aussi leur plan tombait à l'eau.

— Vous savez qu'en cas de problème, si nous ne pouvons pas sortir de la chambre parce que vous avez verrouillé la porte, vous êtes responsable ? Vous le savez, pas vrai ?

Démasquée, l'auxiliaire abandonna l'idée, pas si brillante.

— Bon, je vous fais confiance ! Ne me décevez pas. Rejoignez-nous dans le salon si et quand vous le pourrez !

— Comptez sur nous !

Brian, rassuré que le plan se déroule sans encombre, se détendit. Il fallait maintenant qu'il (ab)use de son charme pour conduire Olga là où il voulait qu'elle aille.

— C'est tellement gentil de vouloir veiller sur moi, Olga ! Vous n'étiez pas obligée, vous savez…

— C'est naturel. J'espère que ça vous fait plaisir. On a rarement l'occasion de passer un petit moment ensemble.

— C'est vrai, répondit-il en posant sa main sur celle d'Olga. Et j'aimerais vous remercier pour ça… Vous remercier avec quelque chose dont vous avez toujours envie.

Le visage d'Olga se mit à rougir instantanément. Ces quelques mots et le geste tendre qui les avait précédés ne pouvaient signifier qu'une chose : il savait qu'elle en pinçait pour lui et il allait satisfaire ses attentes. Cette idée chauffa à blanc les fantasmes qu'elle nourrissait à son égard. Elle se voyait déjà en train de le dévorer. Mais il ne fallait pas effrayer la proie. Un simple baiser serait un bon début et elle était presque certaine de l'obtenir. Sinon, pourquoi se comporterait-il de manière aussi suggestive ? Elle s'abandonna à croire que lui aussi avait quelque sentiment pour elle et qu'il n'avait jamais osé les lui avouer. Forte de ces quasi-certitudes, elle se leva, s'approcha du lit où Brian était encore étendu et pencha son visage sur le sien, en quête de ces lèvres dont elle avait si souvent rêvé. Alors qu'elle fermait les yeux, prête à recevoir ce baiser dans un tourbillon d'émotions, Brian sortit de sa trajectoire en se redressant et laissa sa main courir jusque sous le lit où il attrapa l'une des bouteilles d'eau qu'il y avait cachées.

— J'ai pensé que vous seriez heureuse de vous laisser un peu aller. On vous prive injustement, Olga.

Olga rouvrit les yeux sur le cadavre encore chaud de ses illusions. Mais elle les laissa courir sur la bouteille que Brian secouait lentement devant elle. Le liquide transparent qui se balançait dans son contenant était une drogue à laquelle il lui était impossible de résister. La privation qu'elle subissait à Rhodam ne la sevrait pas. Elle préservait seulement sa santé. Son trouble était trop profondément ancré en elle pour qu'il puisse disparaître. Elle l'emmènerait dans la tombe. À moins que ce soit lui qui l'y conduise. Sauf les fois où elle réussissait à échapper à la vigilance du personnel (de moins en moins fréquentes ; les auxiliaires de vie connaissaient maintenant tous ses trucs), on la cantonnait à deux litres par jour là où, jadis, elle était capable d'en absorber dix. Autant dire que le manque était sévère. Alors, elle n'embrasserait peut-être pas Brian aujourd'hui, mais elle boirait.

Olga absorba le litre d'eau en un claquement de doigts, sans remarquer la très légère opacité du liquide. Le goût aurait dû la surprendre mais le manque était trop criant pour qu'elle fasse la fine bouche. Brian l'invita ensuite à parler d'elle, à lui en apprendre un peu plus sur sa vie. Elle ne se fit pas prier, pensant voir dans cette invitation un signe d'intérêt pour sa personne. Il lui offrit une deuxième bouteille quelque quinze minutes plus tard. Elle la siffla aussi rapidement que la première. Le troisième litre résista un peu plus longtemps. Le monologue d'Olga, intarissable, commençait à être entrecoupé de petits renvois, signe que l'eau saturait lentement son estomac. Brian hésita avant de lui donner une nouvelle bouteille. S'il s'agissait d'eau pure, Olga aurait très bien pu encaisser un quatrième litre. Mais la petite dose de savon qu'il avait dilué dans chaque bouteille pouvait la faire vomir à tout instant. Si tel était bien le but recherché, cela ne devait pas arriver dans la chambre. Il lui tendit néanmoins la bouteille et se mit à parler, très vite, car il n'avait plus beaucoup de temps, avant que le savon n'agisse, pour la convaincre de faire ce que Pedro avait imaginé.

— Vous aimeriez qu'on apprenne à se connaître un peu

mieux ?

Olga opina du chef, sans un mot. Elle ne savait plus trop sur quel pied danser.

— Pour ça, il va falloir se faire bien voir de la direction si on veut avoir quelques libertés. Vous voyez ce que je veux dire ?

— Je ferai tout ce qu'il faudra.

— Alors le mieux serait de commencer dès aujourd'hui.

— Qu'est-ce que je dois faire ?

— Vous savez à quoi serait sensible la direction ?

— Non…

— Je crois qu'elle serait ravie et rassurée que Thomas Wenhood s'en aille d'ici satisfait de sa visite.

— J'imagine bien ! Elle est en transe à chaque fois que le boss se déplace jusqu'ici. Mais je ne vois pas ce que je pourrais faire…

— Eh bien, vous pourriez aller lui souhaiter la bienvenue. Aucune pensionnaire n'ose le faire. C'est dommage. Et vous êtes de loin la plus aimable, la plus souriante et la plus agréable de tous. Je suis sûr que Wenhood en serait flatté et que la direction vous en serait reconnaissante.

— Vous croyez ?

— J'en suis sûr !

— Mais je ne veux pas vous laisser tout seul.

— Ne vous inquiétez pas, je me sens déjà mieux. Et puis, si c'est pour qu'on puisse se rapprocher…

— Contre un petit baiser, je m'en vais de ce pas accueillir Wenhood, lança Olga, le visage radieux.

Brian savait qu'il ne pourrait pas esquiver une fois de plus s'il voulait que son baratin reste crédible. Il approcha ses lèvres de celles d'Olga et ferma les yeux pour que le moment soit moins pénible à traverser. Récompensée de sa persévérance, Olga fit durer le baiser et le plaisir qu'elle en tirait. Il y mit un terme, trop effrayé à l'idée qu'elle vomisse alors qu'elle n'avait pas encore rejoint la pièce de vie.

— Dépêchez-vous d'aller saluer Wenhood maintenant ! la congédia-t-il en lui tapotant la joue.

– 2 –

À l'autre bout de la pièce, Thomas Wenhood paradait comme un paon, entouré par le personnel de l'établissement qui feignait de s'intéresser à ses histoires. Aujourd'hui, elles étaient consacrées aux Santiag texanes et au Stetson qu'il portait en les exhibant comme des trophées. « Cadeaux de l'équipe de San Diego » n'avait-il pas omis de préciser, comme pour souligner qu'ici, il ne recevait pas de cadeaux. Parmi ses nombreuses méthodes de management, toutes aussi pourries les unes que les autres, la rivalité entre établissements était l'une de ses préférées. Bien sûr, personne n'aurait osé lui dire à quel point il était ridicule, accoutré de la sorte. Rien ne pouvait être reproché aux bottes et au chapeau (ils étaient même très beaux), mais le mariage malheureux qu'il leur faisait subir avec un costume dépareillé, mal coupé et froissé rendait l'ensemble grotesque. Lui seul semblait ne pas s'en rendre compte, tout aveuglé de vanité qu'il était.

Lorsque Christine, aux aguets depuis que Brian avait quitté les lieux, aperçut Olga, elle comprit que les festivités allaient commencer et que le moment était bientôt venu pour elle de jouer sa partition. Elle observa l'imposante femme se déplacer avec détermination vers le sujet central de la réunion. Pour qui connaissait bien Olga, les signes d'une gêne évidente due à un trop-plein d'eau étaient perceptibles. Pour leur victime, ils étaient même manifestes. Prise de renvois de moins en moins espacés et de plus en plus violents, qu'elle tentait de maîtriser en serrant la langue contre son palais, Olga ne savait plus si elle devait rebrousser chemin, le temps de se délester d'une partie du liquide qu'elle avait absorbé, ou accélérer le pas vers Wenhood pour se débarrasser au plus vite des salutations qu'elle avait accepté de lui faire. Elle ne comprenait pas pourquoi « si peu » d'eau lui faisait autant d'effet alors qu'elle avait déjà eu l'occasion d'en absorber davantage sans que son estomac ne se manifeste aussi rapidement et de manière aussi brutale. Elle prit sur elle, pensant qu'elle pouvait résister, mais c'était évidemment sans compter le savon dont elle ignorait l'existence. Et puis, se souvenant que le bonhomme ne restait jamais très longtemps parmi les pensionnaires avant de leur préférer un déjeuner en aparté avec la direction, Olga savait qu'elle n'aurait pas d'autre occasion de se retrouver face à lui si elle n'y allait pas maintenant. Il était hors de question de ne pas s'astreindre à faire quelque chose susceptible de la rapprocher de Brian.

Lorsqu'elle se planta devant Wenhood, la surprise et quelques signes d'inquiétude se lurent dans les yeux des membres de la direction. Jamais un pensionnaire n'avait pris pareille initiative (personne n'avait envie de parler avec ce guignol) et aucun « protocole de sécurité » n'avait été imaginé pour empêcher l'un d'eux de s'en approcher. Pris au dépourvu, ils furent incapables de réagir alors qu'Olga s'adressait déjà à Wenhood.

— Cher Monsieur le Directeur, tous les résidents de Rhodam et moi-même voulions vous souhaiter la bienvenue et vous dire que nous étions ravis de vous voir !

Quelque chose dans cette réplique toute faite, digne d'un

élève de primaire, sonnait immensément faux. Les membres de la direction le savaient et, inquiets, se demandaient ce qu'Olga pouvait avoir en tête, d'autant qu'ils connaissaient la personnalité facétieuse de leur pensionnaire. Mais cette inquiétude marqua le pas devant une inquiétude plus grande encore lorsqu'ils remarquèrent qu'elle luttait contre des renvois. L'infirmière en chef tenta d'exfiltrer l'intruse avant qu'une catastrophe ne se produise.

— Merci Olga, pour vos gentilles paroles. Je suis sûre que Monsieur Wenhood les apprécie à leur juste valeur. Nous allons maintenant nous réunir autour d'un déjeuner de travail. Je vous invite à retourner dans le salon, en vous remerciant encore.

— Mais, laissez donc cette dame exprimer son plaisir, voyons ! intervint Wenhood, dont l'orgueil affamé acceptait n'importe quelle flatterie, même grossière.

— Comment vous appelez-vous chère madame ? ajouta-t-il en posant ses deux mains de part et d'autre des épaules d'Olga ; attitude bien moins amicale que condescendante.

Olga n'était plus en état de répondre. Son visage, blême, se déformait maintenant sous les assauts de son estomac dont les grondements annonçaient le pire. Elle ne voulait plus bouger, ni même parler, sachant que le moindre mouvement pouvait mettre fin au miracle qui retenait encore en elle le liquide qu'elle avait absorbé.

— Tout va bien ? demanda Wenhood en constatant que le corps de son interlocutrice était dorénavant secoué par de petits spasmes.

Pour toute réponse, Olga lui vomit d'abord sur la poitrine. Le jet qui s'échappa de ses entrailles fut si fourni et si puissant que l'eau savonneuse, mêlée aux aliments à moitié digérés du petit-déjeuner, rebondit jusqu'au Stetson du bonhomme. La surprise le paralysa suffisamment longtemps pour que, pliée en deux, Olga déverse un second jet sur ses Santiag. Wenhood, trempé, n'était plus qu'une constellation de petits morceaux de nourriture à l'odeur nauséabonde.

En quelques instants, l'incident plongea Rhodam dans un silence de mort. La consternation se lisait sur les visages défaits de la direction.

30

Ceux qui vous veulent du bien

— **Quoi ?** Mais qu'est-ce que tu racontes ? vociféra Robert.

— Je dis que cette personne, c'est Sheldon. Je ne sais pas comment c'est possible, mais c'est lui.

— Tu as perdu l'esprit ma pauvre Eléonor !

— Je préfèrerais. Mais cet homme sait des choses que nul autre ne peut savoir, sur moi, sur toi, sur nous tous…

— Et tu penses que ça va me suffire pour que je croie à la résurrection de mon frère ? Tu es devenue folle !

— Tu devrais l'écouter, Robert, parce qu'elle dit la vérité. Tu devrais surtout t'en inquiéter. Vous pensiez vous être débarrassés de moi parce que je suis mort dans la maison de retraite ou vous m'avez emprisonné ?

Robert observa tour à tour sa belle-sœur et son agresseur, l'air dubitatif. Puis il se mit à rire avant d'arborer son visage le plus sévère.

— Je ne sais pas comment vous avez pu convaincre Eléonor que vous êtes Sheldon mais, avec moi, ça ne marche pas. Alors, finissons-en ! Je vous le demande de nouveau : combien voulez-vous ?

Sheldon secoua la tête en silence, désolé de voir son frère se tromper si lourdement.

— Je crois que tu n'as pas compris, Bob… Et je vais devoir t'expliquer les choses comme je le faisais quand tu étais petit et que tu ne m'écoutais pas. Tu t'en souviens ?

Sheldon s'approcha de Robert et lui saisit fermement la mâchoire inférieure entre le pouce et l'index. Plus jeune, il avait recours à cette méthode lorsque son jeune frère lui avait une énième fois désobéi. Il était souvent le prélude à une dérouillée car le cadet ne voulait jamais s'avouer vaincu et tenait tête à son aîné sans se soucier des formes qu'il aurait dû respecter pour faire valoir ses arguments. Les trois frères avaient trop de caractère pour capituler devant qui que ce soit à part peut-être devant leur père, qu'ils redoutaient comme la foudre. Mais Sheldon avait toujours eu le dessus. Il était celui des trois qui ne reculait devant rien et qui n'avait aucun scrupule. Ce geste et ces quelques mots décontenancèrent Robert plus qu'il ne l'aurait voulu. Ils n'étaient pas suffisants pour qu'il accepte l'idée que cet étranger puisse être son frère aîné mais, confusément, ils instillaient le doute et, avec lui, une peur viscérale comme seule Sheldon pouvait la déclencher chez ceux qui le connaissaient. Car Robert le savait : s'il s'agissait de son frère — aussi ahurissante que soit cette possibilité — aucun membre de la fratrie ne ressortirait vivant de cette maison. L'idée lui glaça le sang.

— Vous êtes venu pour quoi, alors ?

— Te voilà plus à l'écoute, c'est bien. Je suis ici pour vous prendre le temps qu'il vous reste comme vous m'avez volé les derniers moments de ma vie.

— Écoutez, je ne sais pas qui vous êtes, un compagnon de Sheldon ou n'importe qui, qui le connaissait suffisamment, mais nous n'avions pas d'autre choix que de le faire admettre dans cette maison de retraite.

— Ne t'adresse pas à moi comme si je n'étais pas Sheldon. Tu l'as su au moment où j'ai saisi ta mâchoire, pas vrai ? Comme je le faisais souvent quand on était plus jeunes. Et c'est sûrement parce que tu le sens au fond de toi que je vois s'installer la peur dans tes yeux. Parce que tu te sais coupable… Parce que vous vous savez tous coupables !

— Nous n'avions pas le choix ! Vous… tu as voulu nous éliminer parce que tu ne supportais plus de vivre avec tes handicaps. Tu en voulais à la Terre entière et tu t'es asphyxié dans ta colère. Mais nous n'étions pas la cause de ton mal-être, bon sang ! Nous n'étions pas responsables de l'AVC qui t'a cloué dans un fauteuil roulant et réduit au silence ! On a tout fait pour que tu continues de vivre avec nous. Mais rien n'était suffisant pour toi. La vérité, c'est que tu ne supportais pas de te savoir diminué alors que nous ne l'étions pas. Tu ne supportais pas de ne plus être le maître à bord.

— Vous auriez pu faire autrement ! En m'envoyant dans ce trou à rats, vous avez brisé notre pacte, celui qui nous liait depuis toujours !

— Qu'est-ce qu'on pouvait faire d'autre ? Qu'est-ce que tu aurais fait, toi, hein ?

L'égocentrisme qui caractérisait Sheldon l'avait empêché de considérer la situation autrement que de son point de vue. Pour lui, sa famille était fautive, coupable, quelles que soient les raisons qui l'avaient conduite à le placer ! Jamais il n'aurait accepté d'admettre que son placement pouvait, en réalité, être la conséquence de son comportement. Et, par construction, que sa colère puisse être le fruit pourri de son égoïsme. Non, cette colère devait forcément trouver racine dans le comportement des autres et il était inutile de rechercher, ailleurs, sa véritable cause. Pourtant, aujourd'hui, les propos de Robert avaient une résonance qu'il n'aurait pas imaginé pouvoir leur donner par le passé. Une résonance qui le poussait à se demander si, finalement, ce n'était pas lui le fautif. Cette question, il la savait issue d'une personnalité qui n'était plus complètement la sienne, remodelée par une influence tierce qui ne pouvait être que celle de son hôte. Son satané hôte changeait sa personnalité profonde comme il avait commencé à changer son passé. Il se mettait dorénavant à changer la manière dont il analysait le présent. La bête se mourait. Ces réflexions immobilisèrent Sheldon pendant de longues minutes. Ses yeux se perdirent dans un vague insondable, jusqu'à ce que James, silencieux depuis qu'ils avaient fait irruption dans la maison, s'exprime et manifeste nerveusement son incompréhension.

— C'est quoi ce délire, abuelo ? De quoi tu parles ? Pourquoi tu veux qu'ils t'appellent Sheldon ? C'est qui ce mec ?

Logan vit, dans cette question, une brèche à exploiter. La seule qui fissurait la carapace mentale de son ami depuis que celui-ci l'avait embarqué dans cette histoire de fou. Il s'y engouffra sans être sûr de comprendre lui-même de quoi il retournait. Pendant un instant, il rendit grâce à son intuition qui, depuis le début, lui martelait que cet homme était toxique et qu'il ne pouvait pas être Pedro. Il aurait dû accorder davantage de crédit à ses impressions.

— T'as pas compris ? C'est pas ton grand-père ! Ça fait des semaines que tu te fais balader.

— Putain, mais qu'est-ce que tu racontes, bordel ?! Abuelo, dis-leur que… que c'est bien toi ! Hein ? Dis-leur ! s'énerva James qui, pour la première fois, s'inquiétait de ne pas comprendre. Son univers défaillait, comme si son nouveau moi — qu'il avait bâti sur les conseils et la confiance que lui avait donnés son « abuelo », l'une des personnes qui comptaient le plus au monde pour lui — n'était fait que de mensonges. Mais la bête qui s'était installée en lui n'était pas disposée à rendre les armes aussi facilement. Après tout, qu'est-ce que cela changeait que ces conseils lui aient été donnés par son grand-père ou par un étranger ? Rien ! Car ils l'avaient placé sur la voie de la résurrection et c'était tout ce qui comptait. Le reste n'avait aucune importance.

– 2 –

Le silence persistant de Sheldon encouragea Logan à tenter le tout pour le tout. Il baissa son arme (qu'il ne tenait plus bien haut depuis un moment, de toute façon) et s'approcha de James.

— Viens, on se casse d'ici ! Tu n'as rien à voir avec ce règlement de comptes. Laisse-les entre eux. Et, en plus, ce ne sont même pas les gars de l'école qui t'ont agressé ! Tu n'as plus besoin de ce Sheldon !

Logan tenta d'attraper le bras de son ami en pensant pouvoir l'entraîner hors de la pièce. Mais James ne l'entendait pas de cette oreille. Il n'était pas question pour lui d'abandonner ses fantasmes. Il posa un regard assassin sur Logan et le pointa de son calibre.

— N'y pense même pas, Logan. Ce n'est plus l'heure de faire marche arrière. Il est trop tard. Recule !

Le titan encaissa un uppercut mental. James le menaçait avec son arme et son regard lui faisait croire qu'il était prêt à s'en servir. Il recula, sans même oser le menacer en retour, abasourdi, comprenant que son ami avait définitivement basculé du côté sombre.

— Maintenant, abuelo, tu finis ce que tu es venu faire ici

et après on s'occupe de mes affaires. Rien ne doit renvoyer la bête dans sa boîte, c'est toi qui me l'as dit ! Rien !

Ces mots sortirent Sheldon de la torpeur dans laquelle Pedro le retenait prisonnier. Ils ragaillardirent aussi la bête. Mais son temps était compté. Il se remémora les handicaps qui l'avaient privé de sa vie, le fauteuil roulant, son placement à Rhodam… tout ce qui pouvait donner au démon un dernier shoot d'adrénaline, le temps d'en finir avec ce petit monde qui, naguère, avait été sa famille. Il sortit deux bidons de son sac et les déboucha nerveusement. L'odeur caractéristique de l'essence se propagea dans la pièce.

— Aujourd'hui, vous allez périr. Et quand ce corps m'aura rejeté, je vous rejoindrai. Nous serons de nouveau ensemble, comme nous l'avons toujours été.

— Tu ne vas pas faire ça ? Tu n'es pas sérieux ? lança Robert en se tortillant comme un damné pour essayer de se défaire de ses liens.

Les autres en firent autant. En vain. Se sachant en très mauvaise posture, ils se mirent à implorer leur bourreau puis à pleurer de panique. Tous, à l'exception d'Eléonor, qui semblait avoir capitulé. Sheldon tirait une satisfaction sadique de leur terreur. Il attendait cet instant depuis le jour où on l'avait cloîtré à Rhodam. Il n'avait pas pensé qu'il le vivrait un jour. Mais le destin s'en était mêlé et lui avait offert un sursis qu'il allait exploiter jusqu'à la dernière seconde. Une peur sclérosante envahit Logan lorsque Sheldon commença à déverser l'essence autour puis sur les otages. Il comprenait s'être fait berner par le vieux qui n'avait jamais eu l'intention de *simplement* discuter. Il voulait carboniser sa famille par vengeance. À quel point James était-il impliqué dans ce dessein macabre ? Connaissait-il depuis le début les perspectives de celui qu'il pensait être son grand-père ? Il aurait tellement voulu réussir à le raisonner. Il savait que c'était peine perdue tant James semblait fasciné par les intentions de Sheldon. Malgré les risques, il ne pouvait pas rester sans rien faire alors que le vieux venait d'allumer un Zippo qu'il avait sorti de l'une de ses poches de pantalon. Mais l'arme de James, toujours pointée sur lui, forçait la prudence. Logan recula d'un pas et mit finalement Sheldon en joue.

— Je ne peux pas vous laisser faire ça ! Vous ne pouvez pas entraîner James là-dedans. Éteignez et rangez ce briquet ou, croyez-moi, je me servirai de ce pétard.

Sheldon considéra un instant l'avertissement, presque avec gravité, en se disant que le titan avait du cran et cœur à défendre son ami. Puis un sourire fendit ses lèvres :

— Te fatigue pas, Logan. Ton arme n'est pas chargée. En revanche, les nôtres le sont... Si j'étais toi, je ferais gaffe, on tire très bien.

James dévisagea Logan, furieux de la tentative que ce dernier avait osé amorcer.

— Je te faisais confiance, t'es qu'un putain de traître ! T'as jamais eu l'intention de nous aider ! Tu vaux pas mieux que ces enfoirés qui m'ont pourri la vie pendant des mois ! hurla James en agitant frénétiquement son arme devant son ami. La rancœur déformait son visage. Ses pupilles brûlaient de colère. Logan craignait que celle-ci l'amène à appuyer sur la détente. La peur lui ramollit les jambes ; sensation qu'il n'avait pas vécue depuis longtemps.

— C'est pour t'aider que je suis venu. En te laissant être complice de cette merde, je te condamne... lâcha Logan désespéré, sentant que la partie était presque perdue.

Il lui restait une option : foncer sur James, comme un bulldozer. La surprise saisirait peut-être son ami au point de le priver de réaction. Mais il y avait encore Sheldon. Impossible d'être suffisamment rapide pour neutraliser les deux hommes. Logan ne tenterait pas le Diable, sachant que, si le vieux pouvait sacrifier sa famille sans sourciller, il n'hésiterait pas à le sacrifier lui aussi. Eléonor interrompit ses pensées et brisa le lourd silence qui s'était installé dans la pièce.

— Je suis tellement désolée Sheldon, dit-elle la voix tremblante, manifestement émue. Pas une émotion provoquée par la peur qui étranglait ses beaux-frères et leurs épouses. Non, une émotion qui semblait sincère et débarrassée du contexte dans lequel elle prenait naissance.

— ...Tellement désolée de ce que tu as enduré après ton AVC. J'aurais donné n'importe quoi pour nous éviter ça. Parce qu'après, l'homme que j'aimais profondément et que j'aimerai toute ma vie a disparu derrière un individu que je ne reconnaissais pas. Tu m'as manqué, chaque minute, Sheldon. J'ai prié tous les jours pour que mon amour t'atteigne malgré l'armure dans laquelle tu t'étais enfermé. Mon Dieu si j'avais le pouvoir de changer les choses...

– 3 –

Sheldon s'immobilisa, comme si quatre murs étaient soudainement venus l'emprisonner, incapable de faire le moindre mouvement. Les sentiments qui se dégageaient des mots prononcés par son épouse ôtaient à la bête qui se mourait en lui les quelques forces qu'elle avait encore. Sa haine n'était plus suffisamment virulente pour qu'il lâche le briquet. Ses griffes peinaient à retenir Pedro dans un passé et une vie qui n'étaient pas les siens. L'expression dans le regard du vieil homme changea. Le feu qui y brûlait encore l'instant d'avant disparut. Eléonor, qui ne l'avait pas quitté des yeux, s'en rendit compte. En réalité, derrière ce regard, c'était toute la personnalité du bonhomme qui avait changé. Elle y retrouva cette forme de tendresse bourrue qui lui avait réchauffé le cœur lorsqu'elle était allée rendre visite à son mari à Rhodam pour la dernière fois. À l'époque, elle ne s'était pas interrogée sur le caractère hautement improbable d'une telle tendresse dans le regard de Sheldon. Elle s'en était juste réjouie, pensant qu'il avait peut-être trouvé le chemin de l'apaisement. Elle aurait dû savoir qu'il n'était pas de ces personnes traversées par un moment de grâce, aussi bref soit-il. Elle aurait dû sentir que l'homme qui lui avait tenu la main ne pouvait pas être son époux.

Mais comment aurait-elle pu ?

Peut-être que ce regard appartenait au père de cette Dolorès, véritable propriétaire du corps dans lequel son époux s'était installé. Peut-être qu'elle tenait là le seul espoir de s'en tirer.

— Lo siento tanto mi amor. Despiertate, Pedro, por favor. No me dejes aqui,[1] dit Eléonor dans un espagnol de bon niveau, en espérant que sa tentative retienne la personnalité qui avait fait irruption dans ce regard.

Ces mots, prononcés dans sa langue natale, arrachèrent Pedro aux souvenirs dans lesquels il survivait captif. Ils s'étaient transformés en autant de petites lames acérées qui étaient venues trancher les liens invisibles le retenant dans la vie d'un autre. Rhodam perdit en relief. Ses perspectives se déformèrent. Ses couleurs pâlirent. Puis, la maison de retraite disparut, emportant avec elle tous ses pensionnaires, son personnel et Wenhood. Pedro se retrouva au fond du trou dans lequel il était tombé lorsque Dolorès n'était pas venue à sa rescousse ; ce trou dans lequel il avait senti, pour

1. Je suis tellement désolée mon amour. Réveille-toi, Pedro, s'il te plaît. Ne me laisse pas ici.

la première fois, le souffle rauque de la créature qui l'occupait également. Aujourd'hui, il la sentait faible, comme un animal blessé sur le point de rendre l'âme.

Il ouvrit les yeux sur Eléonor, ne voyant pourtant que Carmen, l'air préoccupé. Il aurait voulu la rassurer, la prendre dans ses bras. Mais il ne pouvait pas bouger, entravé par une volonté qui n'était pas la sienne. La frustration et l'incompréhension le gagnèrent. Pourquoi était-il incapable de faire le moindre mouvement ? Que faisait-il dans cet endroit qu'il ne reconnaissait pas ? Qui étaient ces gens autour de lui ? Croiser le regard de James le rassura. Mais l'adolescent semblait très différent du souvenir qu'il en avait. Son regard s'était assombri. Il remarqua aussi la présence de ce grand gaillard, un ami de James. Lui aussi avait changé. Tout était très confus dans sa tête mais voir son petit-fils une arme à la main était probablement ce qui le perturbait le plus. Le reste n'avait pas d'importance. Il voulait lui crier de la jeter au sol, de ne jamais toucher à de tels engins. Malgré sa détermination, les mots ne parvinrent pas jusqu'à ses lèvres. Sheldon ne parvenait pas davantage à reprendre le contrôle de ce corps qui lui échappait. Il réussissait juste à empêcher que son légitime propriétaire se le réapproprie complètement. Ce corps, unique, incapable de se mouvoir, déchiré entre deux volontés distinctes, ne répondait plus à aucun de ses deux occupants.

– 4 –

Le vieil homme finit par tourner la tête vers les deux adolescents et, comme si les personnalités qui l'habitaient s'étaient un instant mêlées pour n'en former qu'une seule, hurla aux garçons de déguerpir sur le champ. Dans un combat impossible à concevoir de manière rationnelle, Sheldon et Pedro avaient lutté pour que leurs attentes respectives prennent le dessus. À Pedro celle de vouloir que James quitte cet endroit. À Sheldon celle de poursuivre, sans perdre un instant, ce pour quoi il était venu. D'aucuns auraient considéré que Pedro était ressorti victorieux de ce combat puisqu'il avait réussi à intimer l'ordre aux deux adolescents de partir. Mais Sheldon était-il complètement étranger à cette injonction ?

En réalité, il n'avait rien fait pour la retenir. Sa vengeance touchant à sa fin — il n'avait qu'à lâcher le Zippo qu'il tenait entre ses doigts pour que tout s'enflamme — James et Logan ne lui étaient plus vraiment utiles. À moins qu'il ne les laisse partir parce qu'il avait développé quelque sentiment à l'égard de James ? Était-ce des sentiments qui lui étaient propres ou ceux-ci débordaient-ils de la personnalité de Pedro ? Nul ne le saurait jamais.

— Non, non, non, mais qu'est-ce que tu racontes ! hurla James hors de lui. Je ne bouge pas d'ici tant que tu n'auras pas terminé. Jette ce putain de briquet dans l'essence !

— Va-t'en ! Allez-vous-en tous les deux ! répéta le vieil homme. Oubliez tout ça !

— Tu m'avais promis, répondit James la voix étranglée par des sanglots de colère et de déception. Tu m'avais promis et tu me laisses tomber !

Les idées viciées sur lesquelles il avait bâti les fondements de sa résurrection se mouraient sur l'ordre de son grand-père et ses fantasmes disparaissaient avec elles. Il avait la sensation douloureuse que son univers s'effondrait comme un château de cartes.

— Tu n'as plus besoin de moi, James. Tu es assez fort

tout seul.

James essuya nerveusement les larmes qui lui roulaient sur les joues, recula d'un pas et mit cette fois son grand-père en joue.

— Ça ne peut pas se passer comme ça, abuelo, dit-il en secouant la tête. Tu ne peux pas décider tout seul de la fin d'une histoire que j'ai construite avec toi ! Alors tu vas jeter ce putain de briquet dans l'essence. Sinon…

— Dégage-le d'ici, Logan ! Maintenant !

James dériva le canon de son revolver sur son ami.

— N'essaie même pas de bouger, Logan.

— Son arme n'est pas plus chargée que la tienne. Chope-le et cassez-vous.

Logan hésita un instant, persuadé que James, envahi par la colère et la haine, n'hésiterait pas à tirer. Il espérait que le vieux dise la vérité et que le chargeur du revolver soit vide. Puis, sans plus réfléchir, il bondit comme un tigre, ne laissant pas à James le temps de réagir. La main gauche du titan s'abattit lourdement sur l'arme qui tomba au sol. Sa main droite s'écrasa sur le visage de James qui perdit l'équilibre et chuta, sonné par la puissance du coup. Logan s'approcha de son ami, le redressa et le chargea sur ses épaules comme un sac de pommes de terre. Avant de quitter la pièce, il jeta un œil en direction du vieil homme.

— Venez avec nous ! Il est encore temps.

Mais, déjà, Pedro perdait du terrain dans la maîtrise de ce corps qu'il continuait de partager malgré lui. Il avait mobilisé toutes ses forces pour restreindre la volonté de son concurrent. Il ne tenait plus. Maintenant que James était hors de danger et sur le point de quitter ces lieux, il pouvait cesser de lutter. Il lâcha prise, comme on lâche une corde qui retient le bateau à quai. Bientôt, il se retrouva à nouveau dans le salon de Rhodam, où la stupeur avait arrêté le temps, comme s'il avait fallu qu'elle lui permette de s'échapper quelques instants pour aller sauver son petit-fils. L'expression dans le regard du vieil homme changea une nouvelle fois. Logan et Eléonor y retrouvèrent celle de Sheldon, plus sombre, plus déterminée. Logan comprit à cet instant qu'il valait mieux ne pas traîner ici car, dans cette histoire invraisemblable à laquelle il avait assisté et qu'il n'était pas encore prêt à croire, il n'était pas certain de savoir qui leur avait intimé l'ordre de s'en aller. Chargé du corps de James qui n'avait pas encore repris conscience, il s'éclipsa aussi vite qu'il put, sans regarder derrière lui et sans se soucier de ce qu'il adviendrait des prisonniers qu'il laissait aux mains d'un homme dont il n'était plus sûr de l'identité.

La bête s'éteignait en Sheldon. Mais, débarrassée de Pedro, elle lui insuffla la force de terminer son ouvrage avant que la flamme du Zippo ne vacille à son tour.

31

Poudre d'escampette

Alors que l'assemblée peinait encore à sortir de la stupeur dans laquelle Olga l'avait plongée, Christine et les membres du tripot savaient que le moment était venu pour eux de rentrer en scène. Mais, d'un coup d'œil entendu, ils patientèrent quelques minutes de plus, le temps de voir comment la direction de l'établissement et les auxiliaires de vie qui entouraient Wenhood allaient réagir à cet événement pour le moins cocasse. Personne n'aurait cru que tout ce petit monde aggraverait la situation en s'esclaffant devant leur directeur de zone, trempé du « don » qu'Olga lui avait accordé. Ils tentèrent d'étouffer leurs rires. En pure perte. Au fond, ils se réjouissaient secrètement de ce qui venait d'arriver à leur supérieur, sans se soucier des conséquences qui pourraient en résulter. Ce petit instant magique pendant lequel le plaisir exclut toute réflexion qui viendrait l'amoindrir. Ces rires, qui peinaient à se tarir, n'étaient que l'expression heureuse d'un ras-le-bol trop longtemps contenu. Et comme un domino qui tombe et précipite son voisin dans sa chute, tous les résidents se mirent à rire également. Certains en connaissance de cause (ils avaient assisté à la scène), d'autres sans comprendre mais juste parce que leurs camarades riaient eux-mêmes. Fait rare et notable, tout l'établissement n'était à cet instant que rires à gorges déployées ;

un moment de grâce pour qui se serait présenté dans cette salle à l'improviste.

Puis vint le moment où la réflexion reprend le dessus (ce satané moment qui vous fait comprendre que la vie serait plus agréable si elle pouvait se dispenser d'être réfléchie). Il fallait s'occuper de Wenhood dont la colère et la honte embrasaient les yeux. Quelques auxiliaires de vie, forgées par leur expérience auprès de personnes âgées, attrapèrent des serviettes de table et les appliquèrent sur le costume de leur supérieur, qui hésitait encore entre explosion et implosion. L'infirmière en chef exfiltra Olga (sait-on jamais, elle n'avait peut-être pas encore vomi toute l'eau qu'elle avait ingurgitée et il était de toute façon préférable qu'elle disparaisse avant que l'envie n'envahisse Wenhood de la découper en morceaux) pendant que les membres de la direction s'excusèrent platement du malheureux incident. Le calme revint dans le salon.

Ce fut le moment que choisirent Christine et le tripot pour relancer le train des perturbations. Ensemble, ils s'approchèrent d'Eliot Lee et lui tirèrent la langue, sachant pertinemment la réaction qui allait s'en suivre. Le bonhomme se mit à rire en saccades et à sauter dans tout le salon comme un cabri sous l'œil médusé de Wenhood qui n'avait jamais assisté à pareil désordre dans cet établissement. Tous les pensionnaires s'abandonnèrent à de nouveaux fous rires à la vue de cet autre spectacle. Mais l'estocade lui fut donnée lorsque Christine commença à arpenter le salon comme un mannequin et à se dévêtir. L'émulation qu'Eliot avait provoquée l'instant d'avant encouragea cette fois les résidents à frapper dans leurs mains au rythme ou Christine abandonnait ses vêtements un à un. Les employés de Rhodam ne savaient plus où donner de la tête. Régler tous ces incidents en même temps leur était impossible. La directrice battit en retraite en choisissant de mettre Wenhood à l'abri, dans son bureau, pendant que les employés tentaient de ramener le calme parmi les pensionnaires, survoltés et plus joyeux que jamais.

Jamais ses concepteurs n'auraient pensé que leur plan fonctionne aussi bien. Il y avait une chance sur dix pour qu'Olga vomisse précisément là où ils avaient voulu qu'elle le fasse. Les chances étaient encore plus maigres pour que la direction s'abandonne à l'hilarité en pareille circonstance et que le bal s'achève de manière aussi triomphale sur un Eliot et une Christine au sommet de leur art. Tous ces rires remplirent de joie le cœur de Pedro. Cette sensation, c'était la sienne. Elle n'appartenait pas à celui dans le passé duquel il était prisonnier. Il la sentait libre de la noirceur qui baignait d'habitude ses pensées.

Brian, qui était revenu dans la salle pour assister au spectacle, savait qu'il n'y aurait pas meilleur moment pour se carapater. Les auxiliaires de vie étaient trop affairés avec les résidents pour qu'ils le remarquent emprunter le sas qui le mènerait vers l'extérieur. Et comme la réceptionniste était elle aussi venue cirer les pompes de Wenhood (contre son gré), il n'y avait plus personne qui puisse le retenir ou faire barrage. L'extérieur n'attendait plus que lui. Cet extérieur, c'était la liberté à laquelle il aspirait. Il adressa un clin d'œil à Pedro qui le lui rendit et articula lentement un merci silencieux que son destinataire accepta d'un signe de tête.

Pedro l'observa prendre la poudre d'escampette, espérant qu'il profite au mieux de sa virée avant d'être rattrapé puis probablement placé sous étroite surveillance afin que l'incident ne se reproduise pas. La Direction de l'établissement n'appréciait pas du tout ce genre d'initiative. Brian y laisserait tous les passe-droits qu'il avait gagnés ces dernières années mais, comme il l'avait si bien dit, au moins ils se seraient marrés. Pedro ignorait que Brian n'avait nullement l'intention de revenir. La liberté qu'il allait prendre, personne ne pourrait plus jamais la lui retirer.

32

La laideur du démon

Le feu du Zippo rencontra l'essence que Sheldon avait répandue dans le salon. Elle s'embrasa en un instant. Il observa les flammes dévorer les otages. D'abord leurs cheveux, puis leurs vêtements et bientôt leurs chairs. Il se délecta de les voir se tordre de douleur, comme des vers. Lorsque les liens qui les retenaient prisonniers cédèrent, certains tentèrent de se lever pour échapper à leur triste sort. Mais il était trop tard. Ils s'effondrèrent l'instant d'après. Ni peine ni remord ne s'invitèrent dans les pensées de Sheldon. Ce n'était à ses yeux qu'un juste retour des choses pour ce qu'il avait enduré. Il n'avait fait qu'appliquer la loi paternelle. La loi du Talion. Aucun de ses frères ne l'ignorait et ils auraient dû savoir que leur méfait ne resterait pas impuni, dans ce monde ou dans un autre.

Les corps des victimes cessèrent vite de bouger, signe que la vie les avait abandonnés. Sheldon pouvait désormais s'en aller. Il quitta le salon qui brûlait maintenant de toute part. La maison ne tarderait pas elle-même à se transformer en un gigantesque brasier. Consuela n'était plus dans l'entrée. Logan avait dû la libérer en partant. Il ferma la porte en sortant de la bâtisse qu'il regarda une dernière fois, comme on tire un trait sur son passé. Pendant un bon moment, il marcha droit devant lui, sans destination précise, conscient de vivre les dernières minutes du Sursis qui lui avait été accordé. Peu à peu, il perdit le fil du temps et ses pensées se firent confuses. Le trottoir s'ouvrit sous ses pieds et il chuta dans un tunnel étroit creusé à même la terre, voyant la lumière du réverbère qui l'éclairait l'instant d'avant disparaître au-dessus de lui. Lorsque la chute cessa enfin, l'obscurité s'était presque complètement refermée sur lui. Il était au fond d'un terrier lugubre et froid. Un rayon de lumière résiduel éclaira l'immense bête qui y était tapie ; cette bête qui l'avait accompagné toute sa vie. Il lui faisait face pour la première fois. Elle était laide. Aussi laide que lui. Elle n'était que l'horrible reflet de son âme qui se mourait désormais dans de longs râles d'agonie. Sheldon s'en approcha et se laissa enlacer entre ses bras décharnés. Il sentit les puissantes griffes qui ornaient ses pattes se refermer sur son dos. Il savait qu'elle l'emmènerait avec elle et il n'avait aucun doute sur la destination qu'ils rejoindraient.

– 2 –

Pedro était incapable d'évaluer le temps qui s'était écoulé entre le moment où Brian leur avait faussé compagnie et le moment où la directrice de Rhodam était venue leur annoncer que le pauvre homme s'était jeté sur l'autoroute depuis le pont qui la traversait. Une heure ? Un jour ? Une semaine ? La seule chose dont il se souvenait avec clarté, c'était la peine puis la douleur qu'il avait ressenties dans la poitrine en comprenant que Brian n'avait (re)trouvé sa liberté que dans la mort. Pedro avait senti son cœur se déchirer, au sens littéral du terme. Son buste s'était affaissé sur lui-même et ses bras étaient tombés le long des roues de son fauteuil.

Dans la seconde qui avait séparé le moment où la douleur s'était manifestée de celui où son cœur s'était arrêté de battre, tous les souvenirs de son séjour à Rhodam l'envahirent d'un coup, comme s'il fallait qu'ils se trouvent gravés dans sa propre mémoire. Des souvenirs dans lesquels il éprouva du bonheur alors que, lorsqu'il avait été fait prisonnier en leur sein, il n'avait ressenti que noirceur et dégoût. En ne les considérant plus à travers la personnalité de Sheldon sinon à travers la sienne, il les avait transformés. Son propre regard sur les maisons de retraite avait également changé. Il ne les voyait plus comme des antichambres de la mort mais comme des lieux où l'on pouvait encore éprouver quelque joie. Olga, Christine et tous les autres le lui avaient démontré. Il eut aimé que le pauvre Brian y trouvât lui aussi quelque chose qui le dissuade de mettre fin à ses jours. Il y a des mal-être qui vous dévorent et vous conduisent au pire. Pedro ferma les yeux sur cet amer regret.

Puis, de nouveau, ce néant où il était tombé lorsqu'il s'était réveillé dans la chambre de Dolorès. Il avait l'impression qu'un temps infini s'était écoulé depuis lors. Au loin, des sirènes de pompiers se faisaient entendre. La lumière d'un réverbère dissipa l'obscurité. Dans son halo, il aperçut une créature inhumaine et hideuse qui portait dans ses bras un vieil homme inerte. Elle le regardait fixement. Un regard sombre et froid qui avalait la vie. Un regard qui le glaçait. Peu à peu, le monstre se dissipa dans les ombres épaisses que la lumière ne traversait pas. Ses yeux restèrent longtemps posés sur Pedro. Seul sur ce trottoir, en pleine nuit, il ne savait pas ce qu'il faisait là. Sa mémoire lui signifia une fin de non-recevoir lorsqu'il tenta de la solliciter. Il pria pour que sa fille Dolorès le tire de là. Elle allait le houspiller, une fois de plus, mais qu'importe pourvu qu'elle arrive vite.

33

D'une ombre à une autre

Logan marcha longtemps avant de croiser un taxi qui accepte de les prendre en charge ; temps qu'il mit à profit pour s'extraire du brouillard mental dans lequel il baignait depuis le début de cette maudite soirée. Il hésita mille fois avant de se résigner à ne pas appeler la police et le 911. Les choses étaient trop complexes et trop confuses pour qu'il prenne une décision aussi lourde de conséquences. Il avait besoin de temps. Appeler, c'était condamner le grand-père de son ami pour quelque chose qu'il n'avait peut-être pas commis, si l'on pouvait accepter l'idée ahurissante qu'un tiers avait pris sa place. Et la police n'accepterait pas d'y adhérer (quel esprit normalement constitué accepterait ?). Appeler, c'était aussi se condamner lui-même. Certes, il n'avait pas fait grand-chose. Mais pénétrer chez autrui une arme à la main était suffisant pour l'envoyer au trou avec des circonstances aggravantes compte tenu du séjour qu'il avait déjà fait en maison de correction. Il regrettait d'avoir été assez stupide pour croire aux balivernes que le vieux lui avait servies. Mais comment aurait-il pu deviner que cet homme n'était pas celui auquel il croyait parler et qu'il cachait un meurtrier ? Appeler, c'était enfin condamner James. Le méritait-il alors que lui aussi s'était fait berner et que ce Sheldon avait profité de son mal-être pour pousser la bête à prendre possession de lui. Malgré les assauts répétés de son bon sens qui l'exhortait à prévenir quelqu'un, il ne put s'y résoudre. Lorsqu'un taxi daigna enfin s'arrêter, Logan prétexta une soirée trop arrosée pour justifier l'état de James, qui retrouva ses esprits quelques minutes après être monté dans la voiture. Logan pensait que son ami allait laisser exploser sa colère et il s'y était préparé. Mais pas un mot ne venait perturber le silence dans lequel était plongé le trajet qui les ramenait sur Mission District. Logan sentait la tension qui raidissait James comme une corde de guitare et ce silence ne lui inspirait rien qui vaille. Il tenta de le briser.

— Je sais que tu m'en veux. Mais j'ai fait ça pour toi. Tu n'es pas un tueur, putain ! Tu t'es laissé embringuer dans un truc qui t'a dépassé…

James leva lentement le regard sur Logan. Ses yeux, impassibles, n'avaient plus aucun reflet. Ni celui qu'il leur avait toujours connu, rempli de joie et de douceur, ni celui qui l'avait remplacé, rempli de colère, depuis que cet intrus avait fait irruption dans sa vie. Logan sentait qu'il ne retrouverait jamais le James d'avant et que leur amitié s'était brisée au moment où, par la force, il l'avait extrait de cette maison. Cette impression lui serra le cœur et il ne trouva rien qui puisse l'atténuer. Arrivé devant chez lui, James sortit du taxi, sans un mot. Logan lui emboîta le pas avec, dans l'idée, de ne pas le quitter avant d'avoir passé le flambeau à Dolorès, à qui il devrait quelques explications. Qu'il le veuille ou non, son ami ne devait pas se retrouver seul.

Avec un calme que d'aucuns auraient jugé inquiétant compte tenu des circonstances, James monta les escaliers, ouvrit la porte de l'appartement, se délesta de ses clés dans le vide-poches posé sur le meuble qui garnissait l'entrée et se déchaussa, sans se soucier un instant de Logan, comme si celui-ci n'avait plus aucune existence. En rentrant dans le salon, les deux garçons trouvèrent Dolorès ligotée sur le canapé, inconsciente. Logan se précipita vers elle pour la libérer de ses liens. Si Sheldon l'avait neutralisée de la sorte (car ça ne pouvait être que lui), c'est qu'elle avait dû le démasquer. Il lui assena de petites gifles jusqu'à ce qu'elle fût revenue à elle. James observait la scène froidement, sans réagir. Les signes de détresse que le visage de sa mère affichait encore ne semblaient pas l'émouvoir. Puis il disparut dans sa chambre.

— Qu'est-ce que tu fais là ? Qu'est-ce qui s'est passé ? demanda Dolorès, pêle-mêle, après avoir repris conscience. Ses gestes trahissaient beaucoup d'agitation et elle grandissait au rythme où sa mémoire lui restituait les derniers événements de la soirée. Elle nourrissait encore quelques doutes sur la réalité de la conversation qu'elle avait eue avec son père. Et pour cause, toute cette histoire côtoyait l'impossible. Une pure folie tout droit sortie d'un ouvrage fantastique. Mais son mal de tête et les marques que la corde avait laissées sur ses poignets la renvoyaient à la réalité. Son père l'avait bel et bien droguée puis attachée.

— Où est mon père ? Où est James ?

— On était avec lui, Dolorès.

— Avec lui où ? Et qu'est-ce que vous faisiez avec lui ?

— Je ne sais pas par où commencer. Vous allez me prendre pour un dingue.

— Crois-moi, plus rien ne pourra me surprendre, dit-elle gravement. C'est mon père qui m'a attachée après m'avoir fait avaler un truc qui m'a mis KO. Mon père ou… celui qui s'est fait passer pour lui ces dernières semaines.

Dolorès venait de tracer une voie là ou Logan craignait

de s'aventurer par peur de ne pas être cru. Il n'avait donc pas rêvé et s'en trouva à la fois rassuré et effrayé. Il s'abandonna alors à la vérité telle qu'il l'avait vécue, sans omettre le moindre détail, depuis ses tout premiers soupçons jusqu'à cet instant. Il aurait voulu édulcorer une partie de l'histoire ; celle qui condamnait James. Mais il choisit la vérité car son ami allait avoir besoin d'aide.

Dolorès écouta sans sourciller. Le récit de Logan ne faisait que confirmer ce qu'elle savait déjà au sujet de Pedro. Elle lui avoua avoir soupçonné l'usurpation dont son père était la victime depuis qu'elle était allée interroger Eléonor Foster ; soupçon devenu certitude lorsqu'elle s'était confrontée à Sheldon, un peu plus tôt dans la soirée. L'implication de James la secoua davantage. Elle aurait dû accorder davantage de crédit à son instinct lorsque celui-ci l'avait alertée sur le caractère anormal d'un changement de psychologie aussi radical. Elle n'en mesurait pas encore la gravité mais le silence dans lequel James s'était enfermé depuis que Logan l'avait soustrait au dessein funeste de Sheldon n'augurait rien de bon.

— Vous l'avez vu mettre le feu ?

— Non. Il nous a demandé de partir avant. C'était bizarre. On aurait dit que votre père luttait intérieurement contre ce Sheldon pour qu'on puisse partir. Je lui ai demandé de sortir avec nous mais il a refusé. Après, je ne sais pas ce qu'il s'est passé, mais s'il n'est pas sorti…

Dolorès s'affola à l'idée que l'étranger ait véritablement mis son plan à exécution et qu'il se soit laissé périr dans l'incendie en sacrifiant le corps de son père.

— Tu as prévenu les flics ou les pompiers ?

— Je ne pouvais pas… je sais que j'aurais dû mais

j'avais peur des conséquences pour moi, pour James et aussi pour votre père… vous comprenez ? Je préférais que vous preniez la décision… expliqua Logan au bord des larmes.

— Écoute-moi, mon grand, ce n'est peut-être pas plus mal. Tu n'as rien à te reprocher, Okay ? Tu as sûrement sauvé James d'une situation bien plus grave. Alors, maintenant, tu vas rentrer chez toi et tu vas attendre je te donne des nouvelles. Jusqu'à preuve du contraire, tu n'as pas vu James ce soir, tu n'es pas allé chez les Foster et tu n'es pas venu ici. Okay ?

— Qu'est-ce que vous allez faire maintenant ? Je veux dire… pour votre père et pour James

— J'en ai aucune idée Logan. Mais il va falloir que j'y réfléchisse et vite !

— James… n'est plus le même depuis qu'on est sortis de ce traquenard. Faites attention. Vous ne préférez pas que je reste avec vous ?

— James n'est plus le même depuis des semaines. Ne t'inquiète pas. C'est à moi de gérer maintenant.

— Il ne me parlera plus, Dolorès. Il va me détester pour toujours parce que je l'ai trahi…

— Tu l'as sauvé mon grand ! Laisse faire le temps. Maintenant, file ! Je te recontacte. Et pas un mot de tout ça à qui que ce soit.

Dolorès regarda Logan s'en aller. Il lui sourit tristement avant de disparaître. Elle le sentait profondément affecté par les conséquences que cette histoire dantesque aurait sur sa relation avec James. Cette relation, en particulier, n'était qu'un arbre cachant la forêt. Les effets de ce cauchemar allaient bien au-delà. Outre les décès qu'il avait peut-être provoqués ce soir, il avait perdu son père dans les limbes d'on ne sait quel monde, gravement impacté la psychologie de

James, nui à l'amitié qu'elle partageait avec Debby et compromis sa relation avec Miles (s'agissant de ce dernier, elle savait bien que la vérité était ailleurs. Pourtant, elle se refusait encore à admettre ses torts). Jusqu'où iraient ces effets sur eux tous ? Elle priait pour que Logan parvienne à rester en dehors de tout ça, mis à part la peine qui le minait déjà. Mais si la police se saisissait de l'affaire, il y avait fort à parier qu'elle parviendrait à remonter jusqu'à lui. À moins qu'avec un peu de chance…

– 2 –

Pourquoi avait-il fallu que cela tombe sur elle ? La situation n'était-elle pas déjà suffisamment compliquée avec la seule maladie de Pedro et les ennuis que James avait traversés au lycée ? Que ce dernier puisse maintenant être atteint d'un désordre psychologique sérieux arrima une inquiétude brûlante à ses pensées. Comment allait-elle le tirer de là ? Mais, pour l'heure, elle avait une autre urgence : savoir ce que son père était devenu. Elle était encore trop secouée pour savoir comment s'organiser. Ses pensées, confuses, furent interrompues par son téléphone. Ne reconnaissant pas le numéro, elle hésita avant de répondre.

— Allô ?

— Madame Rojas ? Dolorès Rojas ?

— Elle-même.

— Ingleside Police Station à l'appareil ! Vous êtes la fille de Pedro Rojas ?

Le cœur de Dolorès fit un bond dans sa poitrine.

— Oui. Que se passe-t-il ? répondit-elle le plus neutrement possible.

— Nous avons retrouvé votre père dans la rue, complètement désorienté. Il avait vos coordonnées sur lui. Il y était indiqué qu'il souffrait d'Alzheimer et que vous étiez la personne à prévenir en cas de problème.

Malgré son mal de tête, Dolorès mobilisa tous ses neurones pour bien saisir les tenants et les aboutissants de ce qu'on venait de lui dire. Son père était encore vivant ! Son soulagement fut immense. Il n'était donc pas resté dans la maison des Foster et elle priait pour qu'il ne l'ait pas non plus incendiée. Mais le plus important : il s'était perdu… perdu, perdu, perdu, bon sang ! Ce n'était plus arrivé depuis des semaines. Jamais elle n'aurait pensé se réjouir d'un tel incident qui lui faisait espérer le retour de son vrai père et la disparition de ce maudit Sheldon. Enfin, son interlocuteur n'avait fait référence à rien de particulier au sujet de Diamond Street ou de la maison des Foster.

— Madame Rojas ? Vous êtes toujours en ligne ?

— Oui, excusez-moi. Dieu merci il a eu la chance de croiser votre route. En effet, il est atteint d'Alzheimer et l'incident de ce soir m'amène à penser que son état s'est aggravé. Il ne s'était jamais perdu auparavant. Il n'a provoqué aucun accident, j'espère ?

— Non, non, rassurez-vous. Il déambulait juste dans la rue, sans savoir où aller. Il a dû marcher longtemps si j'en juge par son adresse. Il faudrait venir le chercher au poste où nous l'avons mis en sécurité, sauf si vous préférez qu'il soit conduit à l'hôpital.

— Au poste, c'est très bien, le temps pour moi d'appeler un taxi. Quelle est votre adresse ?

— 1 Sgt John V Young Ln. À tout à l'heure Madame Rojas.

Dolorès regretta un instant d'avoir demandé à Logan de

disparaître aussi vite, ne sachant plus maintenant comment s'assurer que James ne ressortirait pas après son départ. Elle remercia le ciel lorsqu'elle aperçut ses clés dans le vide-poches de l'entrée. Après avoir griffonné un mot à l'attention de son fils pour l'informer qu'elle allait récupérer Pedro au poste, elle les prit avec elle et ferma la porte à double tour. À moins de s'échapper par la fenêtre, il ne pourrait pas le faire par la porte, dont la serrure ne pouvait pas s'ouvrir sans la clé, ni depuis l'extérieur ni depuis l'intérieur.

– 3 –

Le choc fut brutal !

Dolorès s'était vite habituée au « nouveau » Pedro et avait oublié à quel point il était éloigné de l'homme qu'elle avait récupéré à l'hôpital plusieurs semaines auparavant. Maintenant qu'elle savait, elle s'en voulait de ne pas avoir été plus lucide. Mais le fait est que Sheldon lui avait offert une magnifique illusion qui avait arrêté le temps et par laquelle elle s'était laissé bercer. Ce soir, l'illusion se brisait sans sommation. Elle récupérait un homme qui, en l'espace de quelques heures, avait vieilli de vingt ans ; un « petit vieux » qu'il faudrait assister de nouveau et peut-être même davantage que par le passé. Elle n'était pas sûre d'en avoir la force, ni même de le souhaiter. Ces dernières semaines, elle avait été libérée de cette lourde tâche sans pour autant s'en rendre compte, son esprit ayant été accaparé par d'autres préoccupations. L'idée du placement revint la titiller. Son cynisme l'étonna alors qu'une heure auparavant, elle n'était même pas certaine de revoir son père un jour, vivant de surcroît. Elle ne chercha pas à approfondir l'idée. Ce n'était ni le moment ni le lieu. Pour l'heure, elle devait se réjouir de le récupérer et elle n'avait presque aucun doute sur le fait qu'il s'agisse du *vrai* Pedro. Son regard était celui qu'elle lui avait toujours connu (comment avait-elle pu être trompée par celui de l'autre ?). Elle décida d'éliminer le doute résiduel en utilisant la même méthode que celle par laquelle ce doute s'était infiltré dans son esprit.

— Qué te ha pasado, papá? Te has perdido[1]?

— Creo que sí. No recuerdo mucho. Tienes que llevarme de vuelta a la residencia de ancianos. Brian se suicidó[2].

Dolorès ne saisit pas le sens de cette réponse. Mais, au moins, Pedro comprenait et (re)parlait sa langue natale, signe probable que l'intrus avait déserté l'esprit de son père.

— Tout va bien, Madame ? lui demanda le policier qui l'avait accompagné jusque dans la pièce où ils se trouvaient.

— Je pense, oui, Ses propos ne sont pas très cohérents — maladie oblige — mais les choses vont rentrer dans l'ordre maintenant. Merci.

— Soyez prudente, Madame, et prenez les dispositions qui s'imposent pour qu'un tel incident ne se reproduise pas, dans l'intérêt de votre père.

– 4 –

Dans le taxi qui les ramenait sur Mission District, Pedro ne cessait de répéter que « Brian était mort et qu'il lui fallait retourner là-bas », comme s'il s'agissait de la seule phrase qu'il connaissait, elle-même dictée par une idée fixe. Dolorès tenta de savoir quel était cet endroit et où il se situait. Mais, de toute évidence, l'esprit de son père ne semblait pas encore capable de s'inscrire dans leur réalité. Elle n'était même pas sûre qu'il comprenne sa question. Était-il toujours là où il s'était réfugié lorsque Sheldon avait pris sa place ?

1. Qu'est-ce qui t'est arrivé, papa ? Tu t'es perdu ?
2. Je crois, oui. Je ne me souviens pas de grand-chose. Tu dois me ramener à la maison de retraite. Brian s'est suicidé.

Et si cette maison de retraite n'était autre que celle dans laquelle Sheldon avait été enfermé ? Elle tenta le coup.

— Tu me parles de Rhodam ? C'est ça ?

Le visage de Pedro s'éclaira, comme si sa fille venait de lancer une fusée de détresse dans le ciel sombre de ses pensées confuses.

— Oui, Rhodam ! C'est là-bas que je vis maintenant. Brian s'est suicidé. Il faut que je retrouve Olga et les autres.

Puis, ses yeux affichèrent une grande inquiétude.

— Et James, comment il va ? No quiero que use un arma[1].

Dolorès sentait son père piégé entre deux mondes : les souvenirs de Sheldon desquels il semblait resurgir (Rhodam en était la meilleure preuve alors qu'il n'y avait jamais mis les pieds) et la réalité (il avait vu James avec une arme, sûrement dans la maison des Foster). Sans y croire vraiment, elle espérait qu'il parviendrait à revenir et à s'ancrer dans cette dernière.

— Il... Il est à la maison. Tu devrais le voir quand on arrivera.

James, c'était le problème autrement plus grave qu'elle allait devoir résoudre. Et elle n'avait aucune idée sur la manière de s'y prendre. À cet instant, elle aurait voulu arrêter la course du temps, pour réfléchir, pour dormir... pour s'abandonner dans les bras de Miles. Il lui manquait. Ce qui s'était passé entre eux au pub refaisait surface, comme on déterre un cadavre. Pourquoi faillait-il que leur rupture vienne lui hanter l'esprit au moment où une nouvelle tempête commençait à souffler sur sa vie ? Peut-être parce que seuls des vents violents pouvaient emporter les digues men-

1. Je ne veux pas qu'il utilise une arme.

tales qu'elle s'était construites pour s'abriter de la vérité. Une vérité qui lui criait une fois de plus, ce soir, qu'elle l'aimait et qu'elle avait besoin de lui dans sa vie. Cette tempête venait également lever le voile sur la définition qu'elle n'osait pas donner à ce qui s'était réellement passé au pub : une rupture. Ce terme s'imposa à elle de lui-même, pour la première fois depuis qu'ils se fréquentaient sérieusement. Et il la terrorisait.

Mais il ne fallait pas que ses nerfs lâchent maintenant. Ce n'était pas le moment. Elle devait se montrer forte comme jamais, parce que les circonstances allaient méchamment l'exiger.

34

Les filets du mensonge

James se tenait immobile depuis plus de deux heures, assis sur le rebord de son lit, scrutant l'obscurité dans laquelle il s'était volontairement retranché. Ce soir, tout s'était effondré et il en voulait à la Terre entière, à commencer par Logan qu'il maudissait du plus profond de lui-même. Lorsqu'il avait pleinement repris connaissance, sa colère était telle qu'il aurait pu commettre le pire contre son ami. Mais un événement d'une importance majeure était venu contenir le feu qui le consumait. Pour la première fois, la bête chimérique dont lui avait si souvent parlé son grand-père s'était adressée à lui. Il avait pu l'entendre aussi distinctement que si quelqu'un était venu lui chuchoter à l'oreille.

Cet événement avait tout changé.

Absolument tout.

Il avait éteint l'influence, devenue inutile, de la figure grand-paternelle dont James ne pensait pas pouvoir se dispenser. Le garçon avait compris que son grand-père — ou ce Sheldon — n'avait été qu'un relais entre la bête et lui. Un relais qui, en fait, s'était contenté de défricher un terrain depuis toujours propice à l'accueillir. Les pensées macabres qu'il nourrissait déjà à l'égard de ses ex-tourmenteurs alors que Pedro n'était encore qu'un vieillard inoffensif lui revinrent en tête. De toute évidence, la bête pouvait prospérer en lui sans l'aide de quiconque. Et il allait lui ouvrir les bras.

Elle lui avait intimé l'ordre de museler sa rage, inutile pour l'heure, et de garder le silence. Elle avait d'autres projets pour lui. Elle en ferait un prédateur débarrassé des entraves morales qui l'empêchait de pleinement exister ; un prédateur capable d'affronter et de vaincre n'importe qui. Il avait tout ce qu'il fallait en lui pour ça. Les garçons de son acabit, dévorés par une haine sédimentée, étaient ses meilleures recrues. Elle l'accompagnerait sa vie durant, aussi sûrement qu'elle avait accompagné Sheldon. Mais il devait d'abord se fondre à nouveau dans le costume du garçon sans histoires et faire en sorte que sa mère oublie vite ce qui s'était passé chez les Foster. Elle devait mettre son égarement sur le compte d'une erreur de jugement dû à une mauvaise influence et croire en sa *rédemption.* Puis il lui faudrait patienter, passer sous les radars, le temps que tombent les barrières qui le retenaient encore. Alors, seulement, il pourrait exprimer son véritable *potentiel.* Mais il devait prendre garde à ne pas être dérouté de son objectif par ceux qui ne pouvaient pas comprendre, au rang desquels figurait Logan. Son ami serait néfaste à son évolution. Pourtant, il aurait pu devenir son meilleur allié car la bête était rentrée en lui dans le Vermont. Mais elle avait été chassée par tous ceux qui avaient décidé de le ramener parmi les moutons. Logan devait sortir de sa vie. Définitivement. Les moutons et les loups ne peuvent pas cohabiter.

Ses dernières pensées furent dédiées à son grand-père. Si sa mère l'avait récupéré au poste parce qu'il s'était perdu, il y avait fort à craindre que l'homme qui lui avait permis d'éclore s'en était allé.

James sut qu'il ne tarderait pas à le vérifier lorsqu'il entendit une clé s'introduire dans la serrure de la porte d'entrée puis, quelques secondes après, la voix de sa mère et celle de son grand-père. Il sut également que le temps était venu pour lui de se camoufler derrière l'image qu'il devait maintenant renvoyer. Le masque lisse de l'adolescent qu'il avait été jadis et que tout le monde aimait.

Dolorès observa son fils avec circonspection. Il ne semblait pas aussi remonté que Logan l'avait laissé entendre. Elle le trouvait même détendu, compte tenu des circonstances. Elle ne savait pas trop comment s'adresser à lui. Il savait qu'elle savait. Inutile de faire semblant et de tourner autour du pot. Elle choisit la simplicité.

— Tu m'aides à coucher ton grand-père et on discute un peu de ce qui s'est passé ce soir ?

— Okay, répondit-il à l'attention de sa mère avant de s'adresser à son grand-père.

— Holà abuelo… Ça va ?

— Je ne veux pas que tu te serves d'une arme… répondit Pedro en s'approchant de son petit-fils et en plantant ses yeux dans les siens.

James n'y trouva pas cette étincelle qui, la veille encore, leur donnait ce petit supplément de vie qui avait caractérisé son grand-père ces dernières semaines. Mais Pedro, lui, vit dans les yeux de James ce même regard sombre et froid qui l'avait glacé sur le trottoir. Ce regard qui avalait la vie, trop longtemps posé sur lui pour qu'il l'oublie un jour. Le monstre n'était pas parti. Une angoisse indicible s'empara de Pedro et lui coupa le souffle. Dolorès s'en rendit compte sans pouvoir y associer de cause. Elle vit les yeux de son père rouler sur eux-mêmes, chercher une issue imaginaire, comme s'il était pris au piège et qu'il voulait fuir. Ne sachant que faire pour calmer cette anxiété soudaine, elle abrégea les retrouvailles et le dirigea vers sa chambre à coucher.

— J'en ai pour une minute, James. Ne disparais pas.

James n'avait aucune intention de disparaître. Il allait soutenir la conversation que sa mère réclamait et lui laisser entendre ce qu'elle avait envie d'entendre.

Dans la chambre, Pedro se détendit rapidement. Rhodam vint de nouveau occuper son esprit. Il repensa à la dernière conversation qu'il avait eue avec Brian.

— Assieds-toi une minute, dit-il à sa fille. *Tengo algo que decirte*[1].

— Dis-moi, répondit-elle en lui prenant la main.

— Il faut que tu me ramènes à Rhodam.

— Comment te dire, papa…

Comment lui dire qu'il n'y avait jamais mis les pieds autrement que dans les souvenirs d'un autre ? Elle avait déjà du mal à y croire elle-même. Alors l'expliquer à quelqu'un qui perdait la tête relevait de la gageure. Elle tenta une autre approche.

— Qu'est-ce que tu veux aller y faire ? Retrouver tes amis ?

— C'est pas ça ma fille… Je ne peux plus être sur ton dos. Tu ne peux pas gâcher ta vie à t'occuper de moi.

— Mais non ! Qu'est-ce que tu racontes ? Tu…

— ESCUCHA[2] ! Tu es jeune et tu as mieux à faire que de t'occuper d'un vieillard. Je veux que tu me ramènes là-bas. J'y suis bien et il y a beaucoup de gens qui seront contents de me retrouver.

Dolorès fut prise de court, incapable d'opposer à son père une réponse qui tienne la route. Elle ne s'attendait pas à une telle demande de sa part, lui qui n'avait jamais supporté l'idée de finir sa vie en maison de retraite. Pour ça et pour le

1. J'ai quelque chose à te dire.
2. Écoute !

reste, elle avait toujours eu l'habitude qu'il se batte, conteste, rouspète, même lorsque la maladie s'était déjà invitée dans sa tête. Le voir capituler par anticipation lui faisait mal.

L'envie de pleurer la submergea. Elle se sentait coupable d'avoir eu l'idée de le placer à peine l'avait-elle retrouvé, là où lui se proposait de la soulager en partant. En vérité, il y avait bien d'autres raisons qui lui donnaient envie de pleurer mais elle préférait se dire que c'était la seule pour ne pas s'écrouler. Elle referma la porte sur ses émotions (une fois de plus) et accepta l'idée que les souvenirs empruntés dans lesquels son père avait vécu l'avaient manifestement fait changer d'avis. Il ne fallait pas compliquer les choses plus que cela. C'était probablement la seule chose positive que Sheldon ne leur apporterait jamais. Si le désir de son père était de retourner à Rhodam et si ce désir survivait à une nuit de sommeil, elle y consentirait.

— On en reparle demain, Okay ? D'ici là, repose-toi.

— Dolorès…

— Oui ?

— Il ne faut pas que James laisse cette bête s'installer en lui. Tu feras attention ?

Dolorès ne comprenait pas de quelle bête il parlait. Mais l'anxiété qu'il avait témoignée un peu plus tôt se lisait de nouveau sur son visage. Elle coupa court. Il était trop tard pour qu'elle cherche à comprendre et elle était épuisée.

— Okay…

– 2 –

En revenant dans le salon, Dolorès pensait retrouver son fils totalement contrit. Mais ses yeux n'étaient pas ceux de quelqu'un qui se repent d'une faute. Il l'attendait de pied ferme, le regard sûr, comme s'il fallait qu'il lui prouve quelque chose. Cette assurance — ou cette posture, elle ne savait pas trop — l'interpella. Avait-il seulement conscience de l'extrême gravité de la situation dans laquelle il s'était fourré ? Elle s'assit le canapé et alla droit au but.

— Tu peux m'expliquer ce qu'il s'est passé ?

— Ce qu'il est passé ce soir ?

— Pas seulement. Ce soir et ces dernières semaines.

— Je ne sais pas… je me suis laissé entraîner.

— Comment est-ce que tu as pu en arriver à cette extrémité ?

— J'ai vécu un enfer au bahut et j'ai vraiment pensé que je ne m'en sortirais jamais. C'est là qu'il est rentré dans ma tête et m'a dit ce que j'avais besoin d'entendre. Et ça m'a sauvé !

— Et jamais tu t'es dit que des propos comme ça ne pouvaient pas sortir de la bouche de ton grand-père ?

—Franchement, 'man, tu t'es dit, toi, qu'abuelo n'était peut-être pas abuelo ? Et à ce moment-là, je m'en cognais. Ce n'était pas ce qui comptait.

— Mais pourquoi tu t'es laissé entraîner dans ses plans ?

— Parce que c'était donnant-donnant. Il m'aidait à me débarrasser de mes bourreaux si je l'aidais à régler ses problèmes. Mais il ne m'a jamais dit de quoi il s'agissait. Je l'ai découvert aujourd'hui.

— Mais nom de Dieu, tu te rends compte de ce que tu as fait ce soir ? Tu te rends compte que tu t'es rendu complice, au mieux de séquestrations, au pire d'homicides ?

— Oui, et je le regrette, mentit-il, des larmes de crocodile venant lui étrangler la voix. Il se savait jouer son va-tout. Il ne devait pas lésiner sur l'émotionnel car, s'il se doutait que sa mère ne le sacrifierait probablement pas, il ne pouvait pas en être sûr. Ni l'un ni l'autre n'avaient été confrontés à pareille situation

— Je t'en supplie, ne préviens pas la police.

— Je crois que tes regrets arrivent trop tard. Je n'aurai sûrement pas besoin d'aller leur dire quoi que ce soit ! Ils vont trouver par eux-mêmes ! Logan m'a dit qu'il avait libéré l'employée de maison lorsque vous êtes vous-même sortis. Tu crois qu'elle va garder ce qui s'est passé pour elle lorsque les flics vont l'interroger ?

James se rendait compte de l'imprudence dont ils avaient fait preuve. Une imprudence digne des pires amateurs. Il comprenait aussi en être le seul responsable car le vieux, lui, se moquait éperdument de ce qu'il adviendrait par la suite. Il savait depuis longtemps déjà qu'il finirait par quitter le corps qu'il occupait. Peu importe, dès lors, qu'on les reconnaisse et les retrouve. James se sentait trahi par la seule personne envers laquelle il avait nourri une confiance aveugle. La rage lui comprima l'estomac. Puis il se souvint des masques que le vieux leur avait demandé d'enfiler. Pourquoi avait-il pris cette précaution ? Son esprit reformula la question : *qui* avait pris cette précaution ? Une certitude irraisonnée s'imposa à lui : il ne pouvait s'agir que de la bête. Elle avait voulu protéger l'hôte qui s'apprêtait à l'accueillir ; l'hôte dans laquelle elle survivrait à la disparition de ce foutu Sheldon. À cette idée, qu'il tenait pour vérité, un sentiment de toute-puissance l'envahit. Avec elle, il ne craignait plus rien.

— Elle ne dira rien.

— Ah oui ? Et comment tu le sais ?

— Parce que, ses boss, elle s'en fout !

— Et alors ?

— Et alors si la police ne peut pas remonter jusqu'à moi parce que la bonne se tait, ce n'est pas ma mère qui va me dénoncer, si ? Parce que, si tu le fais, tu les mènes aussi à abuelo alors qu'il n'a rien à voir avec ce qui s'est passé.

Son gentil garçon s'était envolé au moment où il avait prononcé ces mots. Dolorès avait perçu le calcul derrière lequel ils étaient nés. Ce petit enfoiré voyait juste : elle ne pourrait jamais se résoudre à envoyer son fils et son père en prison. Quelle mère le pourrait ? Elle cherchait déjà ce qui pourrait dédouaner les deux hommes les plus importants de sa vie. Mais elle allait devoir vivre avec le poids de sa conscience et il promettait d'être écrasant.

— Ils n'auront peut-être besoin de personne pour remonter jusqu'à toi. Tu y as pensé ?

— Peut-être. Mais si ce n'est pas le cas, est-ce que c'est toi qui les rencarderas ?

Une lueur étrange traversa les yeux de James. Celle que Dolorès avait déjà remarquée dans ceux de son père alors qu'il était habité par Sheldon Foster.

— Tu vas me promettre d'aller voir un psy. C'est clair ?

— Tout ce que tu veux 'man. Parce que je regrette vraiment tout ce qui s'est passé.

Sa mère n'avait pas clairement dit qu'elle garderait le silence. Mais son injonction le sous-entendait. C'était la condition pour qu'elle se taise.

— Et tu vas t'enterrer dans ta chambre jusqu'à ce que toute cette histoire se tasse, en espérant pour toi que … bref, tu m'as comprise !

Dolorès avait perdu. James le savait. Sa mère venait de mettre les pieds dans les sables mouvants du mensonge. Fermer les yeux sur cette histoire dont elle devenait complice et se taire à tout jamais était la condition pour ne pas être engloutie.

Cette nuit-là (du moins, ce qu'il en restait), Dolorès ne trouva pas le sommeil malgré la fatigue. Sheldon s'était invité dans la moindre de ses pensées, la privant de tout repos. Alors même qu'il pourrissait six pieds sous terre, il était à l'origine de tous ses déboires. En quelques semaines seulement, il lui avait tout volé. Son père, sa meilleure amie, son amant et seul véritable amour de sa vie, son fils… jusqu'à sa conscience. Que lui restait-il pour faire face à l'orage qui menaçait sa vie ? Comment arranger les choses, s'il était encore temps ? Autant de questions qui tournaient en boucle dans sa tête, sans lui laisser le moindre répit.

Au petit matin, elle se leva avec la résolution la plus ferme qu'elle avait prise ces dernières années : tout faire pour se réapproprier ce qui lui appartenait, ce qui comptait vraiment dans sa vie. Et elle ne lésinerait pas sur les moyens. Il lui faudrait décider du sort de son père. Il lui faudrait s'occuper de James. Il lui faudrait renouer avec Debby. Il lui faudrait avouer son amour à Miles et, pourquoi pas, envisager de faire un bout de chemin ensemble, comme un vrai couple. Parce qu'il n'était pas question que ce Sheldon emporte ces trésors en enfer. À ce prix-là seulement, elle retrouverait un peu de bonheur. Cette feuille de route, ambitieuse, enraya la mécanique émotionnelle qui aspirait son moral au fond du trou. Son soulagement fut immense.

Une pensée saugrenue lui traversa l'esprit. D'une certaine manière, Sheldon lui avait rendu service, à elle aussi. En ayant gangrené son univers, il l'avait forcée à prendre des décisions qu'elle n'avait jamais eu le courage de prendre auparavant ; à admettre ouvertement l'existence de sentiments qu'elle déniait depuis trop longtemps. Était-il possible que son passage dans cette famille ait fait sauter les verrous qui l'empêchaient d'avancer ? À quelque chose malheur est bon. Sheldon avait-il également rendu service à James ? Et de quelle manière ? L'avenir le lui dirait (peut-être).

Il n'était que sept heures du matin. Pourtant, elle composa le numéro de Debby sur son portable. Elle n'avait pas besoin de le faire, il était enregistré parmi ses contacts favoris. Effleurer le nom de son amie aurait suffi pour que le téléphone se charge seul de la basse besogne. Mais s'y employer lui donnait quelques instants de plus pour rassembler ses idées et les classer par ordre d'importance. Elle ne lui raconterait rien. Pas un mot sur ce qui s'était passé ce soir. Non pas qu'elle ne lui faisait pas confiance, mais à quoi bon s'épancher sur ce que personne ne pouvait croire, pas même sa meilleure amie ? Et puis, il était inutile que d'autres vivent le dilemme qu'elle venait de trancher au grand dam de ce que lui commandait sa conscience. Parce qu'une chose était certaine : si elle avait pu enterrer ce dilemme aussi vite dans la mesure où son père et son fils étaient directement concernés, les choses seraient peut-être moins évidentes pour Debby.

Inutile de courir le moindre risque. Quelques instants de plus, aussi, pour contenir l'émotion qui commençait à la submerger.

— Je suis heureuse que tu m'appelles !

— Je suis tellement désolée, Deb. Pardonne-moi.

La voix de Dolorès dérailla et elle se mit à pleurer. Dans un concert de sanglots bientôt mêlés de rires, les deux femmes s'abandonnèrent au bonheur de se reparler.

35

La fusion des temps

— Tu es sûr de toi, papa ?

Pedro n'avait rien gardé des capacités que Sheldon lui avait momentanément rendues. Elles s'étaient toutes envolées le jour où il avait quitté son corps. Mais, sur ce point, la semaine qui s'était écoulée depuis son « retour » ne l'avait pas fait changer d'avis : il repartirait à Rhodam. Les mots de Brian s'étaient solidement arrimés en lui. Il ne voulait plus peser sur la vie de sa fille. Et puis, là-bas, il retrouverait les pensionnaires qu'il y avait côtoyés. Sa vie devait désormais s'y terminer. Il l'avait cent fois répété à Dolorès qui n'avait rien trouvé à lui objecter. Elle aurait bien voulu lui faire comprendre que ses nouveaux amis n'avaient connu que Sheldon et qu'il n'avait probablement survécu que dans les souvenirs de ce dernier. Mais comment faire comprendre une telle ineptie à un homme dont la raison n'est plus alors qu'elle-même ne parvenait toujours pas à se faire à cette idée impensable ? Dolorès avait donc abandonné. À dire vrai, le caractère ahurissant de cette histoire avait marqué le pas derrière l'inquiétude immense de voir son père et son fils rattrapés par leur forfait. Forfait… Elle édulcorait jusqu'au terme employé pour qualifier ce qu'ils avaient fait. Mais se voiler la face et mettre un mouchoir sur sa conscience ne changeaient rien à la réalité. Ils s'étaient rendus coupables d'assassinats. Pas moins. Et il faudrait qu'elle vive avec ça le reste de sa vie. Pour supporter le poids écrasant de son silence complice, elle se répétait chaque jour, chaque heure, chaque minute, que le véritable coupable n'était autre que Sheldon ; argument dans lequel elle noyait, par la même occasion, la responsabilité de James. Mais elle n'était pas dupe. Ce qui fonctionnait pour l'un ne fonctionnait pas pour l'autre.

Pendant une semaine, elle avait été hantée par la quasi-certitude que la Police débarquerait chez elle. Comment pouvait-il en être autrement alors qu'elle avait sous la main un témoin qui avait vu et parlé à son père ? Consuela détestait peut-être ses patrons, mais sûrement pas au point de couvrir ceux qui les avaient séquestrés et peut-être tués. Pourtant, la Police ne vint pas. L'évènement tragique n'avait même pas fait l'objet d'un entrefilet dans la presse locale ou dans les journaux télévisés. Dolorès s'était alors laissée bercer par l'idée que, peut-être, rien de ce que Logan avait redouté n'était finalement arrivé… Jusqu'à ce que l'idée ne parvienne plus à calmer ses angoisses. Il avait fallu qu'elle aille vérifier par elle-même.

Elle avait failli vomir en voyant la maison calcinée. L'espoir que les Foster aient réussi à s'en tirer fut douché par un habitant du voisinage qui, au détour d'une conversation qu'elle avait engagée de manière anodine, lui avait révélé qu'ils étaient tous morts. Jusqu'alors, elle n'avait pas vraiment voulu faire sienne l'idée que son fils puisse être un assassin. Après tout, ce n'était pas lui qui avait mis le feu. Mais, à cet instant précis, la réalité qu'elle avait tenté d'ignorer avait planté ses griffes acérées loin dans sa chair et dans son âme. Il avait sciemment contribué au drame. Une réalité qui ne la quitterait plus jamais. Dolorès s'était effondrée intérieurement, regrettant d'avoir voulu savoir, d'avoir voulu chasser le doute. Parfois, il vaut mieux le laisser panser nos plaies. Mais son instinct maternel, dont le prisme déformant s'était avéré plus puissant encore que cette réalité tragique, avait scellé sa décision : elle continuerait de se taire. Car la nature de James ne pouvait pas être mauvaise au point d'en arriver là. Elle le connaissait si bien. Il s'était fait piéger par les démons d'un autre...

Le voisin lui avait également indiqué que les forces de l'ordre avaient été prévenues par l'employée de maison. Elle leur avait dit avoir été séquestrée et ligotée par trois individus masqués et tout de noir vêtus, puis relâchée au moment où eux-mêmes avaient quitté les lieux. Le traumatisme que le témoin avait subi n'avait pas permis d'en apprendre davantage de sa part mais elle était hors de cause. Tout le pâté de maisons avait été interrogé. Compte tenu des « activités professionnelles » dans lesquelles la famille Foster s'était « illustrée » pendant trente ans, les enquêteurs privilégiaient, pour l'heure, un règlement de compte sur fond d'appels d'offres truqués et de pots-de-vin.

« Trois individus masqués… ». Logan lui avait pourtant dit que Pedro ne portait pas de masque. James avait-il vu juste au sujet de Consuela ? Pourquoi s'était-elle tue ? Autant de questions qui la perdaient, au sens littéral du terme. Son cerveau affichait un message d'erreur, incapable de comprendre.

— *Sí, ya te lo he dicho. Todos me esperan allí*[1], répondit Pedro, sûr de lui.

Dolorès s'était occupée de toutes les démarches pour qu'il soit admis à Rhodam. En une semaine, elle avait réussi

1. Oui, je te l'ai dit. Ils m'attendent tous là-bas.

à faire tout ce dont elle avait été incapable pendant des années. Les obstacles infranchissables qui l'avaient toujours empêchée de prendre la décision de le placer s'étaient mués en simples contraintes qu'elle réussirait à surmonter. Les frais de séjour, l'adaptation de son père à ce nouvel environnement, l'idée même qu'il puisse finir sa vie dans pareil établissement plutôt qu'au sein de sa famille…

— Alors, on y va ! Le taxi doit déjà nous attendre en bas.

Dolorès se saisit de la valise qu'elle avait préparée et prit la main de son père pour l'aider à se relever du fauteuil dans lequel il attendait, manifestement impatient, pour lever le camp. Pedro avait l'impression d'avoir déjà vécu cette scène. Mais, aujourd'hui, il la (re)vivait le cœur léger, débarrassé de la haine qui le consumait la fois précédente. Il caressa une dernière fois le cuir craquelé du fauteuil qui l'avait accompagné une grande partie de sa vie ; ce fauteuil dans lequel il s'était si souvent installé avec sa femme. Le visage radieux, un sourire angélique aux lèvres, Carmen se tenait debout derrière son haut dossier et regardait Pedro avec amour. Elle tendit la main vers lui, l'index pointé vers son cœur. Aussi sûrement que si elle avait été présente dans la pièce (pour lui, elle l'était, sans le moindre doute), il tendit à son tour la main et effleura le doigt de son épouse :

— *Adiós, mi amor. Me voy de aquí para pronto acercarme a ti*[1].

Dolorès ne voyait rien de ce que son père voyait. Mais, à travers ses mots, elle comprit. Son cœur se serra à l'en étouffer.

— James ne vient pas avec nous ?

— Il est au lycée. Il a quelques cours à rattraper... Il m'a promis d'aller te voir dès ce week-end.

1. Adieu mon amour. Je pars d'ici pour bientôt me rapprocher de toi.

— Veille sur lui, s'il te plaît. Chasse la bête qui se nourrit de lui. Promets-moi que tu le feras !

Encore cette bête que lui seul semblait connaître…

— Promis ! répondit-elle pour rassurer son père.

– 2 –

Sans attendre Dolorès qui était partie récupérer la valise dans le coffre de la voiture, Pedro se dirigea d'un pas décidé vers les deux portes en verre qui permettaient d'accéder à l'établissement. Derrière celles-ci, l'énorme réceptionniste vint l'accueillir, tout sourire.

— Monsieur Rojas ?

— C'est ça. Appelez-moi Pedro.

— Bienvenue à Rhodam, Pedro. Nous vous attendions.

— Merci. Est-ce qu'on peut y aller ? J'aimerais revoir mes amis.

La réceptionniste tenta de ne pas dévisager Pedro. Quels amis alors qu'il mettait les pieds ici pour la première fois ? Mais elle avait l'habitude des affirmations parfois farfelues de ses « petits vieux ».

— Vous n'êtes pas tout seul, quand même ?

— Non, ma fille arrive.

— On va peut-être l'attendre alors, et on visitera l'établissement ensemble. Qu'en pensez-vous ?

— Vous pouvez lui faire visiter, si vous voulez. Moi, je le connais déjà.

— Ah oui ?

— Mais oui ! Souvenez-vous… La dernière fois qu'on s'est vus, c'est quand Wenhood est venu et que…

Pedro se mit à rire.

— Et que ?

— Eh bah qu'Olga lui a vomi dessus et que tout est parti en vrac ! Quelle journée !

Cette fois-ci, la réceptionniste fut incapable de camoufler sa perplexité, prise entre l'envie de rire à son tour à l'évocation de ce mémorable souvenir et l'envie de lui demander comment il avait eu vent de cette fameuse journée. Sur ordre du grand chef, tout avait été fait pour que l'incident fuite le moins possible, sous peine de sanction.

— Mais ? Qui vous a parlé de ça, Pedro ?

— J'étais là, Rosemarie ! Vous m'avez oublié ou quoi ? Vous pouvez prévenir Olga, Christine, Eliot et les autres que je suis revenu ?

— Vous savez, ma mémoire, elle me joue des tours ces derniers temps. Et si on attendait votre fille ? Je la vois arriver. On s'occupera de prévenir vos amis juste après. Ok ?

Rosemarie temporisait, cherchant à comprendre comment ce monsieur connaissait son prénom, outre l'événement qui avait secoué Rhodam comme jamais. De mémoire, elle ne l'avait jamais vu ici. Elle en était d'autant plus certaine qu'en voyant Dolorès franchir les portes vitrées, elle se souvint de cette jolie femme avec laquelle elle avait plaisanté, voici plusieurs semaines, et qui était partie en trombe après avoir visité les lieux.

— Bonjour Madame, dit Dolorès. Vous vous souvenez peut-être de moi. Nous nous sommes rencontrées il y a quelque temps.

— Oui, je me souviens de vous. Vous étiez venue seule la dernière fois, n'est-ce pas ?

— En effet. J'ai dû vous paraître bien grossière d'ailleurs. Je m'excuse d'être partie de cette manière mais, vous savez, ce n'est pas évident la première fois…

— Pourtant, votre père semble bien connaître la maison… C'est curieux... répondit Rosemarie, davantage intriguée par Pedro qu'intéressée par les excuses de Dolorès.

— Disons que ces propos et ce qu'il croit savoir sont les raisons pour lesquelles il intègre aujourd'hui votre grande famille. Sa raison accuse quelques défaillances, si vous voyez ce que je veux dire.

— Vous êtes sûre que votre papa n'est jamais venu ici ? Peut-être sans vous ? poursuivit Rosemarie, l'esprit toujours en arrêt sur ce qu'elle avait entendu.

— Certaine ! Ne vous préoccupez pas trop de ce qu'il vous a peut-être dit. La plupart du temps, je suis moi-même surprise par ce qu'il raconte. Pourriez-vous prévenir la directrice que nous sommes arrivés ?

— Oui… Oui, oui, oui, bien sûr. Donnez-moi une seconde, je vais la prévenir. Asseyez-vous une minute, elle ne va pas tarder.

Rosemarie s'exécuta, sans pouvoir se défaire de l'idée que les troubles dont souffrait certainement Pedro ne pouvaient pas expliquer ce qu'il savait. Elle en avait vu défiler des bonshommes à l'esprit plus tout à fait clair. Mais des gars capables de l'appeler par son prénom alors qu'ils n'étaient pas censés le connaître, jamais ! Aussi, composa-t-elle discrètement le numéro d'un des postes des auxiliaires de vie.

— C'est Rosemarie… Dis-moi, tu peux m'amener Olga, Christine et Eliot s'il te plaît ?

— Pour quoi faire ? répondit la voix à l'autre bout du fil.

— Tsss, rends-moi ce service, s'il te plaît. Mais laisse-les derrière le sas. Un *ami* à eux vient d'arriver ici.

La directrice apparut la première derrière le sas. Elle le franchit et vint à la rencontre de Dolorès et de Pedro. Quelques instants plus tard, Olga, Christine et Eliot apparurent à leur tour et collèrent leur visage à la vitre, cherchant à savoir qui pouvait bien venir leur rendre visite. Lorsque Pedro les vit, il se dirigea vers eux avec une hâte à peine contenue, sans même un regard pour la directrice et sans se soucier de sa fille. Les portes du sas se refermèrent derrière lui. Eliot leva les bras au ciel comme si un ange lui était apparu. Olga se précipita vers Pedro et l'étreignit de ses bras imposants.

De ce côté-ci du sas, ces effusions laissèrent les trois femmes sans voix. Malgré la longueur d'avance qu'elle avait sur les événements inconcevables qui collaient à la peau de son père, Dolorès ne les comprenait pas plus que la directrice et Rosemarie. De toute évidence, Pedro et ces pensionnaires n'étaient pas étrangers les uns aux autres. Ils se connaissaient, et plutôt bien à en juger par leur gestuelle. C'était juste impossible. Pour les deux femmes qui ne savaient rien de ce que Dolorès savait, rien ne pouvait expliquer ce qui ressemblait étrangement à des retrouvailles. Et, faute d'explication rationnelle, leurs interrogations s'arrêtèrent là où la logique ne pouvait plus les mener.

— J'ai comme l'impression que votre père ne tardera pas à s'habituer à son nouvel environnement. Je crois qu'il faut s'en féliciter. Ça ne se passe malheureusement pas comme ça avec tout le monde, lança la directrice.

— Mais, ils se connaissaient déjà ? lança Rosemarie.

— Pas que je sache. Mais, à cet âge-là, il se passe des choses dans leur tête que je ne cherche plus à comprendre, dit la directrice avec beaucoup de douceur, remisant par là même le caractère hautement improbable de ce à quoi elles venaient toutes d'assister.

Pour Dolorès, improbable n'était pas l'adjectif qui s'imposait. Tout ceci relevait de *l'anomalie*. Sheldon et Pedro avaient échangé leurs vies. Le premier en prenant possession du corps du second ; le second en se réfugiant dans les souvenirs du premier. Mais les souvenirs ne transforment pas le passé dans lequel ils sont nés. Ils n'en sont qu'une trace. Par construction, ils ne changent pas non plus les individus qui les habitent. Or, tout portait à croire que, dans ces souvenirs, Pedro avait *remplacé* Sheldon. Dans ces souvenirs… et dans la réalité de ceux qui les avaient partagés.

Christine enfonça le clou en s'agenouillant devant Pedro et en lui touchant les jambes, comme si elles avaient on-ne-sait-quoi d'extraordinaire. Aucune des femmes qui observaient encore ces retrouvailles ne pouvaient comprendre. À part Dolorès. Christine s'étonnait que le Pedro de ses souvenirs puisse marcher parce que l'homme qui les habitait se déplaçait alors en fauteuil roulant. Pedro n'avait pas pu gommer ce handicap. Mais il avait effacé l'existence de celui qui l'avait subi et, par le biais de son moi véritable, éteint la haine qui le dévorait. Pedro avait petit à petit remplacé Sheldon. De manière rationnelle, c'était délirant et la logique de Dolorès se refusait à admettre une telle conclusion. Pourtant, au fond d'elle-même, elle l'accepta comme la seule évidence disponible pour expliquer ce qui se passait devant ses yeux ; comme l'on croit certaines choses invraisemblables que l'on n'a jamais vérifiées.

À l'autre bout de cette logique, Dolorès se demanda ce que Sheldon avait bien pu leur léguer pendant son sursis parmi eux. De quoi s'était-il délesté ici-bas ? Une petite voix vint lui chuchoter à l'oreille que seul James pouvait répondre à cette question, parce qu'il était précisément le seul que Sheldon avait durablement marqué, au point de le transformer. Et la petite voix de poursuivre en lui laissant deviner que le monstre dont son père parlait sans arrêt n'était peut-être pas étranger à ce legs.

Dolorès aurait payé cher pour lire sur les lèvres et savoir ce que son père et ses amis se racontaient.

— C'est quand même bizarre tout ça, s'étonna Rosemarie.

— Des comportements bizarres, ce n'est pas ce qui manque ici. Ne nous y attardons pas. Madame Rojas, voulez -vous me suivre ? Je vais vous faire visiter la maison. Vous verrez, on s'occupe bien de nos pensionnaires ici.

Lors de la visite, Dolorès ne fut pas surprise de constater que son père connaissait les lieux. Il devançait la directrice, où qu'elle aille, comme s'il savait où elle les menait, à l'énonciation de la pièce qu'ils allaient visiter.

Sitôt ses quelques affaires rangées, Pedro ne s'attarda pas dans sa chambre. Avant de rejoindre ses amis qui l'attendaient dans le salon, il embrassa sa fille et lui dit qu'elle pouvait partir l'esprit tranquille. Dolorès l'observa se fondre au sein de cette petite communauté dont il semblait faire partie. Jamais elle n'aurait pensé que cela puisse se produire un jour. Le voir ainsi lui ôta les craintes qu'elle avait si longtemps nourries à l'idée de le placer. Elle ne l'abandonnait plus. Elle lui offrait un cadre de vie adapté à sa situation et qui, de toute évidence, le satisfaisait dès le premier jour. Mais était-ce vraiment le premier jour de son père ici ? Elle étouffa cette idée parasite pour mieux savourer ce petit moment de paix intérieure. Pour la première fois depuis des années, elle se sentait, à son égard, libérée du sentiment coupable. « Tout ira bien » s'autorisa-t-elle à penser en oubliant un instant le caractère surréaliste de ce qui les avait menés jusqu'ici. Mais, alors qu'elle s'apprêtait à quitter Rhodam, un évènement inouï allait pourtant la perdre un peu plus dans les limbes du non-sens qui s'était invité dans sa vie depuis le jour ou Sheldon l'avait percutée.

Olga, qui s'était éclipsée dans ses quartiers au début de la visite, revint dans le salon et tendit à Dolorès une pochette cartonnée.

— Vous êtes beaux ! lui lança, tout sourire, l'énorme femme.

Dolorès souleva le rabat de la pochette et jeta un œil sur ce qu'elle contenait. Deux portraits au fusain d'un réalisme saisissant. L'un d'elle-même, l'autre de James.

— Qui a dessiné ça ? demanda Dolorès, perplexe.

— Bah ? C'est votre père, voyons ! Il y a mis beaucoup d'amour, vous savez. Regardez, il les a même signés, ajouta Olga.

En bas, sur la gauche, les dessins avaient été signés d'un minuscule « Pedro ». Deux petits mots accompagnaient le prénom : *Las luces de mi vida*[1].

— Mais ? Où avez-vous trouvé ces dessins ?

— Votre père me les a confiés avant de partir, il y a quelques semaines. Il m'a demandé d'en prendre soin et de vous les donner le jour où il reviendrait. Il avait peur d'oublier…

— Avant de partir ? Mais partir d'où ? Quand ?

Olga vit le visage de Dolorès se défaire.

— Vous êtes sûre que ça va ? Vous n'avez pas l'air dans votre assiette. Vous avez peut-être besoin d'un petit séjour parmi nous pour vous reposer… dit Olga un petit sourire gentiment moqueur au coin des lèvres.

1. Les lumières de ma vie.

— Franchement, il y a des jours, je me demande, Madame…

— Allons, allons ! Vous êtes belle et jeune comme un petit matin de printemps ! Alors, ce n'est pas pour tout de suite. Moi, c'est Olga, au fait.

— Merci… Je peux vous demander quelque chose, Olga ?

— Bien sûr, tout ce que vous voulez.

— Prenez soin de mon père, s'il vous plaît.

— Avec plaisir ! Mais, vous savez, il n'a pas besoin de moi. On est tous bien ici. On mange bien, on s'amuse bien et, avec votre père, on adore faire tourner le personnel en bourrique.

— Ah oui ?

— Ooooh que oui ! Si vous saviez ce que votre père avait manigancé pour recevoir Wenhood la dernière fois… tout le monde en rigole encore. Même la direction. Mais, chuuuut, il ne faut pas en parler. C'est tabou…

— Wenhood ?

— Le big boss ! Votre père ne vous a pas raconté ?

— Il n'a certainement pas osé.

— Je vous raconterai, la prochaine fois. Mais là, je dois y aller.

Dolorès, complètement abasourdie par ce qu'elle venait d'entendre, regarda Olga s'éloigner, puis revenir sur ses pas.

— Dites, quand vous reviendrez, vous voudrez m'apporter quelque chose ?

— Qu'est-ce qui vous ferait plaisir ?

— Une grande bouteille d'eau, c'est possible ?

— Euh… oui, j'imagine.

— Mais il faudra que ce soit notre secret, Ok ?

— Promis !

— Merci ma belle dame, dit Olga en caressant délicatement le visage de sa future bienfaitrice.

– 3 –

Elle regarda les quelques arbres qui ornaient le parking s'éloigner au rythme ou le taxi quittait cet endroit gris et plutôt laid. Ils lui paraissaient plus verts et en meilleur état que lors de sa première visite. En vérité, rien n'avait changé, sinon son regard. Maintenant, c'était celui qu'elle posait sur bien d'autres choses qui devaient changer, au premier rang desquelles se hissait sa relation avec Miles. Elle l'aimait depuis plus de vingt ans. Et, bordel, si ses réticences de toujours pouvaient valablement s'appuyer sur quelques fondements sociologiques, elles ne l'empêcheraient plus jamais de vivre ce que son cœur lui commandait ! Parce que Miles lui avait maintes fois prouvé qu'il l'aimait aussi en dépit de leur différence sociale, différence qu'il n'avait jamais évoquée, ni même pensée. Cette différence n'existe qu'entre ceux qui décident de la nourrir.

Et Miles n'était pas de ces hommes-là !

Ce n'était pas faute pour Debby de lui avoir dit. Une fois, dix fois, cent fois… Elle s'en voulait d'avoir été aveugle à ce point… Aveugle, trop fière et emprisonnée dans des principes on ne peut plus rétrogrades.

Pourquoi cette évidence ne s'était-elle pas imposée avant et avec autant d'acuité qu'aujourd'hui ? Pourquoi avait-il fallu qu'un mort surgisse dans sa vie et la fasse trembler pour s'en rendre compte ? De nouveau, elle se dit que, d'une certaine manière, Sheldon lui avait rendu service. Elle aimait Miles depuis plus de vingt ans et il fallait qu'elle arrange les choses pour de bon. Le meilleur moyen était de lui avouer son amour sans la moindre retenue qui puisse édulcorer ou déqualifier cette criante vérité. Comme avec Debby et pour les mêmes raisons, elle ne se permettrait que deux mensonges. L'un direct, l'autre par omission, de loin le plus difficile. Elle lui dirait que toutes ses suspicions au sujet de son père n'étaient qu'affabulations dues à une inquiétude dévorante et au manque de repères face à cette saloperie de maladie. Elle tairait l'insupportable dilemme qu'elle avait dû trancher en faveur de sa famille, en espérant seulement que sa conscience ne l'empêcherait pas de vivre.

Ces résolutions éclaircirent son ciel. Elle en était heureuse. Un dernier nuage restait à dissiper : James. Mais, ces derniers jours, elle le sentait reprendre du poil de la bête. Il avait mûri, en un rien de temps, et semblait plus calme. Beaucoup plus calme. Il parlait peu, souvent absorbé par de profondes pensées qu'elle aurait aimé pouvoir sonder. Mais tout adolescent a droit à son jardin secret. Le calme et le silence n'étaient pas la pire manière d'évoluer. Il avait abandonné ses sorties à tout-va et étudiait de nouveau. Il n'avait pas rappelé Logan, ni Amber. Mais, avec le temps, leurs relations reprendraient des couleurs. Tout irait bien pour lui. Dolorès en était *presque* certaine. Un *presque* qu'elle n'avait pas voulu (osé ?) introspecter. Parfois, il faut savoir laisser derrière les portes closes ce qui s'y cache.

Tout irait bien même si jamais elle ne comprendrait comment tout ceci avait pu se produire. Pas l'once d'une explication ne s'offrait à elle. Sa raison se perdait sur le chemin des questions qui la taraudaient et qui confinaient au délire. Il valait mieux, pour sa santé mentale, qu'elle ne leur cherche pas de réponse, comme on abandonne une équation complexe devant laquelle on sèche parce qu'on se sait foutrement incapable de la résoudre. Dolorès ne voyait pas d'autre choix, à moins d'accepter que ses questions se transforment en obsessions qui finiraient par la ronger jusqu'à l'os. Tout irait bien. Tout irait bien. Tout irait bien. Elle se répéta cette phrase mille fois, comme s'il fallait qu'elle s'en convainque. A-t-on besoin d'autant se répéter les choses lorsqu'elles sont certaines ?

36

Épilogue

Six mois plus tard.

Dolorès avait donné rendez-vous à Debby à vingt heures. Elle n'avait pas remis les pieds dans leur tanière de toujours depuis que son amie avait quitté Frisco pour Los Angeles, quatre mois plus tôt. Qui, sur Terre, aurait pu croire qu'un homme réussirait à ravir le cœur de Debby ? Et pourtant… L'amour avait fait irruption dans sa vie, sans crier gare, et l'avait exilée dans la cité des anges, là où son amoureux, Jacques, un cuisinier français, vivait depuis plusieurs années. La décision de vivre ensemble fut rapide. L'un comme l'autre rêvaient depuis longtemps de trouver l'âme sœur (même s'ils ne l'admettaient que sous la contrainte) et ils avaient clairement l'impression que, cette fois, c'était la bonne et que le destin les avait réunis. Debby avait quitté son poste au General Hospital et avait retrouvé un emploi dans une clinique privée, à Santa Clarita. Jacques lui avait bien proposé de travailler dans son restaurant mais le contact avec les malades, qu'elle savait et aimait chouchouter, lui manquait trop. Certes, Debby et Dolorès s'appelaient souvent. Mais ce n'était plus pareil, ni à l'hôpital ni en dehors. Alors, lorsque Debby faisait un saut à Frisco, les deux amies se retrouvaient et passaient au moins une soirée ensemble, en tête-à-tête, à discuter (et à picoler), histoire de combler le manque. Depuis les événements qui avaient esseulé Dolorès, Debby lui avait maintes fois proposé de s'installer à L.A. Mais la belle ne s'était jamais laissée convaincre. Pourtant, plus rien ne la retenait vraiment. Au fond d'elle-même, elle attendait que l'impossible se produise ; un impossible qui résultait de leur dernière soirée au Smuggler's Cove et qu'elle n'avait pas réussi à rattraper malgré ses nombreuses tentatives, toutes infructueuses.

Un sourire sincère illumina le visage de Dolorès lorsque Debby se présenta enfin. La femme volubile, intenable, adorable, ne cessait de changer, à chacune de leurs rencontres. Elle avait maigri et adopté un style « femme fatale » qui lui allait à ravir. Sa logorrhée s'était calmée et avait gagné en nuances, en diplomatie. Elle était même à l'heure, la plupart du temps. Mais sa sincérité et sa générosité étaient restées intactes. L'amour lui réussissait à merveille. Dolorès éprouvait beaucoup de bonheur à la voir ainsi.

Les deux femmes se jetèrent dans les bras l'une de l'autre et firent durer leur accolade, heureuses de se revoir.

— Ça me manque tellement, ces moments. Pourquoi tu n'as pas trouvé un mec à Frisco, bon sang !

— Tu sais, il y a beaucoup de célibataires à L.A. Ils n'attendent que toi… Comment tu vas ma belle ?

— On fait aller… répondit Dolorès, le vague à l'âme.

— Il te manque encore, pas vrai ?

— Oui… C'est encore frais. Mais je me fais une raison. Il avait quatre-vingt-cinq ans. Tout le monde ne vit pas jusque-là.

— Et il a eu la chance de t'avoir près de lui jusqu'au bout. Une fille comme toi, ça vaut de l'or.

— Ce qui me fait le plus de peine, c'est qu'il ait vécu si peu de temps après avoir été placé dans un endroit où il se sentait vraiment bien.

— Il faut que tu t'en réjouisses, Dol. Il a profité de ces derniers moments. Et ce n'était pas gagné.

— Je n'aurais pas cru ça d'un endroit comme Rhodam. J'avais l'impression d'aller le voir en colonie de vacances. Il me racontait n'importe quoi, mais il était bien.

— Tu sais que, quelque part, c'était un peu aussi mon papa à moi. Le mien ne lui arrivait pas à la cheville.

— Je sais. Et il t'aimait beaucoup aussi.

— Est-ce que…

Debby hésita avant de poursuivre, sachant que la question et le thème qu'elle allait aborder étaient également douloureux pour Dolorès.

— Vas-y, Deb, finis ta phrase. Je sais ce que tu vas me demander.

— Est-ce que tu as des nouvelles de Miles ?

— Toujours pas. Et je crois que je n'en aurai plus.

— Tu continues d'essayer ?

— Mon dernier message remonte au mois dernier. J'abandonne. Ca fait six mois que j'essaie de le joindre, que je lui laisse des messages, que je lui envoie des emails et des sms… Il n'a jamais répondu. C'est mort ma chérie.

— N'abandonne pas. Il a sûrement besoin d'un peu de temps. Tu n'as pas été tendre avec lui, la dernière fois.

— Qu'est-ce que tu veux que je fasse ? Qu'est-ce que tu veux que je lui dise de plus ? Je me suis excusée, je lui ai dit que je l'aimais, depuis toujours…

— Tu sais ce que, moi, j'aurais fait.

— Oui, je sais. Mais, non, je n'irai pas à New York. Je ne sais même pas s'il y travaille encore.

— Tu as pensé à appeler ses parents ?

— Deb… Allons ! Il n'a même pas réagi quand je lui ai écrit que mon père était décédé. Je l'aime mais je ne me mettrai pas à genoux.

— Ok, Ok, Ok. Mais tu es trop belle pour rester seule le reste de ta vie. Des garçons bien, il y en a beaucoup. Oui, oui, c'est bien moi qui te dis ça. J'en suis la meilleure preuve !

— Ma vie n'est pas encore finie, chérie, répondit Dolorès amusée.

— Il va juste me falloir un peu de temps… pour passer à autre chose. Mais vingt ans, ça ne s'efface pas comme ça.

— Alors sers-toi de tous les mecs de Californie comme de gommes. Il y en aura bien un sur lequel tu t'arrêteras !

— Tu ne changeras jamais !

— Non, ça c'est vrai. Je t'aimerai toujours !

— Et moi, donc ! En vrai, c'est toi que j'aurais dû épouser.

– 2 –

Les deux amies s'abandonnèrent à un fou rire. Dolorès en avait besoin. En dépit des signes de résilience qu'elle envoyait tant bien que mal à Debby, elle souffrait à en crever d'avoir tant perdu en un claquement de doigts. L'amour avait déserté son univers. Celui qu'elle recevait, jadis, de ces êtres chers qui étaient sortis de sa vie, et celui qu'elle n'était plus capable de donner, faute de receveurs. Mais le pire n'était pas là. Le pire, c'était d'avoir fermé une lourde porte sur ce qui s'était passé à Diamond Street ; une porte secrète qu'elle avait condamnée et derrière laquelle elle s'était emprisonnée elle-même pour que James puisse vivre libre. Désormais, elle n'avait que lui. Elle ne pouvait pas se permettre de le perdre, en dépit de ce qu'elle savait. N'étant pas dupe, mais sans connaître l'étendue du malaise qui rongeait son amie, Debby ne cherchait pas à déconstruire les quelques traces d'orgueil, d'humour ou d'indifférence que Dolorès pouvait opposer à l'adversité. Elle les laissait exister, même si elle les savait fragiles et d'une efficacité toute relative. Elle faisait semblant d'y adhérer, sachant qu'ils servaient de béquilles au moral de son amie, mis à mal depuis des mois.

Elle se retint d'insister sur ce qui peinait Dolorès.

— Eh dis-moi, comment va mon James adoré ? Je suis sûre qu'il m'a oubliée maintenant que je suis partie.

— Écoute… Il a l'air d'aller. Il a grandi, en silence. C'est presque un homme maintenant. Parfois, j'ai du mal à reconnaître le poussin que j'emmenais au parc. J'ai l'impression que c'était hier…

— Il s'entraîne toujours au tir ?

— Mieux que ça ! Le trimestre prochain, il participe à je ne sais quel championnat.

— Ça alors ! Ça lui vient d'où cette passion pour les armes ?

— Je n'en sais rien… mentit Dolorès. Certains aiment le foot, d'autres le baseball. Lui, ce sont les armes. Après tout, c'est un sport comme un autre. Et il paraît qu'il est doué. Je pense que ça l'aide à surmonter la disparition de son grand-père.

— C'est plutôt bien, non ?

— J'imagine. J'aurais préféré qu'il l'extériorise un peu plus.

— Il a de qui tenir de ce côté-là, non ? Bon sang ne saurait mentir…

— Peut-être bien, oui.

En réalité, Dolorès ne savait rien de la peine ou, plus généralement, des sentiments qui traversaient James. Elle en savait tellement peu qu'elle finissait par se demander si, quelque part, ils existaient vraiment.

— Toujours est-il que, pour moi, il consacre trop de temps à ce loisir. Je préfèrerais qu'il se trouve une petite copine. Je ne lui ai pas connu de nouvelle aventure depuis Amber. Ni d'autre copain depuis qu'il ne voit plus Logan. En fait, j'ai l'impression qu'il aime être seul.

— C'est quand même bizarre pour Logan. Ils étaient inséparables. Tu as une idée de ce qui les a brouillés ?

— Aucune. Tu sais, à cet âge-là, les copains…

Dolorès détestait mentir à son amie. Elle détestait mentir tout court. Mais le mensonge était devenu le prix de son silence forcé.

— Oui… peut-être. Mais quand même ! Et tu as des nouvelles de lui ?

— J'en ai eu, une seule fois, lorsque mon père est mort. Je ne sais pas comment il l'a su. Il m'a appelée pour me présenter ses condoléances.

— Tu n'as pas essayé de les rabibocher ? Genre entremetteuse ?

— Il a quitté Frisco. Il est parti s'installer quelque temps dans le Vermont, chez ses grands-parents. Il m'a dit avoir des choses à régler là-bas.

— Dans le Vermont ? Ce n'est pas moi qui quitterais la Californie pour cette cambrousse !

— Et tu ne sais pas la meilleure ! Il envisageait d'intégrer le séminaire.

— Ben merde ! C'est clair que ça aurait été compliqué de les rapprocher. Les jeunes me surprendront toujours. Le séminaire… si on m'avait dit ça au sujet de Logan…

– Bon, et toi ? Parle-moi un peu du français…

Dolorès écoutait Debby lui vanter les qualités de l'incroyable bonhomme sur lequel elle avait mis la main. Mais, en arrière-plan, ses pensées restaient collées à James. En réalité, elle ne se préoccupait pas du temps qu'il consacrait à son seul loisir, elle était inquiète de le voir astiquer ses armes comme si celles-ci étaient devenues ses meilleures amies. Elle avait bien essayé de le dissuader d'en détenir, mais il s'abritait toujours derrière la nécessité de posséder les siennes, pour mieux *progresser*. Lorsqu'il les tenait entre ses mains, les muscles de son visage se tendaient. Son regard s'assombrissait. Parfois, lorsqu'elle venait lui parler alors qu'il semblait communier avec ses engins, elle voyait de nouveau passer dans ses yeux la lueur étrange qui habitait ceux de son père lorsque Sheldon le possédait. Une lueur qui lui faisait peur et derrière laquelle elle ne voulait pas s'aventurer, comme si elle allait tomber nez à nez avec un monstre hideux tapi dans l'âme de son fils…

FIN

Paris. 22 Octobre 2020 - 10 mars 2022.

Remerciements

À ma fidèle relectrice qui saura se reconnaître.
À mon éditrice pour sa confiance.

j'agis pour les forêts* !

IGB Édition soutenant ***Reforestaction***,
l'impression originale de ce roman
a permis de planter 20 arbres.

IMPRIM'VERT

Dépôt légal : juillet 2022.
pour le compte de IGB ÉDITION,
9 rue Anatole de la Forge. 75017 Paris.

IGB EDITION